T0258600

La razón de estar contigo. La promesa

La razón de estar contigo.
La promesa

W. Bruce Cameron

Traducción de Carol Isern

Rocaeditorial

Título original: *A Dog's Promise*

© 2019, W. Bruce Cameron

Primera edición: julio de 2020

© de la traducción: 2020, Carol Isern
© de esta edición: 2020, Roca Editorial de Libros, S.L.
Av. Marquès de l'Argentera 17, pral.
08003 Barcelona
actualidad@rocaeditorial.com
www.rocalibros.com

Impreso por LIBERDÚPLEX

ISBN: 978-84-17167-10-3
Depósito legal: B. 5480-2020
Código IBIC: FA

RE67103

Para Gavin Polone, amigo, defensor de los animales,
negacionista de las calorías, crítico desde su portátil
y uno de los responsables de que mi trabajo
haya llegado a tanta gente en el planeta.

Prólogo

$\mathcal{M}$e llamo Bailey. He tenido muchos nombres y muchas vidas, pero ahora me llamo Bailey. Es un buen nombre. Soy un buen perro.

He vivido en muchos sitios y, de todos ellos, la granja fue el más maravilloso… hasta que llegué aquí. Este sitio no tiene nombre, pero tiene doradas orillas para correr, y palos y pelotas que me encajan perfectamente en la boca, y juguetes chillones, y todas las personas que me han querido se encuentran aquí y me continúan queriendo. Por supuesto, también hay muchos muchos perros, porque este no sería un lugar perfecto sin ellos.

Hay tanta gente que me quiere porque he vivido muchas vidas con muchos nombres diferentes. Me he llamado Molly, Ellie y Max; he sido Buddy y Bailey. Y con cada nombre he tenido una vida diferente con un propósito diferente. Y ahora mi propósito es muy simple: estar con mi gente y quererles. Quizá ese fuera mi propósito definitivo desde el principio.

Aquí no existe el dolor, solamente existe la alegría de estar rodeado de amor.

El tiempo no existía, solo transcurría serenamente, hasta que mi chico, Ethan, y mi chica, CJ, vinieron a hablar conmigo. CJ es la nieta de Ethan. En cuanto aparecieron, me senté y me puse muy atento porque, de todas las personas que he querido, ellas dos fueron quienes tuvieron un papel más importante en mis vidas, y ahora se comportaban tal como se comportan las personas cuando quieren que un perro haga alguna cosa.

—Hola, Bailey, perro bueno —me saludó Ethan mientras CJ me pasaba la mano por el pelaje.

Durante un instante nos limitamos a compartir nuestro amor mutuo.

—Sé que sabes que ya has vivido antes, Bailey. Sé que sabes que tenías un objetivo muy concreto, que me salvaste —me dijo Ethan.

—Y también me salvaste a mí, Bailey, mi Molly, mi Max —añadió CJ.

Al oír que CJ pronunciaba esos nombres recordé cómo la había acompañado en su vida y meneé la cola. Ella me abrazó.

—No hay nada como el amor de un perro —murmuró dirigiéndose a Ethan.

—Es incondicional —asintió Ethan acariciándome la cabeza.

Cerré los ojos de placer al sentirme acariciado por los dos a la vez.

—Ahora tenemos que pedirte que hagas una cosa, Bailey. Una cosa muy importante que solamente tú puedes hacer —me dijo Ethan.

—Pero si no lo consigues, no pasa nada. Te querremos igual, y podrás regresar aquí y quedarte con nosotros —añadió CJ.

—No fallará. Nuestro Bailey no falla —repuso Ethan sonriendo.

Me sujetó la cabeza con las manos, esas manos que una vez habían tenido el olor de la granja y que ahora solamente tenían el olor de Ethan. Lo miré con gran atención, porque cuando mi chico me habla siempre noto su amor que fluye hacia mí.

—Necesito que regreses, Bailey. Que regreses para cumplir una promesa. No te lo pediría si no fuera necesario.

El tono de su voz era serio, pero no estaba enfadado conmigo. Los humanos pueden mostrarse felices, tristes, amorosos, enojados y muchas otras cosas, y normalmente yo sé cómo se sienten por el tono de su voz. Los perros acostumbran a sentirse felices, y quizá sea por eso que no necesitamos hablar.

—Esta vez será diferente, Bailey —me advirtió CJ.

La miré y ella también se mostraba amorosa y amable.

Pero percibí cierta ansiedad en ella, y cierta preocupación, así que me apoyé contra su cuerpo para que me pudiera acariciar y, así, sentirse mejor.

—No recordarás nada. —Ethan hablaba en voz baja ahora—. No recordarás ninguna de tus vidas. Ni a mí, ni la granja, ni este lugar.

—Bueno —señaló CJ en voz tan baja como la de Ethan—. Quizá no las recuerdes exactamente, pero has pasado por tantas cosas que serás un perro sabio. Serás un alma vieja.

—Esta es la parte más dura, Buddy. Ni siquiera te acordarás de mí. CJ y yo desapareceremos de tu memoria.

Ethan estaba triste. Le di un lametón en la mano. La tristeza de las personas es el motivo de que existan los perros.

CJ me acarició la cabeza.

—Pero no será para siempre.

Ethan asintió con la cabeza.

—Exacto, Bailey, no será para siempre. La próxima vez que me veas, yo no tendré este aspecto pero me reconocerás. Y cuando lo hagas, volverás a recordarlo todo. Todas tus vidas regresarán a tu memoria. Y quizá entonces también entenderás que eres un ángel canino que ha ayudado a cumplir una promesa muy importante.

CJ cambió de postura y Ethan la miró.

—No fallará —insistió Ethan—. Mi Bailey no fallará.

11

1

$\mathcal{A}$l principio solo era consciente de la leche de mi madre y del calor de sus mamas, en las que me cobijaba mientras me alimentaba. No fue hasta que empecé a tener mayor conciencia de lo que me rodeaba cuando me di cuenta de que tenía hermanos y hermanas con los que debía competir para obtener la atención de mi madre. De que cuando se apretaban contra mí era porque intentaban apartarme. Pero Madre me quería. Me daba cuenta de ello cada vez que me golpeaba con el hocico y cuando me limpiaba con la lengua. Y yo amaba a mi madre canina.

Nuestra guarida era de suelo y paredes metálicas, pero Madre había confeccionado un cálido lecho con un suave trozo de manta colocado contra la pared del fondo. Cuando mis hermanos y yo empezamos a movernos con suficiente facilidad para empezar a explorar los alrededores, descubrimos que la superficie que pisábamos no solo era dura y resbaladiza, sino que estaba fría. La vida era mucho mejor en la manta. El techo que nos cubría era un frágil toldo que chasqueaba con fuerza empujado por el viento.

Pero nada de todo esto resultaba tan interesante para nosotros como el atrayente agujero rectangular que se encontraba en la parte delantera de la guarida y a través del cual nos llegaban la luz y los olores que se mezclaban formando un aroma embriagante. En ese punto, el suelo de la guarida subía hasta más arriba del techo. Madre se acercaba a menudo a esa ventana que daba a lo desconocido, subiendo por la resbaladiza cuesta metálica que salía al mundo, y entonces… desaparecía.

Madre saltaba hacia la luz y se marchaba. Los cachorros

nos amontonábamos en busca de calor para combatir la frialdad de su ausencia, nos consolábamos los unos a los otros y, al final, nos quedábamos dormidos. Yo me daba cuenta de que mis hermanas y hermanos se sentían tan ansiosos y turbados como yo ante la posibilidad de que Madre no volviera, pero ella siempre regresaba con nosotros: aparecía en medio de ese agujero rectangular tan súbitamente como antes había desaparecido por él.

Cuando nuestra visión y coordinación mejoraron, reunimos el valor suficiente para seguir su rastro hasta el borde del agujero, pero era terrorífico. El mundo, lleno de vertiginosas y seductoras posibilidades, se nos abría a partir de ese punto, pero acceder a él significaba lanzarse a una caída libre dando un salto desde una altura imposible. Nuestra guarida se encontraba muy alta con respecto al suelo. ¿Cómo podía madre saltar hacia abajo y, luego, hacia arriba otra vez?

Yo tenía un hermano al que llamé mentalmente Heavy Boy. Mis hermanos y yo nos pasábamos casi todo el tiempo intentando apartarle de nuestro camino. Cada vez que se subía encima de mí, cuando nos encontrábamos amontonados los unos contra los otros, era como si me quisiera aplastar la cabeza, y salir de ahí abajo no era tarea fácil, especialmente porque mis hermanos y hermanas me empujaban para que regresara a mi posición. Heavy Boy tenía, igual que todos nosotros, el morro y el pecho blancos, y el pelaje del cuerpo con manchas grises, blancas y negras. Pero, por algún motivo, sus huesos y sus músculos pesaban más. Cada vez que Madre necesitaba un respiro y se ponía en pie mientras nos estaba dando de comer, él era el que se quejaba durante más rato. Y siempre quería continuar comiendo, incluso cuando el resto de cachorros ya se habían saciado y empezaban a jugar. Yo no podía evitar irritarme con él: Madre estaba tan delgada que se le veían todos los huesos del cuerpo bajo la piel y su aliento tenía un olor rancio y enfermizo, mientras que Heavy Boy estaba gordo y no dejaba de pedirle siempre más.

Fue Heavy Boy el que se acercó demasiado a la cornisa de la ventana mientras seguía un rastro en el aire, quizá ansioso por que Madre regresara y poder continuar chupándole la vida. De repente, lo vi acercarse peligrosamente a la cornisa e, inmediatamente, lo vi desaparecer por ella y oímos el golpe de su cuerpo contra el suelo.

No estaba seguro de que eso hubiera sido algo malo.

Heavy Boy soltó un chillido de pánico. Su miedo nos contagió a todos y nos pusimos a chillar y a lloriquear mientras nos olisqueábamos ansiosamente los unos a los otros en busca de seguridad.

Justo en ese momento supe que yo nunca saldría por esa ventana. Esa ventana significaba peligro.

Entonces Heavy Boy se calló.

El silencio en la guarida fue instantáneo. Todos percibimos que lo mismo que le había pasado a Heavy Boy podía pasarnos a nosotros a continuación. Nos apretamos los unos contra los otros en un terror mudo.

Y entonces oímos un potente chirrido y Madre apareció por la ventana. Heavy Boy colgaba de su boca. Madre lo depositó en medio de todos nosotros y, por supuesto, él se puso a chillar exigiendo alimento sin tener en cuenta el hecho de que todos estábamos aterrorizados por su culpa. Estoy seguro de que yo no era el único que no se habría ofendido si Madre hubiera dejado a Heavy Boy ahí fuera para que se enfrentara a las consecuencias de su aventura.

Esa noche me tumbé encima de mis hermanas y me puse a pensar en lo que había aprendido. La ventana era un lugar peligroso y no valía la pena arriesgarse a salir por ahí por muy fascinantes que fueran los olores del mundo exterior. Pensé que si me quedaba cerca del lecho estaría totalmente a salvo.

Pero estaba totalmente equivocado, tal como se demostró unos días después.

Madre se encontraba durmiendo de espaldas a nosotros. Eso incomodaba a mis compañeros de camada y, en especial, a Heavy Boy, porque nos llegaba la fragancia de sus mamas y él quería alimentarse. Ninguno de nosotros tenía la fuerza ni la coordinación necesarias para trepar por su cuerpo y, además, ella se había tumbado en una esquina de la guarida impidiéndonos, así, el acceso por la parte de su cabeza y de su cola.

Madre levantó la cabeza al percibir un ruido que oíamos de vez en cuando: era el zumbido de una máquina. Habitual-

15

mente, ese sonido subía y bajaba de volumen rápidamente, pero esa vez lo oímos muy cerca y, fuera lo que fuera lo que lo producía, esta vez no cambió. Luego vino un golpe, y fue entonces cuando Madre se puso en pie, tocando el toldo del techo con la cabeza y con las orejas echadas hacia atrás en actitud de alarma.

Algo se acercaba. Eran unos golpes pesados que cada vez se oían más cerca. Madre se apretujó contra el fondo de la guarida y todos hicimos lo mismo. En ese momento ninguno de nosotros buscó sus mamas, ni siquiera Heavy Boy.

Entonces una sombra bloqueó la luz que entraba por el agujero rectangular y, con un fuerte estruendo, el borde del mundo se elevó y la guarida se convirtió en un espacio cerrado sin salida posible. Madre jadeaba y se le había formado una raya blanca en los ojos: todos supimos que estaba a punto de ocurrir algo, y sería algo horrible. Madre intentó abrirse paso por encima de la pared de la guarida, pero el techo estaba apretado contra la pared, así que lo único que pudo hacer fue pegar la punta de la nariz a la grieta por la que entraba el aire.

16

De repente, el suelo de la guarida se movió, oímos otro golpe fuerte y el suelo empezó a temblar con un chirrido que perforaba los oídos. La guarida se bamboleaba y todos resbalamos por el suelo hasta chocar contra uno de los laterales. Miré a Madre: tenía las garras de los pies abiertas y se esforzaba por mantenerse en pie. No podía ayudarnos. Mis hermanos y hermanas lloriqueaban e intentaban llegar hasta ella, pero yo me quedé rezagado, concentrado en no caerme. Yo no entendía esas fuerzas que tiraban de mi cuerpo. Lo único que sabía era que, si Madre tenía miedo, yo debía estar aterrorizado.

Las sacudidas, los golpes y las caídas duraron tanto rato que empecé a creer que esa sería mi nueva vida, que mi madre estaría siempre aterrorizada y que yo me vería lanzado de un lado a otro incesantemente. Pero entonces, de repente, todos nos vimos lanzados contra el fondo de la guarida, donde nos quedamos amontonados mientras las sacudidas y el ruido cesaban. Incluso las vibraciones desaparecieron.

Madre todavía estaba asustada. La miré. Ella se alertó al oír un golpe metálico y giró la cabeza al percibir un ruido procedente del lugar por el que había salido al mundo tantas veces.

Pero cuando vi que enseñaba los dientes, sentí un miedo real. Mi tranquila y amable madre ahora mostraba fiereza. Tenía el pelo erizado y su mirada era fría.

Entonces, con un chasquido metálico, la cornisa de la ventana cayó y vimos a un hombre de pie. Lo reconocí de forma instintiva e inmediata: era como si pudiera sentir el tacto de sus manos en mi cuerpo, o como si pudiera recordar esa sensación. Me fijé en que tenía pelo bajo la nariz, la barriga abultada y unos ojos muy abiertos por la sorpresa.

Madre se lanzó salvajemente contra él chasqueando los dientes y ladrando con fiereza.

—¡Eeeehhh!

El hombre retrocedió, asombrado, y desapareció de nuestra vista. Madre continuaba ladrando.

Mis hermanos se habían quedado inmóviles, atenazados por un miedo inmenso. Madre regresó a nuestro lado, todavía con el pelo erizado, las orejas gachas y babeando. Toda ella irradiaba una rabia materna: yo la noté, mis hermanas y hermanos la notaron y, dada su reacción, también el hombre la había notado.

Y entonces, de forma tan abrupta que todos nosotros dimos un respingo, el borde de la ventana se cerró impidiendo la entrada de la luz del sol. La única iluminación que nos quedó fue la de la tenue luz que traspasaba la tenue cobertura de lona de la guarida.

El silencio nos pareció tan potente como lo habían sido los gruñidos de Madre. En esa penumbra vi que mis hermanos empezaban a separarse, pero tenían una frenética necesidad de acercarse a mi madre, a lo que ella accedió tumbándose al suelo con un suspiro.

¿Qué había ocurrido? Madre había tenido miedo y había canalizado ese miedo hacia la fiereza. El hombre había tenido miedo, pero no lo había canalizado de ninguna manera excepto en un grito de sorpresa. Y yo había sentido algo extraño, como si comprendiera algo que mi madre no había entendido.

Pero no era cierto. Yo no entendía nada.

Al cabo de un rato, Madre se acercó hacia el lugar en que antes se encontraba la ventana y olisqueó la rendija superior de la pared. Apretó la cabeza contra el toldo y lo levantó ligeramente: un rayo de luz entró en la guarida. Madre emitió un gemido que me dejó helado.

Entonces oí unos crujidos que asocié con el hombre y, después, voces.

—¿Quieres echar un vistazo?

—No, si es tan fiera como dices. ¿Cuántos cachorros crees que hay?

—¿Quizá seis?

Justo empezaba a entender lo que veía cuando ella se lanzó contra mí. Creí que me iba a arrancar el brazo.

Decidí que eran hombres que hablaban acerca de algo. Notaba su olor y no había más de dos.

—Bueno, ¿por qué dejaste la plataforma bajada, para empezar?

—No lo sé.

—Necesitamos la camioneta. Tienes que ir a buscar el equipo.

—Sí, pero ¿qué hacemos con los cachorros?

—Pues los llevas al río. ¿Tienes un rifle?

—¿Qué? No, no tengo un rifle, por favor.

—Yo tengo uno en el camión.

—No quiero disparar a unos cachorros, Larry.

—El rifle es para la madre. Si nos la quitamos de en medio, la naturaleza se encargará de los cachorros.

—Larry…

—¿Vas a hacer lo que te digo?

—Sí, señor.

—Muy bien.

2

Al cabo de un momento volvíamos a resbalar por todas partes, volvíamos a oír ruidos y volvíamos a sentirnos arrastrados por fuerzas que no comprendíamos. A pesar de ello, y entre todos los misterios que nos había traído ese día, ese suceso en concreto, al repetirse, ya nos parecía menos amenazante. ¿Acaso era insensato pensar que pronto ese ruido cesaría, que nuestros cuerpos volverían a estar quietos, que la ventana volvería a aparecer, que Madre se pondría a ladrar y a gruñir, que el hombre gritaría y que la ventana se cerraría de nuevo? Esta vez me sentí más interesado en los olores que se colaban por la rendija entre la lona del techo y las paredes de metal de la guarida: era una bomba de olores exóticos que insinuaban un mundo prometedor.

Cuando por fin nos vimos arrastrados y amontonados, las vibraciones cesaron y Madre se puso en tensión, seguramente todos sabíamos ya que el hombre se acercaba a la guarida. Pero durante un rato no sucedió nada. Madre caminaba de un lado a otro, jadeando. Vi que Heavy Boy la seguía todo el rato, concentrado en lo que, para él, era el tema más importante, pero yo sabía que Madre no tenía ninguna intención de alimentarnos en ese momento.

Entonces oímos voces. Eso también lo habíamos experimentado antes, así que bostecé.

—Vale, no sé cómo va a salir esto.

Era una voz que no había oído antes. Imaginé que se trataba de otro hombre.

—¿Quizá, en lugar de bajar la plataforma, será mejor que enrolle el toldo? —Era la voz del hombre que había gritado antes.

—Creo que solo necesitamos un disparo para la madre. Cuando se dé cuenta de lo que vamos a hacer, se largará por los laterales.

—Vale.

—Olvidé preguntártelo: ¿dijiste que llevas un rifle? —Era la voz nueva.

—Sí. —La voz familiar.

—¿Te importa?

—Oh, diablos, no, aquí lo tienes. No he disparado en mi vida.

Miré a Madre. Parecía menos ansiosa. Quizá todos los perros se tranquilizaban cuando las cosas se repetían una y otra vez.

Oí un chasquido irreconocible.

—Bueno, ¿preparado?

—Sí.

Oí un fuerte restallido y unas manos aparecieron por ambos lados de la guarida, que se llenó de luz. Los hombres estaban quitando el techo de lona y nos miraban. Madre se puso a gruñir amenazadoramente. Eran dos seres humanos: eran el de rostro peludo de antes y un hombre más alto que tenía el rostro lampiño y más pelo en la cabeza.

El hombre de rostro lampiño sonrió mostrando unos dientes muy blancos.

—Vale, chica. Ahora quédate quieta. Todo irá mejor si te quedas quieta.

—Ha estado a punto de arrancarme el brazo antes —dijo el hombre de rostro peludo.

Rostro Lampiño lo miró con expresión áspera.

—Pero ¿te mordió?

—Eh, no.

—Me alegra saberlo.

—Pero no es muy amistosa.

—Tiene camada. La protege.

Madre gruñía con más fuerza y ya estaba enseñando los dientes.

—Eh, quieta —dijo Rostro Lampiño en voz baja.

—¡Cuidado!

Hincando las uñas en el resbaladizo suelo, Madre se lanzó hacia la apertura de la guarida y saltó, desapareciendo de nuestra vista. Al instante, mis hermanos reaccionaron y se precipitaron en la misma dirección.

—Bueno, supongo que deberíamos haberlo imaginado. —Se rio Rostro Lampiño—. ¿Has visto lo delgada que estaba? Hace tiempo que no tiene un hogar. No confiaría en una persona por mucho que le hablásemos amablemente.

—Pero era grande.

—Debía ser malamute, por lo que he visto. Estos cachorros tienen algo más. ¿Danés?

—Eh, gracias por quitar la bala del rifle, yo no sabía cómo hacerlo —dijo Rostro Peludo.

—También quité las de la recámara. No puedo creer que te lo haya dado con la recámara llena. Es peligroso.

—Sí, bueno, es mi jefe, así que supongo que no debo quejarme. No le dirás a nadie que no seguí las instrucciones, ¿verdad? No quisiera que se enterara.

—Dile que hiciste lo que te ha pedido. Eso explicará por qué no quedan balas.

Mis hermanos reaccionaron de formas diversas en cuanto los hombres metieron las manos en la madriguera. Algunos se encogieron de miedo, pero otros como Heavy Boy se mostraron sumisos y menearon la cola.

—¿Puedo ver a los cachorros?

Levanté la cabeza al oír una tercera voz más aguda.

—Claro, Ava, ven aquí.

Rostro Lampiño levantó a un pequeño ser humano del suelo. Me di cuenta de que era una niña pequeña. La niña aplaudió.

—¡Cachorros! —chilló con alegría con su voz aguda.

Rostro Lampiño dejó a la niña en el suelo.

—Es hora de llevarlos a la caja.

El hombre me cogió con habilidad y me colocó en una cesta al lado de mis hermanos, que se erguían apoyando las patas en el borde para sacar la cabeza e intentar ver algo.

El rostro sonriente de la niña apareció por el borde de la cesta. Yo la miré, curioso por todos los olores diferentes que emanaban de ella: eran dulces, especiados y florales.

—Vale, Ava, vamos a llevar a estos pequeños al calor de dentro.

La cesta se bamboleó y el mundo volvió a ser inestable, situación que la ausencia de nuestra madre empeoraba. Algunos de mis hermanos chillaron, alarmados, mientras yo me concentraba en mantenerme apartado de Heavy Boy, que daba tumbos de un lado a otro.

De repente, el aire se hizo más cálido. Y la nueva guarida dejó de moverse. La niña pequeña metió una mano en la cesta y me alegró sentir su tacto mientras me cogía y me acercaba a su rostro. Me miraba desde muy cerca y yo sentí el impulso de darle un lametón, aunque no supe por qué.

—Tenemos un problema, Ava —dijo Rostro Lampiño—. Podemos darles leche embotellada, pero sin su madre no estoy seguro de que vayan a sobrevivir.

—¡Yo lo haré! —exclamó la niña de inmediato.

—Bueno, ya lo sé. Pero esta noche llegaremos tarde y tu madre no estará contenta.

La niña continuaba mirándome, y yo la miré fijamente.

—Quiero quedarme con este.

El hombre se rio.

—No creo que puedas hacerlo, Ava. Vamos a ponernos con las botellas.

Cada experiencia era totalmente nueva. La niña se sentó y me sujetó panza arriba entre sus piernas. Yo me removí, incómodo, pero al notar que me ponía un objeto pequeño en la boca y oler que una pequeña gota de leche salía de él, lo cogí con la boca como si fuera una mama, chupé y obtuve un alimento dulce y rico.

Cuando estábamos en la guarida con Madre, la caída de la noche era un proceso gradual, pero en este sitio nuevo la noche caía en un momento, con una rapidez tal que algunos de mis hermanos se agitaron presas de la alarma. Estábamos ansiosos e inquietos por la ausencia de nuestra madre, así que tardamos mucho en quedarnos dormidos. Yo me dormí encima de Heavy Boy; era mucho mejor que hacerlo al revés.

A la mañana siguiente, la niña pequeña y el hombre regresaron y volvieron a darnos de comer tumbados boca arriba. Yo sabía que mis hermanos se habían alimentado porque todos ellos tenían el denso olor de la leche en la boca.

—Tenemos que conseguir que la madre vuelva, Ava —dijo Rostro Lampiño—. Si no, no podremos alimentar a estos pequeños adecuadamente.

—No iré a la escuela el lunes —contestó la niña pequeña.

—No puedes hacer eso.

—Papá…

—Ava, ¿recuerdas que te expliqué que, a veces, recogemos a un animal pero no lo podemos salvar porque está enfermo o porque ha sufrido graves maltratos? Ahora es como si estos cachorros estuvieran enfermos. Tengo otros animales de los que ocuparme, y no hay nadie que me ayude ahora mismo.

—Por favor.

—Quizá la madre regrese, ¿vale, Ava? Con un poco de suerte, echará de menos a sus crías.

Decidí que la niña pequeña se llamaba Ava. Al cabo de poco rato, la niña me cogió con las manos, que tenían un tacto cálido y tranquilizador, y me llevó fuera, al aire frío del exterior, mientras me apretaba contra su pecho.

Olí a mi madre antes de verla. De repente, Ava contuvo la respiración.

—¿Tú eres la mamá? —preguntó con su vocecita.

Madre había salido de entre unos grandes árboles y se acercaba despacio y con inseguridad por la hierba. Al oír que la niña hablaba, bajó la cabeza. Su desconfianza se hacía evidente a cada paso que daba.

Ava me dejó en la hierba para que me moviera a mis anchas. Me di cuenta de que mi madre observaba con desconfianza a la niña pequeña, que en ese momento se alejaba hasta llegar a la puerta del edificio.

—¡Papá! ¡La madre ha venido! —exclamó la niña—. No pasa nada, chica —dijo con voz amable—. Ven a ver a tu hijito.

Yo me pregunté qué estábamos haciendo.

23

$\mathcal{A}$va se dio una palmada en los muslos.

—¡Por favor, mamá perro, ven! Por favor. Si no vienes a salvar a tus hijitos, morirán.

Aunque yo no comprendía sus palabras, percibí la angustia en ellas. Decidí que esa tensa situación requería la presencia de un cachorro, así que le di la espalda a mi madre en un acto de decisión consciente. Yo quería a mi madre canina, pero en el fondo de mi corazón sabía que yo pertenecía a los seres humanos.

—¡Mamá perro, ven a ver a tu hijito! —la llamó Ava.

La niña me cogió con las manos, entró en el edificio y cruzó el pasillo caminando hacia atrás. Madre se acercó despacio a la puerta, pero se detuvo, recelosa, y no se movió.

Ava me dejó en el suelo.

—¿Quieres a tu hijito? —preguntó Ava.

Yo no sabía qué hacer. Tanto mi madre como Ava eran presas de la ansiedad. Yo lo percibía con claridad, en el agrio aliento de mi madre y en el olor de la piel de la niña pequeña. Lloriqueé un poco meneando la cola, confundido. Empecé a acercarme a Madre y eso pareció ser decisivo. Madre dio unos pasos hacia el interior de la casa sin apartar la mirada de mí. De repente, recordé la vez en que ella entró en la guarida con Heavy Boy en la boca, y supe lo que iba a pasar. Madre se avalanzó hacia mí.

Pero entonces la puerta se cerró a sus espaldas. El ruido de la puerta al cerrarse pareció aterrorizar a Madre: con las orejas gachas, empezó a correr de un lado a otro del estrecho pasillo presa del pánico hasta que se lanzó por una puerta lateral. Vi que Rostro Lampiño miraba por la ventana y, por algún motivo, meneé la cola.

Cuando dejó la ventana, seguí el olor de Madre hasta una habitación pequeña. Allí, al fondo, había un banco bajo el cual madre se había cobijado, jadeando y con el rostro tenso por el miedo.

Percibí que la niña pequeña y el hombre estaban a mis espaldas, en la puerta.

—No te acerques más, Ava —dijo el hombre—. Ahora vuelvo.

Yo iba a correr hacia Madre, pero la niña pequeña me cogió. Me frotó la nariz contra la cara y yo me revolví de placer.

Madre no se movió. Continuaba agachada, escondida. Entonces el hombre volvió a aparecer trayendo consigo el fuerte olor de mis hermanos. Dejó la jaula en el suelo y abrió la puerta. Heavy Boy y los demás hermanitos salieron tropezando los unos contra los otros. En cuanto vieron a Madre, se precipitaron hacia ella con torpeza. Ella salió de debajo del banco, irguió las orejas y miró a Ava. Y entonces mis hermanos llegaron hasta ella chillando y gimiendo, y Madre se tumbó al lado del banco para alimentar a los cachorros.

La niña me dejó en el suelo y yo corrí a reunirme con mi familia.

—¡Eso ha sido muy hábil, Ava! Lo has hecho a la perfección —la alabó el hombre.

Supe que Ava llamaba Papá a ese hombre, y todas las demás personas del edificio lo llamaban Sam. Este era un concepto muy complejo para mí y al final lo llamé Sam Papá.

Ava no estaba en la casa todo el tiempo, ni cada día. A pesar de ello, yo pensaba que era mi chica, que me pertenecía a mí y a nadie más. Compartíamos la habitación con otros perros, perros que veíamos, olíamos y oíamos desde sus jaulas, que estaban cerca de la nuestra. Uno de ellos era una madre como la nuestra: el aire nos traía el aroma de su leche y se oían los chillidos y gemidos de otra camada que se encontraba en una jaula al fondo de la gran habitación. También detecté la presencia de un animal diferente: su olor, fuerte y extraño, me llegaba desde otra parte del edificio. Me preguntaba qué podría ser.

La vida en la guarida metálica de techo de lona parecía muy muy lejos. Aquí la leche de madre parecía más rica y más densa, y su aliento ya no olía mal.

—Está ganando peso a pesar de que está dando de mamar: eso es bueno —le dijo Sam Papá a Ava—. Cuando los destete, la esterilizaremos y le encontraremos una casa para siempre.

Madre siempre se alejaba de Sam Papá, pero al cabo de un tiempo ya se acercaba a Ava, quien la llamaba Madre Kiki.

Ava me llamaba Bailey y, al final, comprendí que se refería a mí. Yo era Bailey. Heavy Boy era Buddha. Todos mis hermanos y hermanas tenían nombres, y yo me pasaba los días jugando con ellos en nuestra jaula o fuera, en un patio con hierba de altas paredes de madera.

Ninguno de mis hermanos se daba cuenta de que Ava y yo teníamos una relación especial, así que cada vez que ella abría la puerta de la jaula, se precipitaban hacia ella. Al final decidí que yo correría hacia la puerta de la jaula en cuanto la niña entrara en la sala para estar preparado cuando ella nos dejara salir.

¡Y funcionó! Ella me cogió mientras todos los demás se amontonaban a sus pies, probablemente celosos.

—Bueno, Bailey, ¿sabes lo que está pasando?

La niña me tenía en brazos porque yo era el cachorro especial. Mis hermanos nos siguieron por el pasillo. Ava abrió la puerta y me dejó en el suelo, e inmediatamente salté sobre Heavy Boy Buddha.

—¡Ahora vuelvo! —dijo Ava.

Ahora ya éramos un poco mayores y no tropezábamos al correr. Heavy Boy Buddha saltó sobre una pelota de goma dura y todos saltamos sobre él. Me gustó darme cuenta de que yo no era el único cachorro resentido por los aplastamientos de nuestro hermano.

¡La puerta volvió a abrirse y vi con asombro que Ava dejaba en el suelo a tres cachorros más! Corrimos los unos hacia los otros, olisqueándonos, meneando la cola y saltándonos encima para mordisquearnos mutuamente.

Uno de los cachorros, una chica, tenía el morro negro y chato, y el pelaje marrón con una mancha blanca en el pecho. Sus dos hermanos tenían unas marcas blancas en el rostro. El pelaje era corto y, cuando nos encontramos hocico contra hocico, me pareció que todos los otros cachorros del patio desaparecían, como si no existieran, a pesar de que uno de ellos chocó contra nosotros. Y cuando la chica de rostro negro se puso a correr por el perímetro del patio, la seguí.

El encuentro de las dos familias de cachorros se convirtió en una rutina. Ava llamaba a la chica Lacey. Lacey tenía casi mi edad, una constitución musculosa y compacta y unos ojos negros muy brillantes. Siempre nos buscábamos y jugábamos juntos por el patio con una devoción exclusiva. De alguna forma que me resultaba incomprensible, yo sentía que pertenecía más a Lacey que a Ava. Cuando me dormía, Lacey y yo jugábamos a luchar en mis sueños. Cuando estaba despierto, olisqueaba el aire en un rastreo obsesivo para detectar su olor entre los de los demás animales. Mi principal frustración en esa maravillosa vida era que nadie había pensado en ponernos a Lacey y a mí en la misma jaula.

Madre empezó a evadirse ante nuestras peticiones de continuar mamando y Sam Papá nos dejaba unos pequeños cuencos llenos de una comida húmeda que, según Heavy Boy Buddha, había que comerse con los pies dentro del cuenco. Esta nueva circunstancia, esta comida, resultó ser un avance maravilloso con el cual yo soñaba tan a menudo como con Lacey.

El día en que, por fin, nos pusieron a Lacey y a mí juntos en la misma jaula, me sentí desbordado de alegría. Estábamos en el interior de lo que Sam Papá llamaba «la furgoneta». Era una habitación de paredes muy altas llena de jaulas para perro colocadas las unas encima de las otras. El interior de ese sitio estaba saturado del olor de ese animal misterioso, pero no me importó: Ava se había dado cuenta de que Lacey y yo nos queríamos mucho y decidió que teníamos que estar siempre juntos. Lacey se tumbó de espaldas y yo le mordisqueé el cuello. Lacey tenía la barriga casi completamente de color blanco, y el pelo en esa zona era denso y corto, igual que el de la espalda, al contrario que mis hermanos, que tenían un pelaje gris y áspero y el rostro casi todo blanco con unas marcas grises entre los ojos y alrededor del hocico. Las orejas de Lacey eran suaves y cálidas, y me encantaba mordisquearlas con ternura, temblando de afecto.

—¿Habrá gatos en la sesión de adopción, papá? —preguntó Ava.

—No. Solo perros. La de los gatos será dentro de dos meses: mayo es el inicio de lo que llamamos la temporada de los gatos.

En el interior de la furgoneta nos vimos sometidos al mismo traqueteo y bamboleo que el día en que conocimos a Sam Papá y a Ava. Y duró tanto tiempo que Lacey y yo nos quedamos dormidos, yo con su pata en la boca.

De repente, una fuerte sacudida nos despertó. Nos habíamos detenido. ¡El lateral de la furgoneta se abrió y un aire repleto de olor a perro entró en el interior!

Todos nos pusimos a lloriquear, ansiosos por correr libres y olisquear todo lo que ese nuevo lugar nos ofrecía, pero eso no iba a ocurrir. Sam Papá fue sacando las jaulas de la furgoneta, una a una. Cuando llegó nuestro turno, Lacey y yo nos aplastamos contra el suelo, mareados por la manera en que Sam Papá nos trasladaba. Nos dejó encima de un suelo arenoso, pero dentro de la jaula. Delante de nosotros vi a Heavy Boy Buddha y a dos de mis hermanos, y me di cuenta de que todos los perros que íbamos en la furgoneta ahora nos encontrábamos allí. Las jaulas estaban colocadas formando un círculo. Ahora los olores caninos eran más potentes. Lacey y yo nos pusimos a olisquear el aire. Entonces ella saltó sobre mí y nos enzarzamos en una larga lucha. Yo percibí que había seres humanos jóvenes y mayores que pasaban al lado de las jaulas, pero Lacey absorbía casi toda mi atención.

De repente, Lacey se me sacó de encima y vi lo que le había llamado la atención: era una niña no mucho mayor que Ava, pero con unos rasgos completamente diferentes: Ava tenía los ojos y el pelo claros y la piel pálida, pero esta niña tenía el pelo negro, unos ojos oscuros y un tono de piel más oscuro también. Pero su olor era muy parecido al de Ava, un olor dulce y afrutado.

—Oh, eres la cachorrita más bonita. Eres preciosa —susurró la niña.

La niña introdujo los dedos en la jaula y percibí su sentimiento de amor mientras Lacey se los lamía. Yo también me acerqué para lamerle los dedos, pero la niña solo estaba pendiente de Lacey.

Sam Papá se agachó a su lado.

—Se llama Lacey. Está claro que es casi una bóxer.

—Esta es la que quiero —anunció la niña.

—Diles a tus padres que vengan y la sacaremos de la jaula para que puedas jugar con ella —propuso Sam Papá.

La niña pequeña se alejó corriendo. Lacey y yo nos miramos, decepcionados.

Al cabo de poco se acercó un hombre de la edad de Sam Papá con un niño que era un poco mayor que Ava. Yo me puse a menear la cola porque nunca había visto a un niño: ¡era la versión masculina de una niña!

—¿Y estos dos son de la misma camada? La hembra parece más pequeña —observó Hombre Nuevo.

El chico se puso en pie con las manos en los bolsillos y se apartó un poco. Yo no había conocido nunca a nadie que no quisiera jugar con unos cachorros.

—No. Creemos que el padre del macho es de una raza grande, quizá un gran danés. Los cachorros deben de tener unas diez semanas y ya son bastante grandes —repuso Sam Papá—. La madre es casi totalmente malamute. La cachorrita es de otra camada, es una mezcla de bóxer. Se llama Lacey.

—Nosotros necesitamos un perro grande.

—Bueno, si por grande no quieren decir alto como un lobero irlandés, no encontrarán un perro mucho mayor que un malamute con algo de danés. No más fornido, por lo menos. Miren sus patas —señaló Sam Papá con una carcajada.

—¿Su centro de acogida está en Grand Rapids? Una buena tirada.

—Sí, hemos venido con los perros más grandes. Aquí a la gente le gustan los perros grandes; en la ciudad los quieren pequeños. Cuando regrese, llenaré la furgoneta de chihuahuas y yorkies y otras razas pequeñas de otros centros de acogida de por aquí.

29

Me tumbé panza arriba para que Lacey se lanzara contra mi cuello. Una mujer mayor se acercó al hombre nuevo y miró hacia nosotros, sonriendo. Pero yo estaba demasiado ocupado recibiendo los mordiscos de Lacey para prestarle mucha atención.

—Como he dicho —continuó Hombre Nuevo—, nos interesan los perros más grandes. Es para mi otro hijo, Burke. Nació con un problema de columna. Los médicos dicen que debemos esperar a que sea mayor para poder operarle, así que va en silla de ruedas. Necesitamos un perro para que lo ayude, tire de la silla y esas cosas.

—Oh. —Sam Papá meneó la cabeza—. Hay organizaciones que entrenan perros de compañía. Es un trabajo duro. Debería ponerse en contacto con una de ellas.

—Mi hijo dice que los perros entrenados deben ser para las personas que no caminarán nunca más. Se niega a aceptar a un perro de compañía de ese tipo. —Hombre Nuevo se encogió de hombros—. Burke puede ser un poco... testarudo, a veces.

El chico que tenía las manos en los bolsillos soltó un bufido de burla y puso los ojos en blanco.

—Ya basta, Grant —dijo Hombre Nuevo.

El chico dio una patada contra el suelo.

—¿Quiere que su hijo venga a conocer a este macho? Se llama Bailey.

Hombre Nuevo, la mujer mayor y el niño levantaron la mirada. Lacey y yo notamos ese súbito movimiento y nos quedamos inmóviles, preguntándonos qué estaba sucediendo.

—¿He dicho algo malo? —preguntó Sam Papá.

—Es solo que nuestra familia tiene una historia con perros que se llaman Bailey —explicó el hombre—. ¿Le molestaría si le cambiáramos el nombre?

—Sería su perro. No pasa nada. ¿Quieren traer a su otro hijo? ¿A Burke?

Nadie dijo nada durante un momento. La mujer mayor puso la mano en el hombro de Hombre Nuevo y dijo:

—Ahora mismo le cuesta dejarse ver en silla de ruedas. Antes no le importaba, pero este último año ha sido difícil. Va a cumplir trece años en junio.

—Está al final de la pubertad —dijo Sam Papá con aspereza—. Ya sé de qué va. A mí todavía me quedan unos años para tener que preocuparme: Ava solo tiene diez.

—Creo que podré ser yo quien decida este tema —afirmó Hombre Nuevo—. Supongo que hay un pago.

—Pago y papeleo —repuso Sam Papá con expresión alegre.

Las personas nuevas se alejaron hablando entre ellas. De repente, la niña pequeña de pelo negro regresó corriendo, seguida por dos adultos.

—¡Es esta, papá! —exclamó.

La niña se arrodilló en el suelo, abrió la jaula y cogió a Lacey. Yo intenté seguirlas, pero la niña me cerró la puerta de la jaula en la cara.

Las observé con preocupación mientras se alejaban. ¿Adónde se llevaba a Lacey?

31

$\mathcal{L}$a niña de pelo negro se llevó a Lacey para que conociera a los dos adultos. Una parte de mi mente supuso que debían de ser sus padres, porque toda mi atención estaba dirigida a no perder de vista a Lacey mientras iba en brazos de la niña. Por algún motivo, ese suceso parecía diferente, parecía más amenazante que cuando Ava nos cogía en brazos a cualquiera de los dos. Lacey estaba igual de desesperada que yo: en cuanto la niña la dejó en el suelo, Lacey la ignoró, corrió directamente hasta mi jaula y metió el hocico entre los barrotes para tocar el mío.

—¡Lacey! —la llamó la niña mientras venía con sus padres y volvía a coger a Lacey en brazos.

Hombre Nuevo y su familia también regresaron y me di cuenta de que se ponían en tensión al ver a la familia de la niña. El chico miró a Hombre Nuevo con curiosidad.

—Hola —dijo el hombre de pelo oscuro.

Hombre Nuevo reaccionó de forma extraña, ignorando a Hombre de Pelo Oscuro mientras se arrodillaba delante de mi jaula para sacarme de allí. Tuve la esperanza de que me sacara para dejarme estar con Lacey.

—Hola —respondió la mujer mayor a Hombre de Pelo Oscuro—. ¿Usted también va a adoptar a un cachorro?

—Yo me quedaré con Lacey —exclamó la niña de pelo negro.

Decidí que debían de ser dos familias diferentes: Niña de Pelo Negro con su madre y su padre y Hombre Nuevo con un niño y la mujer mayor, que no parecía ser la madre del niño. Aunque las dos familias eran humanas, tenían un olor diferente.

Hombre Nuevo me cogió en brazos y se apartó de la conversación con Hombre de Pelo Oscuro.

—¿Vienes, mamá? —preguntó cuando se hubo alejado unos pasos.

En sus brazos, noté una extraña tensión en todo su cuerpo.

—Me alegro de haberles encontrado —le dijo la mujer mayor (a quien Hombre Nuevo había llamado «mamá») a la familia Pelo Negro antes de apresurarse hacia nosotros. Miró a Hombre Nuevo con el ceño fruncido, quien esperó a que ella llegara hasta nosotros—. ¿Qué ha sido eso? —preguntó Mamá en voz baja—. Nunca te he visto comportarte de forma tan descortés.

Hombre Nuevo me sujetaba contra su pecho, así que yo no podía ver a Lacey ni olerla. Me revolví, pero él me acarició la cabeza para tranquilizarme.

—¿No lo sabes? Es uno de esos robots granjeros que quieren echarnos del negocio.

El niño se adelantó corriendo hacia el coche. En el interior del vehículo había un chico más joven que me sonreía.

—¡Espere!

La pequeña Ava corría hacia nosotros y el hombre se dio la vuelta.

—¡Quiero decirle adiós a Bailey!

El hombre me bajó un poco para ponerme a la altura de Ava.

—Te quiero, Bailey. Eres un cachorro muy bueno. No podemos quedarnos con todos los perros que rescatamos porque eso sería un error como centro de acogida, así que debemos despedirnos, pero yo siempre me acordaré de ti. ¡Espero volver a verte algún día!

Al oír mi nombre, Bailey, y sentir el beso que Ava me dio en el hocico, me puse a menear la cola.

Inmediatamente me encontré en el interior del coche. ¿Por qué? ¿Qué estábamos haciendo? ¿Qué le había pasado a Lacey? El chico más joven me atrajo hacia él. Era, básicamente, una copia en pequeño del otro niño: tenía el mismo pelo oscuro y los mismos ojos claros, y desprendía el mismo olor a pan y a mantequilla. Yo me sentía tan ansioso que me puse a gimotear.

33

W. BRUCE CAMERON

—No te preocupes, pequeño, todo va bien —susurró el chico más joven.

Yo me sentía intimidado, pero él frotó su rostro contra el mío con mucho afecto y yo le lamí las mejillas.

Todo el mundo subió al vehículo.

—¿Puedo conducir yo? —preguntó el chico mayor.

—Estaría bien salir con vida de esta —replicó el chico más joven.

—Puedes conducir cuando no estemos toda la familia en el coche, Grant —dijo Hombre Nuevo.

—No sé por qué lo llaman «permiso de aprendizaje» si no me dejas aprender a conducir —se quejó el chico.

El coche se puso en marcha.

—¿Qué pasaba con el chino? —preguntó el chico mayor.

Hombre Nuevo meneó la cabeza.

—Esa no es forma de hacer una pregunta. El hecho de que sea asiático no tiene nada que ver con el tema.

—¿Qué pasó? —quiso saber el chico que me sostenía en brazos.

—Dad se comportó de una forma extraña —explicó Niño Mayor.

—Fue descortés —intervino Mamá.

Hombre Nuevo suspiró.

—No tenemos nada en contra de los americanos chinos. Con lo que tenemos un problema es con el lugar en que ese hombre trabaja. Están comprando todas las granjas y sustituyen a los trabajadores por robots recolectores. Están reventando los precios hasta el punto de que no podemos casi ganarnos la vida. Los trabajadores que antes llevaban un buen sueldo a casa ahora no pueden alimentar a sus familias.

—Vale, entiendo. Perdona —murmuró Niño Mayor, apartando la vista.

—Tu padre no está enfadado contigo, Grant. Es la situación —señaló Mamá—. ¿No es cierto, Chase?

Hombre Nuevo soltó un gruñido. El chico más joven me tumbó panza arriba y me hacía cosquillas mientras yo intentaba mordisquearle los dedos.

—¡Voy a llamarle Cooper! —anunció.

—Vaya un nombre más absurdo —dijo Niño Mayor.

—Ya está bien, Grant —dijo Hombre Nuevo.

Niño Mayor se llamaba Grant. Esa fue una de las cosas que aprendí durante los días siguientes. Su nombre era Grant, y el chico más joven se llamaba Burke. La mujer casi siempre se llamaba Abuela, así que dejé de llamarla mentalmente Mamá. Pero con Hombre Nuevo era más difícil, porque nunca lo llamaban directamente. Él llamaba «Mamá» a Abuela, y ella lo llamaba a él «Chase», pero además, para mayor confusión, los niños lo llamaban «Papá», que era como Ava llamaba a Sam Papá. Eso era demasiado para un perro, así que empecé a llamarle mentalmente Papá Chase. ¿Todos los hombres eran «Papá»?

Y todos ellos me llamaban «Cooper». Yo me llamaba Bailey cuando estaba con Lacey, y ahora me llamaba Cooper y no estaba con ella. Me gustaba encontrarme rodeado de personas que me querían, pero una parte de mí estaba siempre esperando que Lacey apareciera. Pensar en ella me hacía sentir hambriento incluso después de haberme llenado la barriga de comida. Yo cargaba con un dolor y un vacío persistentes.

Cuando no estaba tumbado en la cama, Burke estaba sentado en una silla que se movía suavemente de un lugar a otro si él empujaba unas ruedas con las manos. A veces alguno de los otros miembros de la familia se ponía detrás de Burke y le empujaba. Burke quería que yo estuviera en su regazo y yo descubrí que, si no estaba en su regazo, él casi no conseguía tocarme por mucho que se agachara y lo intentara. Burke me enseñó a saltar a un taburete bajo y mullido y, desde allí, saltar a su regazo.

—¡Arriba, Cooper! —decía, dándose una palmada en los muslos y riendo cada vez que yo me quejaba.

Cuando estaba en su regazo, Burke me abrazaba y yo alcanzaba a mordisquearle el rostro con el mismo afecto que cuando sujetaba la pata de Lacey en la boca.

—Si Cooper es el perro de Burke, ¿por qué tengo que entrenarlo yo? —preguntó Grant un día.

—¿Por qué crees que es? —repuso Papá.

Grant me sacaba al exterior varias veces al día, y a veces lo hacía con mucha prisa si veía que yo tenía intención de agacharme en el interior de la casa. También me daba premios.

—Yo soy el divertido de la familia. Ya lo verás. Burke dice que eres un perro de asistencia, pero cuando seas mayor te llevaré de excursión y te lanzaré la pelota. Ya verás —me susurraba Grant cuando me daba un premio. Yo amaba a Grant.

Grant no siempre estaba en casa, ni tampoco Papá Chase, pero Abuela y Burke sí estaban. «Escuela», decía Grant, y entonces salía corriendo por la puerta. Yo aprendía a esperar el momento en que Papá Chase decía «hora de ir a trabajar» o algo similar con el mismo tono de voz, y entonces Abuela, Burke y yo nos quedábamos solos.

—Vamos a ponernos con la lección de francés —decía Abuela a pesar de las protestas de Burke.

Yo me tumbaba panza arriba o saltaba sobre un juguete o me ponía a correr por toda la casa para hacerles saber que había un montón de alternativas a lo que hacían habitualmente, que consistía en permanecer sentados y mirar unos objetos que no olían a nada, que brillaban y que hacían unos extraños ruiditos cada vez que los tocaban con los dedos. Ignoraban totalmente el hecho de que en la casa había un perro. Ni siquiera se levantaban para seguirme cuando yo cruzaba la puerta para perros y bajaba por la rampa para olisquear los alrededores y marcar mi territorio.

Me preguntaba dónde estaría Lacey. No entendía cómo podía ser que hubiera estado tan seguro de que siempre estaríamos juntos y de que, luego, una niña pequeña de pelo negro la apartara de mí.

Poco a poco fui comprendiendo que, aunque vivía con todos los miembros de la familia, yo tenía una responsabilidad especial con Burke. Era Burke quien me daba de comer, quien me dejaba el cuenco de comida en el estante al que llegaba desde su silla y al que yo accedía saltando sobre una caja de madera. Yo dormía en la cama de Burke, en un pequeño dormitorio de la planta baja, mientras que Abuela tenía una habitación más grande también abajo y Grant y Papá Chase tenían sus camas en unas habitaciones de arriba.

También fue Burke quien me enseñó a obedecer órdenes: «ven», «siéntate», «quieto», «túmbate».

Quieto era la más difícil de todas.

Todos los miembros de la familia me querían y jugaban conmigo, por supuesto, pero yo tenía la certeza de que Burke me necesitaba. Él se preocupaba de enseñarme cosas. El hecho de sentirme necesitado era más importante que ninguna otra cosa, y eso creó un vínculo entre nosotros dos tan fuerte como el afecto que sentía por Lacey. A veces me quedaba mirándole, absolutamente maravillado por el hecho de tener mi propio chico. Yo quería a todos los miembros de la familia, pero al cabo de poco tiempo fue Burke quien se convirtió en el centro de mi mundo. Burke era lo más importante.

El lugar en que vivíamos se llamaba «la granja». Había un granero y una zona vallada donde una vieja cabra que se llamaba Judy masticaba hierba con expresión distraída sin vomitar nunca. Yo a veces me acercaba a la valla, y entonces Judy la vieja cabra y yo nos quedábamos mirándonos fijamente. Yo marcaba la valla, pero la cabra nunca tuvo la cortesía de olisquear esa zona. Yo no tenía muy claro qué utilidad tenía una cabra vieja. Abuela pasaba mucho tiempo hablando con ella, pero las cabras no son capaces de hablar mejor que los perros. Judy nunca era invitada a entrar en la casa, así que decidí que yo debía de ser el favorito. A mí se me permitía correr por todas partes, pero mi sentido de la obligación hacia mi chico me impedía ir más allá de un enorme lago en el que nadaban unos inútiles patos. Yo necesitaba saber dónde se encontraba Burke en todo momento.

«Ven, siéntate, quieto, túmbate.» Yo tenía un trabajo, y eso me hacía feliz.

También tenía una caja llena de juguetes. Cada vez que me aburría, metía la cabeza en la caja y sacaba una pelota o cualquier otro objeto. Casi todos eran de goma, porque yo acababa destrozando y comiéndome los de trapo. La única cosa que no me gustaba de mi caja de juguetes era una cosa que Grant me había dado: «Es un hueso de nailon para que lo muerda; es bueno para sus dientes», le había dicho Grant a Burke. Y siempre me lanzaba ese «hueso de nailon» que no olía ni sabía a nada.

—¡Busca el hueso! ¿Quieres el hueso? —decía Grant mientras lo agitaba.

Yo fingía interés en el hueso porque me sentía mal por él.

Al cabo de un tiempo ya dejé de necesitar la caja de madera para alcanzar el cuenco de comida.

—Ahora eres un perro grande, Cooper —anunció Burke.

Así que decidí que «perro grande» era lo mismo que «perro bueno».

O quizá no lo fuera, porque ese mismo día mi chico empezó a hablar con la clara intención de que yo hiciera algo, algo que era más difícil que Siéntate o Quieto.

—Vamos a entrenar un poco, Cooper —anunciaba Burke cada día, y entonces sabía que había llegado el momento de prestar atención a una asombrosa y extraña retahíla de órdenes.

Había una cuerda atada a una cosa que supe que era «la nevera». Burke agitaba la cuerda y decía: «Abre». Y continuaba agitándola hasta que yo la cogía con los dientes y, con unos gruñidos juguetones, empezaba a retroceder y a tirar hasta que la puerta se abría y unos maravillosos olores salían del interior. ¡Y entonces Burke me daba un premio! «Abre» significaba «tira de la cuerda y toma un premio».

«Suelta» resultaba un tanto confuso porque la orden empezaba con un premio, un premio que me daba con un guante, en el sofá. Yo conocía ese guante, era el que utilizaban Grant y Burke cuando se lanzaban una pelota el uno al otro en el patio. Ese era un juego que me encantaba porque, cuando uno de ellos fallaba, yo saltaba sobre la pelota y a partir de ese momento era mi pelota.

Burke sujetaba un trozo con el guante y se quedaba sentado sin hacer nada, aunque los dos sabíamos dónde estaba el pollo. Finalmente, yo decidía que debía tomar la iniciativa e intentaba ir a por el pollo. «¡Suelta!», ordenaba. Y de repente, yo me sentía decepcionado. ¿Qué significaba eso? Me quedaba mirando el guante, babeando, hasta que me lanzaba a por él de nuevo. «¡Suelta! ¡No! ¡Suelta!»

«¿No?» ¿Para qué creía que servía un trozo de pollo? «¡Suelta!», volvía a ordenar, y esta vez me daba un premio diferente, uno con aroma a hígado. Yo prefería el pollo, pero con toda esa locura decidí que el hígado era lo máximo que iba a conseguir.

Después de repetir el «¡suelta!» varias veces, decidí alejarme y él me dio más hígado. Eso no tenía ningún sentido, pero mientras la cosa acabara con un premio, por mí estaba bien. Aprendí el truco de apartarme del guante en cuanto él decía «¡suelta!». ¡Premio! Al cabo de un tiempo, el pollo estaba en el suelo con el guante encima. Burke ya no lo sujetaba. Calculé que sería fácil apartar el guante y tragarme el pollo rápidamente, pero cuando él dijo «¡suelta!» me aparté automáticamente sin poderlo evitar.

¡Premio!

Al final decidí que, cada vez que mi chico dijera «suelta», yo debía ignorar cualquier cosa en la que tuviera puesta la atención en ese momento para concentrarme en su mano, que era una fuente de premios mucho más fiable.

Pero esos deliciosos bocados no eran la mejor parte de todo, sino que lo mejor era el afecto de Burke mientras decía: «Buen perro, Cooper». Yo hubiera hecho cualquier cosa por él. Burke me quería y yo quería a Burke.

Tira era fácil: yo caminaba hacia delante con la cuerda atada a mi arnés y a la silla. Pero esa orden tenía variaciones que exigieron muchos días y muchos premios para aprenderlas.

—Mira esto —le dijo Burke a Grant un día—: Vale, Cooper, tira a la derecha.

Eso significaba tirar en una dirección. «¡Tira a la izquierda!» significaba tirar en la otra dirección. Ese era un trabajo duro para un perro, pero las felicitaciones de Burke además del pollo hacían que el esfuerzo valiera la pena.

—¿Para qué sirve? —preguntó Grant.

—Por si tengo problemas en la nieve. Cooper puede tirar de mí.

—No vas a salir a la nieve. Es una estupidez —repuso Grant.

—No iré donde haya mucha nieve, pero ya sabes que aunque esté limpio a veces es difícil avanzar.

—¿Qué más le has enseñado?

—Vale, esto es lo mejor.

Con un gruñido, Burke se izó en la silla, se deslizó hasta el sofá y luego, con los brazos extendidos, rodó al suelo. Yo lo observé, en tensión, mientras él se arrastraba con los brazos por la habitación.

—¡Vale! ¿Cooper? ¡Firme!

Me coloqué al lado de mi chico de inmediato. Él alargó los brazos y se sujetó de mi arnés.

—¡Ayuda!

Él continuó sujetándose a mí con una mano mientras, con la otra, se impulsaba para que yo pudiera arrastrarlo por el suelo hasta donde se encontraba la silla.

—Firme —volvió a ordenarme.

Me quedé completamente quieto, soportando su peso mientras él se izaba hasta la silla.

—¿Has visto? Cooper puede ayudarme a regresar a la silla.

—¡Genial! ¡Hazlo otra vez! —dijo Grant.

Aunque había conseguido llevarlo hasta la silla, Burke cayó al suelo por segunda vez. Yo no comprendí qué era lo que había cambiado porque ahora parecía que no podía permanecer en esa cosa a pesar de que había aprendido Ayuda.

Esta vez, cuando Burke me llamó a su lado, Grant se acercó a la silla y la empujó hasta la cocina, que se encontraba en el otro extremo de la habitación.

—¿Por qué has hecho eso?

Grant se rio.

—Vamos, Grant. Tráela.

—Vamos a ver si Cooper lo entiende. Como siempre dice papá, un desafío fácil no es un desafío.

—Según tú, esto es bueno para mí.

—O quizá es bueno para el perro.

Burke se quedó en silencio un momento.

—Vale. Cooper, ayuda.

Yo no sabía qué hacer. ¿Cómo podía hacer Ayuda si la silla no estaba allí?

Burke tiró de mi arnés hasta que me encontré de cara a la cocina.

—Ayuda, Cooper.

Di un paso hacia delante.

—¡Sí! —exclamó Burke—. ¡Buen perro!

¿Quería que lo arrastrara hasta la cocina? Eso era un Ayuda diferente al que habíamos hecho antes. Se parecía más a Tira a la izquierda. Pero recordé que Suelta venía de «no te comas lo que está en el guante» y de «no comas lo que está en el suelo aunque tenga un olor delicioso». Quizá «entrenamiento» significaba que en mi vida todo estaría cambiando continuamente.

Empecé a avanzar hacia la cocina.

—¡Sí! ¿Lo ves? Lo ha comprendido.

Grant esperaba en la cocina con los brazos cruzados. Cuando llegamos allí, Burke jadeaba un poco por el esfuerzo.

—¡Buen perro, Cooper!

¡Premio!

Grant cogió la silla de Burke.

—¿Y esto? —dijo, levantando la silla hasta el salón y subiéndola por las escaleras—. ¿Podrás llegar hasta aquí? —añadió Grant con una carcajada.

Burke se quedó en el suelo. Parecía triste. Le di un golpe con el hocico, sin comprender nada.

—Vale, Cooper —susurró al final. Su voz tenía algo parecido a la rabia—. Hagámoslo.

5

*B*urke cogió mi arnés y me hizo girar hasta que me encontré de cara al salón. Creí saber lo que vendría a continuación, así que cuando dijo «¡ayuda!», me dirigí hacia el sofá, pensando que era allí donde él quería ir. Pero luego me sorprendió haciéndome girar otra vez y diciendo de nuevo:

—¡Ayuda!

¿Las escaleras? Lo arrastré hasta ellas y me detuve, asombrado. Grant, desde arriba, sonreía. Burke puso una mano en el primer peldaño y con la otra se sujetaba a mi arnés.

—¡Ayuda!

Yo di un paso titubeante por las escaleras. Burke se empujó con la otra mano soltando un gruñido.

—¡Ayuda! —ordenó al ver que me detenía.

Algo no iba bien: el peso de Burke me arrastraba hacia abajo. ¿Por qué no bajaba Grant a ayudarnos?

—Vamos, Cooper.

Subí otro peldaño, y luego otro. Empezamos a movernos con mayor fluidez. Burke respiraba profundamente.

—¡Sí! —susurró—. ¡Lo estamos consiguiendo, Cooper!

Grant había dejado de sonreír y volvía a tener los brazos cruzados.

Percibí el olor de Papá, pero estaba concentrado en llegar arriba de la escalera. No sabía qué sucedería una vez llegáramos allí, pero esperaba que, fuera lo que fuera, tuviera que ver con el pollo.

—¿Qué está pasando aquí? —preguntó Papá a nuestras espaldas.

Tanto Burke como Grant permanecieron en silencio y,

después de un momento de tensión, su padre habló. Yo no meneé la cola para que los chicos supieran que, aunque no comprendía nada, me tomaba muy en serio lo que estaba sucediendo.

—¿Quieres contárselo, Grant? —preguntó Burke.

Grant tragó saliva.

—He hecho una pregunta —dijo Papá Chase—. ¿Qué estáis haciendo vosotros dos?

Burke sonreía a su hermano.

—Le estoy enseñando a Grant que Cooper puede ayudarme a subir las escaleras.

Oí que pronunciaba mi nombre, así que ahora estaría bien menear la cola.

—Oh. —Papá Chase se frotó el rostro—. Vale, ¿puede ayudarte a bajarlas?

—Probablemente sí. Todavía no lo hemos practicado —respondió Burke.

—Avísame si necesitas que venga a ayudarte —dijo Papá Chase—. Es un inicio húmedo de verano, necesitamos la lluvia. —Y se dio la vuelta hacia la cocina.

Grant soltó el aire.

Burke meneó la cabeza.

—No podrías parecer más culpable aunque hubieras tenido una pistola en las manos. ¿Por qué pensabas que papá se enfadaría al saber que estabas torturando a tu hermano?

—Torturando —se burló Grant—. Cualquiera podría subir unas escaleras con los brazos. Además, tienes un perro.

—Pruébalo.

—¿Crees que no puedo hacerlo?

—Sí —declaró Burke.

—De acuerdo. Mira.

Grant dobló la silla de Burke y bajó las escaleras. Luego volvió a abrirla y la dejó abajo. Entonces se puso a cuatro patas en el suelo. Me puse en alerta: ¿necesitaba que hiciera Ayuda?

—No, estás usando las rodillas —dijo Burke.

—No es cierto.

—Arrastra las piernas.

—¡Ya lo sé!

—Vale, esto ha sido solo un paso, y has utilizado las piernas.

—Esto es una estupidez.

—Así que admites que no puedes hacerlo.

—¿Sabes qué? —Grant se puso en pie, saltó el último peldaño y le dio una fuerte patada a la silla, que se cayó al suelo con un fuerte golpe.

—¡Ey! —gritó Papá Chase desde la cocina.

Salió corriendo y pisando el suelo con fuerza.

—¿Qué creéis que estáis haciendo?

Grant miraba fijamente el suelo.

—¿Grant? ¿Qué tienes que decir?

—¡Odio esta estúpida silla! —gritó.

Papá se lo quedó mirando.

—¿De verdad? —Burke replicó en voz baja desde su escalón, a mi lado—. Porque a mí me encanta.

—En esta casa no se maltratan las cosas, Grant. ¿Entendido?

Grant se frotó los ojos. Me llegaba el aroma salado de sus lágrimas. Sin decir nada más, se fue hacia la puerta de entrada.

Papá Chase llamó:

—¡Grant!

Burke se aclaró la garganta.

—Papá.

Papá Chase había dado dos pasos en dirección a Grant, pero se detuvo y nos miró.

—¿Puedes bajarme, por favor?

Papá Chase miró hacia donde Grant se había ido corriendo.

—Déjalo estar, papá —dijo Burke en voz baja.

Papá Chase levantó a Burke y lo dejó en la silla de ruedas a pesar de que yo me encontraba justo allí y hubiera podido hacer Ayuda.

Al cabo de unos días, nos encontrábamos fuera, jugando al juego de Cógelo. Burke esparció unos cuantos objetos —un zapato, una pelota, un palo, un calcetín— y entonces me dijo: «¡Cógelo!». Yo nunca había oído esa palabra y, aunque pensé que seguramente me estaba pidiendo que hiciera algo relacionado con el «entrenamiento», no tenía muchas ganas de intentar comprender las cosas ese día. Así que cogí el palo y le di una buena sacudida.

—Suelta —ordenó Burke.

Lo miré sin podérmelo creer. ¿Dejar un palo?

—Suelta —repitió.

Así que dejé caer el palo. Entonces señaló la pelota.

—¡Cógelo!

Cogí el palo.

—¡Suelta!

Decidí ir a levantar la pata sobre unas flores, con la esperanza de que Burke dejara ese juego nuevo de Cógelo.

—¡Coge la pelota! ¡Cógela!

El día era cálido, la hierba tenía un olor embriagador y yo solamente deseaba tumbarme panza arriba y, probablemente, echar una cabezada. Pero Burke parecía no querer celebrarlo con un palo. Fui hasta él y le lamí los dedos de la mano para hacerle saber que, a pesar de su enloquecido comportamiento, todavía le quería.

Papá Chase se acercó a nosotros.

—¿Qué tal va?

Papá Chase olía a barro: ¡parecía que él sí sabía cómo divertirse en un día como ese!

Burke suspiró con tristeza y me acerqué a él e hice Siéntate, en un intento de animarlo un poco.

—No muy bien. Creo que tendré que lanzarle cosas y señalarlas para que aprenda a seguir las indicaciones de mi dedo.

—Las cosas que valen la pena no son fáciles, Burke. Lo estás haciendo muy bien con este animal. Tienes talento. Pero incluso el talento necesita práctica.

—¿Como tú con la guitarra? —lo provocó Burke.

Papá Chase se rio.

—La gente decía que tenía talento. Después de veinticinco años de practicar, todavía sigo siendo igual de bueno que la primera vez que cogí ese maldito instrumento.

—Pero no practicas nunca.

—No, te equivocas. Lo hago cuando tú y Grant no estáis. Voy al granero para no volver loca a tu abuela.

—¿Cómo es que nunca tocas para que te oigamos, papá? ¿Por qué no podemos ir a escucharte cuando estás con tu grupo?

—El bar es solo para mayores de veintiún años, hijo.

Todos levantamos la mirada hacia la carretera, donde una larga línea de coches se acercaban lentamente, los unos casi encima de los otros: eran unas máquinas enormes y brillantes.

Yo ya había aprendido unas cuantas cosas. Los coches tenían más asientos en el interior para las personas. Los camiones normalmente tenían menos asientos pero más espacio para otras cosas, como los cargamentos de plantas que Papá Chase a menudo se llevaba. Luego estaba el camión lento: un vehículo que hacía mucho ruido y que tenía un único asiento arriba de las ruedas. Pero esas cosas que se veían ahora en la carretera eran muy extrañas: eran enormes y casi totalmente silenciosas, y avanzaban en fila.

Solté unos cuantos ladridos para hacerles saber que, fueran lo que fueran, yo no les quitaba el ojo de encima y era un perro.

—No pasa nada, Coop —dijo Papá Chase agachándose para acariciarme la cabeza—. Ese es el enemigo.

—La abuela dice que es el futuro —replicó Burke.

—Sí, ya. —Papá Chase se irguió y se sacudió el pantalón—. Espero que no sea nuestro futuro. Robots para recolectar. Robots granjeros. Antes se veía a veinte o treinta trabajadores en un día como este en cada campo de espárragos. Ahora no hay ni una sola persona, solo esas cosas. Lo mismo con las patatas, lo mismo con todo.

—Pero nosotros no.

—Exacto. Ahora mismo tengo a Grant ahí, recogiendo espárragos para el mercado de este domingo.

Burke me acariciaba de una manera que yo ya había aprendido que significaba que estaba triste.

—Ojalá pudiera ayudar, papá.

—Oh, lo harás algún día, Burke.

Cada día que Burke y yo salíamos al patio para trabajar en Cógelo, veíamos esas máquinas. Aprendí a seguir la dirección que señalaba Burke con el dedo y a hacer Cógelo con el guante, la pelota y a veces, con suerte, con el palo. Luego, con otras cosas en el interior de la casa, como almohadas, una camisa y un tenedor que se había caído al suelo. «Cógelo» solo significaba que yo debía coger cosas y hacer Suelta hasta que, finalmente, elegía alguna cosa que me hacía ganar un premio.

No era mi juego favorito.

Nadie jugaba a Cógelo con Judy, la cabra vieja, ni a nada, por lo que yo sabía. Todos acariciaban a Judy a pesar de que ella no era un perro y de que probablemente no le gustara recibir ese trato. Pero era solo Abuela quien iba al cercado para sentarse a hablar con Judy. Judy no meneaba la cola ni parecía responder de ninguna manera, aunque se quedaba al lado de Abuela.

—Oh, Judy, eres un encanto. Recuerdo la primera vez que viniste, cuando eras un cachorro —dijo Abuela—. Miguel estaba impaciente por mostrarte: sabía que me encantarías. Era un buen hombre, Judy.

Meneé la cola al percibir el afecto en ella, pero era un afecto ensombrecido por la melancolía.

A veces, cuando Abuela no estaba sentada en su silla en el cercado, Judy se subía a ella. Yo me preguntaba si Abuela lo sabría.

A Burke le gustaba pasar tiempo sentado a una mesa de su habitación, en silencio, cogiendo unas pequeñas piezas de plástico y poniéndoles un líquido que despedía un fuerte olor. Esa cosa apestaba tanto que me hacía estornudar.

—¿En qué estás trabajando?

Burke y yo levantamos la cabeza. Grant estaba apoyado en el marco de la puerta.

—Es una planta de energía solar. Voy a utilizarla para dar energía a toda la ciudad.

Grant se apartó de la puerta.

—Enséñamelo.

Burke miró a su hermano de arriba abajo.

—Vale —dijo, despacio—. Estas son las casas que construí. Y esto es el hotel, el ayuntamiento...

—¿Qué tipo de energía han usado durante todo este tiempo si no tenían energía solar?

47

—Esto no es una historia, Grant. No estoy construyendo la ciudad en orden cronológico. Se trata de ir haciendo las cosas hasta que, al terminar, todo tenga sentido.

—Si así es como lo quieres hacer, vale. Pero me parece que sería más divertido tener una granja, y luego casas para los trabajadores, y luego algunos negocios en la calle principal. Como con queroseno, y luego carbón, y caballos, y luego coches. Tu manera de hacerlo es aburrida. Por lo menos, a mi manera, sería una aventura y tendría un propósito. ¿Qué sentido tiene todo esto si nunca evoluciona?

—¿Así que si quisieras poner un sistema de tranvía, empezarías por una reunión en el ayuntamiento? ¿Haciendo un estudio del impacto medioambiental?

—Estás jugando con muñecas. Es una estupidez —se burló Grant.

A menudo, cuando Grant y Burke hablaban, yo percibía cierta rabia e irritación en ambos. En ese momento lo sentí.

—Bueno, ¿necesitas algo, Grant?

Grant inspiró profundamente mientras miraba a su hermano. Luego asintió y se lo soltó.

—Bueno, este fin de semana quiero ir con mis amigos a jugar al baloncesto y, como siempre, papá me dice que tengo que trabajar. Así que le dije que iría a ayudar a los Millard a recoger fresas. Ya sabes la importancia que papá le da a ayudar a los vecinos y todo eso.

—¿Y eso qué tiene que ver conmigo?

—Bueno, mira, cuando papá regrese, dile que el señor Millard vino a buscarme. Él te creerá.

—No comprendo por qué debería hacer eso. Mentirle a papá.

—¿No hago yo todo el trabajo? ¿Haces tú alguna tarea? No, tú solo te sientas aquí y construyes una asquerosa imitación de ciudad con Barbies.

—¿No crees que yo ayudaría a papá si pudiera?

Burke dio un puñetazo contra el brazo de la silla con auténtica furia. Yo me agaché un momento y luego le di un golpe con el hocico en el brazo.

—Vale, es que… lo siento. Estoy un poco molesto porque

solo quiero jugar al baloncesto y sé que papá dirá que no. ¿Puedo contar contigo?

—Así que si papá dice: «¿Quién vino a buscar a Grant?», yo le digo: «Seguro que no han sido los chicos del equipo de baloncesto».

—Dios, Burke.

Más tarde, mientras Grant se encontraba fuera amontonando leña con Papá, ayudé a Burke a subir las escaleras y luego hice Ayuda mientras él se sujetaba a mi arnés para entrar al dormitorio de Grant. Mi chico se reía, pero al mismo tiempo estaba extrañamente tenso. De repente, oímos a Abuela abrir una alacena, abajo, y se quedó inmóvil. Luego me hizo ir hasta un armario, sacó algunos zapatos y puso unas gotas de ese líquido apestoso dentro de cada uno de ellos. El aire se llenó de ese olor que hacía llorar los ojos. ¿Qué estaba haciendo?

49

$\mathcal{N}$os encontrábamos abajo cuando Abuela salió de la cocina y le dijo a Burke:

—Acabo de meter unas galletas en el horno.

A mí me interesó mucho la palabra «galletas».

Entonces se oyeron unos pasos en el porche delantero.

—¡Llego tarde! —dijo Grant al entrar en la casa.

Abuela levantó una mano.

—Sácate esas botas llenas de barro, por favor.

—Lo siento, abuela.

50

Grant retrocedió, se sentó y se sacó las botas. Me acerqué para olisquearlas, encantado al notar dónde las había metido.

—Acabo de hacer unas galletas. ¿Por qué tienes tanta prisa?

¡Esa palabra otra vez!

—Yo, eh… les dije a los Millard que les ayudaría a recoger fresas esta tarde, y van a venir a buscarme al final del camino dentro de unos cinco minutos.

Grant pasó rápidamente por delante de mí y subió las escaleras.

Abuela se lo quedó mirando y luego se dirigió a Burke:

—¿Los Millard tienen una hija?

—No lo sé. ¿Por qué?

—Nunca he visto a Grant tan emocionado por ir a recoger fresas.

—¡Burke! —El grito de Grant pareció sacudir toda la casa—. ¿Qué les hiciste a mis zapatos?— Bajó las escaleras como un rayo—. ¡Es como si tuvieran unas piedras pegadas o algo así!

Burke se reía.

—Burke, ¿qué has hecho? —preguntó Abuela.

Las personas son así. Después de mencionar la palabra «galletas», se olvidaban de ella por completo.

Grant se acercó a Burke y agitó un zapato en el aire.

—¡Necesito estos zapatos!

Levanté la cabeza al oír que un coche se acercaba por el camino. Al cabo de un momento, Grant también lo oyó.

—¡Ya vienen! ¡Tengo que irme!

Abuela meneaba la cabeza, pero también sonreía.

—De todas formas, deberías ponerte las botas de trabajo, Grant.

—¿Las botas de trabajo? —Grant la miró, incrédulo.

—Ha estado lloviendo. Los campos de fresas estarán llenos de barro.

—Mucho barro —añadió Burke—. Está claro que las botas son la mejor opción. Te estropearías las zapatillas de baloncesto con tus esfuerzos de ama-a-tu-vecino.

Grant miró a su hermano entrecerrando los ojos. Entonces oímos el claxon de un coche y todos dirigimos la vista hacia las ventanas. Supe que el coche se encontraba en el punto en que el camino llegaba a la carretera.

—Son ellos. —Grant lanzó los zapatos a Burke—. ¡Arréglalos! —dijo, en un tono de voz que creo que Abuela no oyó.

Luego fue a buscar sus botas de trabajo, se las puso y salió corriendo por la rampa y por el camino en dirección a la carretera.

—¿Puedes deshacer lo que hiciste? —preguntó Abuela.

—¿A qué te refieres, abuela? —preguntó Burke con expresión inocente.

—No hay galletas hasta que no arregles las zapatillas.

Burke se rio, y me hizo hacer Cógelo con los zapatos de Grant, aunque yo hubiera preferido hacer Cógelo con las galletas, cuyo olor no dejaba de tentarme todo el rato.

Al cabo de un rato, Burke se comió unas cuantas galletas y me dio algunas migas, y luego bajamos por la rampa hasta el patio. Me hizo hacer Tira un rato para llevarlo por el camino. En la carretera se veía a un hombre que se encontraba arrodillado al lado de un camión. Burke también lo había visto y se llevó las manos a los lados de los labios.

51

—¿Un pinchazo, señor Kenner? —preguntó levantando la voz.

El hombre levantó la cabeza y asintió mientras se limpiaba la boca con la manga de la camisa. Vi que había unas herramientas metálicas en el suelo. Una de ellas era como una delgada vara metálica que el hombre llevaba colgando de la mano.

—¿Puedo ayudarle en algo? —preguntó Burke en voz alta.

El hombre miró a Burke y yo percibí que mi chico se ponía en tensión y que apretaba mi arnés con la mano. Al fin, el hombre negó con la cabeza.

—Parece que no cree que pueda ayudarle, Cooper —murmuró Burke—. Porque soy un chico discapacitado.

Solté un ladrido: esos coches gigantes se aproximaban por la carretera hacia nosotros y mi trabajo consistía en llamar la atención sobre ese hecho. El hombre se llevó las manos a la cintura y escupió. ¡Y se puso justo en medio del camino de los coches! Burke aguantó la respiración y se cogió con fuerza a mi pelaje.

Entonces, con un estruendo, la fila de coches se detuvo. Uno de ellos soltó un bocinazo.

El hombre de las herramientas parecía enfadado. Los coches hicieron destellar unas luces y volvieron a emitir el mismo sonido. El hombre dio un paso hacia delante.

—¿Qué vais a hacer? ¿Atropellarme? —preguntó levantando la voz.

Yo percibía claramente su furia.

—¿Qué está haciendo? —preguntó Burke en voz baja.

El coche de delante empezó a moverse hacia delante y hacia atrás un poco. El hombre enfadado levantó la vara de metal sobre la cabeza y empezó a darle vueltas en el aire. El ruido de un golpe me hizo saltar del susto. Y la fila de coches empezó a retroceder mientras el hombre golpeaba el coche de delante una y otra vez.

De repente, la fila de coches giró y se puso en movimiento justo hacia el lugar en que nos encontrábamos sentados nosotros. ¡Iban a darle a Burke! Debía protegerlo, así que me lancé hacia delante enseñando los dientes y ladrando.

—¡Cooper! —gritó Burke.

52

Oí el grito de Burke y supe que quería que regresara a su lado, pero la fila de coches continuaba acercándose y yo estaba decidido a no permitir que le hicieran daño. De repente, los coches se detuvieron y yo también lo hice. Tenía todo el pelaje del cuerpo erizado y continuaba enseñando los dientes mientras ladraba tan amenazadoramente como podía.

—¡Cooper! —volvió a gritar Burke.

El coche de delante se movió hacia un lado, el lado que coincidía con Tira a la derecha, intentando esquivarme. Corrí en esa dirección lanzándome contra los neumáticos para bloquearle el avance. «¡No vas a hacerle daño a Burke!» El coche se movió en sentido contrario y yo hice Tira a la izquierda, y volví a abalanzarme contra los neumáticos. Esas máquinas eran enormes y me daban miedo, pero ese miedo solo me hacía estar más decidido a proteger a mi chico. Los coches se detuvieron con un sonido atronador. Las ruedas delanteras del primero de ellos giraron sobre la tierra en una dirección y luego en otra. Las ataqué dando mordiscos en la dura goma y sin dejar de gruñir. La máquina retrocedió escupiendo tierra con las ruedas y avanzó decididamente hacia Tira a la derecha, dejándome atrás. Los otros coches no se movieron, pero les ladré para que supieran que no debían intentar nada. Y entonces oí un fuerte estruendo que me hizo girar la cabeza. ¡El primer coche había chocado directamente contra el montón de leña! El montón le había caído encima. Los otros coches decidieron seguirlo y empezaron a avanzar en fila para reunirse con el primer coche hasta que chocaron los unos contra los otros. El primer coche se movía hacia delante y hacia atrás mientras emitía un agudo y angustioso pitido.

—¡Burke! ¡Vuelve! —gritó Papá Chase.

Vi que se acercaba con grandes pasos desde la casa. Fruncía el ceño y llevaba un tubo metálico forrado de madera en los brazos. Abuela también había salido al porche y se cubría la boca con las manos.

Papá Chase estaba furioso. Pasó al lado de Burke sin dirigirme ni una palabra. Caminaba con rabia y yo, intimidado, dejé de ladrar. Se acercó al coche que se había quedado atascado en el montón de leña, se apoyó el tubo en el hombro y apuntó justo un poco hacia arriba de la rueda delantera.

53

¡Bang! Di un respingo y noté un olor acre en el aire que apagaba todos los otros olores. Oí otra detonación, y luego otra, y el aire se llenó de un humo diferente, un humo aceitado y denso, que salía del primer coche.

Todos los coches dejaron de hacer ruido.

Burke me miró.

—No pasa nada, Cooper.

Yo me acerqué a él y le di un golpe con el hocico en la mano.

Papá Chase se relajó. Apuntó al suelo con el tubo metálico y se giró para mirar a Burke.

—¿Estáis bien?

—Sí. ¡No me puedo creer que hayas disparado a ese robot, papá! Ha sido muy guay.

—Bueno —suspiró Papá Chase—. Ya veremos si es guay.

—Cooper me ha protegido, papá. No los dejaba acercarse más.

Papá Chase se arrodilló en el suelo y me pasó una mano por el cuello.

—Buen perro, Cooper.

Y yo le di unos lametones en la cara.

Abuela se acercaba y, meneando la cabeza, dijo:

—¿De verdad que eso era necesario, Chase?

—Ya has visto lo que pasaba —dijo Papá Chase, a la defensiva—. Esas cosas estaban descontroladas.

Yo levanté la vista hacia la carretera. El hombre que había golpeado el coche ahora se acercaba por el camino con una gran sonrisa en el rostro. También llevaba un tubo.

—¡Chase!

—Eh, Ed.

El hombre se acercó a las máquinas y golpeó fuertemente una de ellas antes de girarse hacia nosotros y sonreírnos.

—¡Así estos bastardos aprenderán la lección! ¡Aquí les plantaremos cara!

—Bueno, yo no intentaba que aprendieran nada. Mi hijo estaba en peligro —repuso Papá Chase.

—Sus sistemas de navegación deben de haber fallado cuando les ha golpeado con la llave, señor Kenner —observó Burke.

Abuela miró al hombre.

—¿Has hecho eso, Ed?

Él se encogió de hombros.

—Quizá un poco.

Papá Chase y Burke se rieron, así que meneé la cola.

—Os comportáis como niños —los reprendió—. Trident Mechanical Harvesting es una multinacional. Si deciden ir a por nosotros, ¿qué vamos a hacer?

El hombre bajó la cabeza.

—Yo solo estaba reparando mi rueda —murmuró.

Papá Chase volvió a reírse. Yo me senté y me rasqué tras la oreja. Ese acre olor ya casi no se notaba en el aire, pero el tubo de Papá Chase todavía apestaba.

Abuela meneó la cabeza.

—No entiendo qué gracia le encontráis a esto. Mirad lo que ha pasado.

Las manos de Abuela olían a carne, y las inspeccioné con atención.

—Esto, papá… —dijo Burke—. Mira.

Un coche se acercaba rápidamente por la carretera, dejando una nube de polvo en el aire a su paso.

—Ahí vamos —murmuró el hombre. Miró a Papá Chase—. ¿Quieres que haga una llamada? Puedo conseguir que vengan cinco hombres para que nos apoyen.

Papá Chase frunció el ceño.

—No, creo que esto ya ha ido demasiado lejos. ¿Lo has reparado?

—Sí.

—Yo me encargo, pues. Tú vete.

El hombre se alejó por el camino. Yo meneé la cola, pero él no miró hacia mí.

Papá Chase se mordió el labio mientras observaba el coche que se acercaba.

—Mamá, ¿por qué no entras en casa?

Abuela apoyó las manos en las caderas.

—¿Qué piensas hacer, Chase?

7

Yo percibía claramente la tensión de Papá Chase y también la percibía mi chico. Me di cuenta de ello por la manera en que él se había erguido en la silla y por cómo agarraba las ruedas de la silla.

—¿Chase? —dijo Abuela—. Te he preguntado qué piensas hacer con los hombres de ese vehículo.

Papá Chase se aclaró la garganta.

—Quizá nos crucemos algunas palabras, mamá.

—Por favor, no hagas ninguna locura. Esto ya ha ido demasiado lejos.

—Todo irá bien. Pero me sentiría mejor si tú y Burke entrarais en casa.

Abuela frunció el ceño.

—Bueno…

Burke negó con la cabeza decididamente.

—¡No! Debo quedarme contigo, papá.

Noté una tensión entre ellos. Yo creía que la gente casi siempre se comunicaba hablando, pero a veces no hablan y se comunican mejor con el cuerpo, como los perros.

—De acuerdo —asintió Papá Chase al fin—. Puedes quedarte, Burke. Pero mamá…

—No empieces conmigo. Si mi nieto se queda, yo me quedo. Has convertido esto en un asunto de familia, así que nos enfrentaremos como una familia a quien venga en ese coche.

El coche acababa de enfilar por el camino. Cuando se detuvo, salieron hombres por todas sus puertas. Todos llevaban sombrero.

—¿Qué diablos es esto? —gritó uno de ellos.

Tenía un poco de pelo alrededor de la boca. Todos ellos caminaban de manera similar a cómo se movían sus coches: en fila, uno detrás de otro, directos hacia el montón de leña.

Yo me senté y los observé atentamente. No me gustaba el enojo de Boca Peluda y su gesto furioso al andar era más evidente que el que yo le había visto a Papá Chase. De forma instintiva supe que esos hombres no eran amigos y que yo no debía menear la cola a no ser que empezaran a darme premios.

—Buenas tardes —los saludó Papá Chase con sequedad.

Los hombres se encontraban alrededor del coche que había chocado contra el montón de leña. Boca Peluda se dio la vuelta y se dirigió a Papá Chase.

—¿Le ha disparado?

—Creí que iba a atropellar a mi hijo y a su perro.

—¡Este robot vale más de un millón de dólares, idiota!

Papá Chase hizo un gesto con su tubo.

—Usted entra en la propiedad privada de un hombre sin pedir permiso, lleva un arma cargada, le insulta a la cara ¿y yo soy el idiota?

Todos los hombres apartaron la vista del coche y observaron el tubo metálico de Papá Chase.

—Chase —advirtió Abuela en un susurro.

Percibí que Boca Peluda empezaba a ponerse furioso. Se giró hacia los hombres que se encontraban detrás de él.

—Jason, llévatelos de regreso.

Uno de los hombres trepó a uno de los coches y empezó a tocarlo con un dedo. Cada vez que lo tocaba, el coche soltaba un pitido.

Papá Chase meneó la cabeza.

—Usted y sus robots están destruyendo una forma de vida aquí y ni siquiera lo saben. Los hombres y las mujeres que tenían trabajos reales podían pagar sus casas. Ahora no tienen nada.

Boca Peluda se burló.

—¿A qué se están aferrando aquí? Las cosas cambian. Adáptense.

—Adaptarse —dijo Papá Chase, pronunciando despacio. Apartó la mirada con una mueca de amargura.

La fila de coches empezó a retroceder y luego se fueron hacia la carretera, por donde se alejaron formando una perfecta hilera. Solo se quedó el coche del montón de leña.

—He llamado a un robot de desguace —le dijo otro de los hombres a Boca Peluda.

Boca Peluda señaló a Papá Chase con un dedo:

—Esto está lejos de haberse acabado.

El tono de rabia del hombre me hizo levantar la cabeza de repente.

—¿Tiene alguna cosa más que decir?

El tono de voz de Papá Chase era tranquilo, pero se percibía la ira en cada una de sus palabras.

—Sus tierras están en nuestro camino. Y ahora nos ha ofrecido la manera de quitárselas —dijo Boca Peluda.

Oí un ligero ruido cuando Papá Chase apretó el puño alrededor de su tubo. Empecé a jadear de ansiedad, absolutamente incapaz de comprender nada de todo eso.

Boca Peluda sonreía con expresión burlona.

—¿Qué tal si baja su rifle, deja el arma y vemos qué es lo que tiene, viejo?

—De acuerdo.

Papá Chase se agachó y dejó su tubo encima de la hierba.

Abuela emitió un pequeño sonido de inquietud y yo no pude evitarlo: un gruñido se formó en lo más profundo de mi garganta. Estaba listo para lanzarme contra Boca Peluda, contra todos esos hombres que ahora estaban quietos y observaban.

Boca Peluda retrocedió un paso y levantó las manos.

—¿Va a lanzar a ese perro contra mí?

—Burke —dijo Papá Chase.

Burke dio una palmada contra el brazo de la silla.

—¡Cooper! ¡Ven aquí!

Fui a su lado de inmediato y me senté, pero no aparté los ojos de esos extraños.

—Hemos venido a buscar nuestro robot, y usted nos recibe con un perro feroz —dijo Boca Peluda.

—Yo no he hecho eso —replicó Papá Chase enfadado.

—En cuanto nos vayamos, llamaré a Control de Animales —anunció Boca Peluda.

—Cooper no ha hecho nada —exclamó Burke.

El hombre se rio, pero su carcajada tenía un sonido feo y no meneé la cola.

—Yo no lo veo así.

Un camión se había acercado por la carretera y giraba lentamente por nuestro camino. Papá Chase se limpió el rostro con la manga de la camisa.

—Ya he tenido bastante. Usted se encuentra en mi propiedad y ya no es bienvenido. Coja su maldito recolector y váyase.

Boca Peluda soltó un bufido burlón, se giró y caminó hacia sus amigos.

Yo estaba sorprendido: un perro había salido de entre los árboles y bajaba por la colina en dirección a nosotros meneando la cola. Al instante me aparté de las personas y corrí con alegría para encontrarme con él. ¡Un perro!

Pero cuando estuvo lo bastante cerca para que me llegara su olor, me di cuenta de que no era solo un perro. ¡Era Lacey! Me detuve y, de la emoción, levanté la pata al lado de un árbol.

Lacey se precipitó sobre mí y yo me sentí tan feliz que me puse a lloriquear. Nos pusimos a saltar, a rodar y a forcejear el uno con el otro.

—¡Cooper! —gritó Burke.

Ese grito apagó de golpe mi alegría. Me di la vuelta y corrí de nuevo con él, pero Lacey continuaba allí, apretada contra mí como si yo estuviera haciendo Firme mientras corríamos.

Burke se puso a reír al ver que habíamos estado a punto de chocar contra su silla.

—¿Y tú quién eres? —dijo, alargando la mano y cogiendo a Lacey del collar.

Lacey se sentó, obediente, y yo aproveché el momento para cogerle la nuca con la boca.

—¡Baja, Cooper!

Yo no entendí el significado de Baja en esa situación.

—¿Quién es ese perro? —preguntó Papá Chase.

Burke continuaba tirando del collar de Lacey.

—¡Perros! ¡Basta! Estoy intentando leer la placa. Vale, Lacey. ¿Lacey? ¿Es ese tu nombre? Buena perra, Lacey.

59

Burke soltó el collar; Lacey se tumbó de espaldas y yo me lancé sobre ella al tiempo que me daba cuenta de que los vehículos que quedaban en el montón de leña se alejaban.

Papá Chase soltó un gruñido.

—Parece que la fiesta ha terminado, Burke. Debo regresar al trabajo. Cuando aparezca tu hermano, mándalo al huerto.

—Papá... ¿qué pasará si llaman a Control de Animales por Cooper?

Yo levanté la cabeza al oír mi nombre y Lacey también se quedó quieta.

—No lo sé, hijo.

—¿Te has metido en un problema por haber disparado contra el robot? ¿De verdad que pueden quitarnos nuestras tierras?

—Las cosas son como son, Burke. Si ellos quieren causar problemas, los tendrán.

Papá Chase cogió su tubo apestoso y se alejó con paso cansado. Burke suspiró y, aunque yo me encontraba mordisqueando a Lacey, dediqué un momento a acercarme a él para que supiera que su perro estaba allí.

Abuela me observó mientras yo jugaba con Lacey.

—Lacey —murmuró—. ¿A quién pertenece?

—La placa dice que es de Zhangs —repuso Burke—. Ya sabes, esa familia china.

Abuela pareció sorprenderse.

—¿En serio? Me pregunto qué hace aquí. Ellos viven al otro lado del valle. Supongo que debo llamarlos para que vengan a buscarla.

Me sentí orgulloso de poder mostrarle a Lacey cómo hacía Tira ayudando a Burke a regresar al camino, pero ella no pareció muy impresionada. Se dedicó a olisquear las fragrantes manos de Abuela, y eso sí que la impresionó. Al poco tiempo ya habíamos saltado del porche y nos poníamos a jugar a luchar por la hierba. Burke se sentó a observarnos, sonriendo.

Un coche se detuvo arriba del camino y Grant bajó de él. Se quedó quieto y con la boca abierta al ver el montón de leña en el suelo, y luego se acercó hacia donde Lacey y yo jugábamos. Decidí que lo más probable era que Lacey fuera la perra de Grant, pero que los dos dormiríamos en la cama de Burke.

—Parece que me he perdido algo emocionante —comentó Grant—. ¿Qué ha pasado?

—Papá ha dicho que tienes que ir al huerto.

Grant frunció el ceño.

—¿Ni siquiera puedo comer algo antes?

—Yo no he dicho eso, Grant. Él solo me ha pedido que te dé el mensaje.

Grant resopló.

—Bueno, ¿qué ha pasado?

—Un robot vino por el camino y papá le disparó con el rifle.

—¿Qué? —Grant se había quedado boquiabierto—. ¿En serio?

—Totalmente en serio. Y ellos han dicho que llamarían a Control de Animales por Cooper, y que nos denunciarían y que nos quitarían las tierras.

—Oh. ¿Este perro es suyo? ¿De los robots granjeros?

—No, es Lacey, apareció en medio de todo eso. ¿Has oído lo que he dicho sobre Cooper?

—Sí.

—¿Y sobre la granja?

—Sí. Supongo que ya veremos qué pasa.

—Caramba, eres igual que papá.

Burke se quedó callado un momento y yo lo miré un instante, lo cual le dio ocasión a Lacey para saltarme encima.

—¿Qué tal el baloncesto?

Grant emitió un sonido de disgusto y se sentó en una silla para quitarse las botas. Lacey dejó de jugar un momento para ir a olisquearlas, así que la seguí a pesar de que yo ya lo había hecho antes.

—Tuve que pedir prestadas unas zapatillas y eran demasiado grandes. He jugado como un payaso. ¿Qué hay en mis zapatillas, cristales?

—Solo unas gotas de cola de avión. Ya las he limpiado.

—Cuando dije que necesitaba que me prestaran unas zapatillas, todos se quedaron callados en el coche. ¿Y sabes por qué? Porque creen que soy tan pobre que no puedo permitirme unas zapatillas.

—Bueno, somos pobres.

—Dios. Ha sido humillante. He odiado cada segundo que he estado allí. Odio mi vida.

—¿Vas a ir a ayudar a papá?

Grant miró a Burke. Lacey y yo dejamos de jugar porque habíamos notado algo.

—No, primero voy a ir a comer algo.

Burke se quedó en el porche mientras Lacey y yo rodábamos por el patio. Ella pesaba más, ahora, pero yo era más grande y todavía era capaz de tumbarla al suelo. Ella se quedaba jadeando y con la lengua fuera mientras yo le mordisqueaba suavemente el cuello y las patas. Me sentía desbordado de afecto por ella y la mandíbula me temblaba cada vez que la mordisqueaba. Me hacía feliz que Lacey me hubiera encontrado, porque ella y yo debíamos estar juntos. Eso era tan cierto como que yo pertenecía a Burke.

Al final, agotado, y casi inconsciente, me tumbé encima de Lacey. Estaba tan cansado que no percibí que se acercaba un coche por el camino. Pero, de repente, tanto Lacey como yo nos pusimos en pie al oír a una niña que gritaba:

—¡Lacey!

Una niña y un hombre habían bajado de un coche, y Lacey corrió directamente hacia ellos. Yo hice lo mismo. Ya había visto a esa niña antes: parecía tener la misma edad de Burke y tenía el pelo y los ojos oscuros.

—Lacey, ¿qué estás haciendo aquí? —preguntó la niña con voz aguda y tono afectuoso.

Lacey dio un salto para lamerle la cara, así que metí la cabeza bajo la mano de la niña para recibir unas cuantas caricias. A nuestras espaldas, Abuela sacó la cabeza por la puerta de entrada. El hombre le dijo algo a la niña y ella asintió y corrió hacia el porche. Burke hizo girar la silla mientras la niña pasaba a su lado y se dirigía a la puerta de la casa.

—Gracias por habernos llamado y por haber vigilado a Lacey —le dijo a Abuela.

Pero la niña miraba a Burke y él la miraba a ella. Abuela abrió la puerta y salió.

—Claro, cariño. ¿Cómo te llamas?

—Wenling Zhang, señora.

—Puedes llamarme abuela Rachel. Y él se llama Burke.

Burke levantó una mano.

—¡Grant! —llamó Papá Chase desde el otro extremo del campo. Se aproximaba a la casa a un paso que era casi como su paso de cuando estaba enfadado, un paso que indicaba que no estaba muy feliz.

—¿A qué curso vas? —preguntó Burke de repente.

—Eh… voy a hacer octavo —dijo la niña.

—¡Yo también!

—Oh. ¿Vas a la Lincoln Middle School? Creo que no te he visto nunca.

—No, estudio en casa. Pero sí debes de haber visto a mi hermano Grant. Él iba a la Lincoln, pero ahora irá a primero de instituto.

—Oh. No, no le conozco. Pero estar en séptimo es como ser un novato en una prisión, así que intentaba evitar a los chicos mayores.

Burke se rio y asintió con la cabeza.

63

Papá Chase llegó a paso rápido al porche. Parecía un poco confuso al ver a la chica.

—¿Dónde está tu hermano? —le preguntó a Burke.

—Le he dado un trozo de pastel —respondió Abuela.

—Necesito que Grant me ayude. Ya tomará pastel después de cenar. —Papá Chase miró a su alrededor y vio al hombre de pie al lado del camión—. ¿Qué hace él aquí?

Papá Chase empezó a bajar la rampa. Ahora sí caminaba con paso enfadado.

—Chase —lo llamó Abuela en tono de advertencia.

—¡Eh! —gritó Papá Chase.

8

*P*ercibí que todo el mundo se ponía en tensión al ver que Papá Chase bajaba por el camino con la chica corriendo detrás de él. Lacey seguía a la niña y yo me mantuve al lado de la silla de Burke mientras él iba tras ella. Me pregunté si hacía falta que me pusiera a gruñir otra vez.

Burke iba más despacio, así que cuando llegamos adonde se encontraba el hombre de la camioneta, Papá Chase ya lo estaba señalando con el dedo.

—Llega demasiado tarde. Su gente ya se llevó esa maldita cosa. Pero dejaron todo hecho un desastre. Su robot hubiera podido atropellar a mi chico y a su perro, y se estampó contra mi montón de leña, y lo único que preocupaba a todo el mundo era esa máquina.

El hombre permaneció rígido y mirando a Papá Chase mientras recibía la reprimenda.

—Solo habla chino —dijo la niña.

La niña se giró y habló con su padre, y luego este miró a Papá Chase y dijo algo.

—Lo siente mucho. Dice que no sabía nada de esto —dijo la niña.

Papá Chase frunció el ceño.

—¿Que no lo sabía? ¿Qué quiere decir?

—Quiere decir que nadie le dijo que un robot había entrado en su propiedad. Ni que había chocado contra el montón de leña.

Papá Chase miró a la niña.

—¿No ha venido por los robots?

—No. Hemos venido a buscar a mi perra, que se había escapado. Se llama Lacey. —Lacey levantó la cabeza al oír su nombre—. Yo me llamo Wenling y mi padre se llama Zhu-yong Zhang, pero en el trabajo todos le llaman ZZ.

Vi que el hombre de pelo oscuro asentía con la cabeza. Alargó la mano y, al cabo de un momento, Papá Chase se la estrechó con gesto torpe. Ya no parecía enfadado.

—He malinterpretado la situación —le dijo a la niña.

—¿Quieres ver mi maqueta de ciudad? —le preguntó Burke a la niña.

Papá Chase miró a la niña y a Burke y se rascó la cabeza. La niña habló un momento con el hombre de pelo oscuro.

—¿*Bàba, wǒ kěyǐ hé zhège nánhái yīqǐ qù kàn tā de wánjù chéng ma*?

El hombre sonrió y respondió.

—Dice que de acuerdo, cinco minutos —nos tradujo la niña.

—Vale pues —murmuró Papá Chase—. Mucho gusto conocerlo, esto… ZZ.

Se dio la vuelta y se dirigió hacia la casa. Lacey y yo nos pusimos a correr en círculos alrededor de Burke y de la niña mientras se alejaban también.

—¿Necesitas que te empuje? —le preguntó la niña.

—No, yo puedo.

—¡Tu perro es muy grande!

—Es medio malamute, medio estegosaurio.

La chica sonrió.

—¿Puedo preguntarte por qué necesitas usar una silla de ruedas?

—Soy parapléjico. Nací con una extraña afección en la columna.

—Oh.

—Hay una operación que me pueden hacer, pero tengo que esperar hasta que deje de crecer. Y no hay ninguna garantía de que funcione. ¿Eres de China?

—Mi madre es estadounidense. Ella y papá se conocieron en China y se enamoraron, pero yo nací aquí. Estuvimos viviendo en China hasta que tuve cinco años, y ahora nos hemos instalado aquí de forma permanente.

Yo escuchaba para ver si oía alguna de las palabras que

65

conocía, pero al final decidí no preocuparme. Es más fácil ser un perro si uno acepta que hay muchas cosas que resultan incomprensibles y se limita a concentrarse en ser feliz. Entonces Lacey encontró un palo y yo me concentré en lo verdaderamente importante, que era arrebatarle el palo para hacer que me persiguiera.

Pronto llegamos a la habitación de Burke. Yo ya empezaba a decidir que la chica de pelo negro era la persona de Lacey, lo cual significaba que Lacey me abandonaría otra vez. Pero si la niña quería dormir en el dormitorio de Burke con nosotros, yo no tenía inconveniente en ello.

Mientras ellos dos hablaban, Lacey y yo estuvimos tirando de un muñeco de trapo. Luego salimos fuera a buscar a Abuela, que tenía galletas para Burke y su nueva amiga, pero ninguna galleta para los perros, a pesar de que Lacey me imitó e hizo Siéntate. Yo no comprendería nunca cómo era posible que alguien tuviera una galleta en la mano y no se la diera a un perro que se comportaba tan bien.

66

En el salón, salté sobre un muñeco de los que chillaban y lo hice chillar más a base de mordiscos. Lacey estaba pasmada. Luego lancé esa cosa al aire dejando deliberadamente que Lacey lo atrapara, porque estaba claro que ella nunca había visto un muñeco como ese. Me encantó oír los chillidos del muñeco mientras Lacey lo mordisqueaba.

Papá Chase se acercó a las ventanas de la fachada de la casa.

—¿Qué está haciendo? Oh, maldita sea.

Dejó la taza en la mesa y se fue hacia la puerta. La niña, Burke y Lacey fueron tras él, así que, después de mirar a Abuela para darle una última oportunidad con las galletas, yo hice lo mismo.

Lacey todavía llevaba el muñeco chillón. El hombre del camión estaba en el montón de leña e iba ordenando los trozos. Papá Chase levantó una mano.

—No... ZZ. Eh, no quería decir que hiciera eso.

El hombre habló.

—*Wǒ chàbùduō wánchéngle.*

—Dice que ya casi ha terminado —informó la niña.

Papá Chase también se puso a amontonar los troncos de leña. Los troncos de leña son palos que son demasiado gruesos para jugar, aunque, por lo que parecía, Lacey no lo sabía porque dejó caer el muñeco chillón, cogió un tronco e intentó correr con él en la boca. Pero la cabeza se le inclinaba a un lado mientras lo arrastraba por el suelo.

Al cabo de un rato me entristeció ver que Lacey, la chica y el hombre de pelo negro subían a su vehículo. ¿Por qué no podían quedarse? Lacey me ladró por la ventana mientras se alejaban. Burke me acarició al cabeza, pero yo me sentía igual que la primera vez que apartaron a Lacey de mí: triste y casi hambriento, con un extraño sentimiento de vacío en mi interior.

Decidí ir a ver a la vieja cabra, que no era un perro pero que no era mala compañía. Me colé por debajo de los barrotes de su valla y la vi durmiendo al lado de su casa de madera.

Pero Judy no dormía. No se movió mientras me acercaba y vi unas cuantas moscas sobre su cara. La olisqueé con atención. La cabra estaba allí, pero todo lo que hacía que fuera una cabra había desaparecido: no solo su olor, sino su vibración. Yo nunca me había encontrado con la muerte hasta ese momento, pero de alguna manera comprendí de qué se trataba. Me pregunté qué querría Burke que hiciera.

Miré hacia la casa. Abuela tenía unas plantas a las que le gustaba hablar y acariciar como si fueran perros, y justo en ese momento lo estaba haciendo. No se veía a nadie más. Lloriqueé con fuerza procurando añadir un tono de alarma y de pérdida en mi voz. Abuela se puso en pie y se llevó una mano a la frente para protegerse los ojos del sol. Volví a lloriquear.

En cuanto llegó a mi lado y vio a la vieja cabra, noté que la tristeza la embargaba. Le di un golpe con el hocico para hacerle saber que tenía el amor de un perro. Ella se secó las lágrimas y me sonrió.

—Tú sabes que yo adoraba a esa cabra vieja y tonta, ¿verdad, Cooper? Eres un buen perro. Gracias por avisarme.

Al regresar del campo, Papá Chase enterró la cabra en

una zona cerca de la casa. Grant echaba tierra en el agujero y el rostro de Abuela estaba surcado de lágrimas. Burke tenía una mano sobre mi cuello. De repente, oímos que un vehículo aparecía por el camino y todos nos giramos.

—Control de Animales —murmuró Grant.

Burke se sintió inmediatamente alarmado y sentí un temblor en su mano.

—Papá —dijo, casi sin aliento.

—Burke —dijo Papá Chase—. Haz que Cooper te lleve allí con tu silla. No lo ayudes, deja que él haga todo el trabajo. Mamá, me encontraré contigo y con Grant en la casa dentro de un minuto.

—¡Cooper, tira!

Feliz, me lancé hacia delante, contento de tener algo importante que hacer. Dejé que Burke me guiara hacia donde se encontraba la mujer al lado de la camioneta que acababa de llegar. La mujer tenía los brazos cruzados. Llevaba el pelo muy corto y sus ropas eran de color oscuro.

—¿Este es el animal agresivo? —preguntó la mujer.

¡Un olor de pollo me llegaba de su bolsillo!

—Se llama Cooper.

Meneé la cola porque había oído mi nombre y olía el pollo.

—Buenas tardes, agente —la saludó Papá Chase—. ¿Puedo ayudarla en algo?

Ella lo miró.

—¿Chase?

Miré a Papá Chase, porque parecía haberse puesto extrañamente tenso.

—Ahh… —repuso él.

—Rosie. Hernandez. Nos conocimos… tú tocabas la guitarra, ¿recuerdas?

—Oh, Claro. Hola, Rosie. —Papá Chase alargó una mano y los dos movieron los brazos arriba y abajo.

—Yo soy Burke —dijo Burke.

Me di cuenta de que miraba a la mujer con mucha atención, como si él también pudiera oler los premios que llevaba en el bolsillo.

Se hizo un largo silencio y al final la mujer parpadeó.

—Bien. Mira, hemos recibido una queja sobre que amenazaste a alguien con un perro. ¿Se trata de este perro?

Meneé la cola. Si había pronunciado la palabra «perro», ¿podían estar muy lejos los premios de pollo?

—Unos hombres entraron en mi propiedad después de que un robot de TMH tumbara mi montón de leña. Se comportaron de forma agresiva y Cooper se puso a gruñir. Con lo que les amenacé fue con un rifle, si quieres saber la verdad.

Otro silencio. Solté un gemido y me tumbé en el suelo con las patas hacia arriba en señal de clara invitación a que alguien me rascara la barriga.

La mujer se rio.

—De acuerdo. Creo que entiendo la situación. TMH se cree que posee la ciudad, pero yo trabajo para el *sheriff*. Archivaré esto como «tontería», y en eso debería quedar todo.

Burke soltó un suspiro de alivio que me animó a sentarme.

—Muchas gracias —dijo Papá Chase.

—Chase… ¿puedo hablar contigo un momento? —preguntó mirándome a mí y a Burke, por lo cual me puse a menear la cola albergando cierta esperanza.

—Claro. Burke, ¿por qué no entras en casa?

Hice Tira. Cuando entramos en la casa, Grant y Abuela se encontraban en las ventanas.

—¿Qué está pasando? —preguntó Grant.

—Es como una vieja novia o algo así —respondió Burke.

Todos estaban tensos mientras miraban por la ventana. Di por supuesto que Burke les habría contado lo de los premios de pollo del bolsillo y que estaban esperando a ver si tiraba algunos en el suelo para que fuera a buscarlos después.

Finalmente, Papá Chase entró en la casa y, al vernos, nos observó un momento.

—Sea cual sea la conversación que imagináis que hemos tenido, no la hemos tenido —dijo Papá Chase levantando una mano para demostrarnos que no tenía ningún trozo de pollo.

—¿Quién era, Chase? —preguntó Abuela.

Sin decir palabra, Papá Chase cruzó el salón y subió las escaleras.

—Estaba buena —dijo Burke.

—Todavía estoy aquí, chicos —replicó Abuela.

Y todos se fueron del salón sin darme ningún premio de ningún tipo.

El olor de Judy estuvo en el ambiente durante todo el verano mientras Grant y Papá Chase se iban a jugar con sus plantas y Burke se pasaba casi todo el tiempo sentado en su habitación poniendo esa cosa apestosa a esos juguetes que no me permitía tocar.

A veces Abuela dejaba comida en una mesa de fuera y Papá Chase y Grant salían del campo para comer. Un día, estábamos todos allí sentados, disfrutando del maravilloso juego de Tira un premio al mejor perro (soy muy bueno atrapando trozos de comida en el aire), cuando unos coches se acercaron por la carretera y giraron por nuestro camino. Estos vehículos eran más pequeños que las máquinas que habían chocado contra el montón de madera. Cuando se detuvieron, unos hombres bajaron de ellos.

Papá Chase se puso en pie.

—¿Qué diablos?

Había hombres y mujeres, pero no había ni perros ni niños, así que permanecí atento a Grant, que continuaba lanzándome pequeños trozos de comida. Papá Chase se acercó para hablar con esas personas y luego se giró y, con un gesto de la mano, gritó:

—¡Burke! Ven aquí un momento.

—Vamos, Cooper —dijo Burke mientras se alejaba hacia los coches.

Las personas siempre hacían lo mismo: yo me estaba comportando como un buen perro, tal y como evidenciaban los premios que Grant me daba, pero ahora me pedía que hiciera otra cosa que no implicaba ningún premio en absoluto. Dudé un momento, inseguro de qué hacer, mientras Grant me lanzaba otro trozo de comida.

—¡Cooper! ¡Ven aquí!

Ese tono de voz significaba que yo estaba a punto de ser

un perro malo. Dediqué una última y triste mirada a Grant y corrí hasta Burke, que estaba sentado en la parte trasera de uno de los coches mientras alguien cargaba su silla en la camioneta. ¡Un paseo en coche! Salté al lado de mi chico meneando la cola. Papá Chase se sentó delante.

—¿Adónde vamos? —preguntó Burke.

—Sorpresa —dijo el hombre que estaba al volante.

—Vaya fiesta tienes montada, Dwight —dijo Papá Chase.

—Sí —repuso el hombre al volante.

La procesión de vehículos se puso en marcha en dirección a la carretera. Mi ventanilla estaba un poco abierta, así que apreté el hocico contra ella e inspiré profundamente. Olí algunos animales: casi todos eran caballos y vacas, y luego también olí una cosa penetrante y maravillosa. Me puse a menear la cola frenéticamente.

Burke se rio.

—¿Te gusta el rancho de cabras, Cooper?

¡Sí, me encantaría jugar con el rancho de cabras!

—Oh. Vamos a la escuela —comentó Burke al cabo de un rato, y se removió en el asiento, inquieto.

—Sí —repuso el hombre al volante.

El coche se detuvo y todos bajamos. ¡Fin del paseo en coche! Olisqueé los alrededores y marqué el territorio con cuidado mientras Papá Chase ayudaba a Burke a subir a la silla.

—Bueno. Inténtalo —le animó el hombre que había estado al volante.

Todos miraron mientras Burke subía por una rampa como la que teníamos nosotros en el porche de delante, y yo fui tras él.

—Nos cansamos de esperar a que el distrito moviera la rampa, así que lo hicimos nosotros mismos —le dijo una persona.

—Ahora Burke podrá entrar por la puerta lateral en lugar de entrar por la puerta de servicio y cruzar la cocina —añadió otra persona.

Subimos hasta el final de la rampa y Burke giró la silla para mirar a las personas, que le sonreían. Levantaron las manos y empezaron a golpearlas de tal forma que parecía que lloviera. Miré a mi chico con atención: su tensión era evidente en la manera en que sujetaba las ruedas de la silla.

—¿Qué te parece, Burke? —preguntó Papá Chase. También sonreía.

—Está muy bien —repuso Burke, un poco tenso.

Yo meneé la cola porque no sabía qué estábamos haciendo.

—Esto es maravilloso. Os estamos muy agradecidos —dijo Papá Chase.

Volvimos a bajar por la rampa y subimos al coche de nuevo. ¡Paseo en coche, sí! Y regresamos a la granja. Qué gran día.

Nos quedamos de pie en el jardín viendo a la gente alejarse en sus coches.

—Trasladaron la rampa para que Burke pueda entrar por la puerta lateral a partir de ahora. Tal y como la tenían antes, Burke hubiera tenido que cruzar la cocina. Muy amable por su parte —le dijo Papá Chase a Grant.

—Puerta lateral —repitió Grant.

—Sí, por la biblioteca —dijo Papá Chase.

—Nadie entra por esa puerta.

—Bueno, Grant, ahí es donde está la rampa.

—Todos los chicos se sientan en los escalones de delante de la puerta antes de clase —explicó Grant—. Nadie utiliza nunca la puerta lateral excepto, quizá, los profesores.

—No entiendo qué significa eso, Grant —dijo Papá Chase.

—No importa —interrumpió Burke con tono tenso—. De todas formas, no iré a la escuela. Voy a quedarme a estudiar en casa con la abuela.

Papá Chase se cruzó de brazos.

—Creo que a mi madre le iría bien un descanso.

—No pienso ir.

Burke subió por la rampa y entró en la casa. Lo seguí hasta su dormitorio. Burke se subió a la cama, pero no para dormir. Se puso a mirar el techo, así que salté a su lado y le puse la cabeza sobre el pecho. Con cada una de sus expiraciones yo percibía una gran tristeza e inquietud, y me pregunté si debería ir a buscar uno de esos muñecos chillones para cambiar esa situación.

Al cabo de un rato, Grant entró en la habitación.

—Mejor dicho, no todo el mundo se sienta en los escalones —dijo.

—No me importa. No quiero ir a la escuela hasta que me hayan operado.

Grant miró a su alrededor.

—Papá y la abuela han ido a la ciudad.

Burke no dijo nada.

—¿Te encuentras mal o algo así?

Burke negó con la cabeza.

—No tengo ganas de hacer nada.

—¿Quieres que te enseñe a conducir? Podemos coger la camioneta vieja.

Burke se incorporó en la cama.

—¿Qué?

—Claro. Me sentaré a tu lado y manejaré los pedales, el gas y el freno y lo que sea. Tú llevarás el volante.

—No puedes hacerlo. Tu permiso dice que tienes que ir acompañado de un adulto.

—Como quieras.

—No, espera. ¿En serio?

—Iremos a un camino donde no haya nadie.

—Papá nos matará.

—¿Piensas decírselo?

¡Otro paseo en coche! Nos sentamos juntos en la camioneta, que olía a comida en descomposición y a barro viejo. Al cabo de un rato, Burke se puso delante y estuvo conduciendo mientras Grant permanecía sentado muy cerca de él, casi encima de él. Yo saqué la cabeza por la ventana. ¡Ese iba a ser uno de los días más maravillosos de todos!

—Esto es genial. Cuando haga el examen de conducir, puedes venir y sentarte en mi regazo —comentó Burke.

—No es culpa mía que no puedas manejar los pedales.

—¿Y es culpa mía, pues? —preguntó Burke.

Yo percibí su enfado, así que hice Siéntate y me comporté el doble de bien.

—¡Madre mía! ¡Solo estaba intentando ser amable! —gritó Grant—. Pero ¡tú lo conviertes todo en pobre de mí en la silla de ruedas! Es como que nada es nunca normal ni un segundo, siempre tienes que recordarnos a todos que no puedes andar.

—Ya he terminado de conducir.

—¡Vale!

Sentí el enojo de Grant mientras conducía. Me puse a bostezar de nerviosismo. Llegamos a lo alto de una colina grande y alta. La camioneta se detuvo.

—Ey, tengo una idea.

Grant salió de la camioneta y cogió la silla de Burke.

—Grant, ¿qué estás haciendo?

—Sube a la silla.

—Esto es una estupidez.

Después de que Burke se sujetara a mi arnés y se deslizara hasta su silla, yo bajé de la camioneta y me sacudí.

—¿De qué va esto? —preguntó.

—¿Sabes que esta colina se llama la Colina del Muerto? —preguntó Grant—. Es la carretera más alta del condado.

El tono de su voz denotaba nerviosismo: no parecía Grant en absoluto.

—No lo sabía.

Burke se puso en tensión mientras Grant empujaba su silla.

—¿Qué haces?

—¿Cuál es la máxima velocidad que has alcanzado con la silla?

—¿La máxima?

Íbamos cuesta abajo y Grant iba a paso rápido. Luego se puso a correr. Yo corría a su lado sin saber qué estábamos haciendo pero disfrutando de todos modos.

—¡Grant! —gritó Burke con miedo.

Grant empujó con ambas manos y la silla salió disparada hacia delante. Corrí tras ella. De repente, empezó a desviarse hacia Tira a la derecha, salió del pavimento y rodó sobre la tierra emitiendo un chirrido con las ruedas. Luego, volcó y salió volando. Burke cayó de cabeza sobre la ladera y bajó rodando entre los matorrales. Sentí un aguijonazo de terror al ver cómo sus piernas se abrían, sacudidas en el aire. Corrí hacia él lloriqueando.

Cuando se detuvo, quedó tumbado boca abajo y muy quieto.

—¡Burke! —chillo Grant—. ¡Burke!

Yo corría hacia el cuerpo inmóvil de Burke, pero el grito angustiado de Grant me hizo detenerme: yo nunca había notado un pánico así en la voz de una persona. Burke y Grant, los dos, me necesitaban. ¿Qué debía hacer?

Grant bajó corriendo y tropezando por la ladera, con la boca abierta y una expresión de tanta angustia en el rostro que parecía que estuviera herido. Yo no comprendía nada de eso, pero el terror de Grant era absoluto, y yo sentía una oleada de miedo en toda la espalda.

—¡Burke! ¡Burke!

9

Miré hacia Burke, que se encontraba al final de la cuesta. Tenía la cara contra el suelo y los brazos y los pies extendidos. Estuve a punto de caerme por la ladera mientras esquivaba las rocas y los arbustos. Llegué hasta Burke y apreté el hocico contra su cara. Estaba caliente y vivo; no era como Judy la cabra vieja.

Grant cayó de rodillas al suelo, cogió a Burke y le dio la vuelta.

Burke tenía los ojos cerrados y el rostro flácido. Estaba aguantando la respiración.

—¡Burke! ¡Dios, oh, Dios!

Burke abrió los ojos y sonrió.

—¡Te engañé!

—Oh. Estás… —Grant apartó la mirada y apretó los puños. Su miedo había desaparecido y ahora estaba enfadado.

—Vale, Cooper. ¡Ayuda! —ordenó Burke.

Yo me coloqué a su lado meneando la cola, contento de que hubiéramos vuelto a la normalidad. Él se agarró de mi arnés con una mano y empezó a empujarse en el suelo con la otra para subir la ladera.

Grant puso una mano sobre el brazo de Burke.

—Deja que te ayude.

—Suéltame. ¿Quieres ayudarme, igual que me has ayudado a bajar la colina? ¿Qué será lo siguiente? ¿Ayudarme con una piedra en la cabeza? Si te sientes tan inútil, sube mi silla del barranco.

La subida hasta la carretera fue mucho más difícil que subir unas escaleras. Burke se tumbó, jadeando, en el suelo mientras Grant subía la silla por la abrupta pendiente. Grant no me llamó para hacer Ayuda y se me ocurrió pensar que Grant nunca me daba órdenes excepto Siéntate. Al final, llegó arriba y abrió la silla.

—Cooper. Firme.

Me quedé de pie, rígido, mientras Burke se izaba sobre mí para subir a la silla. Grant pasó una mano por el lateral de la silla.

—Tiene unos rasguños por aquí.

—Quizá deberías haberlo pensado antes de empujarme por el barranco. «Eh, papá, siento haber destrozado la silla de Burke, y además él está muerto.»

—Vale.

—¿Quieres probarlo? —Burke movía la silla hacia delante y hacia atrás.

Grant resopló.

—Paso.

—¿Cuál era tu plan después de subir mi cuerpo del barranco?

Grant negó con la cabeza con una expresión de disgusto.

—Yo no soy como tú, Burke. No lo planifico todo. La vida son sorpresas.

—Oh, como: «¡Sorpresa! He matado a mi hermano pequeño».

—Vámonos.

—No, en serio, quiero saberlo. Hubieras podido matarme, Grant. ¿Es eso lo que querías hacer?

—No pienso tener esta conversación.

—¡Ya sé que me odias! —gritó Burke, y yo me encogí automáticamente al oírle—. Sé que me culpas de todo. Y tienes razón, ¿vale?

Grant se quedó mirando a Burke.

—¡Ya sé que fue culpa mía! —Burke hablaba con voz ronca—. Pero ¡no pude evitarlo! ¡No pude evitar nada!

Burke se tapó la cara con las manos. Estuvo un buen rato llorando y llorando mientras Grant lo miraba, sentado y muy rígido. Yo nunca había percibido un dolor como ese en mi chico, y no sabía qué hacer, así que apoyé una pata sobre su pierna y me puse a lloriquear con la esperanza de que esa terrible tristeza se desvaneciera. Apoyé la cabeza en su regazo y sentí que sus lágrimas caían sobre mi pelaje.

—Ey. —Grant le tocó el hombro a Burke con la mano—. Lo sé. Sé que no lo pudiste evitar. Lo sé.

Ninguno de los dos dijo nada durante un rato. Al final, Burke y yo subimos a la camioneta.

¡Paseo en coche! Hice todo lo que pude por mostrar el entusiasmo adecuado con la esperanza de que eso animara a los chicos, pero ese horroroso estado de ánimo que se había apoderado de ellos nos acompañó en el viaje como si fuera un tercer pasajero. Al llegar a la granja sentí tal entusiasmo de encontrarme de nuevo en un lugar en que las cosas tenían sentido que salí corriendo hacia el lago y me puse a expulsar a los patos de la orilla. Eran unos pájaros idiotas: se alejaban agitando las alas, pero luego regresaban nadando como si yo no pudiera meterme en el agua y perseguirlos si quería.

Después entré en la casa por la puerta para perros y encontré mi cuenco de comida tristemente vacío, así que me dirigí al salón. Abuela y Burke estaban sentados, y no tenían ningún premio para mí.

—No es que no quiera continuar enseñándote en casa, aunque admito que algunas de las lecciones de matemáticas empiezan a ser un poco difíciles —estaba diciendo Abuela—. Se trata de que la escuela es algo más que aprender lo que está en los libros. Sobre todo en secundaria. Ahí es cuando se descubre cómo manejarse con los demás chicos y chicas mientras uno crece y se va convirtiendo en el adulto que será. ¿Entiendes? Yo no puedo ofrecerte los aspectos sociales que encontrarás en la escuela.

—¡Se burlarán de mí, abuela! Seré el chico de la silla de ruedas.

—Creo que podrás manejarlo bien. Eres muy resiliente, Burke. Te pareces mucho a tu padre en ese sentido. Tu resiliencia y tu testarudez son primos hermanos, y ser testarudo significa no estar dispuesto a admitir otros puntos de vista. Quiero que lo pruebes durante unas semanas. Hazlo por mí. Por favor.

Burke suspiró y levantó la mirada en cuanto Papá Chase

y Grant entraron en la casa. Yo me acerqué a saludarles, pero no llevaban nada comestible en los bolsillos.

—Esta noche tenemos pastel de pollo —anunció Abuela.

Al oír la palabra «pollo», levanté la cabeza, pero no habían pronunciado mi nombre.

—Bueno, eso sí que es una buena noticia —dijo Papá Chase. Entonces se acercó a Burke y dijo—: ¿Qué le has hecho a la silla, Burke?

Grant aguantó la respiración.

—Oh. Eh… estaba probando a qué velocidad podía bajar por el camino y choqué.

Abuela se quedó boquiabierta y Papá Chase frunció el ceño.

—¿Que hiciste qué? Burke, ¿sabes lo cara que es esta silla? No puedes tratarla de cualquier manera.

—Lo siento, papá.

—Bueno, estás castigado.

Burke levantó las manos y las dejó caer sobre el regazo.

—¿No estoy ya castigado siempre?

—No me vengas con esas. Nada de conectarte. Nada de ver vídeos. Si te aburres, lees un libro. Hay un estante lleno de libros en el estudio.

Papá Chase y Burke estaban enfadados. Yo me senté, ansioso, con la esperanza de que el hecho de que allí hubiera un perro bueno corrigiera la situación.

—Estoy intentando enseñaros a valorar las cosas. No vamos boyantes, aquí. ¿Comprendido? No podemos tirar el dinero sin motivo.

Grant inspiró profundamente.

—Yo… esto… fui yo quien le dijo que lo hiciera. Para ver lo rápido que podía ir.

Papá Chase apretó los labios y meneó la cabeza.

—Estoy muy decepcionado con vosotros, chicos. Tú también estás castigado, Grant.

Grant y Burke miraban al suelo, aunque en el suelo no había nada para comer ni para jugar. Pero al cabo de un rato, Grant me dio unos trocitos de pollo por debajo de la mesa.

El día en que Burke me pidió que hiciera Firme para meterse en la ducha, supe que algo había cambiado. Se quedó allí sentado hasta que el agua lo empapó del todo y luego se puso una ropa que olía a nuevo. Todos decían «escuela» todo el rato. Por lo que parecía, íbamos a hacer Escuela, fuera eso lo que fuera. Luego nos fuimos en coche. Grant se puso al volante y Burke iba sentado delante mientras yo iba detrás con Abuela. Era una mañana cálida y Abuela olía a la panceta que había preparado a los chicos para desayunar. Durante el trayecto, ladré a un perro al que adelantamos. Luego pasamos por delante de la granja de cabras y también ladré.

—Diles que eres mi hermano. Todos los profesores me aprecian —dijo Grant.

—Si les digo que soy tu hermano, me mandarán directamente al despacho del director.

Vi una ardilla.

—¡Cooper! Deja de ladrar, idiota —se rio Burke.

Me pregunté si quería decir que él también había visto a la ardilla.

Grant detuvo el coche. Lo miré con atención mientras él daba la vuelta al coche con la silla de Burke, abría su puerta y le ayudaba a subir a la silla haciendo la versión humana de Firme. Estábamos delante de un gran edificio que tenía unas enormes escaleras de piedra. Al ver que allí había muchos niños de la edad de Burke, quise salir de inmediato del coche y correr hasta allí, pero me encontraba encerrado en el coche con Abuela y no parecía que ella tuviera intención de ir a ninguna parte. Apoyé las patas delanteras en el cristal y miré a Grant, que se alejaba empujando a Burke en la silla. Al verlo, me puse a gemir. Ya me había olvidado de los otros chicos: ¡tenía que estar al lado de Burke!

—No pasa nada, Cooper.

Abuela me acarició con la mano, que le olía a panceta.

Y entonces, Grant subió al coche sin Burke.

—¿Quieres ponerte delante?

—Ya cambiaremos cuando te deje. ¡Cooper! Estate quieto.

Grant se giró y me puso una mano en el lomo.

—¡Cooper! Siéntate.

Me encogí. Parecía que todo lo que hacía estaba mal y mi chico se había ido y Grant y Abuela parecían enfadados. ¿Dónde estaba Burke?

Abuela me acarició la cabeza y yo le lamí la mano. Casi pude notar el sabor de la panceta.

—Esto ha sido bastante difícil para Burke, ¿sabes? —dijo Abuela al cabo de un momento—. Detesta que la gente lo vea en la silla de ruedas.

—No lo entiendo. Siempre ha estado en la silla de ruedas. Ha ido a fiestas de cumpleaños y a partidos de fútbol, y nunca ha sido un problema. No entiendo por qué ahora es tan grave.

Yo miraba por la ventanilla trasera sin poderme creer lo que estábamos haciendo. Nos estábamos alejando. ¡Sin Burke!

—Creo que a tu hermano le resulta difícil ahora.

Grant se encogió de hombros.

—Ya, pero me refiero a que todo el mundo sabe que lo operarán y que luego podrá caminar.

Abuela suspiró.

—Si la operación sale bien.

Se quedaron callados un rato. El olor de mi chico se iba desvaneciendo a medida que nos alejábamos de él. Yo bostezaba de ansiedad. No comprendía nada.

Al final nos detuvimos delante de otro enorme edifico. Muchos chicos y chicas de la edad de Grant estaban entrando en él. Grant cerró los ojos.

—Abuela —dijo en voz baja.

—¿Qué pasa, cariño?

—Tengo que decirte una cosa. Hice algo muy malo. Malo de verdad.

—¿De qué se trata, Grant?

—La culpa de que su silla esté abollada es mía. Yo lo empujaba. Me refiero a que lo empujé por la colina.

Abuela se lo quedó mirando.

—¿Por qué lo hiciste?

Le di un golpe con el hocico en la mano, preocupado al notar el tono de alarma en su voz.

—No lo sé. ¡No lo sé! Es solo… A veces le odio tanto que es como si no pudiera pensar en nada más. Y creo que quería hacerle daño. —Grant hablaba atropelladamente—. En cuanto solté la silla, me arrepentí. —Se giró en el asiento y se secó las lágrimas—. Cada día de mi vida es igual, ¿sabes? Primero escuela, luego tareas, después deberes y luego vuelta a empezar. A no ser que sea verano y papá me obligue a levantarme al amanecer.

Abuela miraba a Grant con atención.

—Pero ¿qué culpa tiene Burke de todo eso?

—No lo sé explicar.

Grant giró la cabeza y miró por la ventanilla de delante. Yo miré en esa dirección, pero no podía ni ver ni oler a Burke. No estaba allí.

Abuela meneó la cabeza.

—Cuando erais pequeños, me dabais miedo. Por la manera en que os pegabais. Ahora sois mayores y os podéis hacer daño de verdad, Grant.

—Lo sé.

—No puedes convertir a Burke en el chivo expiatorio de tus frustraciones.

—¿Soy mala persona, abuela?

Abuela soltó una carcajada triste.

—Creo que las personas mayores a veces nos olvidamos de que en la infancia no todo es juego y diversión. Ahora mismo estás soportando muchas cosas. Pero hacer daño a otra persona porque por dentro sientes dolor no es una solución. No creo que en el fondo seas mala persona, Grant. Pero si sientes ese impulso otra vez, no puedes dejarte llevar por él. No importa lo recto que seas si te permites hacer cosas horribles.

Grant bajó del coche y Abuela también lo hizo, pero me impidió seguirla. Me quedé mirándolos por la ventanilla.

—Te quiero, abuela —dijo Grant, dándole un abrazo.

Al verlo, meneé la cola.

Grant se alejó corriendo. Abuela se puso al volante y yo salté al asiento de delante, desde donde estuve buscando con la mirada a las ardillas y a otras presas. Fuimos a visitar a unas cuantas personas que se mostraron muy amables pero que no me dieron ningún premio. Después nos fuimos a casa a echar una cabezada y luego salimos otra vez a dar un paseo en coche. En condiciones normales, dar dos paseos en coche el mismo día hubiera sido algo fantástico, pero yo estaba

LA, RAZÓN DE ESTAR CONTIGO. LA PROMESA

preocupado por Burke. ¿Iba a regresar a casa? Fuimos a buscar a Grant y yo volví a sentarme en el asiento trasero con Abuela. Me pregunté si lo siguiente sería ir a buscar a Burke. ¡Sí! Burke estaba delante del enorme edificio. Todavía había chicos y chicas en las escaleras de piedra, pero no eran tantos como antes. Por la forma en que Abuela me sujetaba, entendí que no me dejaría bajar del coche. A pesar de ello, conseguí librarme de ella y corrí hasta donde se encontraba Burke para saltarle al regazo y lamerle la cara

—¡Vale! ¡Vale, Cooper! —exclamó él.

Mientras nos alejábamos con el coche, Abuela se inclinó hacia delante y le puso una mano a Burke en el hombro.

—¿Qué tal ha ido tu primer día?

Él la miró.

—Ha sido horrible.

10

*B*urke parecía molesto. Yo lo miraba con atención, deseando lamerle o hacer Ayuda o cualquier cosa que le quitara ese mal sentimiento.

—Oh, vaya —exclamó Abuela—. ¿Han sido crueles?

Burke negó con la cabeza.

—No, ha sido peor. Todo el mundo era muy amable. Todos querían sentarse conmigo a la hora de comer, y no dejaban de alabar mi silla de ruedas como si fuera un Ferrari o algo así. Recibí como diez invitaciones para ir a sus casas cuando acabara la escuela y se preocuparon mucho de hacerme saber que sería muy bienvenido en sus fiestas. Más que bienvenido. ¿Qué diablos significa eso? «Más que bienvenido.» O eres bienvenido o no lo eres.

Grant se rio.

—Creo que solo querían mostrarte su amistad, cariño —dijo Abuela.

—Y Grant tenía razón. Todo el mundo se sienta en las escaleras de la fachada. Los chicos más guais están arriba, pero incluso los más cretinos están ahí, en los escalones de más abajo. Y luego estoy yo, en la zona de cemento de abajo de todo, como si yo fuera una categoría especial de cretino. Ni siquiera soy humano.

—En el instituto no hacemos ese tipo de cosas. Eso es típico de secundaria —comentó Grant.

—Sí, porque yo estoy en secundaria —replicó Burke.

A la mañana siguiente hicimos el mismo paseo en coche. Abuela iba sentada en el asiento trasero conmigo.

—¿De verdad que tienes permiso para llevar a Cooper a la escuela? —le preguntó Grant a Burke.

—No lo pregunté. Si no preguntas, no te pueden decir que no.

Grant soltó un resoplido.

—La sabiduría de octavo curso.

—Esto me preocupa, Burke —dijo Abuela—. ¿Le has dicho a tu padre que te llevabas a Cooper a la escuela contigo?

Se hizo un largo silencio.

—Creo que se me olvidó mencionarlo —respondió Burke al final.

Grant se rio.

Esta vez sí salí del coche cuando llegamos al enorme edificio, pero todavía no había tenido tiempo de levantar la pata que Burke ya me ordenó que hiciera Firme. Y cuando Grant y Abuela se fueron, me quedé a su lado. Luego nos fuimos hacia las escaleras. Cuando llegamos al primer escalón, Burke me ordenó que hiciera Firme otra vez, así que permanecí pacientemente al lado de la silla mientras él se izaba agarrado a mi arnés.

—Ayuda —ordenó.

Los niños se habían quedado totalmente en silencio. Yo empecé a subir con Burke a mi lado. Todos se acercaron un poco.

—Buen perrito —susurró una niña.

—Ey, Burke —saludó uno de los chicos.

Me llegaba un olor delicioso de carne y de queso, pero permanecí concentrado en el ascenso. Pronto llegamos al escalón de arriba.

—¿Alguien puede traerme la silla? —preguntó Burke.

Unos cuantos chicos bajaron corriendo las escaleras y subieron la silla de Burke. Todos hablaban al mismo tiempo y las chicas me acariciaban. Un chico me rascó sobre la cola y yo solté un gemido de placer.

—¿Cómo se llama?

—Cooper.

—¡Buen perro, Cooper!

—¡Hola, Cooper!

Burke aplastó la cara contra mi pelaje.

—Gracias, Cooper —susurró—. Me has hecho sentir normal.

85

Entonces se oyó un fuerte timbre y todos dieron un respingo. Yo hice Firme para que Burke pudiera subir a la silla. El vestíbulo estaba lleno de niños y niñas, y todos querían tocarme.

—¡Buen perro!

A algunos de ellos, las manos les olían a perro.

—Se llama Cooper.

—¡Buen perro, Cooper!

Llegamos a una sala llena de mesas y de niños. Burke me hizo hacer Siéntate y Quieto a su lado. Entonces un hombre de la edad de Abuela entró en la sala y habló con nosotros y dijo que yo era un buen perro.

—¿La directora Hawkins ya lo sabe? —preguntó mientras me acariciaba la cabeza.

—Eh… no, pero dijo que si podía ayudarme de cualquier manera, lo haría.

El hombre se encogió de hombros y sonrió.

—Por mí bien. ¿De qué raza es?

—Creemos que debe de ser malamute y algo más, quizá gran danés.

—No me extraña que sea tan grande, pues.

Resultaba extraño estar al lado de una mesa durante tanto rato sin que apareciera nada para comer. Me llegaba el olor de jamón procedente de la mochila de alguno de los niños, pero cuando hago Siéntate no se me permite ir a investigar ese tipo de cosas.

Pero Burke se sentía feliz. Yo me daba cuenta de ello por su manera de respirar, porque me sonreía, y por la manera que tenía de acariciarme las orejas. Fuera lo que fuera lo que estuviéramos haciendo allí, si eso le hacía feliz, yo estaba dispuesto a hacerlo durante todo el día.

Al final, di unas cuantas vueltas y me tumbé en el suelo bostezando. Pero en cuanto sonó el timbre, me incorporé de un salto y todos los niños se pusieron en pie. Entonces nos abrimos paso entre la masa de niños hasta que llegamos a otra sala. ¿Eso iba a ser así todo el día? Si esto era Escuela, no parecía tener sentido.

En la nueva sala no había mesas, solo había unas hileras de sillas. Burke se dirigió hacia el fondo de la sala y me dijo que hiciera Siéntate y Quieto. Una mujer abrió la puerta y Burke levantó la mirada. Esa mujer despedía un aroma a flores. Tenía más o menos la edad de Papá Chase y tenía el cabello largo, rizado y de color claro.

—Burke —dijo la mujer.

—¿Sí, señora Hawkins?

Hizó un gesto con la mano en su dirección:

—Ven a mi despacho, por favor.

Noté que los niños se ponían muy tensos mientras yo seguía a Burke hasta la puerta.

La mujer hacía un sonido extraño al caminar. Pasamos por delante de una sala grande en la que había unas personas sentadas ante unas mesas. Luego entramos en una habitación más pequeña de la parte posterior del edificio. La mujer cerró la puerta. Allí había sillas, pero no había ni mesas ni niños. Y no noté ningún olor de comida.

Hacer Escuela iba de mal en peor.

La mujer se sentó. Se puso una mano en la rodilla y me llegó el olor de otro animal. No era el olor de un perro, ni tampoco el de una cabra, sino de ese animal que no vi pero que detecté en el edificio de Ava. Deseé que ese misterioso animal apareciera y pudiera conocerlo por fin.

—¿Por qué estás provocando un incidente, Burke?

Al oír que la mujer pronunciaba su nombre, miré a Burke. Tenía el ceño fruncido.

—No lo estoy haciendo.

—Has traído un perro a mi escuela.

Pronunció la palabra «perro» de una manera que parecía que hubiera añadido «malo». Le di un golpe con el hocico en la mano a Burke.

—Es mi perro de asistencia. Me ayuda con la silla.

—Me dijeron que podías impulsarte sin su ayuda.

—Bueno, sí, impulsarme, pero…

—Esta escuela ha sido equipada para que puedas ir con tu silla. Incluso di permiso para que trasladaran la rampa y no tuvieras que entrar por la cocina por las mañanas. Tu perro es una presencia disruptiva: no se habla de nada más. Y es enorme. No quiero ni pensar qué sucedería si mordiera a uno de nuestros alumnos.

—Oh, Cooper nunca mordería a nadie.

Al oír mi nombre levanté la cabeza. Me di cuenta de que Burke empezaba a enfadarse.

—Eso es lo que dices tú. Pero yo no puedo arriesgarme.

Burke cruzó los brazos.

—No existe ningún riesgo.

—No eres tú quien pueda decidir eso.

—No tiene ningún derecho de hacer salir a mi perro.

Ella frunció el ceño.

—Tengo todo el derecho, jovencito. No me repliques.

Se hizo un largo silencio. Yo bostecé, tenso.

La mujer relajó los hombros un poco y también la postura.

—Mira, comprendo que has estado estudiando en casa durante estos años. Y te prometo que haré todo lo que esté en mi mano para que te pongas al día con los otros alumnos. Pero eso requiere que sigas las normas. Esto no es a lo que estás acostumbrado, esto es una institución.

—No necesito «ponerme al día». Hago los mismos exámenes que los demás alumnos. Siempre saco un sobresaliente. Pero necesito que mi perro esté conmigo.

—La respuesta es no.

Burke inspiró con fuerza, un tanto tembloroso.

—Cooper se queda conmigo.

Yo meneé la cola un poco al oír mi nombre.

La mujer se puso en pie.

—Entonces llamaré a tus padres y les diré que te vengan a buscar.

Burke meneó la cabeza y esbozó una sonrisa fría y extraña.

—Bueno, a mis padres no. A mi padre —la corrigió—. Mi madre se fue porque yo nací minusválido y no lo pudo soportar.

Se hizo otro silencio. La mujer abrió la boca y la volvió a cerrar.

—Espera un momento delante del despacho.

Abrió la puerta y Burke y yo salimos. Ahora nos encontrábamos en una habitación más grande. Al ver a esas personas sentadas a las mesas meneé la cola y ellas me sonrieron. Burke se dirigió a un sitio al lado de las ventanas desde donde podíamos ver a los chicos que entraban al vestíbulo mientras sonaba el timbre. Los observamos en silencio. Varios de ellos sacaban la cabeza por la puerta y decían cosas como: «¡Hola, Coooper!» o: «¡Eh, Burke!». Yo meneaba la cola cada vez que lo hacían.

Entonces entró una niña y la reconocí de inmediato. ¡Era la persona de Lacey!

—Hola, Burke. ¿Te acuerdas de mí?

—¿Wenling?

Se llamaba Wenling.

—¡Sí! —La chica sonrió mientras yo la olisqueaba frenéticamente. Su piel y su ropa estaban impregnadas del olor de Lacey. La niña se sentó en una silla.

—¿Por qué estás en el despacho?

—Me van a expulsar.

Ella se cubrió la boca con una mano.

—¿De la escuela? ¿En serio?

—Supongo que es una regla contra los perros, tanto si se come mis deberes como si no.

Ella pasó una mano por mi pelaje y yo se la lamí, agradecido.

—No puede ser. ¿Es que hay una ley o algo así? Estoy segura de que un perro de asistencia está permitido en todas partes.

—En todas partes menos en secundaria, supongo.

Entonces un niño muy alto sacó la cabeza por la puerta.

—¡Eh, Burke!

—Eh, hola, esto...

—Grant.

—Exacto. Grant Karr.

Miré a mi alrededor sin podérmelo creer. ¿Grant?

El chico dio unos golpecitos con la mano en el marco de la puerta.

—Estaba pensando que podrías venir al gimnasio después de la escuela. Es el primer día de fútbol. —El chico hizo un gesto como si lanzara algo, pero no vi que aterrizara nada al suelo.

—¿Fútbol? —preguntó Burke.

—Sí.

—¿En qué posición jugaría yo?

El chico se quedó inmóvil.

—Quiero decir... ya sabes... estar con el equipo. No que... —El chico me miró primero a mí y luego a Burke—. Pensábamos más bien en algo así como encargado del equipo o algo parecido.

—¿O animador? —sugirió Wenling.

Burke se rio.

—La verdad es que estoy ocupado, pero gracias, Grant.

Miré a Burke al oír que repetía el nombre de Grant. El otro chico dio un golpe con los nudillos en la puerta.

—¡Vale, pues! Quizá nos veamos luego.

Y dándose la vuelta, se fue. Burke soltó un suspiro.

—Ya lo sé —dijo Wenling—. Cuando llegué aquí, todos se querían hacer amigos de la chica china. ¿Y sabes qué me sirven cuando me invitan a sus casas a comer? ¿Todavía? Comida china. Cada vez.

Burke se rio. Yo meneé la cola al oírle.

—¿Por lo menos, te gusta la comida china?

—Me gusta la comida china de mi madre. —La niña se puso en pie—. Tengo que ir a clase. ¿Tuvisteis algún problema por haber disparado al robot?

—Creo que no. Los de Control de Animales vinieron y se mostraron más interesados en mi padre que en Cooper.

—Primero el robot y luego traes a un feroz animal a la escuela. Sois una familia de forajidos.

—Mi hermano, Grant, vendrá a buscarme al terminar la escuela para ir a robar un banco.

—¡Asegúrate de llevar a Cooper, pues! Nos vemos luego, forajido.

¡La niña se fue y llegó Abuela! Me sentí muy emocionado de verla. Me dijo que era un buen perro, y luego se sentó en la silla en la que se había sentado Wenling.

—¿Qué ha pasado, Burke?

—La señora Hawkins me ha expulsado de clase. Dice que no puedo tener a Cooper porque soy capaz de impulsarme solo. Y también que soy tonto porque he estudiado en casa.

El rostro de Abuela se puso tenso.

—Tanto tus conocimientos de lectura como de matemáticas están al nivel de la escuela.

—No creo que le interese saberlo.

La mujer que desprendía ese olor de animal desconocido abrió la puerta y ella y Abuela se estrecharon la mano. Luego entraron en la habitación más pequeña y cerraron la puerta. Meneé la cola porque no sabía qué otra cosa hacer.

Burke se puso a moverse hacia delante y hacia atrás con la silla. Luego cogió unos papeles de una mesita baja y los miró un momento antes de volver a dejarlos. Me acarició.

—Eh, Cooper. Buen perro —murmuró.

A veces la gente te dice que eres un buen perro pero se olvidan de reforzarlo con un premio. Pero al final, oír «buen perro» siempre me hace feliz.

Abuela salió del despacho y ni ella ni Burke dijeron nada hasta llegar al coche. Yo me senté en el asiento trasero. Cuando las puertas estuvieron cerradas, Abuela puso las manos en el volante pero las volvió a dejar caer.

—¿Abuela?

Ella se giró y miró a Burke.

—Oh, Burke. La señora Hawkins me ha dicho lo que dijiste, sobre Patty. Sobre tu madre.

Burke bajó la cabeza y clavó la mirada en su regazo.

—Por favor, cariño, mírame.

Burke suspiró y levantó la mirada.

Tu madre no se fue por ti. Ella… es complicado. Es una persona diferente a nosotros. Echaba de menos la ciudad. Decía que quería pasear y ver tiendas y restaurantes… Esta no era la vida que ella quería.

Burke emitió un sonido suave y triste.

—Tú no estabas allí, abuela. No estabas cuando dijo que podíamos elegir entre ella o papá. Yo empecé a hablar y ella, al ver que yo iba a elegirla, fue como que se horrorizó.

—No debes decirte eso, Burke.

Él apartó la mirada y yo le di un golpe de hocico en la mano para recordarle que hacía un momento que estábamos muy contentos.

Abuela frunció los labios.

91

—Y luego Patty cruzó el océano y se casó, y su esposo, por lo que sé, es un auténtico cabrón controlador.

Burke dio un respingo de sorpresa. Yo miré por la ventanilla. ¿Ardillas?

Abuela rio suavemente.

—Ya sabes, mi lenguaje. Pero así es como me siento. La última vez que hablé con Patty me dijo que él no le permitía tener ningún contacto con vosotros.

Abuela meneó la cabeza y miró por la ventanilla también.

—¿Estás bien, abuela?

—¿Que si estoy bien? ¿Yo? Oh, Burke, tienes el corazón más grande del mundo.

Al cabo de un rato, nos pusimos a comer unas cosas envueltas en un aromático papel de periódico en el interior del coche. Burke me dio queso, y ese sabor me duró hasta después de que hubiéramos llegado a la granja.

Cuando Grant apareció, me pregunté si tendría idea de la cantidad de gente que había estado hablando de él durante todo el día. Grant se arrodilló en el suelo y empezó a pasarme ese estúpido hueso de nailon por delante de la cara hasta que no tuve más remedio que quitárselo. Inmediatamente me escondí detrás de una silla para escupirlo.

Las botas de Papá Chase olían a tierra y a insectos. Las estuve inspeccionando cuidadosamente mientras él hablaba con Abuela, con Grant y con Burke en la cocina. Y de repente me di cuenta: ¡estaban en la cocina! Entré a toda prisa para ver si aparecía algo de comida.

—Bueno, pues ya está —decía Papá Chase—. Tienes que ir a la escuela, Burke. La señora Hawkins tiene bastante razón: la escuela es accesible en silla de ruedas.

Abuela estaba en el horno, y yo olisqueaba un olor dulce en el ambiente, así que me acerqué a ella para hacer Siéntate y comportarme como un buen perro a su lado.

—Pero está equivocada, papá. Lo he consultado. Si digo que necesito un perro de asistencia, no puede decir que no —repuso Burke.

—Que te expulsen en dos días tiene que ser un nuevo récord —se rio Grant.

92

—Grant —lo reprendió Abuela.

—Muéstrame lo que has consultado —le pidió Papá Chase.

Se hizo un largo silencio mientras Papá Chase se inclinaba por encima del hombro de Burke y miraba una cosa de encima de la mesa. Yo continuaba concentrado en Abuela. No sabía qué estaba haciendo, pero olía a mantequilla y yo estaba dispuesto a comerme cualquier cosa que llevara mantequilla.

—Vale, Burke, una cosa es leer la ley y otra cosa muy distinta es hacer que alguien la obedezca. Estoy seguro de que tiene algunas reglas que la respaldan —dijo Papá Chase finalmente—. Recuerdo a la señora Hawkins de cuando entrenaba a baloncesto. Es dura.

—Siempre has dicho que debemos defender lo correcto, papá. Lo correcto es esto. Cuando Cooper está conmigo, yo ya no soy el chico de la silla de ruedas, soy el chico del perro grande. Puedo subir escaleras y sentarme con mis amigos. Y eso es muy importante para mí.

Papá Chase meneó la cabeza.

—Te estás poniendo dramático, hijo.

Mi chico se apartó de la mesa sin decir nada y yo lo seguí hasta su dormitorio. Más tarde, mientras me encontraba tumbado en la cama de Burke y él estaba en una silla, la puerta se abrió. Levanté la cabeza. Papá Chase estaba allí, de pie, con expresión seria.

—Burke, te llevaré mañana en coche a la escuela. Entraré y hablaré con la señora Hawkins sobre Cooper, ¿de acuerdo? Quizá consiga que entre en razón.

—Gracias, papá.

Papá Chase me acarició la cabeza y se fue. Suspiré recordando el queso.

93

11

*P*or lo que parecía, íbamos a hacer Escuela otra vez, pero ahora era Papá Chase quien conducía la camioneta. Lo hizo mal: primero dejó a Grant en su edificio antes de ir a la escuela de Burke. Pero, por lo menos, Papá Chase supo llegar al sitio adecuado. En cuanto vi a todos los niños en los escalones, me puse a menear el rabo con alegría.

Papá Chase se giró y dijo:

—Esperad aquí.

Nos dejó y se dirigió al edificio. Mientras subía las escaleras, los niños y niñas se iban apartando para dejarle paso.

Al cabo de un momento, Burke abrió su puerta.

—Vamos, Cooper.

Hice Firme. Fuimos hasta las escaleras y estuve haciendo Ayuda hasta que, a mitad de la escalera, mi chico se sentó al lado de Wenling.

—¡Cooper! —me saludó la chica, alargando hacia mí sus manos con el olor de Lacey.

Apreté el hocico contra ellas inhalando con fuerza. Me pregunté por qué Wenling venía a este sitio y no traía a Lacey con ella. ¡Todos estarían mucho más contentos si Lacey estuviera aquí!

Varias personas pronunciaron el nombre de Burke y él saludaba con la mano y respondía, así que dejé que Wenling me acariciara y apoyé la cabeza en su regazo. Yo sabía que estaba dejando mi olor en ella y que, cuando llegara a casa, Lacey lo detectaría y pensaría en mí.

—Mi padre ha ido al despacho de la directora —le dijo Burke a Wenling.

—Oh. ¿Por lo del robot?

—Creo que serán, por lo menos, dos horas de arresto.

Wenling se rio.

—Intentará convencer a la señora Intransigente de que me deje llevar a Cooper a clase —explicó Burke—. Voy a escribir un ensayo sobre lo que ocurre cuando dos objetos inmóviles chocan.

—Todo el mundo dice que debería permitirlo. Quiero decir, según la ley —comentó Wenling.

—¿Todo el mundo significa todo el curso de octavo? Bueno, no hemos hablado con un abogado, pero investigué un poco y sí, solo pueden prohibirlo en caso de que mordiera a alguien.

Wenling me acarició la cabeza.

—Tú no le harías daño a nadie, ¿verdad, Cooper?

—Por supuesto que no.

—¿Me notas el olor de Lacey? ¿Es por eso que me olisqueas, Cooper?

Yo la miré. ¿Lacey? ¿Lacey va a venir?

En ese momento percibí un movimiento que me llamó la atención. Los niños se estaban acercando y Papá Chase bajaba la escalera. Caminaba con paso furioso. Al ver a Burke, se detuvo.

—Burke —dijo, e, inspirando profundamente, añadió—: Nos vamos. Venga.

Papá Chase se inclinó como si fuera a coger a Burke y Burke levantó las dos manos.

—¡No! Deja a Cooper, papá.

—Como quieras —dijo Papá Chase y, con paso furioso, se fue a la camioneta.

Burke se giró hacia Wenling.

—Creo que no ha ido muy bien con la señora Hawkins.

—Iré a verte a prisión.

Burke se rio.

—Adiós, Wenling.

—Adiós, Burke.

Hice Ayuda para bajar las escaleras y Firme para la silla. Cuando Burke se hubo instalado en la camioneta, Papá Chase puso la silla en la parte trasera.

95

Di un respingo por la fuerza con que Papá Chase cerró la puerta.

—Te dije que te esperaras en el coche.

—Quería saludar a mis amigos.

Papá Chase meneó la cabeza.

—Tus... No quiero que tengas nada que ver con esa chica.

—¿Con quién? ¿Con Wenling? ¿Qué quieres decir?

—Quiero decir que su familia está intentando expulsarnos del negocio. Su padre es ingeniero de los granjeros robot. —Papá Chase estuvo conduciendo un rato y mi chico permaneció en silencio—. Lo digo en serio, Burke.

—¿Qué ha dicho la directora Hawkins?

Las manos de Papá Chase rechinaron un poco sobre el volante.

—Dice que Cooper armó un alboroto y que los profesores no pudieron hacer su trabajo con él en la clase, y que los niños tenían miedo porque es muy grande.

Burke soltó una carcajada.

—¿Qué? Eso es mentira. Lo único que querían era acariciarlo antes de empezar la clase. Cooper sabe comportarse.

—Bueno, eso es lo que ha dicho. Así que tendrás que dejar el perro en casa.

Burke miró por la ventanilla. La mano que tenía apoyada en mi cuello se le puso tensa.

—Ya lo entiendo.

El tono de su voz había sido amargo y fruncía el ceño. Lo miré, ansioso. ¿Qué sucedía?

Papá Chase lo miró.

—¿Entiendes qué? ¿De qué estás hablando?

—Como has tenido una discusión con el padre de Wenling, quieres involucrarme a mí aunque ni yo ni Wenling tengamos nada que ver con ello. Pero cuando yo tengo un problema en la escuela, no solo no me ayudas, sino que quieres que desista.

Pasamos por delante de la granja de cabras en silencio. Olía igual de maravillosamente que siempre.

—Mira, hijo, es una batalla que no podemos ganar. Las

instituciones tienen todo el dinero y todo el poder. Si intentamos pelear, nos aplastarán.

—Entonces ¿por qué no vendemos a la empresa de granjeros robot? —Burke se secó los ojos y yo le lamí la cara, preocupado por la tristeza y el enojo que percibía en él—. ¿Por qué luchar por nada? —Burke se giró—. Esto es muy importante para mí, papá. ¿No lo comprendes?

—Sí, comprendo que parece importante pero, créeme, cuando seas mayor…

—¡Esto está sucediendo ahora! —gritó Burke con fuerza, y yo me encogí ante ese grito y el torrente de emociones que expresaba—. ¿Por qué no te importa cómo me siento?

—Tranquilízate, hijo.

Nadie dijo nada más hasta llegar a casa. Normalmente, ir de paseo en coche me pone contento, pero este paseo fue triste y yo me alegré cuando por fin salí y pude ir a aterrorizar a los patos.

Cuando regresaba del lago, vi una cosa negra que se deslizaba fuera del granero ¡y el olfato me dijo que se trataba del animal misterioso! Era un animal pequeño y suave. Al verme, salió disparado por la esquina del granero y desapareció. Seguí su rastro hasta un gran agujero que se encontraba al lado del granero. Metí el hocico en él e inhalé con fuerza, decepcionado por el hecho de que no hubiera querido jugar conmigo. Y me pregunté: «¿Si vive fuera de los graneros, por qué tantas personas tienen su olor en la ropa?».

Después de eso, las cosas volvieron a la normalidad. Grant se marchaba casi todas las mañanas, Papá Chase jugaba con sus plantas, fuera, o conducía el camión lento y yo, a veces, lo observaba, especialmente cuando Burke se ponía a hablar con la abuela o se sentaba a mirar a una luz, en la mesa, casi sin moverse.

—Estoy impresionada de que estés haciendo Cálculo II —comentó la abuela un día—. Pero esto supera mis conocimientos. Ya no te puedo ayudar.

—No pasa nada, abuela. Las lecciones *online* están bien. A mí me encantan, pero entiendo que para algunas personas las matemáticas sean aburridas.

—Oh, en absoluto, cariño. Ver cómo se desarrolla tu intelecto ha sido una de las cosas más emocionantes de mi vida. Me haces sentir muy orgullosa.

Abuela se inclinó y Burke la abrazó, y yo metí la cabeza entre los dos para hacer que ese momento fuera todavía más especial.

Salimos fuera y yo me fui directamente hacia el granero. El olor de esa criatura misteriosa estaba por todas partes, pero no se la veía por ningún lugar.

Burke bajó hasta el lago para jugar con unos papeles que tenía en el regazo, y las hojas caían de los árboles y hacían un suave sonido. Me tumbé, satisfecho, a sus pies y ya estaba casi dormido cuando un olor especial llegó hasta mí.

—¿Cooper? —me llamó Burke mientras yo salía disparado por el embarcadero clavando con fuerza las uñas en la madera del suelo.

¡Lacey! Lacey corría hacia mí y, por un momento, fue como si no nos hubiéramos separado nunca. ¡Claro que Lacey me había encontrado! Estábamos destinados a estar juntos y los dos lo sabíamos. Yo no había podido ir a buscarla porque tenía que cuidar a mi chico, pero Wenling podía caminar sola sin Lacey.

¡Qué día tan maravilloso! Mientras Burke nos miraba, Lacey y yo estuvimos persiguiendo a los patos, saltando al agua y olisqueando la orilla del lago. Noté el olor de Wenling en ella y sabía que eso significaba que Lacey tendría que irse otra vez, pero en ese momento la tenía entera para mí solo.

Cada vez que Burke gritaba: «¡Cooper! ¡Lacey!», corríamos hasta donde se encontraba él. Pero de inmediato volvíamos a estar concentrados el uno en el otro. No hay nada mejor que tanto tu persona como tu perro favorito estén ahí al mismo tiempo. La tarde avanzaba, y yo sabía que Grant llegaría pronto a casa y que, entonces, nos divertiríamos todos juntos.

Los patos se habían replegado en un punto del lago lleno de vegetación al otro lado del embarcadero, pero Lacey y yo cruzamos el barro en dirección a ellos y los patos salieron chillando hacia el centro del lago, desde donde nos miraron mal.

Yo fui el primero en ver a la serpiente. Me quedé quieto un momento y la serpiente también: estaba enroscada y me sacaba la lengua con mirada fría. Le ladré y ella levantó más la cabeza. No supe por qué, pero de repente sentí el deseo de atacarla, de morderla e, incluso, de matarla. Fue como un impulso que me atravesó como un escalofrío. Se me erizó el pelaje del cuello y me puse a ladrar con furia. Como respuesta, la serpiente hizo vibrar la cola emitiendo una especie de chirrido.

—¡Cooper! ¿Qué sucede?

En el embarcadero, Burke avanzó un poco para verme.

Lacey llegó corriendo para ver lo que yo había descubierto. Una ira parecida a la mía le recorría todo el cuerpo y le mantenía la cola rígida. También empezó a ladrar y a gruñir. Dibujando un círculo, se colocó en la parte posterior de la serpiente y esta se puso a mover la cabeza hacia delante y hacia atrás para no perdernos de vista a ninguno de los dos.

—Chicos, ¿qué habéis visto?

Me lancé hacia delante y la serpiente lanzó una dentellada que estuvo a punto de alcanzarme en la cara. Retrocedí. Era muy rápida. Al momento, se giró hacia Lacey y yo volví a lanzarme hacia ella, y ella me atacó y Lacey saltó por detrás y la cogió como si fuera un palo. Rápidamente, la serpiente se giró y le mordió en la cara.

—¡No! ¡Lacey, no! ¡Déjala! ¡Suéltala! ¡No! —gritó Burke.

Lacey sacudió la cabeza y el ojo empezó a temblarle, justo encima del punto en que los colmillos de la serpiente se habían hundido. La serpiente atacó otra vez y Burke continuaba gritando hasta que, finalmente, Lacey dejó caer a la serpiente y esta se escondió rápidamente en la vegetación.

—¡Lacey! ¡Ven aquí! ¡Cooper!

El tono de miedo de su voz era inconfundible: algo muy grave acababa de suceder. Corrimos hacia Burke. Lacey tenía las orejas gachas y yo supe que sentía que había sido un perro malo, porque yo me sentía igual. Pero Burke no parecía enfadado cuando alargó los brazos hacia nosotros.

99

—Lacey. Oh, no, ven aquí, chica.

Lacey se acercó a Burke y se sentó. Él le levantó la cabeza con las manos y se la ladeó un poco para mirarle uno de los lados de la cara. Lacey meneaba la cola, que golpeaba contra el suelo. Yo me apreté contra Burke, porque mi chico irradiaba un terrible sentimiento de miedo y yo sabía que me necesitaba aunque estuviera abrazando a Lacey, se la subiera encima y se secara las lágrimas de los ojos. Yo hice Siéntate, sin comprender nada.

—Oh, Dios, Lacey. Lo siento mucho. Te ha mordido de verdad. —Levantó la cabeza hacia la casa y gritó—: ¡Papá! —La voz de Burke sonó de una forma que yo no había oído nunca, descarnada y asustada.

—¡Papá! ¡Corre! ¡Papá!

El viento dirigía la voz de Burke hacia nosotros. Burke me miró.

—¡Cooper! ¡Ven!

Obedecí, y él enganchó una corta correa a mi arnés.

—¡Tira, Cooper!

Con Lacey en el regazo y sin que Burke me ayudara a empujar las ruedas, era más difícil arrastrarle, pero yo tiré colina arriba clavando las uñas en el suelo y fui avanzando poco a poco.

—¡Papá! ¡Papá! —gritaba Burke—. ¡Papá! ¡Ayuda!

Yo esperaba que Papá Chase saliera, pero quien salió fue Abuela y vino corriendo hacia nosotros.

—¡Deprisa! —gritó Burke.

Entonces oímos los pesados pasos de Grant en la tierra apisonada.

—¿Qué sucede?

—¡Una massasauga ha mordido a Lacey!

—¿Una qué?

—¡Una serpiente venenosa del norte!

—¿Qué? ¿Estás seguro?

—Grant, la he visto. Es venenosa. ¡Su veneno es más potente que el de una serpiente de cascabel y la ha atacado una y otra vez! Tienes que llevarla al veterinario ahora mismo.

—¿Ha mordido a Cooper también?

—No, gracias a Dios.

—¿Podríamos chupar el veneno?

—No, eso podría matarnos a nosotros. ¡Corre!

Grant dio una palmada.

—¡Vamos, Lacey!

Lacey pareció dudar un momento, sin decidirse a saltar del regazo de Burke. Burke desenganchó la correa de mi arnés y yo fui hasta donde se encontraba Grant, creyendo que quería a los dos perros. Al fin, Lacey bajó, pero las patas delanteras le fallaron en cuanto tocaron al suelo. Pero se puso en pie y se sacudió. Grant se giró y empezó a correr colina arriba.

Pero Lacey no corrió tras él. En lugar de eso, dio un paso tembloroso, como si tuviera miedo de que el suelo la mordiera.

—¡Grant!

Grant se dio la vuelta. Lacey caminaba de lado. De repente, las patas de atrás le fallaron y cayó al suelo. Le acerqué el hocico y ella me lamió.

Le pasaba algo muy muy malo.

—¡Tienes que llevarla en brazos!

Grant cogió a Lacey en brazos y corrió hacia la casa con paso torpe por el peso. La cabeza de Lacey estaba inerte y eso me aterrorizó. Intenté seguirlos, pero Burke necesitaba que yo hiciera Tira y los dos continuamos subiendo mucho más despacio. Cuando llegamos a la granja, Grant y su camioneta ya se habían ido y el olor de Lacey todavía estaba en el aire, aunque se iba desvaneciendo poco a poco.

En la casa, Burke habló con Abuela y los dos se abrazaron. Al cabo de poco, Papá Chase llegó con el camión lento.

—¿Se sabe algo? —preguntó al entrar.

—Grant no se ha llevado el móvil —respondió Abuela—. Se lo dejó aquí cuando oyó a Burke. Estaba echando una cabezada en mi habitación.

—Supongo que en estas circunstancias está bien que Grant conduzca, pero si le detienen, le quitarán el permiso.

—Dijiste que es un buen conductor.

—Para tener quince años, lo es.

Burke me acarició y yo hice Siéntate.

101

—Papá, he llamado a Wenling. Es su perro. Están de camino hacia aquí, ella y su padre. Los Zhang. El granjero robot.

Burke y su padre se miraron un momento.

—Está bien —dijo finalmente Papá Chase. Se acercó a Burke y le puso una mano en el hombro—. ¿Estás seguro de que era una massasauga? ¿Una víbora?

—Sí. Las estudié en biología el año pasado. Es la serpiente venenosa que tenemos en este estado. Se supone que están casi extinguidas.

—Nunca he visto ninguna, Burke. Siento que hayas tenido que pasar por esto.

Burke desvió la mirada, invadido por la tristeza. Yo me puse a lloriquear. No lo comprendía. ¿Qué había pasado? ¿Dónde estaba Lacey?

—No podías haberlo evitado, Burke —le dijo Abuela.

Burke hizo una mueca de amargura con los labios.

—Si hubiera podido bajar del embarcadero. Si hubiera estado allí con los perros, hubiera visto a la serpiente. Hubiera podido retenerlos.

Metí la cabeza en mi caja de juguetes y saqué el muñeco chillón. Estaba impregnado del olor de mi Lacey. Me lo llevé a mi lecho.

Al cabo de un rato oímos el inconfundible sonido de la camioneta de Grant. Esperamos en el porche y lo observamos con atención cuando bajó. Meneó la cabeza y Abuela se cubrió la boca con la mano.

—Oh, no —dijo en voz baja.

Grant subió por la rampa hasta nosotros y me llegó el olor de Lacey, pero él estaba tremendamente triste y esa tristeza nos había invadido a todos. Y de alguna manera lo comprendí: Lacey no iba a volver. Era como con Judy, la cabra vieja: aquello que hacía que Lacey fuera Lacey, que hacía que fuera mi perro, se había marchado. La serpiente le había hecho algo así de malo.

Me puse a lloriquear y mi chico me acarició.

Abuela se inclinó, me cogió la cara con ambas manos y me miró a los ojos.

—Lo has comprendido, ¿verdad, Cooper? Has comprendido lo que le ha pasado a Lacey. Eres un perro joven, pero tienes un alma muy muy vieja.

Le lamí la cara.

—Gracias a Dios que Cooper no ha recibido ninguna mordedura —dijo Papá Chase.

Entonces otra camioneta apareció por el camino. Eran Wenling y el hombre que siempre la traía en coche. Él llevaba un largo palo de metal en la mano. Papá Chase dijo, dirigiéndose a Abuela:

—Tiene un rifle. Lleva a los chicos a casa.

12

*E*l miedo y el enojo eran evidentes en el gesto de Papá Chase mientras se dirigía a la camioneta. Yo permanecí a su lado, como si estuviera haciendo Ayuda. La chica, Wenling, lloraba y se secaba las lágrimas de los ojos. Su padre sostenía el palo apuntando al suelo.

Papá Chase se llevó las manos a las caderas.

—¿Qué diablos cree que está haciendo?

—Ha venido a matar a la serpiente que ha matado a Lacey —explicó Wenling.

Yo troté hacia ella y ella se inclinó y me abrazó. Su piel desprendía el olor de Lacey. Percibí su dolor por la desesperación con que me abrazaba. Yo no era Lacey, pero yo sí podría ser el perro al que ella abrazara.

—Uno no lleva un arma a la propiedad de otro hombre sin pedir permiso —dijo Papá Chase con frialdad.

Wenling habló un momento con su padre, quien respondió algo y luego bajó la cabeza.

—Dice que lo lamenta mucho. No pretendía ser poco respetuoso. Le pide permiso.

—Permiso… Dile que deje el arma en la camioneta, por favor.

El padre de Wenling abrió la puerta de la camioneta y dejó el palo metálico en el interior.

—No habla inglés muy bien, pero por lo menos cada vez entiende más —dijo Wenling.

Noté que buena parte de la tensión de Papá Chase desaparecía.

—Mira, eh… ZZ. Comprendo cómo te sientes. Dios sabe que probablemente yo me sentiría igual. Pero esa serpiente pertenece a una especie amenazada. No podemos matarla. Va contra la ley. Podrías ir a prisión.

El hombre miró a su hija, y ella habló con él y él respondió.

—*Zhè shì yītiáo dúshé. Rúguǒ tā shā sǐ lìng yī zhǐ gǒu huò yīgè háizi ní?*

—Mi padre pregunta que qué pasará si muerde a un niño o a otro perro.

Oí un ruido y levanté la cabeza: Burke y Grant habían salido de la casa y avanzaban despacio hacia nosotros. Grant empujaba la silla.

Papá Chase meneó la cabeza.

—No son agresivas. Solo muerden si tienen miedo. Yo nunca he visto ninguna y he vivido aquí toda mi vida.

Wenling habló con su padre y luego alargó la mano para acariciarme otra vez.

—¿Cómo ha ocurrido? —preguntó en voz baja, secándose los ojos.

—Yo no estaba aquí. Estaba Burke —respondió Papá Chase, haciendo un gesto hacia sus dos hijos.

Burke se adelantó.

—Hola, Wenling. Lo siento mucho.

Grant se había quedado un poco detrás de nosotros.

—Los perros encontraron la serpiente antes de que yo tuviera tiempo de reaccionar. Lacey la cogió y la serpiente la mordió en la cara. —Con tristeza, añadió—: No pareció sufrir.

Wenling asintió con la cabeza.

—Gracias por lo que has hecho por Lacey —dijo con voz ahogada.

—Oh, no fui yo. Fue mi hermano, Grant. Fue él quien la llevó al veterinario.

Grant dio un paso hacia delante.

—Hola. Soy Grant. Siento no haber llegado a tiempo.

—Hola, Grant —dijo Wenling en voz baja—. Soy Wenling. Gracias por intentar salvar a Lacey. Él es mi padre, ZZ.

—Yo… Quiero decir, lo siento —le dijo Grant.

Todos se quedaron callados un momento. Su padre habló y Wenling asintió.

—Dice que llamará al veterinario y que hará que nos envíen la factura a nosotros.

Todos parecían demasiado tristes para continuar hablando, así que Wenling y su padre se marcharon y se llevaron con ellos el olor de mi Lacey.

Sabía que nunca más volvería a sentir el olor de Lacey.

Esa noche Burke me despertó pasándome las manos por el pelaje.

—¿Por qué lloras, Cooper? ¿Tienes una pesadilla?

Inquieto, me fui al salón. Abuela estaba sentada en una silla, con la ventana abierta. Levanté el hocico para olisquear lo que quedaba del olor de Lacey en el aire. En ese momento me pareció posible que ella entrara corriendo por la puerta para perros, saltara a la cama de Burke y se quedara a dormir con nosotros.

—¿Lo has oído, Cooper? —susurró Abuela—. Escucha. —Me pasó una mano por el lomo—. Vamos a ver.

Me sorprendió que Abuela me llevara fuera de la casa. Oriné en unos arbustos y nos dirigimos hacia el granero. Una mancha de luz teñía el suelo desde la puerta semiabierta. Noté el olor de la misteriosa criatura y el de Papá Chase en el granero, y oí su voz, y percibí una extraña vibración en el aire. Abuela abrió completamente la puerta del granero y yo entré para saludar a Papá Chase. Tenía una caja con hilos metálicos en el regazo, objeto que olisqueé con curiosidad.

—Por favor, continúa tocando —le pidió Abuela.

Papá Chase sonrió.

—Me habéis pillado.

—¿Qué era eso? Era bonito.

—Es solo… —Papá Chase se encogió de hombros. Yo estaba olisqueando atentamente las paredes del granero, donde detectaba el olor de la criatura desconocida pero sin poder verla—. No creo que ahora me esté llevando bien con ninguno de mis chicos. Especialmente con Burke. No comprendo por qué no puede ir a la escuela sin Cooper.

Yo había cerrado los ojos, pero ahora los abrí.

—¿Te acuerdas del octavo curso?

—Si te digo la verdad, lo he borrado de mi memoria.

—¿No recuerdas que llevabas tu guitarra contigo?

—¿Qué? Bueno, claro, cuando tenía grupo.

No parecía que estuvieran hablando de mí, después de todo. Suspiré, somnoliento.

—No, Chase. En cada clase, casi cada día. Decías que era demasiado grande para tu taquilla. El director me dijo que era tu forma de sentir que pertenecías a ese lugar. No le molestaba que lo hicieras. Me dijo que algunos chicos llevaban siempre el mismo jersey de los Detroit Lions, y eso era mucho peor. —Abuela se tapó la nariz.

Papá Chase se rio.

—Sí, recuerdo el olor por las mañanas. Comprendo lo que dices, mamá, pero esto es diferente. Para contratar a un abogado... no creo que tengamos el dinero.

Abuela se fue. Decidí ir a sentarme a los pies de Papá Chase mientras él hacía ese sonido, pero volví a levantarme y me sacudí en cuanto la Abuela regresó al cabo de poco. Le dio un papel a Papá Chase, que lo cogió.

—¿Qué es? —preguntó.

—Mi contribución a los fondos para la defensa legal.

Papá Chase la miró.

—Es mucho dinero, mamá.

—He estado ahorrando por si surgía algo importante. Creo que esto lo es. Pero... no le digas nada a Burke. Nos enfrentamos a esto en familia.

A la mañana siguiente, después de que Grant se marchara y de que los deliciosos aromas del desayuno dejaran de perfumar el aire, Papá Chase vino a vernos al dormitorio de Burke.

—¿Piensas dormir todo el día? Son las diez y media —dijo desde la puerta de la habitación.

Burke soltó un gruñido.

—Cooper se ha pasado la noche llorando y muy inquieto.

—Tengo que decirte una cosa, hijo. Tu abuela y yo estuvimos hablando anoche después de que te fueras a la cama. Tienes razón. Tiene sentido mantenerse firme por lo que uno cree.

Burke lo miró, sorprendido.

Papá Chase asintió con la cabeza gravemente.

—A primera hora de esta mañana he llamado a mi abogado. Está de acuerdo contigo: dice que si el perro arma escándalo o si es peligroso, te lo podrían prohibir, pero la señora Hawkins tiene que demostrarlo. En un juicio. Los llevaremos a juicio.

Burke se quedó boquiabierto. Papá Chase levantó una mano.

—No tengo el dinero necesario si esto se convierte en una gran batalla legal, pero Paul, nuestro abogado Paul Pender, cree que lo ganaremos en un encuentro informal.

Llegó la nieve, los días se hicieron más fríos y el agua del lago se heló. Burke disfrutaba lanzándome una pelota y se reía cuando yo no la podía atrapar porque resbalaba sobre el hielo. A pesar de ello, cada vez que estábamos en el lago no podía evitar recordar la vez que estuvimos ahí con Lacey. Burke era mi persona, pero Lacey había sido mi compañera.

Una de esas tardes, nos dispusimos a ir hacia la casa. Yo hacía Tira por la nieve prensada y Burke empujaba las ruedas de su silla. Yo había oído un coche un poco antes y en ese momento todavía se encontraba en el camino. Mientras subíamos por la pendiente y entrábamos en la casa, me di cuenta de que era un coche que nunca había olido.

—Burke, ¿recuerdas al señor Pender? —preguntó Papá Chase.

Burke levantó una mano.

—Hola, señor.

—¡Hola! ¿Este es Cooper?

Me acerqué a él para olisquearlo y él alargó una mano hacia mí. Era un hombre que parecía tener la edad de Papá Chase. Sus dedos desprendían un olor dulce muy diferente al de los hombres que vivían conmigo.

—Llámame Paul —dijo el hombre. Me acarició la cabeza y añadió—: Me alegro de que estéis aquí. Justo le decía a tu padre que el juez ha aceptado nuestra petición. Cooper podrá estar con nosotros en la audiencia.

El hombre sonrió.

—Es una buena noticia —dijo Burke, prudente.

—¿Eso qué significa? —preguntó Abuela.

—Significa —explicó el hombre— que vamos a ir a la guerra.

Volví a ver a ese hombre porque un día nos fuimos a dar un paseo en coche con él. No fuimos a la escuela, sino a otro edificio que también tenía escaleras pero en el que no había niños. Burke iba delante y yo fui detrás con Papá Chase y Abuela. Nos detuvimos justo delante de las escaleras y nos quedamos allí sentados sin hacer nada. Las personas son así de extrañas: lo único que había que hacer era abrir una puerta para poder salir a correr y a jugar y, quizá, encontrar algún palo o alguna ardilla; pero ellas preferían quedarse allí sentadas sin hacer nada, ni tan siquiera comer o darle algún premio a un perro.

Es muy extraño poder comer cada vez que uno quiere y no hacerlo.

—Así que la funcionaria de Control de Animales no está en su lista de testigos —dijo el conductor de las manos dulces.

—¿Eso es bueno? —preguntó Papá Chase.

—Voy a decir que sí. El hecho de que la llamaran para quejarse es algo a favor de ellos. Pero, por lo que dijiste, su testimonio probablemente no les ayudaría. No sé si han tomado esa decisión de forma consciente o si ha sido por pereza. Me gusta cuando son perezosos. —Se inclinó hacia delante y añadió—: Bueno, ese es el coche del juez. Ve, Burke; nosotros te seguiremos con la silla.

—¡Vamos, Cooper!

Cuando hubimos salido del coche, creí que quizá iríamos a correr un rato, pero Burke quiso que hiciera Ayuda hasta el pie de las escaleras. Luego me asombró todavía más que me pidiera que hiciera Quieto. Estaba esperando algo. Decidí, e imaginé, que oiríamos un timbre y que un montón de niños saldrían del edificio bajando la escalera. Discretamente, oriné en el punto en que otro macho había marcado territorio anteriormente.

Una mujer giraba por la esquina en ese momento, justo cuando Burke me ordenó que hiciera Ayuda. Subimos juntos la escalera. Me di cuenta de que la mujer se había parado a mirar, así que me esforcé mucho para demostrarle lo bueno que podía ser. Uno nunca sabe quién puede llevar un premio en el bolsillo.

Papá Chase subió las escaleras con la silla y con Abuela. El hombre que nos había llevado en coche se alejó por la calle. Yo hice firme y Burke se impulsó hacia arriba. Luego entramos en un edificio en el que los zapatos de Abuela hacían eco. Seguí a todos hasta una pequeña habitación que me recordó un poco cuando hacíamos Escuela, porque tenía asientos y una mesa delante de todo.

Al cabo de poco rato llegó nuestro conductor y se sentó en una de las sillas.

—Adelante —dijo.

Parecía emocionado, como si estuviera a punto de traer un muñeco chillón.

También entraron unas cuantas personas más, pero no se sentaron con nosotros a pesar de que éramos el único grupo que tenía un perro. Se sentaron en otra mesa. Reconocí a una de las mujeres de cuando hacíamos Escuela. Desprendía un fuerte olor de animal misterioso, tan fuerte que casi no me llegaba ningún otro olor de esa habitación. Pero era un olor diferente al que yo había notado en nuestro granero. La mujer no se acercó para hablar con nosotros.

De repente, todos se pusieron en pie. Pensé que nos marchábamos, pero lo único que pasó fue que la señora de las escaleras entró y se sentó en una mesa que quedaba más alta. Entonces todos volvieron a sentarse. Bostecé, pero en ese momento todavía no tenía ni idea de hasta qué punto iba a ser aburrido todo eso. Las personas estaban sentadas ante unas mesas, pero no había nada de comida.

Me tumbé a echar una cabezada. Pero la mujer que olía a animal extraño me despertó al pronunciar la palabra «perro». Vi que se había levantado de su mesa y que se había sentado al lado de la mesa más elevada.

—Mi principal preocupación es la seguridad de los estudiantes. De todos los estudiantes. Por lo que supe, Cooper ni siquiera ha sido entrenado de manera formal para ser animal de asistencia.

Nuestro conductor asintió con la cabeza y se inclinó hacia delante apoyándose en la mesa.

—Por tanto, ¿entiendo que está diciendo que, si Cooper se sometiera a una evaluación profesional y se le considerara un animal de asistencia capacitado y entrenado, a Burke se le permitiría tener al perro a su lado, señora Hawkins?

¡Todo el mundo pronunciaba mi nombre! Meneé la cola, pero me preguntaba qué era lo que estábamos haciendo.

La señora de Escuela frunció el ceño.

—No —repuso, despacio—. Simplemente digo que debo proteger a mis estudiantes. El perro provocó un alboroto. Y yo tengo la autoridad absoluta para adoptar todas aquellas medidas que considere adecuadas para mantener un entorno de aprendizaje seguro y productivo.

—Bueno, señora Hawkins —dijo nuestro conductor en voz baja—, es por esto por lo que estamos aquí, para decidir si usted tiene una autoridad absoluta. Cuando dice que el perro provocó un alboroto, ¿nos podría dar algún ejemplo?

La mujer se quedó en silencio un momento.

—Todo el mundo hablaba solo de eso.

—Por «todo el mundo» se refiere a…

—Mi personal.

—Se refiere al personal de la oficina.

—Sí.

—Y los profesores ¿qué decían?

—Yo fui profesora durante años. Sé lo difícil que es conseguir que los niños se concentren. La presencia de un perro lo haría del todo imposible.

—No responde, excelencia.

La mujer de detrás de la mesa se removió en su asiento.

—Señora Hawkins, el señor Pender le ha preguntado si los profesores dijeron alguna cosa acerca del perro y, en caso afirmativo, qué fue lo que dijeron.

Todo el mundo pronunciaba mucho la palabra «perro». Era una pena que no tuviera ningún juguete allí.

—Nadie me dijo nada. No hizo falta. Yo no les hubiera permitido llegar a ese extremo. Saqué a Burke de la clase en cuanto me enteré.

—¿De su primera clase? —preguntó nuestro conductor.

—No, de la de segunda hora.

—La primera clase fue la del profesor Kindler, creo. ¿Es así?

—Sí. Historia de América.

—¿El perro estuvo allí durante la clase del señor Kindler?

Uno de los hombres que había estado sentado cerca de la señora de Escuela se aclaró la garganta.

—Protesto, señoría. ¿Cómo va a saberlo?

—Señora Hawkins, tengo una declaración jurada y firmada del señor Kindler sobre la clase en cuestión. Confirma que el perro estuvo allí todo el rato.

—Adelante —dijo la señora de la mesa alta.

Nuestro conductor se puso en pie, le dio un trozo de papel al hombre de la otra mesa y luego se acercó a la señora de Escuela para darle otro papel también. De todas las cosas con las que los seres humanos juegan, los papeles son las que menos me gustan. Tienen un olor seco y se me pegan a la lengua. La señora de Escuela se puso unas gafas que llevaba colgadas de unos cordones alrededor del cuello.

—Por favor, señora Hawkins, si no le molesta, lea el tercer párrafo.

La mujer frunció el ceño.

—¿Señora Hawkins? —dijo nuestro conductor.

—«En ningún momento el perro me molestó a mí ni a los alumnos ni interfirió en la clase. Estuvo tumbado y en silencio al lado de Burke. Cuando sonó el timbre, Cooper se incorporó, pero no se movió hasta que Burke le dio una orden. La verdad es que me gustaría que mis estudiantes fueran tan educados como Cooper.»

Abuela, Papá Chase y Burke se rieron, así que nuestro conductor también lo hizo. El mero hecho de pronunciar mi nombre parecía poner a todo el mundo de buen humor.

La señora de Escuela se quitó las gafas y ese gesto hizo llegar hacia mí una oleada del olor de ese extraño animal.

—Hace ocho años que soy la directora de la Princeton Middle School. La escuela ha mejorado en todos los sentidos durante mi administración. Eso ha requerido tomar decisiones difíciles. Siento mucho las dificultades de Burke, pero la escuela cumple todos los requisitos de accesibilidad. Y el hecho de que el perro lo… arrastrara por las escaleras, haciendo evidente su parálisis a ojos de todos los estudiantes, fue más que un alboroto. Fue perturbador.

La mujer de la mesa alta meneó la cabeza.

—No estoy de acuerdo. Vi cómo Cooper ayudaba a Burke esta mañana. Me pareció hermoso.

Abuela cogió la mano de Burke.

Después de un rato más de conversación, la señora de Escuela volvió a sentarse al lado del hombre de la otra mesa. Quizá se tratara de su conductor. Entonces todo el mundo se puso a hablar y yo dormí un rato hasta que percibí que todos volvían a ponerse tensos otra vez, así que me desperté y miré a Burke. Él me rascó esa zona de debajo de la barbilla que siempre me pica.

—Muy bien, muchas gracias —dijo la señora de la mesa alta—. Debido a la urgencia de este asunto, que consiste en que este jovencito necesita una educación, comunicaré mi decisión aquí mañana a las nueve de la mañana.

Todo el mundo se puso en pie, así que meneé la cola.

113

13

¿*E*ra esa la nueva forma de hacer Escuela? Las mismas personas regresamos al mismo sitio a la mañana siguiente. Todos parecían estar en tensión y yo intentaba encontrar la manera de animarlos un poco. ¿Quizá si me tumbaba de espaldas para que pudieran acariciarme la barriga? De repente, todos se pusieron en pie, la señora entró y se sentó en la mesa alta y todos volvieron a sentarse.

Era muy curioso.

La mujer de la mesa alta se inclinó hacia delante.

—No necesito aplazar más mi decisión, pues los hechos hablan por sí solos. Esta cuestión ya se ha alargado de forma innecesaria. Lo importante es que este joven regrese a la escuela.

Abuela aguantaba la respiración. Papá Chase había puesto una mano sobre el hombro de Burke y vi que, en ese momento, se ponía tenso.

—El señor Pender tiene toda la razón: una vez negada la evidencia de que Cooper signifique un impedimento significativo y continuo al ejercicio de enseñanza de los profesores o a la capacidad de los estudiantes de aprender, la administración no tiene justificación para apartar ni al perro ni a su dueño de la escuela. El Artículo II es muy claro al respecto.

Me tumbé de nuevo en el suelo con un gruñido y volví a dormirme.

—Y sí —continuó—, si el perro se mostrara agresivo, la escuela tiene todo el derecho a proteger a los niños. Así que, aunque estamos de acuerdo en que es un perro muy grande, no veo que implique una amenaza inmediata. En serio, mírenle, es la pasividad personificada. Burke, tú y Cooper debéis ser readmitidos en la escuela a partir de mañana.

Me puse en pie rápidamente al ver que todo el mundo empezaba a darse abrazos. Y, por supuesto, también me abrazaron a mí. Nuestra mesa estaba muy contenta. Miré hacia la otra mesa y no parecían tan felices mientras se marchaban, pero no intenté acercarme para levantarles el ánimo. A veces a la gente no se le puede levantar el ánimo por mucha atención que reciban de un perro.

Durante el viaje de regreso a casa fui en el asiento trasero con Abuela, Burke y Grant. Estuve todo el camino meneando la cola y atento a las ardillas. A la mañana siguiente, Abuela condujo el coche y Burke y yo fuimos a Escuela, la de las escaleras de piedra. Hice Ayuda y nos detuvimos a mitad de las escaleras.

—Hola, Wenling —dijo Burke.

Wenling ya no desprendía el olor de Lacey, ni de ningún otro perro, lo cual me resultó desconcertante. ¿Cómo era posible que una niña no tuviera un perro?

Esta vez Burke disfrutó tanto haciendo Escuela que, a partir de ese momento, regresamos cada día. La nieve se derritió y el aire se llenó del rico aroma de la hierba y las hojas nuevas. Yo estaba siempre al lado de mi chico cuando me necesitaba; y cuando no, echaba una cabezada. No veía mucho a la señora Escuela, pero desde luego percibía su olor y el de su animal extraño por todo el edificio.

—Tenemos un inicio de verano muy seco —dijo Papá Chase durante la cena, un día—. Ojalá llueva un poco.

Cuando llegaron los bichos de verano y la hierba ya era alta, dejamos de ver a mis amigos de los escalones. Pero pude pasar más tiempo con Burke. Hice Tira y Ayuda, y también me enroscaba al lado de mi chico por la noche y, simplemente, era su perro.

Ya no volvimos a Escuela, pero ese otoño fuimos al edificio de Grant, que no tenía niños en los escalones. Grant y Wenling también estaban allí, y su olor era perceptible aunque no se encontraran a mi lado. Encontré a muchos de mis amigos, e hice amigos nuevos. No echaba de menos Escuela ni a la furiosa señora que olía a animal extraño. ¡Este nuevo sitio era igual de divertido!

Llegó la nieve, que fue cuantiosa, y Burke necesitó que hiciera Tira muchas, muchas veces. Me encantaba ser un perro bueno haciendo Tira. A veces Grant empujaba mientras yo hacía Tira: era un buen chico y yo era un buen perro.

Cuando la nieve se derritió y el aire se hizo más cálido y vino cargado con el olor de la hierba y las flores, supe que pronto volveríamos a quedarnos en casa y que echaría de menos a todos mis amigos del edificio de Grant. Pero así era mi vida, tal y como yo la entendía.

Me gustaba quedarme sentado en el porche disfrutando de las fragancias de la granja mientras la luz del sol se apagaba. A veces me llegaba el olor de la granja de cabras, y a veces era el olor de caballos y de vacas. De todos ellos, yo solamente había jugado con una cabra, y ya me parecía bien dejar a los demás en paz. También me llegaba el olor de mi familia humana, del misterioso animal del granero, de los patos…

Un perro. Me senté, inhalando el olor canino que me traía la corriente nocturna. Me puse en tensión al percibir que se acercaba. El olfato me indicaba que se trataba de una hembra, que estaba en la carretera y que avanzaba en mi dirección. Emocionado, bajé del porche y avancé al trote para ir a saludarla.

De la oscuridad emergió una hembra joven y delgada que corría por el camino meneando la cola. Corrimos el uno hacia el otro y, en el último momento, nos esquivamos un poco para olernos el trasero. Tenía el largo pelaje rubio lleno de trocitos de plantas y no llevaba collar. Levanté la pata para dejar mi marca y ella, educada, la inspeccionó un momento. Luego se puso a mover la cabeza y a saltar con tanto entusiasmo que me era imposible olisquearla tanto como quería hacerlo. Su aliento tenía un olor rancio que me resultaba extrañamente familiar. Me sentí intrigado por la sangre seca que tenía alrededor de una oreja y por lo evidentes que eran sus huesos cuando le saltaba encima. ¡Era una perra muy flaca! Y su manera de jugar, de correr a mi lado y de mordisquearme suavemente la mandíbula me recordaban a Lacey. ¡Todo en ella me recordaba a Lacey!

Me detuve en seco. La hembra se giró y se tumbó panza arriba en el suelo permitiéndome una inspección completa. Me lamía mientras le olisqueaba las orejas, que tenía cubiertas de un pelaje rebelde.

De la misma manera que sabía qué era hacer Siéntate y Quieto, supe quién era ese perro. Era un perro diferente, pero era el mismo perro. Era Lacey.

¡Lacey! Corrimos el uno al lado del otro por todo el patio y pasamos por lugares en los que habíamos estado mucho tiempo atrás. Subí al porche de un salto y volví a bajarlo con el muñeco chillón; lo mordisqueé un poco y luego lo dejé a sus pies para que se diera cuenta de que yo la había reconocido.

Yo no sabía que un perro podía desaparecer de repente en un coche poniendo triste a todo el mundo y, luego, encontrar la manera de regresar a la granja como un perro nuevo, diferente. Pero ahora eso tenía perfecto sentido. ¡Por supuesto que Lacey había vuelto conmigo! Estábamos destinados a estar juntos.

117

Pero el viaje que había tenido que hacer para llegar hasta aquí la había cambiado, porque cuando Grant abrió la puerta y salió fuera Lacey se dio la vuelta y salió corriendo. Yo corrí tras ella, pero al oír que Grant silbaba, me detuve y la vi desaparecer entre las sombras. Ella tenía miedo de Grant ahora y eso me resultaba incomprensible. Aparte de hacerme jugar con el hueso de nailon, Grant nunca había hecho nada malo que yo supiera.

Esa noche me tumbé en la cama de Burke con el hocico apuntando hacia la ventana abierta. Lacey no se había ido demasiado lejos porque su olor me llegaba desde el bosque.

Al día siguiente por la noche, Abuela me dio un suculento hueso cargado de carne y de grasa. Me lo llevé por la puerta para perros, salivando. Me dispuse a darme el banquete tumbado en el suelo con el hueso entre las patas, pero antes de que pudiera hincarle el diente me vino una imagen: la de Lacey, tan delgada, y el olor agrio y desagradable de su aliento, muy similar al de mi madre en la guarida de metal. Pero entonces todos nos fuimos a vivir con Papá Sam y Ava, y el cuerpo de mamá volvió a ponerse fuerte y su aliento ya no desprendía el olor de un animal desesperadamente hambriento.

Lacey necesitaba comida. Me dirigí hacia una esquina del porche y dejé mi fabuloso banquete allí. Esa misma noche, más tarde, percibí el olor de Lacey y oí sus pasos sigilosos. Lacey acabó con el hueso en el patio: estaba demasiado hambrienta para llevárselo más lejos.

Llegué a la conclusión de que Lacey debía de estar viviendo con su persona, por supuesto, pero cuando Wenling venía a visitarnos yo no notaba ningún olor de perro ni en sus piernas ni en las mangas de su ropa. ¿Quién era la persona de Lacey ahora?

Lo que sí se notaba en la ropa de Wenling era el olor de mi chico, Burke. Los dos pasaban mucho tiempo apretados el uno contra el otro, susurrándose cosas. Era como si se olvidaran de que tenían a un perro sentado a su lado, y muchas veces yo me veía obligado a meter el hocico entre los dos para corregir ese criterio.

—¿A qué hora vendréis tú y Grant a recogerme para ir a la fiesta? —preguntó Wenling.

—Bueno, puesto que es algo formal, creo que haré que me lleve alguien que no sea El Que Toma las Curvas Sobre Dos Ruedas —respondió Burke—. Quizá mi padre.

Esa noche, Papá Chase y Burke se fueron en coche, pero no me llevaron con ellos. Lacey se había alejado de la zona. Yo me senté en el suelo esperando recibir la atención de alguien, pero Abuela no reaccionó ni siquiera cuando me tumbé con las patas al aire en un claro gesto de invitación a que me rascara la barriga. Papá Chase regresó muy pronto, pero sin Burke. Lo olisqueé detenidamente, buscando pistas de qué le había pasado a mi chico.

—Parece que este verano empezará húmedo —comentó Papá Chase—. Se supone que lloverá toda la semana.

—¿Qué aspecto tenía? —le preguntó Abuela.

—¿Quién?

—Oh, Chase. Wenling, ¿quién crees?

—Mmmm… bueno, llevaba un vestido y el pelo rizado.

—Vaya, eres un gran observador. ¿Prestas la misma falta de atención a lo que lleva puesto Natalie?

Papá Chase se quedó en silencio un momento. Yo lo miraba atentamente, esperando alguna señal que indicara que iba a darme un trozo de panceta, pero él continuaba distraído con Abuela.

—¿Cómo te has enterado de lo de Natalie?

—¿Crees que esta ciudad es muy grande?

—Di instrucciones concretas a todas las personas del condado de que no hablaran de esto.

—¿Mi hijo tiene otra novia y crees que mi teléfono no suena?

—Otra novia. Una elección de palabras interesante, mamá. ¿Así que la red sobre la antigua novia se enciende cada vez que tengo una cita?

—La conocí, ¿sabes? Es agradable. Llevó a sus sobrinas a la feria del libro y se molestó en saludarme.

—Esto no es serio, mamá.

—Quizá debería ser serio.

—Ya he tenido bastante.

119

—Hablas como un auténtico solterón. ¿Así que es allí donde estabas el sábado por la noche? ¿O es que el juego no terminó hasta las cinco de la madrugada?

—Mamá. Esto es muy incómodo.

—Mi hijo —observó ella con tono jovial— se muestra tieso como un palo, pero luego se va a la ciudad a tocar la guitarra y me entero de que se pone a bailar y a reír. Se dice que en el escenario eres una persona completamente diferente. ¿Por qué ese hombre tan alocado no aparece nunca por aquí?

Papá Chase soltó un gruñido.

—Debo ser un ejemplo para los chicos. La granja es una manera muy dura de ganarse la vida.

Decidí dejar por imposibles a los dos. Suspiré y bajé la cabeza. Por un momento, me había creído tanto lo de la panceta que casi había podido olerla.

—Creo que parte de ese ejemplo debería ser ofrecerles una idea de que su padre es un hombre que tiene más de un registro.

—Necesitan estabilidad. Necesitan saber que pueden confiar en que yo no cambie.

El tono de Abuela se suavizó.

—Saben que pueden confiar en ti, Chase. Saben que nunca los abandonarías.

—No estoy disfrutando con esta conversación.

—Pues como quieras.

Me encontraba enroscado en la cama de Burke cuando oí que un vehículo se acercaba por el camino. Salí por la puerta para perros y caminé hacia el padre de Wenling, que en ese momento estaba dejando la silla de Burke en el suelo. Wenling le dio un abrazo a Burke y un beso en la mejilla. Yo me acerqué a su lado para ver si necesitaba que hiciera Tira, pero él se limitó a sentarse y a saludar el coche con la mano. Luego se puso a dar vueltas con la silla.

Yo no tenía ni idea de qué estaba haciendo.

Luego subimos por la rampa y entramos en la casa. Abuela era la única persona que se encontraba en el salón.

—¿Te lo has pasado bien en el baile, cariño?

—¡Ha sido la mejor noche de mi vida!

—Oh, Burke. Eso es fantástico. Me alegro mucho.

Percibí que Grant estaba al otro lado de la esquina, pero lo que estaba ocurriendo allí no le interesaba lo suficiente para venir con nosotros.

Abuela y Burke estuvieron hablando un poco más y luego Abuela dijo:

—Me voy a la cama.

Y Burke me llevó hasta su dormitorio. Apreté el hocico contra la ventana, esperando ver a Lacey, pero ella no estaba cerca.

Entonces oí un ruido y vi a Grant apoyado en el marco de la puerta.

—¿El vuelo primaveral de un estudiante? —preguntó con tono apagado.

—No fue un gran vuelo —respondió Burke—. Pero ha sido una fiesta divertida.

—¿Te lo has montado con Wenling?

—¿Qué te pasa?

Me di cuenta de que Burke se estaba enfadando.

—Cumplirás quince años en junio. Yo le di el primer beso a una chica cuando era mucho más joven.

—¿Sí? ¿Ibas en silla de ruedas?

—Dios. Esta es tu respuesta a todo.

—O quizá es solo que, cuando uno va en silla de ruedas, no tiene muchas oportunidades de tener una cita.

—Estoy impaciente por que te hagan la operación. Luego podrás hacer todas las tareas.

—¿Estás impaciente?

Grant se dio la vuelta y se marchó. Su paso furioso era igual que el de Papá Chase.

Cuando Lacey regresó, vi que tenía una herida en el hombro que ya se le había curado. Pero lo que me llamó la atención fue otra cosa, fue un olor tan tentador que no pude controlarme. Me arrastró una compulsión que no había experimentado nunca y, sin comprender nada, durante el juego lo único que yo quería era subir a su grupa y sujetarla con las patas delanteras. En ese momento, para mí era mucho más importante estar con mi compañera que con mi gente, y, si Burke me hubiera llamado, no hubiera sido capaz de obedecerle.

121

Luego, Lacey se tumbó sobre la tierra y yo apoyé la cabeza en su costado, sintiéndola subir y bajar al ritmo de su respiración. Lacey todavía no tenía el olor de Wenling.

Más tarde, cuando yo me acerqué al porche, Lacey se alejó hasta quedar oculta en las sombras y, mientras entraba por la puerta para perros, supe que se marchaba. ¿Dónde estaban sus personas? ¿Por qué Wenling y su padre no venían a buscar a Lacey y le daban de comer? ¿Y dónde iba Lacey cuando se marchaba durante tantos días, si no estaba con su persona?

El aire se volvió cálido y los horarios de la familia cambiaron repentinamente. Tal como yo ya imaginaba, dejamos de ir a ver a mis amigos, y Grant y Papá Chase se iban cada mañana a jugar con la tierra en el campo. Burke hablaba por teléfono y decía «Wenling» muchas veces.

Un día, mientras la lluvia caía con fuerza sobre el tejado y golpeaba el parabrisas del coche tan sonoramente que el ruido era insoportable, Abuela nos llevó en coche a mí y a Burke muy lejos. Nos fuimos parando de vez en cuando para entrar en un edificio y luego regresábamos al coche con una caja o una bolsa, pero sin ningún premio. Cada vez que nos deteníamos, Burke bajaba la ventanilla, y por eso me di cuenta de que, poco a poco, la lluvia iba disminuyendo hasta cesar por completo. Iba sentado al lado de mi chico y respiré el aroma del barro, las hojas y el agua.

—Bueno, abuela —dijo Burke, despacio, cuando Abuela regresó al coche—. Dime otra vez por qué querías que viniera contigo.

—Tengo que hacer unos recados.

—Vale —asintió Burke—. Pero me doy cuenta de que pasa algo.

Abuela, sorprendida, sonrió ligeramente.

—¿Por qué? No tengo ni idea de qué hablas.

—Tengo la sensación de que querías alejarme de la casa durante unas cuantas horas —dijo Burke—. ¿El hecho de que cumpla quince años el miércoles tiene algo que ver con esto?

—Me alegro de que haya dejado de llover.

Burke se rio, así que yo meneé la cola. El coche se puso en marcha y las ventanillas se cerraron, pero pude continuar respirando el maravilloso aire húmedo del exterior. E inspiré con fuerza cuando pasamos por delante del rancho de cabras durante el regreso a casa.

Finalmente nos detuvimos al final del camino y salté del coche. Estaba emocionado al ver que todas las cosas del interior del granero habían sido sacadas al exterior y se encontraban amontonadas al lado del edificio. Marqué los objetos y me sentí feliz de hacerlo, puesto que, por algún motivo, mientras habían estado dentro del edificio no me había parecido correcto hacerlo. Muchos de ellos tenían pegado el olor del misterioso animal, así que me aseguré de mojarlos bien.

Cerca de allí también había dos coches, y también me preocupé de marcarlos bien.

Abuela entró en la casa y Grant salió del granero sonriendo.

—Feliz cumpleaños, hermano.

—Gracias. Vas unos días adelantado, pero te agradezco que hayas vaciado el granero por mí. La verdad es que es el mejor regalo que se me podía hacer.

—Ven a este lado un momento —repuso Grant haciendo un ademán con la mano.

Mi chico no me pidió que hiciera Tira mientras nos dirigíamos hacia el granero y subíamos por la corta rampa. Me sorprendí al ver lo que nos esperaba dentro: varios chicos se encontraban en el interior de la gran sala vacía y sonreían. Burke se quedó un momento en la puerta, inseguro, y luego entró despacio.

—Has puesto una canasta en el granero —comentó—. ¿Es mi regalo de cumpleaños? Si es así, has conseguido sorprenderme de verdad. Yo esperaba una pista de atletismo.

Algunos de los chicos se rieron y luego se acercaron para darle la mano a Burke o para darse una palmada con las manos e, inmediatamente, acariciarme la cabeza.

Grant sacó una pelota grande y la hizo rebotar contra el suelo haciendo un poderoso ruido. Me puse en tensión, porque me di cuenta de que nunca sería capaz de coger esa cosa con los dientes. Pero, por supuesto, estaba dispuesto a intentarlo.

—Pensamos que podría ser divertido jugar un poco al baloncesto. —Dejó la pelota en el regazo de Burke y dijo—: Empieza el juego.

—Eh… —hizo Burke.

14

*L*os chicos se miraron entre ellos, sonriendo. Luego se fueron por la puerta trasera ¡y regresaron empujando unas sillas de ruedas iguales que la de Burke! Yo estaba perplejo, sobre todo cuando vi que se sentaban en ellas y empezaban a dar vueltas por el espacio. ¡Incluso Grant tenía una silla!

—¡Vamos a ver de qué madera estás hecho, cumpleañero! —gritó uno de los chicos.

Pronto las cosas se hicieron más confusas: los chicos se pusieron a rodar de un lado a otro, lanzándose la pelota y gritando. Mi chico me había dicho que hiciera Quieto pero, simplemente, me resultaba demasiado difícil hacerlo, así que me metí en medio para jugar con la pelota. Al final, Burke enganchó mi correa a un palo y me quedé observando a los chicos correr y lanzar la pelota en el aire de vez en cuando.

A pesar de que no entendía qué estábamos haciendo, la expresión de Burke y su risa dejaban claro que se sentía feliz.

Me di cuenta de que él se desplazaba mucho más deprisa que los demás y que esquivaba ágilmente las otras sillas.

—¿Cómo lo hace? —le preguntó uno de los chicos a Grant, jadeando.

Burke iba por delante de todos, a toda velocidad, y lanzó la pelota al aire. La pelota cayó al suelo otra vez y los chicos se pusieron a vitorearle. De alguna manera, conseguían divertirse sin un perro.

—Práctica —le dijo Grant al chico, soltando una carcajada.

Intenté participar en el juego a base de ladridos y de menear la cola, pero al final me resigné a quedarme ahí sentado y a no apartar la mirada de mi chico.

Luego, por la tarde, los chicos se fueron en sus coches, así que nos quedamos solos Burke, Grant y yo.

Mi chico me rascó detrás de las orejas y solté un gemido de placer.

—¿De dónde sacaste todas esas sillas? —preguntó.

Grant sonrió.

—Un par de ellas son alquiladas y conseguimos las otras en ventas particulares, casas de empeños y sitios así.

—¿Así que has estado planificando esto durante un tiempo?

Grant asintió con la cabeza.

—Sí. ¿Qué te ha parecido?

Giré la cabeza al percibir que mi chico se sentía invadido por una súbita oleada de emoción.

—Grant —dijo Burke. Y se calló un momento, apartando la mirada. Luego, volvió a empezar—: Grant, yo nunca había formado parte de ningún equipo. Nunca. Y no solo para jugar, sino para ser el… el…

—Nos has fulminado a todos. Has sido el mejor —se limitó a decir Grant.

—Gracias, hermano.

Grant y Burke sonreían. La corriente que percibí entre ellos era tan fuerte que no pude evitar saltar entre ambos y apoyar las patas en el pecho de Burke: quería formar parte de eso.

Habitualmente, yo me tumbaba al lado de la silla de Grant durante las comidas porque él dejaba caer más comida que Burke. Así que me encontraba allí cuando oí que Papá Chase decía:

—He pedido unas puertas nuevas para el refugio. Las que tenemos ahora están tan podridas que se pueden atravesar de una patada. Si llega un tornado, no nos servirá de nada tener un refugio si las puertas se caen. Grant, mañana, cuando terminemos, procura sacar las puertas viejas. Esas cosas pesan una tonelada.

Grant hizo chocar los pies.

—Claro. Después de trabajar todo el día, trabajaré un rato más.

—Cuidado con ese tono —repuso Papá Chase.

—Yo puedo hacerlo —dijo mi chico.

Grant resopló con actitud burlona.

—Grant —suplicó Abuela en voz baja.

—Lo digo en serio. Ya pensaré cómo —insistió Burke.

Se hizo un silencio.

—De acuerdo, Burke, tú te encargas —asintió Papá Chase.

A la mañana siguiente, Burke parecía muy interesado en unas puertas de madera que estaban en el suelo.

—Esto va a funcionar, Cooper —me dijo.

Lo observé sin ningún tipo de curiosidad mientras empezaba a atar unas cuerdas y a pasarlas por la rama de un árbol. Un objeto golpeó contra el árbol cuando se puso a izarlo.

—¿Ves? Si saco las bisagras, puedo tirar de las puertas con las poleas.

Bostecé y me enrosqué para echar una cabezada. Pero cuando las puertas de madera ya no estuvieron puestas, sí sentí curiosidad por los escalones que bajaban hasta un espacio que se encontraba debajo del edificio.

—¡Adelante, Cooper! ¡Investiga!

Los escalones eran de piedra, pero no había niños sentados en ellos. Mientras que el granero era un espacio grande y aireado, esa pequeña habitación que se encontraba debajo del granero era oscura y húmeda. No encontré nada interesante en ese lugar: solamente había unas suaves mantas que podía oler a pesar de que estaban envueltas en plástico, unos contenedores y una caja de metal que apestaba a madera quemada. No había ni rastro del animal del granero. Volví a subir. Burke jugaba con las cuerdas.

—No le cuentes a nadie cómo lo he hecho —me dijo.

Volví a tumbarme para echar una cabezada.

—¿Cómo has conseguido quitar las puertas? —le preguntó Papá Chase a Burke mientras cenábamos.

—Ha sido fácil —respondió Burke.

—¿Quién te ha ayudado? —peguntó Grant.

—Nadie.

—Mentiroso.

—Idiota.

—Chicos —dijo Papá Chase con voz firme.

Yo oía con tristeza el ruido que hacían al masticar. Allí arriba, sobre la mesa, había ternera. Pero ni un trocito en el suelo.

—Burke, ¿por qué no invitas a Wenling a cenar algún día? —dijo Abuela.

El ruido de masticar cesó. Grant hizo chocar los pies.

—Eh… —hizo Burke.

—¿Mamá? ¿A qué viene esto? —preguntó Papá Chase.

Se hizo un silencio muy muy largo.

—Chicos, dejadnos un momento solos a Abuela y a mí para que hablemos —pidió Papá Chase.

Grant y Burke se marcharon, pero yo me quedé al lado de la mesa por la ternera.

—Lo pregunto en serio. ¿A qué viene esto? —preguntó Papá Chase en voz baja.

—Ya sé lo que vas a decir y no quiero oírlo. Es la primera novia de Burke. Lo que tú tengas contra su padre es cosa tuya, pero no tiene nada que ver con tu hijo.

—No es solo que sean granjeros robot. No me gusta la idea de que tenga novia. ¿Cómo sabemos lo que hay de verdad detrás de eso? ¿Y si ella solo sale con él por pena o, peor, si quiere ser vista como la chica que es tan generosa que puede salir con un chico incapacitado?

—Oh, Chase.

—¿Oh, qué? Soy su padre. Solo busco lo mejor para él.

Abuela se puso en pie. Yo me puse en pie y me sacudí el pelaje. La miré, esperanzado.

—Creo que cuando Patty se fue te volviste tan desconfiado con las mujeres que no puedes celebrar que tu hijo esté enamorado. Por supuesto que ella le romperá el corazón o que él se lo romperá a ella. Están en el instituto, por el amor de Dios. Pero lo que intentas hacer es evitar todo tipo de riesgo emocional para ti y para tus hijos, y eso significa que en realidad no te involucras.

—Dios. ¿Esto va de Natalie?

—Va de tu vida. ¿No crees que echo de menos a tu padre cada momento del día? Pero ¿habría dejado pasar la oportunidad de estar con él, de casarme con él y de formar una familia con él si hubiera sabido que un día, al regresar

127

de la tienda, me lo encontraría muerto en la cocina? No, porque la vida hay que vivirla, Chase. Encerrar el corazón y volverlo duro como una piedra no te hace más fuerte, te hace ser frío.

Yo no recordaba haber oído nunca hablar a Abuela con enfado. Papá Chase estuvo sentado ante la mesa durante mucho rato después de que ella cerrara la puerta de la habitación.

A la mañana siguiente, Grant y Burke decidieron visitar el embarcadero, pero no para perseguir a los patos. Grant se sacó la camiseta y saltó al agua. Burke lo observó desde la silla.

Grant se dejó flotar de espaldas.

—Deberías venir.

—Ya sabes que no puedo nadar —repuso Burke.

—¿No crees que yo te salvaría?

—¿Por qué iba a creerlo?

—Vamos. ¿Por qué te has puesto el traje de baño si no piensas nadar?

—He cambiado de idea.

—Gallina.

—¿En serio? ¿Es lo mejor que puedes decir?

—Sabes que quieres hacerlo.

Oí un ruido y, al mismo tiempo, capté el olor de Wenling. Levanté la cabeza. La niña iba en bicicleta, de pie sobre los pedales, mientras subía por el camino. No miró hacia nosotros y ninguno de los chicos la vio. Me puse a menear la cola al pensar en sus manos sobre mi pelaje.

—¡Cooper! ¡Firme!

Corrí de inmediato al lado de mi chico. Él se sujetó a mi arnés y se deslizó hasta el borde del embarcadero.

—Adelante —lo animó Grant.

Con un suspiro, Burke se dio un empujón y cayó al agua. Yo me adelanté rápidamente y miré hacia el agua verde. Todavía lo olía mientras lo veía hundirse.

Y hundirse.

Y luego desapareció de mi vista por completo. El aire se llenó de un tenso silencio. Se oyó el graznido de un pato. Lejos, una vaca mugió. Me puse a jadear, alarmado, esperando a que mi chico volviera a aparecer.

—Vamos —murmuró Grant.

Solté un gemido de ansiedad. Miré a Grant, y luego hacia la casa, donde se veía a Wenling hablando con Abuela. Abuela señalaba en nuestra dirección, y Wenling se dio la vuelta y se hizo sombra con la mano sobre los ojos.

Di unos pasos clavando las uñas con fuerza en el extremo del embarcadero. ¡Algo le estaba ocurriendo a mi chico! ¡Burke!

De repente, Grant se hundió bajo el agua. Me puse a ladrar. ¡Ahora desaparecía él! ¡Tenía que hacer algo!

Me lancé, presa del pánico, y me hundí en las profundidades de ese lago. Y mientras descendía, algo extraordinario sucedió: recordé haber hecho eso mismo con anterioridad. Recordé haber nadado en aguas suaves y cálidas. Y una voz que decía «Buen perro, Bailey».

Y, a pesar de la fuerza de ese recuerdo en mi mente, no fui capaz de saber dónde había ocurrido. Ni cuándo.

De repente, los chicos chocaron conmigo al ascender a la superficie. Los seguí hacia arriba. Grant se puso a escupir mientras sujetaba a Burke con las dos manos.

Burke le escupió agua a Grant en la cara.

—Te engañé.

Riendo, se apartó de su hermano de un empujón mientras yo nadaba en círculos alrededor de ellos, tan aliviado que se me escapaban gemidos de alegría.

Grant se quitó el agua los ojos.

—¿Qué?

—Por supuesto que sé nadar, idiota.

—Hola —dijo Wenling desde el embarcadero.

Los dos chicos se giraron, boquiabiertos al verla.

—¿Cómo has llegado hasta aquí? —preguntó Grant.

—Yo también me alegro de verte, Grant. Vine en bici. ¿Ya sabes que hay muchos baches en la carretera? Mi trasero lo acaba de descubrir.

—Eh, ¿quieres venir a nadar? —le preguntó Burke haciendo ondas en el agua con la mano.

—Oh. Bueno, no tengo traje de baño.

—Ah.

Burke inspiró con fuerza y se hundió bajo la superficie.

129

Al cabo de un momento, Grant soltó una exclamación. Burke emergió del agua y lanzó el traje de baño de Grant a los pies de Wenling.

—¡Toma! ¡Puedes utilizar el de Grant!

Al cabo de poco, Burke salió del lago y yo hice Firme para ayudarle a subir a la silla. Grant se quedó en el agua mucho rato más, y ni siquiera salió después de que Burke, con el traje de baño de Grant, se dirigiera hacia la casa con Wenling. Finalmente, Grant subió al embarcadero y corrió a toda velocidad hacia las escaleras que bajaban desde el granero, de donde volvió a salir envuelto en una manta.

Simplemente, a veces no comprendo a las personas.

Más tarde, los tres estaban comiéndose unos helados sentados a la mesa de madera que había fuera de la casa. Yo estaba fascinado. Los chicos se comían su helado a pequeños mordiscos, pero Wenling lo lamía de una manera que me dejaba mareado.

—He tenido mi primera clase de vuelo —dijo.

Los chicos la miraron.

—¿Clases de vuelo? —preguntó Grant.

—Dijiste que trabajabas en el campo de la aviación, pero no dijiste nada de clases de vuelo —añadió Burke.

—Todavía tienes catorce años —objetó Grant.

—¿Un momento, una chica se saca el carnet de piloto y eso inquieta a los chicos? —dijo Wenling, provocadora.

Una gota de helado cayó sobre el asiento que estaba a su lado. Me quedé mirándola.

—Por supuesto que no —repuso Burke, incómodo.

—No podré volar sola hasta que cumpla dieciséis, pero ahora ya puedo recibir clases. —Wenling sonrió—. Mi padre no me dejará conducir hasta que cumpla los dieciocho, pero nunca se le ocurrió pensar que yo podía volar. Mi madre lo sabe, pero no le dirá nada.

¡La gota de helado continuaba allí!

—¿Tienes un paracaídas? —quiso saber Burke.

—Basta. Conseguiré el carnet de piloto antes que el permiso de conducir. Bueno —dijo, dirigiéndose a Burke—, ¿queréis venir a volar conmigo algún día?

—¿Te refieres a dejar el suelo?

Wenling se rio.

—Yo iré —dijo Grant.

—¿Habrá fuego? —preguntó Burke.

—Nada de fuego. El instructor se sienta ante los controles a mi lado.

—Oh, entonces seguramente no habrá sitio para mí. Tenía tantas ganas de hacerlo —dijo Burke, soltando un suspiro.

—Yo iré —repitió Grant.

—Hay sitio para los dos. También para Cooper —dijo ella.

Al oír mi nombre, me decidí y me lancé a lamer la gota de helado.

Pasaron muchos días sin ver ni una señal de Lacey. Pero en mis sueños Lacey y yo corríamos juntos, y a veces ella era la perra de pelo corto y oscuro que conocí primero y otras veces era la perra amarilla con el pelo desaliñado que conocía ahora.

Y, una noche, su presencia se hizo tan fuerte que me desperté. Y continuaba sintiendo su olor. Salí por la puerta para perros y fui hacia la oscuridad. Su olor me llevó hasta los escalones de piedra de debajo del granero. Ella estaba allí. Su olor era fuerte.

Y algo estaba allí abajo con ella.

131

15

*B*ajé los escalones de cemento despacio hasta la habitación de debajo del granero. Lacey había sacado una de las mantas dobladas y estaba enroscada encima de ella. Al ver que me acercaba, meneó la cola, pero no se levantó para venir a saludarme. Jadeaba con angustia y yo me asusté porque supe que estaba pasando algo que yo no comprendía. La zona que quedaba debajo de las escaleras estaba muy oscura. Me esforcé para ver qué estaba haciendo.

El aire estaba impregnado de la presencia de lo que di por sentado que era otro animal, pero ahora me daba cuenta de que venía de Lacey. Decidí examinarla de cerca, pero me sobresalté al ver que ella me rechazaba con un profundo gruñido de advertencia. No quería que me acercara más. ¿Qué estaba pasando?

Me quedé en los escalones, sintiéndome torpe y mirando hacia la oscuridad. La poca luz que entraba desde la casa ofrecía la única iluminación que había debajo del granero. Oí que Lacey lamía algo y luego, sorprendentemente, oí un pequeño lloriqueo, el sonido de un animal. Lacey acababa de dar a luz a un cachorro y el intenso olor que sentía era una señal de que otro venía en camino.

Lacey había hecho una guarida ahí abajo. Yo debía protegerla. Yo era su compañero.

Pero, en ese momento, Burke me llamó con un silbido y yo debía obedecer. Me fui de mala gana y me tumbé en el suelo de su dormitorio con el hocico hacia la ventana abierta porque la puerta estaba cerrada. Pasé la noche jadeando con ansiedad. Cuando, por fin, a la mañana siguiente me dejó salir, corrí hacia las escaleras y vi a mi

Lacey con varios cachorros a su alrededor. Ella meneó la cola al verme.

El afecto que sentí por ella en ese momento me sobrecogió. Me di cuenta de que no solo debía proteger a mi nueva familia perruna, sino que debía alimentarla. Corrí hacia la casa. Mi familia humana estaba sentada a la mesa. Me fui hasta mi cuenco de comida, pero la primera comida del día todavía no estaba ahí.

Papá Chase se aclaró la garganta.

—Casi es hora de empezar a recoger los calabacines, Grant. Esta mañana iremos a verlos.

—¿Seguro, papá? —respondió Grant—. ¿No sería mejor que me quedara y ayudara a Burke con su maqueta de ciudad?

Se hizo un silencio. Fui a mirar mi cuenco de comida. Todavía nada.

—Grant, tendrás que hacer que se te pase el enfado —dijo Papá Chase—, porque voy a necesitarte ahí todo el rato, incluso con tu ayuda, creo que algunos de ellos van a acabar pudriéndose. Antes teníamos unos cien trabajadores de fuera que nos ayudaban en la cosecha, pero ahora ya no.

Regresé al lado de mi cuenco, lo cogí, lo llevé hasta la silla de Burke y se lo dejé a los pies con un golpe en el suelo. Burke se rio.

—¿Tienes hambre, Cooper?

Lo miré, esperando, hasta que él se acercó para llenar mi cuenco. Mi comida procedía de una bolsa abierta que había sobre el suelo. Hubiera podido meter la cabeza en la bolsa, pero sabía que ese hubiera sido el comportamiento de un perro malo, así que hice todo lo que pude por ignorar ese maravilloso olor. En cuanto el cuenco estuvo lleno, me lo comí con alegría y sin perder el tiempo.

Grant y Papá Chase salieron, y yo también salí por la puerta para perros y los seguí, ansioso, esperando que no se dirigieran hacia debajo del granero. Ellos eran mis personas, y guardar un secreto me hacía sentir un perro malo, pero no podía evitarlo: algo me decía que proteger la guarida también era mantenerla en secreto. Los dos se alejaron en dirección a los campos, así que bajé por las escaleras de cemento.

Mi hocico todavía despedía el olor de la comida y Lacey

se puso en pie a pesar del coro de chillidos de los cachorros que se apretaban contra sus pies. Ella me acercó el hocico y yo permanecí quieto, dejando que me inspeccionara. En cuanto ella me lamió los labios, tuve una sensación imperiosa y extraña que se apoderaba de mí y que me empezaba en la garganta y me llegaba hasta el estómago. Y, de repente, todo lo que había comido volvió a salir y lo vomité. Lacey empezó a comer.

—¡Cooper! ¡Ven aquí!

Me fui corriendo y salí del granero al sol de la mañana. Burke había salido al patio con la silla.

—¿Dónde estabas, Cooper?

El olor de Lacey estaba muy presente en el aire y yo me sentía ansioso por regresar a su lado, pero estaba claro que mi chico esperaba que me quedara con él. Finalmente, me tumbé sobre la hierba con un suspiro. Me dormí, pero no soñé que Lacey y yo corríamos juntos. Soñé que jugábamos con los cachorros.

Más tarde, Burke se fue a su dormitorio. Cuando lo dejé, me sentí un perro malo. Me dirigí con sigilo hasta la pequeña habitación que había detrás de la cocina y cogí la bolsa de comida con la boca. Pero, de repente, me quedé inmóvil: me di cuenta de que Abuela estaba tumbada en su cama pero no dormía. Con cuidado, arrastré la bolsa de comida por el salón. Oí un ruido procedente de la habitación de Burke. ¿Estaría saliendo de la habitación? Me sentí como si todos me estuvieran gritando: «¡Perro malo! ¡Perro malo!». Me escabullí por la puerta para perros y la bolsa se quedó trabada en ella. Tiré con fuerza y al final conseguí sacarla. Entonces me quedé quieto, sintiéndome totalmente culpable. ¿Venía alguien? El corazón me latía igual que cuando Grant bajaba corriendo las escaleras.

Corrí por el patio y bajé las escaleras de debajo del granero con la bolsa golpeándome las patas. Lacey no se levantó, pero yo sabía que podía oler lo que había dentro de la bolsa. No sabía si los cachorros podían olerlo, pero no parecían nada interesados en mí.

A pesar de ello, yo sí estaba interesado en ellos: con los ojos cerrados y las caras arrugadas, emitían pequeños chillidos mientras yo los miraba y los identificaba uno a uno por el olor y el aspecto. Eran mis cachorros.

Cuando Papá Chase y Grant llegaron para comer, yo ya me encontraba en la casa. Estaba hambriento, así que me senté bajo la mesa, expectante.

—¿Ya han llegado las nuevas puertas para el refugio? —preguntó Papá Chase.

—No, señor —respondió Burke.

—No es un gran refugio si está abierto al exterior.

—¿Piensas poner tú las puertas nuevas, Burke? —preguntó Grant, astuto.

—Quizá. Apuesto a que tú podrías.

Papá Chase se aclaró la garganta.

—Creo que será más fácil si todos ayudamos a hacerlo. Las nuevas son de acero y probablemente pesarán una tonelada. Ya no tendremos que cambiarlas nunca más.

Grant deslizó la mano bajo la mesa disimuladamente y me dio un pequeño trozo de pan. A pesar de ser un perro bueno que estaba haciendo Siéntate, lo único que recibía era pan.

135

Durante los días siguientes estuve vigilando el lugar de debajo del granero desde arriba de las escaleras. Lacey solo salía de noche para ir a beber al lago. Yo me quedaba y vigilaba a nuestros cachorros hasta que volvía. Lacey desprendía el delicioso olor de la leche y de los cachorros de la guarida.

Una noche, a la hora de dormir, me encontraba encerrado en el dormitorio de Burke con el hocico en alto y atento cuando percibí el olor de un animal salvaje. Un gruñido se me formó de inmediato en la garganta.

Mi chico se removió en la cama.

—Duérmete, Cooper.

Fuera lo que fuera eso, yo supe que estaba acechando a Lacey. Salté de la cama, corrí hacia la puerta y me puse a rascarla frenéticamente.

—¡Cooper!

Me puse a ladrar enseñando los dientes. Burke se sentó en la cama y me miró con asombro.

—¿Qué sucede?

La idea de que les podía pasar algo a mis cachorros me

ponía frenético. Dejé de rascar la puerta y me puse a golpearla con las patas delanteras.

—¡Eh! —gritó Burke.

Se deslizó hasta su silla y se acercó a la puerta para abrirla. En cuanto lo hizo, salí corriendo por el salón y crucé a toda velocidad la puerta para perros. Al momento lo vi: era un animal pequeño de orejas puntiagudas y mirada feroz. Tenía el tamaño de un perro pequeño y unos rasgos parecidos a los caninos. En ese momento se encendieron las luces del porche y el patio se iluminó.

El animal me vio y se quedó inmóvil un momento. Yo corrí hacia él sin dudar.

—¡Cooper!

Era rápido, demasiado rápido para mí. Corrí tras él, pero le perdí el rastro poco después de que se metiera en el bosque.

Mi chico me estaba llamando y, de mala gana, regresé a su lado. Papá Chase estaba con él.

—¿Viste al zorro? —preguntó Papá Chase.

—Sí. Cooper lo ha ahuyentado.

Papá Chase me acarició la cabeza.

—Buen perro, Cooper.

Mi chico me llamó para ir a la cama, pero bajé por la rampa y me senté en el patio, vigilando atentamente por si ese depredador regresaba. Burke salió y me observó desde el porche.

—¿Qué estás haciendo, Cooper?

Al oír mi nombre, me sentí un perro malo, pero no pensaba abandonar mi puesto de vigilancia. Al cabo de un momento, Burke soltó un suspiro y dijo:

—De acuerdo.

A partir de ese día pasé todas las noches fuera de casa. Ya no volví a oler la presencia de ese animal, pero no pensaba arriesgarme a que pudiera regresar y bajar a la guarida. Al final Burke desistió de llamarme para ir a dormir con él.

—Lo único que quiere es pillar a ese zorro —comentó Grant un día.

—Pues esperemos que no regrese —repuso Papá Chase.

—Oh, creo que Cooper podría hacerle frente —dijo Burke.

—Sí, pero no sin que el enfrentamiento genere unas cuantas facturas de veterinario.

Una tarde, a última hora, Grant y mi chico se fueron en la camioneta de Grant sin llevarme con ellos.

—No pasa nada, Cooper —dijo Abuela—. Solo van a buscar a la novia de Burke.

Yo no sabía qué me estaba diciendo, así que fui a tumbarme al lado de las escaleras que bajaban a la guarida. Y cuando los chicos regresaron, ¡Wenling estaba con ellos!

A la hora de la cena me senté al lado de la silla de Wenling para, además de mostrarme simpático, poder darle unos sugerentes golpes de hocico en la mano. Y descubrí con alegría que Wenling comprendía sin problema que yo era un perro bueno que se merecía unas pequeñas porciones de carne. Con cuidado, se las fui cogiendo de la mano.

Cuando Burke se apartó de la mesa empujando la silla hacia atrás, supe que la cena había terminado.

—Eh, ¿quieres ir a dar un paseo?

¡Paseo! Troté por delante de Burke y de Wenling mientras ellos avanzaban despacio por el camino. Miré hacia la entrada abierta de debajo del granero. Por el olor, supe que Lacey se encontraba ahí abajo cuidando de nuestros cachorros.

—¿Dijiste que quizá te operaban este año? —preguntó Wenling.

—Supongo que no —suspiró Burke—. Todavía estoy creciendo, lo cual sería una buena noticia en condiciones normales, pero no en estas. Tampoco es que quiera ser jugador de baloncesto, precisamente. Solo quiero acabar con esto, ¿comprendes? Si no funciona, vale, pero por lo menos lo sabré.

Wenling le puso una mano en el hombro y él se detuvo.

—Funcionará, Burke. Lo sé.

—Gracias.

Se abrazaron y luego se apretaron las caras el uno contra el otro. Yo solté un suspiro: últimamente hacían eso muchas veces. Finalmente, después de una larga espera, se pusieron en marcha otra vez.

—Eh, ¿qué es eso?

—Es el refugio. Ya sabes, en caso de tornado, zombis y cosas así.

Fueron hacia la guarida de debajo del granero. Yo los se-

137

guí, ansioso. Deseaba que encontraran y que no encontraran a los cachorros. Las dos cosas a la vez.

—¿Tornados? En Míchigan no hay tornados —dijo Wenling.

—¡Oh, claro que hay! ¿Qué me dices del Flint-Beecher? Fue el tornado más mortífero de la historia de Estados Unidos hasta que hubo el de Joplin, en Misuri.

—¿Así que es eso lo que haces todo el día, ver el canal de noticias del tiempo?

Burke soltó una carcajada.

—Hice un trabajo sobre los tornados en Míchigan en séptimo. No somos Kansas, pero somos competitivos.

—Ok, de acuerdo, siempre y cuando nos presentemos a las Olimpiadas de Tornados.

Mi chico volvió a reírse. Me di cuenta de que Wenling lo hacía sentir feliz.

—¿Y qué hay ahí abajo? —preguntó ella.

—Pues agua, comida enlatada, un horno de leña. De verdad que, si tuvieras que pasar un par de días ahí dentro, podrías hacerlo. En caso de que hubiera un ataque nuclear.

—O una invasión de zombis. ¿Puedo bajar?

Burke se acercó hasta el inicio de las escaleras. Yo jadeaba de ansiedad, temeroso de lo que pudiera suceder a continuación. Era plenamente consciente de la bolsa de comida para perro vacía, de la presencia de mis cachorros y de Lacey. Ella también estaba en alerta. Me di cuenta de que nos miraba.

—Claro. Hay una lámpara al fondo, solo tienes que tirar de la cadenita.

—No habrá ratas ahí dentro, ¿no? ¿O serpientes?

—No, por supuesto que no.

—¿Me lo prometes?

—Adelante.

Wenling bajó las escaleras despacio y pasando una mano por la pared. Yo la seguí, impotente. Creí que Lacey se pondría a gruñir en cuanto su olor penetrara en la pequeña habitación, pero, tan pronto como la luz inundó el espacio, Lacey se puso a menear la cola. Los cachorros chillaban.

—¡Oh, Dios mío! —exclamó Wenling.

16

*B*urke se sobresaltó al oír la exclamación de Wenling. Oí chirriar su silla mientras se inclinaba hacia delante.

—¿Qué ha sido eso? ¿Qué sucede?

—¡Aquí abajo hay otro perro con unos cachorros!

—¡Es broma!

Yo ya sabía lo que sucedería: Wenling se acercaría y Lacey le gruñiría. Pero lo que sucedió fue que Wenling extendió una mano y Lacey se la lamió... ¡por supuesto que Lacey se la lamía! ¡Wenling era su persona!

—¡Eres una mamá encantadora!

—¡Cooper! ¡Ven!

Hice Ayuda. Esta vez Lacey sí se puso a gruñir mientras nos acercábamos al último escalón. Wenling levantó una mano.

—No te acerques más. Se está poniendo nerviosa. Debe de haber recibido malos tratos de algún hombre.

Burke dio un tirón y yo me detuve.

—Vale. Guau. Esto mola mucho.

Wenling se giró y lo miró.

—Sí. Solo que es una perra abandonada. Mírala. Ha tenido una vida difícil. No lleva collar. Y ahora está aquí abajo, en el refugio, porque no tenía adónde ir.

—Vaya.

Lacey había dejado de gruñir, pero miraba a Burke con seriedad. Burke me hizo sentar. Yo le di un golpe con el hocico a Burke para que Lacey se diera cuenta de que no representaba ningún peligro, pero ella mantuvo la postura rígida.

—¿Sabes qué, Wenling?

—¿Qué?

—Estos cachorros se parecen a Cooper.

—¿A Cooper? —repitió Wenling.

—Sí.

—Pero eso no es posible, ¿no? Hiciste esterilizar a Cooper.

No paraban de pronunciar mi nombre, pero yo no sabía si yo estaba siendo un perro malo o bueno. Meneé la cola, esperanzado.

—¿No, Burke? Lo esterilizasteis, ¿no?

—No, en realidad no lo hicimos. En ese momento no nos lo podíamos permitir. No somos los granjeros robot.

Wenling meneó la cabeza.

—Voy a ignorar ese comentario. Pues tenemos que llamar al centro de acogida y sacarlos de aquí. Y tenemos que darle comida y agua, de momento.

Wenling regresó a la casa y volvió con un cuenco de comida y un plato de agua. Lacey meneó la cola y comió con avidez mientras los cachorros se apretaban a su alrededor y la llamaban. Yo me aproximé despacio y esta vez Lacey me permitió olisquearla. Creo que haber vuelto con Wenling la hacía sentir más segura. Los olisqueé a todos y al final me tumbé en el suelo para poder estar, finalmente, con ellos debajo del granero. ¿Sabían que yo era su padre? Los cachorros gimoteaban y meneaban la cola, así que seguro que sí. Lacey nos miraba y el amor que yo sentía por ella se extendía a esos pequeños perros, mis cachorros.

—Eres una buena perra. Una buena madre para tus cachorros —dijo Wenling.

Me pregunté si sabía que se trataba de Lacey. Los seres humanos son capaces de hacer cosas increíbles, pero no siempre comprenden lo que le sucede a un perro.

Durante los días siguientes, todos dedicábamos algún tiempo a vigilar las escaleras para proteger a los cachorros. Cuando Wenling estaba allí, Lacey permitía que yo y Grant bajáramos las escaleras sin gruñir. Y una vez en que Wenling le dio a Grant un cachorro, Lacey no protestó.

Grant sostuvo el cachorro a la altura de su rostro y le dio un beso en el hocico.

—¡Este tiene la misma cara que Cooper! ¿Habéis pensado ya en qué nombres ponerles?

—Pensé que los del centro de acogida lo harían.

Grant asintió con la cabeza.

—Mejor no ponerles nombre.

—Exacto. Si les otorgamos una identidad, será mucho más difícil desprendernos de ellos a pesar de saber que será mucho mejor que todos tengan su propio hogar. Pero sí le he puesto nombre a la madre. Lulu. ¿Verdad, Lulu? —Wenling alargó la mano y le acarició la cabeza a Lacey.

—¿Te vas a quedar con un perro?

—No. Mi padre dice que no.

—Eh, ¿puedo jugar con uno de ellos? —oímos que decía Burke desde arriba.

Wenling le llevó uno de los cachorros y se lo dejó en el regazo.

—¿Y qué me dices de cuando adoptaste a tu primer perro? El que recibió el mordisco de la serpiente. Te permitió quedarte con él —dijo Grant cuando Wenling regresó.

—Lacey —dijo Wenling.

Tanto Lacey como yo levantamos la cabeza y nos la quedamos mirando. ¡Wenling lo sabía! Por supuesto. ¿Por qué pensé que no lo sabría? Lacey y Wenling estaban destinadas a estar juntas.

—Bueno, sí, creo que si me dejó tener un cachorro fue porque, cuando yo tenía esa edad, no había nada desde su punto de vista que yo hiciera mal. Ahora nuestra relación es… complicada. Para él, decirme que no puedo tener un perro es recuperar el control sobre mí o algo así. Mi madre se pelea mucho con él por este motivo. —Dio un paso hacia delante y bajó la voz—. A papá no le gusta que salga con Burke. Cree que debería salir con alguien más… —Hizo un gesto con la mano por delante de su cara.

—¿Chino?

Wenling levantó la mirada hacia Burke, pero continuó hablando en susurros.

—Exacto.

Grant se rio.

—¿Aquí? ¿Tu padre ha echado un vistazo a la población local?

—Me aterroriza pensar que alguna familia china llegue a

141

la ciudad y que tenga un hijo y que mi padre intente casarme con él aunque se trate de un psicópata.

—¿De qué estáis hablando? No oigo nada —se quejó Burke. Wenling respondió:

—Acabo de darme cuenta de que no eres chino.

—¿Qué? —repuso Burke en un tono de voz que parecía ofendido. Lo miré, preocupado, pero me di cuenta de que lo estaba fingiendo—. Venga, Grant, ¿por qué se lo has dicho?

Todos se rieron. Wenling le dio otro cachorro a Grant y cogió el que él tenía.

—Sé que ya hay muchos perros en el planeta, pero no puedo evitar quererles, especialmente los que son como Cooper —dijo.

Meneé la cola.

—Tienes un gran corazón —dijo Grant en voz baja—. No creo que Burke se dé cuenta de lo afortunado que es de tenerte.

Wenling lo miró, desconcertada.

142

—¿Qué quieres decir?

Lacey y yo reaccionamos de inmediato ante la tensión que se acababa de producir entre ellos dos. Grant se acercó un poco a Wenling.

—Hace tiempo que pienso en cómo decírtelo y necesito hacerlo. No me lo puedo guardar más tiempo.

—¿Guardarte el qué?

—¿De verdad que no lo sabes? ¿No te das cuenta cada vez que te miro? Estoy enamorado de ti, Wenling.

Wenling contuvo el aliento. Lacey se sentó y le dio un golpe en la mano con el hocico.

—Simplemente, ha ocurrido, ¿vale? —continuaba diciendo Grant con tono de urgencia—. Sé que no está bien. Sé que no debería sentirme así. Pero me siento así, y hace mucho tiempo y a veces, cuando me miras, creo que sientes lo mismo. Y está siendo muy difícil…

—Eh, si vais a quedaros ahí, haré que Cooper me ayude a bajar —dijo Burke.

Wenling miraba a Grant.

—No, tengo que irme —dijo en voz alta.

Dejó a los cachorros en el suelo y Lacey bajó el hocico hacia ellos.

—Wenling —susurró Grant en tono de súplica.

Grant alargó la mano hacia ella, pero Wenling se apartó y corrió hacia las escaleras.

—¿Wenling? —dijo Burke.

—¡Debo irme! —respondió ella.

Yo subí las escaleras para estar con Burke. No comprendía nada de lo que sucedía.

Muchos días después, Burke me dio un beso y dijo:

—Voy a ver al médico. Vas a estar bien, Cooper.

Meneé la cola porque había pronunciado mi nombre. Luego él y Abuela se fueron en coche y yo los observé alejarse mientras su olor desaparecía del ambiente. Yo no entendía por qué se marchaba, pero no intenté ir tras él porque debía quedarme cerca de Lacey y de los cachorros. Entonces me fui a ver a Lacey y… ¡Wenling estaba debajo del granero! Últimamente nos traía porciones de carne para Lacey y para mí, lo cual era una nueva costumbre que yo aprobaba calurosamente. Estuvimos jugando con los cachorros un rato. Poco después oímos llegar una camioneta y subimos al exterior.

Un hombre y una niña un poco más joven que Burke bajaron del vehículo. Me quedé pasmado al ver que se trataba de la primera niña que yo había conocido: ¡Ava! ¡Y su padre, Sam! Ahora llevaba el pelo más corto y era más alta, pero en el resto no había cambiado. Corrí hacia ella lleno de felicidad, saltando y gimiendo. ¿Iban a vivir en la granja con Grant, con Burke, con Lacey y los cachorros? ¡No se me ocurría nada que pudiera hacerme más feliz!

—¡Eh, hola! —saludó Ava, arrodillándose en el suelo para que yo pudiera darle un beso. Yo me abalancé sobre ella y se cayó de espaldas, riendo.

—Este es Cooper —le dijo Wenling, poniéndose a mi lado.

Ava escupía y giraba la cara de un lado a otro para que yo pudiera lamérsela entera.

—¡Cooper!

Me sentía tan emocionado que me puse a correr en círculos alrededor de ellos. Todos se rieron.

143

—Soy Sam Marks y ella es mi hija, Ava —dijo Papá Sam.

—Soy Wenling Zhang. Los cachorros están en el refugio. Le acompañaré. La madre no recibe muy bien a los desconocidos.

Ava alargó la mano para acariciarme.

—¿Cooper es el padre?

—Oh, sí. No hay duda de ello una vez has visto a los cachorros.

Nos dirigíamos hacia la guarida de debajo del granero. ¡Yo estaba muy emocionado de que Lacey viera que Ava y Papá Sam estaban aquí!

—Gracias por haber venido hasta aquí —dijo Wenling.

Papá Sam se encogió de hombros.

—No pasa nada. Pasamos por aquí dos veces por semana con el coche, de todas formas. Las áreas rurales presentan más problemas que Grand Rapids. De hecho, vamos a abrir una sucursal aquí muy pronto. —Se aclaró la garganta—. Bueno, esterilizaremos a la madre, por supuesto.

—Se llama Lulu.

—Bien. Esterilizaremos a Lulu y, aunque no esté abandonado, también esterilizaremos a Cooper, si quieren. Nuestra misión no consiste solo en rescatar animales, sino en hacer que los rescates sean innecesarios. De hecho, nunca damos animales en adopción si las familias no se comprometen a esterilizarlos. Ya aprendimos la lección.

Wenling lo miró con actitud pensativa.

—Cooper no es mi perro, es el perro de mi novio. Pero puedo hablar en su nombre. Estoy segura de que consentirá.

Pronunciaban mucho mi nombre. Me pregunté si debería ir a buscar el muñeco chillón.

¡Tal como había supuesto, Lacey también recordaba a Ava! Era evidente por la manera en que Lacey se había animado y meneaba la cola cuando Ava se arrodilló delante de ella ofreciéndole la palma de la mano.

—¡Qué cachorros tan bonitos! Hola, Lulu. Buena perra.

Papá Sam sonreía mirando a los cachorros que se apretaban contra Ava.

—La madre tiene algo de terrier, eso seguro. Y también de… ¿pastor?

Wenling se encogió de hombros.

—Lulu apareció de no sabemos dónde. Será difícil decirles adiós a ella y a estos cachorros, pero estoy segura de que les encontrarán unos hogares maravillosos.

Papá Sam asintió con la cabeza.

—Esta es la paradoja de rescatar perros. Conseguimos hacer felices a muchas familias, pero nos gustaría que no fuera necesario. ¿Cómo se han enterado de nuestra existencia?

Wenling sonrió.

—Los Trevino adoptaron a Cooper ahí. Yo también adopté a un perro. Lacey.

Lacey había estado haciéndole fiestas a Ava pero, ahora, al oír su nombre, se acercó a Wenling y le dio un golpe de hocico en la mano.

Ava sonrió.

—Lo siento, pero no lo recuerdo.

—Eras muy joven, Ava —comentó Papá Sam.

Ava se encogió de hombros.

—Tengo doce años.

—Yo cumpliré quince en septiembre —dijo Wenling.

—¿Así que Lacey está aquí?

Wenling se arrodilló para acariciar a Lacey y meneó la cabeza con actitud triste.

—Lacey recibió el mordisco de una massasauga y murió.

Ava se cubrió la boca con las manos.

—¡Oh, no!

Papá Sam pareció sobresaltarse.

—¿Aquí? ¿Una massasauga? Creí que se habían extinguido prácticamente.

Wenling sonrió con tristeza.

—Fue algo muy raro.

Se quedaron en silencio un momento. Lacey volvió con sus cachorros y se dejó caer en el suelo.

—Por supuesto, también le encontraremos un buen hogar a la madre —dijo Papá Sam finalmente.

Mis esperanzas de que Papá Sam y Ava hubieran venido para quedarse se desvanecieron muy pronto: al cabo de poco regresaron a su camioneta con un cachorro bajo cada brazo.

Era la misma camioneta en la que yo había viajado, con las jaulas para perro dentro. Lacey los seguía con ansiedad y el hocico al aire. Siguió a su camada hasta la jaula que había en la parte trasera de la camioneta, pero cuando yo intenté ir con ella, Wenling me lo impidió con la mano.

—Quieto, Cooper.

¿Quieto? No lo comprendía en absoluto. Observé, impotente, cómo iban colocando a los demás cachorros en la camioneta. Desde el lugar en que me encontraba sentado podía ver a Lacey en el interior de la jaula y ella me miraba con actitud abatida. Me sentí un perro malo porque no podía ayudarla. Luego Ava y Papá Sam se marcharon con la camioneta y se llevaron el olor de Lacey con ellos. Wenling me acarició la cabeza.

—No pasa nada, Cooper.

Regresé a los escalones de cemento y bajé a la guarida de debajo del granero. Aunque toda esa zona todavía estaba impregnada con el olor de Lacey y los cachorros, ellos ya no estaban allí. Metí el hocico debajo de la manta. Todavía estaba caliente. Inspiré profundamente y distinguí los diferentes olores de cada uno mientras recordaba a los cachorros trepar encima de mí para mordisquearme la mandíbula. Yo sabía que las personas podían llevarse a mi familia canina si querían, pero ¿era necesario que lo hicieran?

No salí de debajo del granero cuando Burke y Abuela regresaron. Me quedé enroscado encima de la manta de mis cachorros hasta que Burke me llamó para la cena.

Poco después de ese día, fui al veterinario y allí eché una cabezada larga y sin sueños. Cuando regresé a casa noté que me picaba mucho entre las patas, pero no podía hacer nada al respecto porque llevaba puesto un collar rígido y pesado que me limitaba los movimientos. Y cuando por fin me quitaron el collar, el picor ya había desaparecido. A partir de ese momento me sentí diferente: no era malo, era diferente. Y cuando me lamía el pelaje entre las patas lo notaba áspero en la lengua.

Y me entristeció mucho ver que Papá Chase y Grant colocaban unas pesadas puertas de metal sobre los escalones de debajo del granero.

Grant y Burke empezaron a pronunciar la palabra «escuela» otra vez, pero nunca volvimos a hacer Escuela. Solo regresamos al edifico de Grant. Allí yo no podía hacer gran cosa más que dormir, excepto cuando sonaba el timbre y todos se volvían locos y se ponían a correr por el pasillo a toda velocidad, gritando y dando portazos. Y luego nos íbamos a otra sala y allí todos se quedaban callados otra vez. Un perro no era capaz de comprender nada de esa actividad, pero yo me divertía igualmente.

Yo siempre permanecía al lado de Burke, pero a menudo notaba el olor de Wenling y de Grant, y los encontraba por los pasillos. Mi chico tenía muchos amigos y todos eran muy simpáticos conmigo.

—Podéis acariciarle, pero, por favor, no le deis nada de comer —decía Burke muy a menudo.

A pesar de que repetía la palabra «comida» una y otra vez, nunca me dieron nada de comer.

Yo me había dado cuenta de que Wenling y Grant estaban muy tensos cuando charlaban el uno con el otro. Entre ellos había un sentimiento de inquietud muy extraño y yo nunca los veía solos.

Una tarde en que el sol calentaba mucho el aire, llegó un coche lleno de chicas de la edad de Burke que se sentaron en el porche y estuvieron hablando y riendo mientras me daban premios. ¡Fue un día perfecto! Las chicas desprendían el dulce olor de las flores y el almizcle. Y la ropa de una de ellas desprendía un olor que reconocí de inmediato: era el de la misteriosa criatura que vivía en los graneros y que huía de mí de esa manera tan poco amistosa.

Grant y Papá Chase llegaron del campo y yo corrí a saludarlos. Llevaban las manos llenas de rastros de tierra.

—¡Hola, Grant! —saludaron varias de las chicas haciendo un gesto con la mano—. Hola, señor Trevino.

Los dos se acercaron a nosotros y todos estuvieron hablando un rato.

—Las hojas ya empiezan a cambiar de color —dijo Papá Chase, entrando en la casa.

Grant se quedó atrás.

—¿Y dónde está Wenling hoy? —le preguntó Grant a su hermano.

147

Todos se quedaron callados y miraron a Burke. Él frunció el ceño y yo me di cuenta de que se sentía incómodo. Fui a darle un golpe de hocico en la mano para recordarle que la mejor manera de animarse era darle un premio a un perro.

—Hemos oído que habéis roto —dijo una de las chicas.

Grant inclinó la cabeza.

—¿Ah, sí?

—Bueno… —dijo Burke.

—Lo siento mucho, Burke —dijo otra de las chicas.

Burke bajó la mirada un momento.

—En realidad no es… tuvimos una pelea. No es que hayamos roto.

—Ah, vale —dijo una chica.

Sonriendo, Grant entró en casa. Poco después, las chicas se marcharon y eso significó que ya no habría premios. Seguí a Burke hasta la cocina.

—Gracias, Grant —dijo—. La verdad es que no tenía ganas de hablar de Wenling en ese momento, ¿sabes?

Grant levantó las manos.

—Lo siento, no me mantienes informado sobre tu vida amorosa.

—Ya sabes qué quiero decir.

—Lo que sé es que has llegado a la cumbre, hermano.

—¿A la cumbre?

—Es decir, todavía estás en el instituto y ya has estado con la chica más guapa con la que vas a estar en toda tu vida. A partir de este momento, todo será una cuesta abajo para ti.

—Ya sabes que eres adoptado, ¿verdad?

Poco después de eso, Burke y yo nos encontrábamos en el lago vigilando a los patos cuando Wenling llegó con su bicicleta. Burke le decía «lo siento» una y otra vez con tono triste, así que le llevé un palo. De vez en cuando Wenling lo abrazaba y se apretaban los labios el uno contra el otro en un largo beso. Yo me dediqué a destrozar el palo.

A veces Abuela nos llevaba en coche a la casa de Wenling y nos dejaba allí. Pero siempre regresaba al cabo de un rato. Una de esas noches, yo estaba sentado en el asiento trasero del coche con el hocico levantado para atrapar el olor de queso que había en el aire, a pesar de que nadie estaba comiendo y nadie me dio nada. Ese olor parecía venir del pelo de Abuela. Al final el coche se detuvo y yo hice Ayuda y Firme.

—¡Nos vemos dentro de un rato! —se despidió Burke.

Hice Ayuda en las escaleras de la entrada y Burke llamó a la puerta. Oímos la voz de un hombre que soltaba un fuerte grito en el interior de la casa y al cabo de un momento respondió una voz de mujer gritando. Miré a mi chico, ansioso.

Wenling abrió la puerta. Estaba llorando.

—Dios mío, Wenling, ¿qué está pasando? —le preguntó Burke.

149

$\mathcal{W}$enling se secó los ojos con la mano.

—Adelante —nos invitó. Le di un lametón en la mano y noté un sabor salado—. Mis padres se pelean por mí.

—¿Qué? ¿Por qué? —Hice Ayuda y Firme para que Burke pudiera subir a su silla.

—Mi padre dice que no me dejará entrar en la Academia de las Fuerzas Aéreas. Dice que eso está fuera de discusión, que no quiere que vaya a la universidad, que quiere que me quede en casa y que vaya a la escuela —dijo, tocándose la cara con un papel muy fino.

—¿En casa? Pero si la universidad está aquí al lado —dijo Burke.

Los gritos continuaban y yo me apreté contra las piernas de Wenling deseando que nos fuéramos de ese lugar en que todos estaban tan enfadados.

—Lo sé, pero él cree que yo debo quedarme aquí para cuidar de ellos. Ahora ella le está diciendo que le abandonaremos. ¡Oh, Burke! —Wenling hablaba con un tono de voz muy angustiado. Yo levanté una pata y le toqué la pierna—. Mi madre dice que se marchará conmigo, que conseguirá un trabajo y dejará que estudie.

—Lo siento mucho. ¿Quieres que nos marchemos, Wenling?

—Dios, no.

Wenling se arrodilló en el suelo y me rodeó con los brazos. Yo me apoyé en ella, contento de poder ser el perro que ella necesitaba.

Se oyó un fuerte golpe que reconocí como el sonido de una puerta al cerrarse con fuerza y los gritos cesaron. Burke y Wenling se sentaron en el patio trasero y yo me senté con ellos como un buen perro hasta que, al fin, la tristeza de Wenling desapareció.

Un día en que el aire y la hierba estaban húmedos porque se acercaba el invierno, Grant nos llevó a dar un paseo en coche.

Yo iba sentado solo en el asiento trasero con el hocico apretado contra la ventanilla parcialmente abierta. Inhalaba con placer el aroma de las hojas mojadas del suelo. Meneé la cola al pasar por delante de la granja de cabras e inspiré profundamente al pasar por encima de un río. Me hubiera encantado saltar al agua, pero en lugar de hacer eso fuimos directamente a un lugar lleno de pequeños edificios y extraños coches.

¡Y Wenling estaba allí! Hice Firme mientras Grant le sujetaba la silla a Burke, pero luego me dejaron correr hacia Wenling para que pudiera saludarla de la forma adecuada. Ella se agachó y yo le lamí la cara. Wenling se incorporó, sonriendo.

—¿Estáis seguros de que queréis hacer esto? ¿No sería más divertido comernos un trozo de pastel o algo así? —preguntó Burke mientras ella le daba un abrazo.

Ella se rio.

—Estoy segura.

Wenling miró a Grant y entre ellos hubo un instante de extraña incomodidad, pero rápidamente él dio un paso hacia delante con los brazos abiertos.

—Vale. Hola, Wenling —dijo.

Se abrazaron un momento y luego se separaron y, por algún motivo, los dos miraron a Burke.

Wenling sonrió.

—Bueno, chicos, ¿estáis preparados?

Burke miró al cielo.

—Es un buen día para morir —dijo con tono lacónico.

—Oh —contestó Wenling—, estarás totalmente seguro a no ser que decidamos lanzarte fuera del avión por culpa de tus comentarios.

—O aunque no digas nada, si de mí depende —añadió Grant.

Nos acercamos a uno de los coches y conocí a una mujer

que se llamaba Elizabeth. Ella estrechó la mano a Grant y a Burke y luego me ofreció las manos para que las olisqueara. El olor de los chicos se mezclaba con el suyo.

El interior del coche era estrecho y Burke dejó su silla en el suelo. Elizabeth y Wenling se sentaron delante y yo me senté detrás, en el suelo, entre los dos asientos de los chicos. El coche se puso en marcha con un sonido muy fuerte. Meneé la cola, sin saber muy bien qué estaba pasando.

—Ya habéis hecho esto otras veces, ¿verdad? —preguntó Burke.

Percibí su nerviosismo, así que le di un golpe de hocico en la mano.

Wenling y Elizabeth se miraron y sonrieron.

—¡Nunca! —gritó Wenling para hacerse oír a pesar del ruido.

El coche rugió y, con una sacudida, empezó a avanzar. Sentí una extraña sensación en el estómago que me recordó la vez en que me encontraba en la guarida con mi madre y ella tuvo que agarrarse con las uñas para no resbalar. Burke aguantó la respiración.

—¿Qué tal si nos mantenemos a unos tres metros del suelo? —preguntó, levantando la voz.

Grant sonreía.

—¡No sabía que tú lo ibas a hacer todo! —dijo, gritando—. Creí que Elizabeth pilotaría y que tú solo mirarías.

—Todavía no puedo ir sola, pero siempre que vaya con mi instructora puedo pilotar el avión —explicó Wenling levantando la voz por encima del ruido.

—¡Estoy viendo al abuelo que me dice que vaya hacia la luz! —exclamó Burke.

Fue un paseo muy aburrido. Nadie abrió la ventanilla y el aroma de aceite no era muy interesante. Cuando el ruido disminuyó un poco, noté que Burke empezaba a estar menos ansioso y su mano se relajó sobre mi pelaje.

—Mira —dijo—. Se ven los cursos de los ríos y los lagos con todos los arroyos que llegan hasta ellos. Parece que alguien hubiera diseñado este sistema hidráulico.

—Sí —asintió Grant—, y se pueden ver a los granjeros robot ocupando todo el condado.

152

Me dormí a pesar de la vibración, pero me desperté de repente cuando el coche golpeó algo y se detuvo. Bajamos. Burke se tumbó en el suelo y lo besó.

—Muy divertido —dijo Wenling.

—Wenling, ha sido increíble. Tú eres increíble —le dijo Grant.

Ella bajó la mirada.

—Gracias.

—Lo digo en serio.

Burke me pidió que hiciera Ayuda. El viaje en coche de regreso a casa fue mucho mejor porque la ventanilla estaba abierta y vi a un caballo correr y olí a las cabras.

Muchas tardes me quedaba en casa con Abuela y con Papá Chase, y Grant y Burke se iban en coche. Cuando regresaban, los dos tenían el olor de Wenling aunque la fragancia era mucho más fuerte en Burke.

Cuando Burke no estaba en casa, yo siempre entraba y salía de la casa a través de la puerta para perros. Un día, Papá Chase me habló, muy serio. No supe qué me decía, pero parecía claro que él no sabía que Burke tenía que regresar a casa. ¡Y una noche me emocioné mucho al ver que nos íbamos de paseo en coche! Pasamos a buscar a Wenling y luego nos fuimos a un edificio en el que estuvimos hablando con un hombre que nos había esperado en la puerta. Llevaba puesto un sombrero y olía a hojas quemadas.

—¿Alguno de vosotros tiene veintiún años? —preguntó el hombre.

Grant, Burke y Wenling se miraron.

—Ya me parecía que no —dijo el hombre.

—Yo tengo diecisiete —dijo Grant.

—¡Cooper tiene veintiuno! —dijo Burke alegremente.

Yo meneé la cola.

El hombre de la puerta tenía un palito en la boca. Se lo sacó y lo sostuvo entre dos dedos. Era tan pequeño que decidí que, si lo lanzaba al suelo, no me molestaría en recogerlo.

—Lo siento, chicos, pero hay unas normas.

—Nuestro padre es Chase Trevino —dijo Burke—. Solo queremos oírle tocar.

El hombre nos miró un momento.

—Tenemos una oficina, arriba, con una ventana abierta, pero no sé cómo podéis llegar hasta ahí —dijo, arrastrando las palabras y haciendo un gesto hacia la silla de Burke con el palito.

—Yo puedo subir si Cooper me ayuda —le aseguró Burke.

Meneé la cola.

Hice Ayuda por unas escaleras muy estrechas. Grant llevaba la silla, detrás de nosotros, y llegamos a una habitación pequeña. Había mucho ruido porque la gente hablaba en voz alta, y después hubo más ruido incluso: el edificio se llenó de una vibración tan fuerte que resonaba en las paredes. Wenling y Grant empezaron a saltar y Burke movía la cabeza. Yo bostecé y me pregunté si esa iba a ser mi nueva vida: iría a sitios diferentes con Burke, con Wenling y con Grant en los que habría mucho ruido. ¿Vendría también Elizabeth?

—¡Es muy bueno! —exclamó Grant, sonriendo.

Aunque me daba cuenta de que todos estaban muy emocionados, a mí todo eso me parecía igual de interesante que observar a los patos nadar en el lago. Al final me tumbé a los pies de la silla de Burke y me quedé dormido.

Hacer Ayuda para bajar esas escaleras fue difícil, pero avancé muy despacio. Y luego hice Firme para que Burke pudiera subir a su silla. De repente, percibí el olor de Papá Chase y me puse a menear la cola. Al cabo de un momento, apareció delante de nosotros.

—Estoy un tanto sorprendido de veros aquí, chicos. Hola, Wenling.

Alargó la mano para acariciarme y se la lamí. Sabía a sal y a queso.

—Queríamos oírte tocar, papá —explicó Burke.

—Eres muy bueno —dijo Wenling—. Todo el grupo es muy bueno.

Papá Chase ladeó la cabeza.

—Venir de incógnito no es la mejor manera de comportarse como un adulto —dijo finalmente—. Podríais habérmelo pedido.

—Sabíamos que dirías que no —repuso Burke.

—Fue idea mía, papá —dijo Grant.

Chase asintió con la cabeza.

—Si yo hubiera dicho que no, ahora estaríais metidos en un problema, así que no me lo preguntasteis. Si construyes tus maquetas igual que tus argumentos, ten cuidado con lo que te pase. —Miró a Grant y a Wenling—. Espero no haberos hecho aborrecer la música.

Se había instalado una tensión entre los humanos que noté en ese momento, cuando ya se desvanecía. Todos se rieron.

—Tengo que volver. Id a casa, yo iré más tarde —dijo Papá Chase.

Nosotros nos fuimos, pero Papá Chase se quedó. En la calle, Burke se encontró con unas personas cuyos olores reconocí del edificio de Grant. Wenling y Grant fueron a sentarse en el coche mientras Burke charlaba y se reía con sus amigos. Yo meneé la cola, pero aparte de unas cuantas palmadas distraídas en la cabeza, nadie me prestó la más mínima atención y nadie me dio ninguna golosina. Aburrido, me fui hasta la puerta del coche y Grant me la abrió, también con gesto distraído. Grant estaba girado, de cara a Wenling, en el asiento de al lado.

—¿Cómo puedes siquiera sugerir algo así? —le preguntó Grant.

Parecía molesto. Yo meneé la cola, inseguro.

—Es muy agradable —repuso Wenling.

—No, me refiero a que cómo es posible que tú digas eso, cuando ya te dije lo que sentía por ti. Que intentes hacerme salir con una de tus amigas es como si me escupieras en la cara.

Grant giró la cabeza y se quedó mirando hacia delante. No reaccionó cuando Wenling alargó la mano y le tocó un brazo. Parecía tenso y enojado. Y cuando yo hice Firme, Grant se movió con brusquedad para poner la silla de Burke en la camioneta.

Burke me pasó la mano por el lomo y yo meneé la cola.

Grant puso el coche en marcha.

—Siempre me dejas solo con tu novia —comentó con

tono áspero—. Quizá algún día lo olvidemos y nos vayamos sin ti.

Nadie dijo nada y yo me di cuenta de que Wenling estaba tensa durante todo el trayecto hasta su casa. Cuando llegamos, bajó del coche, abrió la puerta de atrás para darme un abrazo y también abrazó a Burke.

—¿Sabes qué me gustaría? —dijo Burke mientras nos alejábamos con el coche—. Me gustaría que, por una vez, papá no lo convirtiera todo en una lección. Entiendo que estuviera enfadado, vale, pero siempre acabo recibiendo una lección moral.

—Como si verlo tocar en un grupo nos pudiera hacer pensar que se marchará, como mamá. ¿Es eso? —le preguntó Grant a Burke.

—Es como si se avergonzara. Como si el hecho de que lo veamos divertirse signifique que es un mal padre. O un mal granjero. O algo parecido —respondió Burke.

—Es de locos —dijo Grant, acalorado.

—Dijo el hombre que quiere matar a su hermano —comentó Burke.

Grant emitió un sonido de disgusto.

La mañana siguiente fue uno de esos días en que no íbamos al edificio de Grant. Wenling vino a casa, y ella y Burke bajaron al lago.

—¿Estaba enfadado tu padre? —le preguntó Wenling.

—A veces cuesta comprenderle. Casi siempre. Tiene su propio código de conducta. Todo se reduce a que es nuestro padre, cuida una granja y mi madre se marchó.

Se quedaron en silencio.

—¿Ayer fue raro? Me refiero a eso de salir como amigos ayer por la noche —preguntó Wenling.

—¿A ti te pareció raro?

Se quedaron en silencio un rato más. Un pato llegó volando y aterrizó en el agua delante de mí. Fui hasta la orilla del lago y le dirigí una mirada fulminante.

—No, la verdad es que fue divertido —dijo Wenling—. Lo que no es tan diferente haber roto que estar saliendo.

—Tú y yo, y Grant y Cooper, como cualquier otra noche —asintió Burke.

Sonrieron, pero me di cuenta de que Wenling estaba triste.

Más tarde, mientras regresábamos del lago, ¡vi al furtivo animal del granero! Corrí hacia él y él corrió hacia el granero. Yo sabía que allí podría atraparlo. Pero en cuanto entré por la puerta abierta, no vi ni rastro de él. El olfato me decía que estaba en algún lugar por encima de mí, donde Papá Chase y Grant subían a veces. ¿Por qué no quería jugar conmigo?

Al regresar a la casa, Papá Chase y Abuela se encontraban en el salón. Estaban sentados y muy tensos. Meneé la cola sin comprender de qué tenían miedo. Burke y Wenling se detuvieron en el centro de la habitación. Burke los miró.

—¿Qué sucede?

Grant bajó las escaleras y también se detuvo.

—Hola, Wenling.

—Hola, Grant.

Grant nos miró a todos.

—¿Qué ha pasado?

Papá Chase levantó una mano.

—No es nada malo. No, justo lo contrario. Ha llamado el doctor Moore. Está muy contento por los resultados de tus últimas radiografías, Burke.

Wenling ahogó una exclamación. Vi que Abuela lloraba y fui a su lado.

—Así que… —dijo Burke, despacio.

—Está programada para las vacaciones de Navidad. Te van a operar, hijo.

157

18

*G*rant fue el primero en reaccionar.

—Así que tienes quince años y ya no serás más alto de lo que eres ahora —se burló.

Papá Chase frunció el ceño.

—¿En serio, Grant? ¿Eso es todo lo que tienes que decir?

Grant se quedó boquiabierto. Miró a Wenling y luego apartó la mirada.

—¿Es eso cierto? —preguntó Burke.

—¿El qué? ¿Lo que ha dicho Grant? No. Todavía puedes crecer un poquito. Supongo que creen que ya casi has llegado a tu altura adulta. Eres más alto que yo, Burke.

Burke se pasó la lengua por los labios.

—No, me refiero a si me van a hacer la operación. ¿Es cierto?

Después de ese día, hubo muchas noches en que Burke no durmió demasiado. Yo me daba cuenta de que estaba ansioso y temeroso, e hice todo lo que pude para hacer Firme en la cama, y me tumbaba a su lado para ofrecerle todo el apoyo posible.

—¿Y si no sale bien, Cooper? —me susurró un día en la oscuridad.

Le lamí la mano.

Un día vi con asombro que Papá Chase y Grant sacaban el sofá del salón y, en su lugar, ponían una estructura vertical que tenía unos raíles como los de Abuela cuando subía las escaleras, pero estos no bajaban ni subían. No me gustaba mucho esa cosa. Me recordaba la escalera que había en el suelo del granero, pero sin peldaños. Y era casi tan alta como los hombros de Grant. En uno de los extremos estuvieron moviendo y torciendo unos cables y unas planchas de plomo de una máquina hasta que, jadeando, se apartaron un poco para mirarlo. Grant se sentó en una silla baja delante de la máquina y empujó unos pedales, y las planchas de plomo empezaron a deslizarse hacia arriba y hacia abajo entrechocando ruidosamente. Lo olisqueé y me pareció totalmente increíble. Pero ahora mi cama estaba al otro lado de la habitación y el sofá estaba en el granero. Fuera lo que fuera lo que estaban haciendo, estaban causando un gran fastidio al perro de la casa. A pesar de todo, más tarde descubrí que podía tumbarme en el sofá del granero y nadie me decía que hiciera Baja.

Una mañana, poco después de que la máquina hubiera desplazado mi lecho, todos se marcharon y yo me quedé solo en casa. Me sentía abandonado. Estuve saliendo y entrando por la puerta para perros, inquieto, y dejé la nieve llena de huellas y de marcas de orín. Di vueltas, olisqueé mi cuenco de comida y, al final, fui a tumbarme al sofá del granero. Echaba de menos a Lacey.

Cuando la familia regresó, salí corriendo a saludarles meneando la cola y dando saltos de alegría, con la esperanza de que no descubrieran lo del sofá. Y entonces me di cuenta de que Burke no estaba con ellos.

159

Las noches siguientes dormí arriba, en la cama de Grant, pero a cada rato iba al dormitorio de Burke para ver si había regresado. Recordaba que Ava y Papá Sam se habían llevado a Lacey y a los cachorros. ¿Era esto lo que había pasado con Burke? ¿Volvería a verlo alguna vez?

—Eh, Cooper. Eh —me susurró Grant en la oscuridad—. Sé que estás preocupado. Te prometo que regresará muy pronto. —Sentir sus manos sobre mi pelaje resultaba reconfortante, pero yo necesitaba que mi chico regresara—. Dios, espero que salga bien —murmuró.

Grant tampoco estaba durmiendo bien. ¡Quizá los dos necesitábamos a Burke!

Abuela y Papá Chase pasaban mucho tiempo hablando en voz baja cuando Grant no estaba con ellos.

—No sabía que sufriría tanto dolor —se lamentó Abuela.

Percibí su miedo y su tristeza, así que fui hasta su silla y me tumbé a sus pies.

—Los músculos de sus piernas nunca se habían conecta-do con su cerebro y ahora tienen mucho que decirse. Eso está sobrepasando su sistema nervioso —comentó Papá Chase—. Dicen que es normal, que era de esperar. No quieren darle demasiados analgésicos porque no quieren interferir en las nuevas conexiones nerviosas.

—Es muy valiente —dijo Abuela—. Se le nota en la cara lo mucho que le duele.

Abuela se marchaba cada día, pero siempre llegaba a tiempo para cenar. Yo notaba el olor de Burke en las mangas de sus camisas y se me ocurrió pensar que quizá ella podía ir a verlo. Así que la siguiente vez que se fue al coche intenté ir detrás, pero ella me ordenó que me fuera. A pesar de todo, por el olor sabía que no le había pasado lo mismo que a La-cey después de lo de la serpiente, ni que a Judy, la vieja cabra. Burke estaba en algún lugar. Me quedé en la casa dando vuel-tas y jadeando, imaginándome que quizá estuviera debajo de algunas escaleras y me necesitara para hacer Ayuda.

—Hoy le han dado una esponja para el baño, gracias a Dios —le dijo Abuela a Papá Chase durante la cena, mien-tras comían pescado.

A mí me gustaba más el pollo. También la ternera. Pero estaba dispuesto a comer pescado si me lo ofrecían, así que me senté debajo de la silla de Abuela.

Grant se había marchado con unos amigos. Ahora yo me sentía ansioso por si quizá él tampoco regresaba. Me di cuenta de que, con el tiempo, yo había desarrollado un au-téntico deseo de tener a todas las personas que quería —Ava, Papá Sam y Wenling incluidos— juntas, conmigo, para no quitarles el ojo de encima.

Papé Chase se rio.

—Es un adolescente total, eso está claro. No comprendo cómo no se huelen a sí mismos.

Abuela también se rio. Meneé la cola ante esas muestras de alegría pero, a veces, y aunque estén realmente contentas, las personas no le dan pescado a un perro.

Se hizo un largo silencio antes de que Papá Chase habla-ra de nuevo.

—¿Alguna mejora? ¿Algún progreso?

—Todavía no. Chase, me preocupa la posibilidad de que no funcione —respondió Abuela.

—¿Te preocupa? —preguntó Papá Chase—. Yo tengo un miedo mortal.

Al cabo de un rato, Abuela se fue a su dormitorio y yo la seguí. Le puse una pata en la pierna, pero ella no dejó de llorar hasta al cabo de un buen rato.

No habían pasado muchos días cuando el portazo de un coche me despertó de la siesta.

—¡Cooper!

Burke. Salí a toda velocidad por la puerta para perros y corrí hacia él lloriqueando. Estaba sentado en su silla y yo le salté directamente al regazo.

—¡Cooper! —Se reía y escupía mientras yo le lamía la cara. ¡Mi chico estaba en casa!—. ¡Baja! ¡Basta!

Casi no podía hacer Tira para ayudarle a avanzar por la nieve de tan emocionado que estaba. Wenling también vino a casa y todos se sentaron a charlar en el salón. Luego, Papá Chase y Grant se fueron al granero. Abuela preparó una bebida que tenía un olor horrible.

161

—¿Tú también quieres un poco de té verde, Burke? —preguntó.

—Claro.

—Bueno, ¿qué han dicho los médicos? —preguntó Wenling mientras Abuela le daba a Burke una taza llena de líquido.

Yo había comido muchas cosas diferentes a lo largo de mi vida, pero era incapaz de permanecer en la misma habitación que esa humeante taza de la que salían unos olores nauseabundos.

—Supongo que necesitaré mucho más tiempo. La verdad es que yo ya sabía que no saldría de la cama de un salto y me pondría a jugar al baloncesto, pero pensaba que, por lo menos, podría mover los pies. Pero noto algo, sí. Es como si me picaran las piernas. Eso es mucho mejor de lo que notaba hace unos cuantos días. Tuve los peores calambres que te puedas imaginar.

—Lo siento.

—Oh, no. Puedo sentir las piernas, Wenling. No de la misma manera en que siento los brazos, pero por lo menos es algo. El neurocirujano me dijo que todo había ido bien. Empiezo la rehabilitación mañana.

—¿Cuándo regresarás a la escuela?

—Cuando pueda entrar por la puerta caminando.

Wenling frunció el ceño.

—Vale, pero ya llevas una semana de retraso. ¿Qué pasa si te pierdes demasiado del segundo semestre? No podrás graduarte con el resto de la clase.

—Pues repetiré el semestre en otoño. No me importa cuándo me gradúe. Ser mayor siempre le ha ido bien a Grant —repuso Burke. Dio un sorbo de la taza—. Oh, Dios mío, ¿os bebéis esta cosa?

A partir de entonces, cada día venía un hombre que se llamaba Hank a verme y a jugar. Me caía bien. Sus manos desprendían un olor limpio y no tenía pelo encima de la cabeza, sino en la barbilla. Y desprendía el olor de varios perros. Hank le sujetaba los pies a Burke y le decía: «Empuja». Yo no sabía qué significaba eso y, por lo que parecía, Burke tampoco, porque no hacía nada.

162

—¡Muy bien! ¡Muy bien! —exclamó Hank—. ¿Lo ves? Lo he notado.

—No ha pasado nada, Hank —respondió Burke, abatido.

—¿Qué dices? Si casi me lanzas al otro extremo de la habitación de una patada. Tendremos que poner una portería de fútbol aquí.

También empezamos a pasar muchos ratos en esa extraña máquina de madera. Burke se ponía en pie sujetándose a las barras de madera y Hank se colocaba detrás de él mientras movía los pies un poco. ¿Qué estaba haciendo?

Hank dio unas palmadas.

—¡Mira cómo bailas! ¡Estás hecho un bailarín!

—¡Deja de mentirme, Hank! —replicó Burke.

A veces, Abuela los observaba.

—No comprendo por qué no progreso. ¿Por qué no puedo caminar? —se quejó Burke un día cuando Hank se marchó.

—Dicen que es cuestión de tiempo, cariño —dijo Abuela.

—¡No! Ya hace más de dos meses. Me dijeron que podría dar algunos pasos al cabo de seis días, pero ¡ni siquiera puedo mover los pies!

La angustia de su tono de voz me hizo lloriquear.

—Cooper se da cuenta de que estás nervioso. Eres un perro maravilloso, Cooper —me dijo Abuela.

Fuera lo que fuera lo que estaba pasando, Burke no era la misma persona.

—¡Siéntate, Cooper! ¡Quieto! —me decía con rudeza cuando Hank no estaba allí y él se esforzaba por sujetarse en la escalera del salón.

Yo había intentado hacer Ayuda. ¿Por qué no me permitía ayudarle? Un día se cayó y dio un puñetazo contra el suelo. Abuela apareció por la puerta, pero no dijo nada. Fui a su lado menando la cola en busca de consuelo y ella me acarició las orejas.

A pesar de que los días se hicieron más cálidos y los árboles se llenaron de pájaros, en la casa había muy poca alegría. Una noche, durante la cena, todos le dijeron a Grant «feliz cumpleaños», expresión que yo asocié con un extraño dulzor en el aire que me llegaba desde la mesa. Aunque nunca me habían dejado ver de qué se trataba, yo siempre me mantenía cerca para poder recibir cualquier golosina. Ese día me senté y los miré con toda la intensidad de que fui capaz, pero nadie interpretó mi expresión correctamente.

—Tenemos un inicio de verano bastante húmedo —dijo Papá Chase en un momento en que todos se habían quedado en silencio.

—¡Oh, dios mío, papá, sabía que ibas a decir eso! —exclamó Grant—. ¡Lo dices en cada uno de mis cumpleaños!

Todo el mundo se puso a reír, y Burke dijo:

—Hace mucho tiempo, me prometí a mí mismo que el día en que Grant cumpliera dieciocho años lo desafiaría a una carrera hasta el manzano y le ganaría.

—Burke —murmuró Abuela.

En ese momento supe que mi chico me necesitaba, así que me acerqué y apoyé la cabeza en su regazo.

—Debemos enfrentarnos a ello —continúo, pero no me acarició a pesar de que yo estaba allí—. Algo ha salido mal. Nunca voy a dejar esta silla.

19

*E*l sentimiento de tristeza de mi familia humana era tan grande que yo solo tenía ganas de llorar.

—No, tío, no puede ser —dijo Grant.

—Feliz cumpleaños —contestó Burke.

Burke se fue a su habitación y los dos subimos a su cama. Últimamente pasábamos mucho tiempo en ella. Le puse la cabeza sobre el pecho. Estando debajo de la mesa me llegaban los dulces olores del exterior, pero en ese momento Burke necesitaba a su perro.

Ese verano Wenling no vino de visita con tanta frecuencia como me hubiera gustado. Las veces que lo hacía, Grant siempre estaba en el campo. Y yo nunca detecté ni rastro de Lacey ni de ningún otro perro en ella.

Una mañana en que Hank no había venido pero Wenling sí, Burke se encontraba sentado en la silla, delante del aparato que tenía todos los cables metálicos, y ella preguntó:

—¿Qué tal va?

—No va. Todavía no he movido nada. La escuela empezará dentro de dos semanas, yo todavía estaré en la silla —respondió él, triste—. Ni siquiera puedo mover los dedos de los pies.

Burke se dio una palmada en los muslos y yo di un respingo del susto.

—Pero ¿volverás a la escuela?

—No lo sé. ¿Qué importa?

Wenling suspiró.

—Bueno, tengo noticias. ¿Ya sabes que cumplo dieciséis años el quince de septiembre?

—¿Sí?

—Será el día en que haga el examen de pilotaje en solitario. ¿No es increíble?

—Es genial —dijo Burke.

Los miré a los dos. Notaba una oscura corriente de emoción entre ellos.

—Burke, ¿hay algo que pueda hacer?

—¿Como qué?

—No lo sé, Burke, por eso te lo pregunto.

—Estoy bien.

—Tengo que irme.

Burke se encogió de hombros.

—Adiós.

Wenling se marchó de casa. Me di cuenta de que mi chico estaba muy enfadado y yo no estaba seguro de haber sido un buen perro, así que seguí a Wenling al exterior, hasta el lugar en que se encontraba su bicicleta. La bicicleta desprendía tantos olores distintos que me vi obligado a marcar uno de los matorrales de al lado. Grant salió del granero.

—¡Eh, Wenling! ¿Qué tal?

—Hola.

—¿Estás bien?

Ella se pasó una mano por el pelo.

—Bueno… sí, todo bien.

—¿Te vas?

—Eso pensaba hacer.

—Porque mi padre me ha preguntado si conozco a alguien que quisiera ganar algo de dinero recogiendo los calabacines. Con este calor, dentro de dos días serán demasiado grandes. Así que he preguntado por ahí, pero por supuesto nadie quiere hacerlo. Porque, ya sabes, es trabajo.

Wenling se rio.

—Así que no soy exactamente tu primera elección.

—Yo no he dicho eso.

Ella volvió a reírse.

—No, sí lo has dicho. Por qué no.

Grant se alegró.

—¿De verdad?

Seguí a Wenling y a Grant hasta el campo. Papá Chase no estaba allí. Grant le dio un cubo y le dijo:

—Vale, ¿ya sabes cómo hacerlo? Mira bajo las hojas, porque los cabritos se esconden. Si tienen más de quince centímetros, los cortas por el tallo. Toma el cuchillo.

—¿Dónde está tu padre?

—Hoy está trabajando en el huerto de manzanos. Así que la cosecha de calabacines es toda mía. Tengo suerte. Soy el rey del calabacín.

Wenling se rio.

—Siempre me impresionó que fueras tan mayor. Pero… ¿eres rey? Tendré que acordarme de hacerte una reverencia.

Estuvieron jugando con las hojas y los tallos de las plantas, las cabezas muy juntas. Llenaron los cubos de calabacines, los vaciaron en unas cajas y luego lo repitieron de nuevo. Mientras, charlaban y reían. Yo no comprendía que lo que estaban haciendo pudiera hacerlos sentir tan contentos como para reír. Así que me dediqué a seguir el rastro de un conejo que acababa de detectar. Pero no tuve éxito: seguramente me vio y se escapó.

—¡Cooper! No te vayas muy lejos —gritó Wenling.

Regresé al trote a su lado.

—Oh, nunca se va. Es un buen perro.

Al oír «buen perro», meneé la cola.

—Hagamos un descanso —sugirió Grant.

Se fueron a una mesa de pícnic y se sentaron el uno al lado del otro. La mesa era muy vieja y estaba inclinada a un lado. Grant le dio una botella a Wenling.

—Solo es agua, lo siento.

—Esperaba que fuera champán.

Él se rio.

—Bueno, ¿mi hermano sigue tan gruñón?

—No es el mismo.

—Sí.

Me metí debajo de la mesa para estar bien posicionado en cuanto apareciera la comida.

—¡Eh! —exclamó Grant—. ¿Recuerdas cuándo nos conocimos?

Wenling frunció el ceño.

—No, la verdad es que no.

—Claro que te acuerdas. En la casa de acogida de perros. Yo estaba ahí cuando nos quedamos con Cooper.

Al oír mi nombre, lo miré.

Wenling sonrió.

—Yo solo estaba pendiente de adoptar un perro ese día, lo siento.

—Seguramente no produje una gran impresión. El hermano mayor retardado.

—Oh, no, no digas eso. Nunca pienso en ti como «el mayor», solo como «el retardado».

Grant se rio.

—¿Lo ves? Eso es lo que tú y Burke compartís. Los dos sois ingeniosos. Yo no tengo ni la mitad de vuestro ingenio.

Wenling se llevó una mano a la boca.

—¡Oh, dios mío, Grant acaba de hacer un chiste!

—Basta. Yo no hago chistes. Solo es que soy consciente de lo soso que debo de parecerte. Porque tú eres buena con los chistes. Eres buena con todo.

—Eso no es cierto.

Aunque continuaban sentados a la mesa, la ausencia de comida me hizo pensar que me habían engañado. Me tumbé de costado en el suelo y solté un suspiro. Ellos se quedaron un rato en silencio.

—¿Sabes qué echo de menos? —dijo Grant finalmente—. Llevaros en coche a ti y a Burke al cine, o a ir a comer una hamburguesa.

—Yo también, Grant.

—¿Crees que vosotros dos volveréis a estar juntos algún día?

Grant movía repetidamente una pierna. Lo miré con curiosidad.

—Oh, no. No como pareja.

—Así que quizá nosotros sí podríamos ir al cine. Solo nosotros.

—¿Eso me convertiría en la reina del calabacín?

Grant se rio.

—No, solo digo que sería genial volver a sentarme a tu lado en el cine. Oírte reír.

Wenling inspiró profundamente.

167

—A mí también me gustaría, Grant.

Me di cuenta de que estaba pasando algo. El ambiente se había llenado de una emoción a medio camino entre el miedo y el entusiasmo. Salí de debajo de la mesa para ver qué era lo que ocurría. Grant y Wenling se miraban.

—Sé que tú no sientes lo mismo que yo, pero para mí no ha cambiado nada, Wenling. Y no creo que cambie nunca. Porque cuando te miro…

—Shhh, Grant.

Wenling pasó una mano por detrás del cuello de Grant y le acercó la cara a la suya. Se apretaron los labios en un beso interminable. Yo bostecé y me rasqué tras la oreja con la pata trasera. Luego volví a tumbarme en el suelo con un suspiro. Solo levanté la cabeza cuando Wenling se puso en pie.

—Oh, Dios, esto va a ser muy difícil.

Grant también se puso en pie.

—Lo sé. No me importa. Te quiero.

—Debo irme, Grant.

—Wenling, por favor.

—Yo también te quiero —susurró ella. Volvieron a besarse—. Vale, de verdad, necesito… necesito pensar.

Nos alejamos del huerto y Wenling se marchó en bicicleta. Nosotros nos dirigimos a casa. Burke estaba tumbado en el suelo.

—¡Hola, Burke! —lo saludó Grant con alegría.

Burke giró la cabeza.

—Ya sé lo que tengo que hacer. Le he dicho a Hank que, si quiero aprender a caminar, debo hacerlo igual que lo hacen los niños. Debo empezar gateando.

—Ah. Bueno, ¿quieres enseñarme tus maquetas o cualquier otra cosa?

—No.

—¿Puedo ayudarte? ¿Te traigo algo de la cocina? ¿Quieres que veamos una película esta noche?

—Deja de sentir pena por mí, Grant. Déjame solo.

—Vale, pero si necesitas algo, dímelo, ¿vale?

—¿Qué te pasa?

Grant suspiró y salimos. Tuve el presentimiento de que iba a volver a jugar con sus plantas y sus cubos, y yo ya había tenido bastante de eso por un día. Así que miré a Burke en el suelo y me acerqué para hacer Ayuda.

—No, Cooper.

¿No? Lo miré, frustrado. Pero ¡si necesitaba a su perro!

—¡No! ¡Túmbate!

Obedecí, pero no comprendía por qué, teniendo a un buen perro justo ahí, él continuaba tumbado sobre la alfombra, jadeando y con lágrimas en los ojos.

A partir de ese día, Wenling llegaba cada día temprano y se iba con el camión lento al campo para ayudar a Grant y a Papá Chase. Cuando Papá no estaba allí, ellos pasaban mucho tiempo abrazándose y besándose.

—¿Estás segura de que no quieres que se lo diga?

—No, tengo que ser yo.

—¿Estás bien?

—No mucho.

Wenling se rio, pero fue una carcajada seca. Grant volvió a rodearla con los brazos y se besaron otra vez.

—Grant, te quiero mucho.

—Yo también te quiero, Wenling.

169

—Voy a decírselo ahora, antes de que pierda el valor.

—Tengo que ayudar a papá con los frutales. Ven a hablar conmigo después, ¿vale?

Volvieron a besarse. A mí me parecía muy aburrido, pero ellos hacían eso todo el rato. Luego seguí a Wenling hasta la casa. Burke estaba tumbado en el suelo y se balanceaba de un lado a otro. En cuanto entramos, giró la cabeza.

—¡Esto va a funcionar! ¿Sabes cómo avanzan los niños? ¡Mira, lo estoy haciendo!

Wenling se quedó de pie, mirándolo, mientras él soltaba unos gruñidos provocados por el esfuerzo. Me acerqué para ver si me necesitaba. Le lamí una oreja. Él se detuvo un momento y miró a Wenling con el ceño fruncido.

—¿Qué sucede?

20

*B*urke me llamó para que hiciera Ayuda y Firme, y así subir a la silla. ¡Fue muy agradable hacer el trabajo de un perro bueno! Una vez en la silla, se acercó a Wenling. No le dijo nada, solo la miró.

Wenling se aclaró la garganta.

—Eres mi mejor amigo, Burke. Ya lo sabes, ¿verdad?

Burke inspiró larga y profundamente, y luego sacó el aire.

—¿Quién es?

—¿Qué quieres decir?

—Basta. Ya sabes qué quiero decir. El chico.

Wenling apartó la mirada.

—El chico. Fuiste tú quien dijo que saliéramos con otras personas.

Burke soltó una carcajada y yo lo miré, preocupado.

—Bueno, desde mi operación no he tenido una gran vida social.

—Esa es tu elección, Burke.

—Le dije a todo el mundo que volvería a caminar. No quiero ir en silla de ruedas a una cita. ¡No quiero hacer nada en silla de ruedas!

Me alejé al oír sus gritos. Me deslicé hasta mi lecho y me enrosqué en él, haciéndome tan pequeño como me fue posible.

—Lo siento mucho, Burke.

Él se quedó callado y con el ceño fruncido durante un momento.

—Bueno, ¿le quieres? Debes de estar enamorada de él, por la expresión que tienes en la cara.

—No, no es eso. Quiero decir que sí, que estoy enamorada, pero tienes que entenderlo. Ninguno de los dos queríamos que sucediera. Ninguno de los dos lo planeó.

Burke apretó las manos alrededor de los apoyabrazos de la silla.

—Un momento. ¿Es Grant? ¿Mi hermano?

—Lo siento mucho, Burke.

Yo me levanté del lecho y me alejé de Burke y de su rabia. Me sentía un perro malo.

Burke apretó las mandíbulas.

—Es hora de que te vayas.

—No. ¿No podemos hablar? ¿Burke? Por favor.

Burke salió de la habitación. Yo lo seguí, pero él cerró la puerta de un portazo, así que di media vuelta. Wenling corrió hacia su bicicleta y yo no la seguí. Se alejó por el camino.

Abuela llegó a casa, pero Burke seguía en su habitación. No fue hasta mucho más tarde que oí que se abría la puerta de su habitación. Entró en el salón y yo lo seguí, pero no me dijo nada. Abuela estaba tumbada en su dormitorio. Vi que Grant y Papá Chase se acercaban a la casa. Papá Chase se desvió hacia el granero y Grant subió por la rampa y entró. En cuanto vio a Burke sentado allí, se detuvo con la espalda encorvada.

—Burke. Dios, no sé qué decir.

Burke avanzó con la silla de ruedas por el salón, cada vez más deprisa. Cuando llegó al lado de Grant, este dijo:

—¡Eh!

Buke se había abalanzado sobre él y los dos cayeron al suelo. Burke quedó encima de Grant y levantó un puño para golpearle en la cara. Grant se giró, intentando apartarse, pero Burke lo sujetaba por el hombro con una mano y le dio varios puñetazos con la otra. Al final, Grant se libró de él sin que Burke pudiera evitarlo. Yo me puse a ladrar. Los dos estaban rabiosos. Noté olor de sangre y no podía entenderlo. Continué ladrando incluso cuando Abuela entró en la habitación.

—¡Chicos! ¡Basta! —exclamó, angustiada—. ¡Chase! ¡Deprisa!

Abuela se apretaba los puños contra el pecho. Final-

171

mente, Grant consiguió ponerse encima de Burke, pero entonces Burke le golpeó en los labios y oí que los dientes de Grant crujían.

—¡Eh!

Papá Chase entró corriendo en la sala. Fue hasta Grant y lo apartó. Grant tenía el labio lleno de sangre. Los dos chicos jadeaban.

—Cooper. ¡Ayuda! —ordenó Burke.

Pero yo tenía miedo y bajé la cabeza.

—¡Basta! —Papá Chase le dio un empujón a Grant tan fuerte que este tropezó y cayó contra la pared—. ¿Qué estás haciendo?

—¡Siempre te pones de su lado! —gritó Grant—. ¡Siempre!

Papá Chase pareció desconcertado.

—No, solo…

Grant emitió un sonido inarticulado y se llevó una mano a la cara para detener la sangre. Abuela le dio una toalla.

—Díselo, Grant —dijo Burke con tono de dureza.

—¿Decirme el qué? —quiso saber Papá Chase—. ¿Grant?

Se hizo un largo silencio. Grant apartó la mirada. Noté que ya no sentían tanta rabia, pero nadie parecía contento.

Esta vez, cuando Burke me dijo que hiciera Ayuda, le ayudé a subir a la silla.

—Os he visto pelear otras veces —comentó Abuela—, pero hacía mucho tiempo que no sucedía. Y nunca de este modo. Sea lo que sea lo que ha ocurrido entre vosotros, esta no es manera de solucionarlo. Sois hermanos.

—Ya no —replicó Burke, cortante.

—No le hables así a tu abuela —dijo Papá Chase levantando la voz—. Explícate, Burke. Ahora mismo.

—Wenling ya no es mi novia.

Fue como si todos aguantaran la respiración. Yo temblaba, ansioso. Algo muy malo estaba ocurriendo y yo no sabía qué era.

—Pero ¿eso no sucedió hace mucho? —preguntó Abuela en voz baja.

—No. Me ha dejado por otro chico. —Burke señaló a Grant con el dedo—: Él.

Abuela reprimió una exclamación. Papá Chase se giró hacia Grant.

—¿Es eso cierto?

Grant, que todavía se apretaba el labio con la toalla, cerró los ojos.

—No exactamente. Sí, estamos juntos, Wenling y yo, pero ella y Burke habían roto.

—Pero Burke es tu hermano —replicó Papá Chase con dureza—. ¿Cómo has podido hacer algo así?

Grant abrió los ojos y se apartó la toalla del labio.

—No sé cómo sucedió —susurró, impotente.

—Bueno, te diré lo que vas a hacer —empezó a decir Papá Chase.

—Chase —dijo Abuela.

Él la miró y ella negó con la cabeza. Al cabo de un momento, Papá Chase asintió con gesto abatido.

—Te odio, Grant —declaró Burke con voz baja—. Siempre te he odiado y siempre te odiaré.

—Ya basta, Burke —suplicó Papá Chase.

—¿Lo comprendes, Grant?

—Como si me importara.

—Muy bien —dijo Papá Chase—. Ya tengo suficiente con vosotros. Id a vuestra habitación. Ya os diré cuándo podéis salir.

Grant soltó una carcajada.

—¿Que me vaya a mi habitación? ¡Tengo dieciocho años!

—O pagas un alquiler u obedeces mis normas. Tú eliges —replicó Papá Chase.

Burke no me llamó ni me miró. Yo empecé a seguirle con paso inseguro, pero él volvió a cerrarme la puerta. Regresé al salón y me acerqué a Abuela. Ella se arrodilló y me cogió la cabeza con las manos.

—Cooper, esto ha sido difícil, ¿verdad? Lo siento mucho. Pero eres un buen perro. —Miró a Papá Chase, que se había dejado caer en el sofá—. A veces creo que Cooper tiene un secreto. Ojalá nos lo pudiera contar.

—No tengo ni idea sobre qué estás hablando.

—Creo que me irá bien una copa. ¿Te importa prepararme una?

173

Papá Chase se fue a la cocina y la sala pronto se llenó de un olor penetrante. Él y Abuela se llevaron unos vasos a los labios con un tintineo.

—Grant debería ponerse hielo en el labio, Chase. ¿Le puedes llevar un poco? Mis caderas no están para subir hoy.

—En un minuto.

—Todavía estás enfadado con él.

Papá Chase frunció el ceño.

—Por supuesto que estoy enfadado.

—Chase. Tus hijos son jóvenes. Ella es una jovencita. ¿Recuerdas cuando tenías esa edad?

—Es con ella con quien estoy más enojado. Ya le dije a Burke que se mantuviera alejado de los Zhang, que no son más que unos granjeros robot. ¿Y qué hizo él? Y luego ella le parte el corazón. Y se va con su hermano. ¿Quién haría una cosa así?

Abuela dio un sobo de su vaso.

—La fidelidad es muy muy importante para ti —observó ella.

174

—Por Dios, mamá, descansa un poco. Ya sé lo que vas a decir, pero pensaría lo mismo aunque Patty y yo continuáramos casados.

—¿Y crees que Burke tiene algún derecho sobre Wenling? ¿Como si ella fuera una especie de… de vaca?

Miré a Abuela porque nunca le había oído un tono tan duro.

Chase también la miró sorprendido:

—Yo no he dicho eso.

—Por lo que yo sé, has criado a dos hijos buenos, dos jovencitos que conocen a Wenling mejor que otra persona. Por supuesto que ella los quiere a los dos. Lo que ha sucedido no significa que ella les quiera hacer daño a ninguno de los dos. Y Burke está lleno de rabia ahora mismo, ¿o es que no te has dado cuenta? ¿No crees que esta reacción tiene mucho más que ver con otra cosa y no con una chica con la que dejó de salir hace medio año? —Se puso en pie—. Voy a buscar el hielo.

Después de ese día, las cosas parecieron normales, pero no lo eran. No lo eran en absoluto. Continuábamos comiendo y yéndonos a dormir, pero yo me sentía como si viviera con una familia totalmente distinta y tardé mucho tiempo en comprender por qué. Grant y Burke ya no estaban nunca juntos y a solas. Y durante las comidas casi ni hablaban con Papá Chase ni con Abuela, y mucho menos entre ellos.

Además, Burke empezó a ir a todas partes arrastrándose con los brazos, lo cual me inquietaba. Me decía que hiciera Siéntate y Quieto, pero yo era incapaz de estarme quieto viendo cómo avanzaba por el suelo. Un día me acerqué a él para hacer Ayuda, pero Burke me alejó de un empujón. ¿Por qué? Yo estaba justo allí, era un perro bueno que podía ayudarlo a subir a la silla. Yo no comprendía lo que estaba haciendo. Lo intenté todo para hacer que todo fuera como antes: le llevé juguetes, lloriqueé e incluso me puse a ladrar.

—¡No! —me dijo Burke muy serio.

¿No? Yo solo intentaba hacer mi trabajo, ser el perro de mi chico, y él no me permitía hacerlo. ¿Es que ya no me quería?

—¿Necesitas alguna cosa de la tienda? —le preguntó Abuela.

—Bueno, ¿puedes llevarte a Cooper contigo? No para de saltarme encima y de llorar. Creo que está aburrido.

—Claro. Vamos, Cooper.

¡Abuela me llevaba a dar una vuelta en coche! Me sentí muy bien de estar fuera de esa triste casa en la que mi chico se arrastraba dolorosamente por el suelo. Saqué el hocico por la ventanilla y solté unos ladridos mientras pasábamos por delante de la granja de cabras. Si ponía la cara directamente contra el viento, el aire que me entraba por la nariz me hacía estornudar. Abuela se reía.

Y, de entre todos los olores exóticos que penetraban por mi nariz, distinguí uno embriagador: Lacey. Se hizo más y más fuerte mientras pasábamos por delante de una granja y, después, desapareció. ¡Lacey estaba allí, justo allí!

Continuamos un rato y, al final, Abuela detuvo el coche y bajó todas las ventanillas.

—Vale, sé que eres un buen perro, Cooper. Quieto aquí —me dijo.

175

Me senté, haciendo Quieto. A mi alrededor solo había coches aparcados. El olor de Abuela fue desapareciendo lentamente a medida que ella se acercaba a un edificio grande, pero no era en ella en quien yo me fijaba. Yo sabía dónde encontrar a Lacey.

Quieto. Pero Abuela ni siquiera había aminorado la velocidad mientras pasábamos por la granja en que se notaba la presencia de Lacey. ¡Estaba claro que Abuela no sabía lo que yo sabía!

Lloriqueé. A veces, a un perro le dicen que haga algo y él sabe que no es lo correcto. En ese momento, yo sabía que Quieto era lo más equivocado. Miré hacia donde Abuela se había ido, indeciso.

Quieto.

Lacey.

Sentí la frialdad del lateral del coche al saltar fuera. Aterricé fácilmente, me sacudí y me fui a buscar a Lacey, mi compañera.

Al cabo de poco rato, ya había detectado su olor en el aire, así que troté en esa dirección, confiado. Empecé a correr cuando llegué al camino de un lugar donde había una casa, un granero y otros edificios grandes. Toda la zona olía a caballo.

Lacey soltó un pequeño ladrido en cuanto me vio. Se encontraba en una jaula con la parte superior abierta. Pudimos juntar los hocicos a través de los barrotes. Empezamos a mover la cabeza arriba y abajo y a menear la cola, y yo me sentía tan feliz que me puse a girar en círculos. ¡Había encontrado a Lacey!

La caseta de Lacey se hallaba al fondo de la jaula. Lacey se acercó a ella y saltó al tejado. Yo no sabía qué estaba haciendo hasta que vi que apoyaba las patas en la parte alta de la jaula y, luego, después de echar un rápido vistazo hacia la casa, saltó. La valla vibró. En cuanto aterrizó en el suelo, le salté alegremente encima.

Rodamos y jugamos. Yo me sentía más feliz que nunca y no pensaba en nada más que en estar con ella. Luego, ella se sacudió, me dio un golpe con el hocico y se alejó en dirección a unos árboles. La seguí, intentando jugar, pero ella empezó a correr: tenía un destino en la cabeza, estaba claro. Me imaginé que nos dirigíamos hacia la granja. ¿Adónde podíamos ir, si no?

Pero estaba equivocado. Al cabo de un rato, Lacey me llevó hasta una casa que se encontraba en medio de una hilera de casas y yo supe de inmediato dónde estábamos. Se acercó a la puerta, rascó, se sentó y ladró. Yo me entretuve un poco para marcar unos arbustos.

Se abrió la puerta y un montón de olores salió de ella. En la puerta apareció una niña que era, por supuesto, Wenling.

—¿Lulu? ¿Qué estás haciendo aquí?

Miró a su alrededor y se asombró al verme allí.

—¿Cooper?

Nos dejó pasar por la puerta y entramos en un jardín que estaba lleno de césped. Sacó unos cuencos con agua y bebimos con avidez. Luego estuvimos jugando y jugando, corriendo por todo el patio, jugando a pelear y a disputarnos un palo. Allí debía ser donde Lacey vivía, ¡porque Wenling estaba allí!

177

Entonces apareció el padre de Wenling y los dos corrimos hacia él con alegría.

—¡Abajo! —dijo.

—Ya he llamado. El propietario de Lulu viene hacia aquí, pero quiero llevar a Cooper a su casa yo misma. ¿Puedes llevarme en coche a casa de los Trevino, papá?

Lacey y yo retomamos el juego. Al poco rato, la puerta se abrió y apareció una mujer. Olía a especias y a queso.

—Lulu —dijo con tono de reprimenda—, ¿cómo has podido salir?

Lacey corrió hacia ella. Yo marqué un arbusto, inseguro.

—Han aparecido de repente —le dijo Wenling a Mujer Nueva—. Es curioso, los conocemos a los dos. Cooper es el perro de mi... de un amigo, y él y yo fuimos quienes encontramos a Lulu cuando tuvo sus cachorros. Eran los cachorros de Cooper. Y fui yo quien llamó al centro de acogida para que vinieran a buscarlos.

—Allí fue donde adopté a Lulu —repuso Mujer Nueva—. Así que ella ha seguido a Cooper hasta aquí, pues.

—Supongo que sí —replicó Wenling sin estar muy segura—. Pero es raro. ¿Por qué habrán venido a mi casa en lugar de ir a casa de Cooper?

Oí un chasquido mientras Mujer Nueva le ponía una correa a Lacey. Supuse que íbamos a dar uno de esos paseos en los que no se nos permitía correr, seguramente por las ardillas. Me acerqué a Wenling, expectante, pero ella solo me acarició la cabeza.

Me alarmó ver que Mujer Nueva se llevaba a Lacey por la puerta.

—Vamos, Lulu.

Lacey me miró y se resistía al tirón de la correa. Yo corrí hasta ella mientras Mujer Nueva la arrastraba hacia fuera. Intenté seguirla, pero la mujer me bloqueó la puerta. Y entonces la puerta se cerró. Me puse a llorar y a rascar la puerta con ansiedad: ¡necesitaba estar con Lacey!

Estuve un buen rato dando vueltas en el jardín, olisqueando el olor de Lacey y escuchando por si volvía. Luego Wenling me llevó a dar un paseo en coche. Su padre conducía e iba sentado en el asiento trasero. Cuando pasamos por delante de la granja de cabras supe que nos dirigíamos a la granja.

Noté la tensión en Wenling en cuanto entramos en el camino. El coche se detuvo y ella se cubrió la boca con la mano.

—Oh, Dios mío —exclamó.

Burke nos miraba desde la puerta.

Estaba de pie.

21

*E*n cuanto Wenling abrió la puerta, salté del coche y corrí alegremente hasta donde estaba Burke. ¡Era muy alto! Oí que Wenling corría detrás de mí.

—¡Burke! —exclamó—. ¡Estás de pie!

Al cabo de un momento, oí que gritaban:

—¡Burke!

Era Abuela, que salía del granero. Empecé a correr hacia ella, pero entonces oí un fuerte grito y me giré: Papá Chase venía corriendo desde el campo.

—¡Burke! —gritaba con voz ahogada mientras avanzaba hacia nosotros—. ¡Burke!

—¡Burke! —volvió a exclamar Wenling.

Yo estaba emocionado al oír que todo el mundo gritaba el nombre de mi chico.

Wenling y yo llegamos primero. Burke tenía la silla de ruedas contra la parte posterior de las rodillas y se sujetaba al marco de la puerta con las dos manos. Se balanceaba un poco y, mientras Wenling subía por la rampa, preguntó:

—¿Has venido a ver a Grant?

Y cayó sobre la silla. Suspiró.

—Puedo ponerme de pie. Pero todavía no puedo caminar. No he conseguido apoyarme en una pierna mientras avanzo el otro pie. Cuando os veo a vosotros parece muy fácil.

Wenling lloraba.

—Verte de pie ahí ha sido como un milagro.

—Bueno, un milagro que ha requerido como un millón de horas de esfuerzo.

—Por no hablar de mi genialidad —dijo Hank a sus espaldas.

—Oh, Burke —exclamó Abuela mientras subía por la rampa.

Abrazó a mi chico y se puso a llorar. Al cabo de un momento llegó Papá Chase con la cara mojada y se unió al abrazo. Todo el mundo lloraba, pero no estaban tristes.

—Eh, basta —protestó Burke.

Me puse a menear la cola porque me daba cuenta de que se sentía feliz.

—Este es el mejor día de mi vida —afirmó Papá Chase con voz grave y emocionada.

Solo había una cosa que podía hacer que todo el mundo se sintiera más feliz. Corrí al salón y salté sobre el muñeco chillón.

—En cuanto empecé a arrastrarme, supe que pronto podría mantenerme de pie —les dijo Burke.

—Hay que arrastrarse antes de caminar. Eh, ¿no fui yo quien se inventó eso? —preguntó Hank.

Todos se rieron, así que lancé el muñeco chillón al aire y le salté encima en cuanto tocó el suelo.

Al cabo de un rato Hank se marchó, Papá regresó al campo y Abuela se fue a su dormitorio. Wenling salió al porche con Burke.

—Ven aquí, Cooper —me llamó Burke.

Salí por la puerta, apoyé las patas en la silla y le lamí la cara.

—Vale, buen perro, ya basta, Cooper. ¡Basta! ¿Dónde habéis estado? Abuela os ha estado buscando por todas partes.

Wenling se sentó.

—Ha sido algo increíble. ¿Recuerdas a Lulu, la mamá perra? ¡Cooper estaba con ella, y vinieron a mi casa!

—¿Cómo es posible que se encontraran?

—¿Sí, eh?

—Probablemente él estaba por ahí y detectó su olor. Quizá Cooper no sabe que ha sido esterilizado. —Burke se quedó en silencio un momento—. Bueno, gracias por traerme a mi perro.

—Burke.

Él no respondió. Wenling inspiró profundamente.

—Echo de menos a mi amigo. Es muy raro no hablar contigo.

—Porque tú decidiste que eso es lo que éramos. Solo amigos.

Wenling meneó la cabeza. Estaba triste, pero Burke parecía enfadado.

—No, nunca seremos solo amigos. Tú has sido mi primer novio, Burke, y siempre serás mi mejor amigo. Pero hace seis meses que rompimos, y rompimos porque tú quisiste que saliéramos con otras personas.

—Otras personas no significa Grant, Wenling. Creo que si tuvieras hermanos y hermanas, comprenderías lo que significa una traición.

Wenling bajó la mirada a su regazo. Yo me acerqué a ella y le di un golpe de hocico en la pierna.

—Eso es… verdad —admitió, en voz baja.

—Así que, cuando los tres nos íbamos al cine, o a comer una hamburguesa porque tu padre no te dejaba conducir, ¿tú y Grant ya estabais juntos?

—No. No, Burke.

Burke se quedó en silencio, mirándola. Wenling apartó la mirada.

—Para serte sincera, creo que yo ya sentía algo, pero te prometo que ninguno de los dos hizo nada. Debes saber que yo preferiría que fuera cualquiera excepto Grant. Sé que te duele. Pero «de lo que estén hechas las almas, la suya y la mía son lo mismo». Es de *Cumbres borrascosas*.

—No me importa mucho de dónde sea, Wenling.

—Oh.

Me di cuenta de que Abuela se acercaba a nosotros por detrás y me puse a menear la cola, feliz de verla otra vez. Abuela abrió la puerta.

—No puedo dejar de pensar en que te has puesto en pie, Burke. Ha sido maravilloso.

Él se encogió de hombros.

—Siempre y cuando pueda sujetarme a alguna cosa. —Mi chico se desplazó un trecho con la silla—. Creo que no estoy para charlas. Voy a trabajar un poco a mi habitación.

181

Lo seguí, pero él me cerró la puerta, así que regresé al porche. Abuela estaba hablando con Wenling.

—Sé que esto parece lo más importante del mundo —estaba diciendo—, que él nunca lo superará, que nunca te perdonará, pero los dos sois jóvenes. Créeme, a medida que pasen los años, esto no parecerá tan importante.

—Grant dice que ahora se odian. O, por lo menos, que Burke odia a Grant.

—Esos chicos se han peleado desde pequeños. Creo que todavía no saben cómo quererse. Ya lo conseguirán. Tú no has sido la causa, esto es solo la última de una larga sucesión de disputas que mantienen el uno con el otro, de silenciosas acusaciones que salen a la luz de vez en cuando.

—Eso es lo que dice mi madre sobre él —dijo Wenling, señalando el coche que se encontraba en el camino—. Que él no sabe cómo expresar amor.

—¡Oh! ¿Por qué está tu padre ahí fuera, en el coche?

—Él… sabe que el señor Trevino lo detesta.

—Bueno, eso es ridículo. Ve a decirle que entre. Prepararé un poco de té.

—Vale. Esto, abuela Rachel…

—¿Qué?

—A nadie de mi familia le gusta el té verde en realidad. Nos gusta el Earl Grey o el té negro.

—¡Oh! —Abuela Rachel se rio—. Bueno, me siento como una tonta. Debería haberlo preguntado.

Se fue al interior de la casa y yo la seguí al ver que se dirigía a la cocina. Empezó a abrir armarios y a sacar cosas de ellos, lo cual me pareció una muy buena señal. También abrió la nevera y la cocina se llenó del maravilloso olor de la panceta, el queso y el pollo. Me relamí, expectante. Algún día tenía que acceder a esa nevera.

Wenling, Abuela y el padre de Wenling se instalaron en el salón. En una mesita pusieron unos pequeños trozos de pan, algunos frutos secos y un poco de queso. Me puse a mirarlo todo con gran concentración.

Abuela Rachel dio unos golpecitos a una taza con una cuchara.

—Muchas gracias por haber venido.

El padre habló y Wenling se dirigió a Abuela.

—Dice: «Gracias por recibirnos. El té es excelente».

Abuela sonrió.

—Entiende mejor el inglés de lo que lo habla —dijo Wenling.

—Mi inglés no es muy bueno —añadió su padre.

Yo continuaba concentrado en los platos de la mesa. Ni siquiera levanté la cabeza cuando, al cabo de un momento, Grant y Papá Chase entraron en la casa. Los dos se quedaron quietos al vernos sentados en el salón.

—Chase, tu vecino ha traído a Cooper y estamos tomando un poco de té. Ven a tomarlo con nosotros —dijo Abuela con firmeza.

Papá Chase se sentó, muy tieso, en una silla, como si su paso furioso se trasladara a esa silla. Grant se dejó caer en el sofá al lado de Wenling y vi que le cogía la mano. Se sonrieron mutuamente.

Se hizo un largo silencio. Grant cogió algo de comida de la mesa y yo me relamí, sabiendo que él era el miembro más generoso de la familia.

183

—Nos vendría bien un poco más de lluvia —comentó Papá Chase al fin.

Nadie dijo nada al respecto. Papá Chase se llenó una taza con un líquido que desprendía una gran fragancia. Dio un sorbo e hizo una mueca. Dejó la taza.

—Bueno, ZZ. ¿Qué tal es eso de ser un granjero robot?

El padre de Wenling se giró y miró a su hija inexpresivamente.

Ella habló y él frunció el ceño. Meneó la cabeza y dijo:

—*Gàosù tā wǒmen zhīqián de shēnghuó.*

Wenling asintió con la cabeza.

—Papá también era un granjero como usted —explicó—. Tenía tomates y manzanas. Luego conoció a mi madre, mientras ella estaba de viaje. Ella era de Estados Unidos, pero eso no era un problema. Él se enamoró profundamente de ella.

El padre de Wenling dijo algo más. Todos parecían tan tiesos que abandoné la vigilancia del queso y salté sobre el muñeco chillón. Ya no chillaba, pero pensé que animaría un poco el ambiente.

—Bueno —continuó Wenling—. Mi madre se trasladó a China para casarse con papá y se fueron a vivir a su granja. Él dice que ella era feliz, pero yo sé que no lo era. No de verdad. Ella quería vivir en Estados Unidos. —Wenling escuchó a su padre y meneó la cabeza—. Él sabe que no estoy repitiendo exactamente sus palabras. Bueno, él no tuvo hijos que le pudieran ayudar en la granja. Yo no servía porque era una chica.

El padre de Wenling dijo:

—*Wǒ cóngxiǎo jiù kāishǐ zài nóngchǎng bāng wǒ bàba, zhè shì duì jiālǐ nánshēng de qīwàng.*

Ella asintió.

—Así que está de acuerdo con esa parte, que necesitaba hijos, pero mamá no tuvo más hijos y cuando yo cumplí nueve años, su hermano murió y le dejó la tienda de zapatos de la ciudad, y papá consiguió un buen precio por la granja, así que la vendió porque lo único que tenía era una hija inútil y ningún hijo, y se trasladaron aquí. Dice que vender zapatos no es manera de ganarse la vida, que las mujeres siempre cambian de opinión acerca de lo que quieren, y que la tienda perdía dinero y, finalmente, tuvo que cerrar. Papá aceptó un trabajo en Trident Mechanical Harvesting porque fue lo único que encontró. Mamá trabaja en una tienda de ropa a tiempo parcial. Él quería trabajar en una granja, pero dice que los estadounidenses no emplean hombres, sino que emplean máquinas.

—Esos robots están destruyendo nuestra comunidad, nuestra economía, nuestro país —declaró Papá Chase con severidad.

El padre de Wenling asintió con la cabeza.

—Sí.

Los labios de Papá Chase dibujaban una línea recta y dura.

—Pero usted trabaja para ellos. Si no les arreglara esas malditas máquinas, ellos no estarían por el campo expulsándome del negocio.

—Chase —dijo Abuela en tono de advertencia.

Bostecé, preocupado por el tono duro de Papá Chase.

—¡Oh! No, él no arregla los robots —lo corrigió Wenling—. Él trabaja en la conserjería. Limpia los lavabos, cambia las bombillas, cosas así.

Papá Chase lo miró un momento. Frunció los labios.

—¿De verdad? Lo siento. Supongo que di por supuesto que era un ingeniero.

—¿Por qué? ¿Porque es asiático? —preguntó Wenling.

Grant se rio.

Papá Chase asintió despacio con la cabeza y se encogió de hombros.

—Sí —asintió con incomodidad—. Me has pillado. Lo siento.

Abuela se rio. Wenling le dijo algo a su padre y los dos se pusieron a reír también, y Papá Chase también. Esas son el tipo de cosas que un perro no puede comprender: un momento antes solo había enojo y tensión entre ellos, y ahora se reían y Grant se comió un trozo de queso. Meneé la cola.

El padre de Wenling volvió a decir algo. Ella le escuchó y asintió con la cabeza.

—Papá dice que él podría arreglar las máquinas, si le dejaran hacerlo. Y que ellos están cometiendo errores muy estúpidos en la manera de plantar los cultivos. Cortan árboles para plantar más, pero luego el viento lo arrasa todo. Pero él no habla inglés ni tiene un título universitario, así que creen que es un idiota que no sabe nada de cultivos.

—Mi inglés no es muy bueno —declaró el padre de Wenling.

—Yo tampoco fui a la universidad —admitió Papá Chase.

—Yo haré empresariales —afirmó Grant.

Wenling le sonrió.

Papá Chase dijo:

—Últimamente me he diversificado más. Vendo a distribuidores que llevan mis cosechas al mercado y a restaurantes orgánicos. Ahora tengo espárragos en primavera; pepinos, calabacines, tomates y pimientos en verano; manzanas y peras en otoño. Y además, zanahorias.

El padre de Wenling se había inclinado hacia delante para escucharle. Asintió con la cabeza.

—Bien.

—Pero he oído decir que los granjeros robot están entrando en lo orgánico y que van a poner un puesto en el mercado. Eso hará que los precios bajen todavía más. Y yo tengo algunos productos que no puedo llevar porque no tengo más ayuda que la de mi hijo Grant. Es un gran trabajador, mucho mejor granjero que yo a su edad. Pero ni siquiera con su ayuda puedo hacerlo.

Grant miraba a su padre, atónito.

El padre de Wenling le habló rápidamente a su hija y ella le escuchó abriendo mucho los ojos por la sorpresa.

—Sí, de acuerdo —dijo—. Mi padre dice que sabe lo deprisa que crecen las calabazas y cuándo es el momento adecuado de los ciruelos y cómo cortar los espárragos por debajo de la línea del suelo sin dañar los demás. Pregunta si le permitiría trabajar para usted, no le importa lo que le pague, pues odia su trabajo. Nunca me había dicho nada de esto ni a mí ni a mi madre, se lo prometo.

Papá Chase parpadeó, asombrado.

—Le pagaría lo que pago siempre. Es más que un salario decente: pero el trabajo es tan duro que nadie quiere hacerlo. ¿De verdad que quiere trabajar para mí?

El padre de Wenling cerró los ojos un momento. Luego los abrió y sonrió.

—Sí.

Se puso en pie y le ofreció la mano a Papá Chase, quien se la estrechó. El padre de Wenling bajó un poco la cabeza.

Todos sonreían, como si me acabaran de dar un trozo de queso o algo parecido, pero el queso seguía allí, en la mesa.

Después de ese día las cosas cambiaron, aunque no para mejor. Aprendí que el padre de Wenling se llamaba ZZ. Él y Wenling venían cada día, pero no para jugar conmigo. Se iban con Papá Chase y Grant a jugar con las plantas. Burke no iba con ellos, sino que se quedaba en la casa y se arrastraba por el suelo, se ponía en pie, se sentaba y lo repetía todo una y otra vez. Yo estaba muy frustrado: estaba justo allí, ¿por qué no quería que lo ayudara? Me parecía oír su voz diciéndome: «Ayuda, Cooper», «quieto», «buen perro». Incluso soñaba con ello, y a media noche me despertaba de un sobresalto y lo miraba. Pero mi chico ya no me necesitaba. Empecé a preguntarme si debía marcharme de la granja e ir a buscar a Lacey.

—¡Perro malo! —me gritó Burke un día en que yo estaba mordisqueando una bota de su armario.

—No lo comprendo —se quejó a Abuela—. Últimamente se comporta de forma muy extraña, como si fuera otro perro.

—Ven aquí, Cooper —me llamó Abuela. No tenía ningún premio en la mano. La miré. No me parecía que en esas circunstancias el esfuerzo valiera la pena—. ¿Crees que está enfermo? —preguntó, preocupada.

Bajé la cabeza y suspiré. Burke se agachó y me miró.

—¿Qué te pasa, Cooper?

Hank vino a verme al día siguiente. Sus visitas eran mucho menos frecuentes ahora. Lo miré, desconfiado, mientras él se agachaba al lado de mi lecho.

—Cooper —dijo en voz muy alta—. ¿Qué pasa, no te alegras de ver a tío Hank?

Me rascó detrás de las orejas y yo apoyé un poco la cabeza en su mano.

—Creemos que Cooper está enfermo —le dijo Burke—. Lo llevaré al veterinario.

—¿Estás enfermo, Cooper? —me preguntó Hank—. No me parece que estés enfermo. —Miró a Burke y añadió—: Quizá esté deprimido.

—¿Cómo puede estar deprimido un perro? Es un perro.

—Sí, pero ahora he hecho que te pusieras en pie. Los perros son como las personas: necesitan tener un trabajo para sentir que tienen un objetivo en la vida. Cooper es un perro trabajador y tú le has obligado a retirarse.

Suspiré mientras Hank y mi chico jugaban con la máquina de la esquina de la habitación. Las placas emitían un fuerte ruido al entrechocar mientras Burke gruñía por el esfuerzo.

—Pillé a tu padre tocando la guitarra en el Cutter's Bar el sábado por la noche —dijo Hank—. Haz cuatro más, Burke. Tío, disfrutaba con esa cosa. Me encanta el nombre: «Not Very Good Band». Está claro que le hacen honor —se rio Hank—. Van dos, continúa. Tu padre, sin embargo, cierra los ojos y hace que la música salga de esa guitarra. Me atrapó tanto que estuve a punto de lanzar mis calzoncillos al escenario.

Las placas cayeron con un sonoro golpe. Burke se reía.

—Nunca toca para nosotros. Dice que nos destrozaría los tímpanos.

—Los Trevino sois interesantes, eso está claro. Nunca te tropieces con una familia cuyos miembros se ocultan tantas cosas los unos a los otros. Sois como tres islas en el océano, cada una de ellas con su propio horizonte. Eh, ¿acabo de decir eso? Si no escribo esos retazos de sabiduría, nunca me haré rico. Eso ha sido poesía. ¿Listo para otra ronda? ¿Por qué pones esa cara?

—Estaba pensando en la escuela. Me estoy perdiendo el semestre y todavía no puedo caminar.

Miré a mi chico y recordé a los chicos de las escaleras de piedra. ¿Iríamos a Escuela otra vez?

—Pronto haré que corras por esos pasillos —respondió Hank.

—¿No crees que, simplemente, debería ir con la silla? Eso es lo que dice mi padre.

—¡Diablos, no! ¡Irás sobre tus piernas! Hazle caso a tu amigo Hank. No me importa que pierdas otro año entero. Serás el único chico de tu curso que tenga el permiso de conducir. Las chicas harán cola. Tendré que ir contigo de guardaespaldas para que el equipo de animadoras no te salte encima.

Meneé la cola al ver que mi chico se reía. Hank vino a mi lado y me acarició antes de marcharse.

—Recuerda, dale algo que hacer a este perro.

22

*A*l cabo de un rato, observé con desánimo cómo mi chico se izaba hasta la silla sin que su perro hiciera Firme.

—Vale, vamos a probar una cosa —me susurró.

Se fue hasta su dormitorio y yo cerré los ojos.

—¡Cooper! ¡Tráeme el calcetín! —exclamó.

Abrí los ojos, me sacudí y fui hasta su habitación para ver qué estaba haciendo. Había sacado unos cuantos objetos que reconocí: una pelota blanda y deshinchada, unas prendas de ropa, una taza de plástico e, incluso, el hueso de nailon de Grant.

—¡Cógelo! ¡Coge el calcetín!

Olisqueé a mi alrededor y, finalmente, me decidí por la pelota deshinchada. La cogí y lo miré.

—¡Suelta! ¡Coge el calcetín!

Esperaba hacer Suelta con el hueso de nailon también. Salté al siguiente objeto más atractivo.

—¡Suelta! ¡Coge el calcetín!

Lo intenté otra vez.

—¡Sí! ¡Trae!

Me acerqué a él y le dejé esa cosa de trapo en el regazo.

—¡Buen perro, Cooper! ¡Ahora coge el guante! ¡Cógelo!

Me alegraba estar jugando a Cógelo, pero lo que más me alegró fue que Burke se levantara de su silla para coger mi arnés.

—¡Ayuda!

Esa no fue la última vez que hice Ayuda, pero poco a poco la manera de hacerlo fue cambiando. Ahora Burke se ponía en pie y se apoyaba en mi espalda. Avanzaba primero un pie y luego el otro y, juntos, cruzábamos el salón.

—¡Ayuda, Cooper!

Hank valoraba mucho lo bueno que yo era.

—¡Mira! ¡Estás listo para la carrera de cien metros!

Hank todavía venía a la casa, pero no lo hacía tan a menudo. Siempre me decía que yo era un buen perro, pero luego él y Burke me ignoraban y se ponían a jugar con la máquina. Esos días yo me iba a ver lo que estaban haciendo los demás en el campo, pero con ellos nunca me divertía, así que muchas veces regresaba y me quedaba en la cocina por si Abuela decidía hacer panceta.

Normalmente, ZZ y Papá Chase se iban por un lado y Grant, y algunas tardes Wenling, por otro. Pero un día ZZ y Wenling no estaban y Papá Chase y Grant se sentaron con la espalda apoyada en el camión lento y se pusieron a beber de unas botellas frías.

—No me puedo creer lo diferente que es tener a ZZ aquí —dijo Papá Chase.

Grant asintió con la cabeza.

—Papá...

—¿Qué?

—¿Iba en serio cuando dijiste que yo soy mejor trabajador que tú a mi edad?

—No solo mejor, sino más listo. Mis padres heredaron esta tierra y me pusieron a trabajar, y a mí al principio no se me daba muy bien. Tardé mucho tiempo en encontrar mi propio ritmo. Pero tú cogiste el cuchillo y te fuiste al campo como si hubieras nacido para ello. Eres más rápido que yo. Muy pronto me sentaré a ver cómo tú y ZZ hacéis todo el trabajo.

—Y Wenling.

—Ella también.

—Wenling cree que podríamos plantar uva en la colina y venderla para hacer vino de hielo.

—¿Qué diablos es eso?

—Se congelan las uvas y se cosechan. Eso hace salir el azúcar. El vino de hielo se sirve frío y es muy dulce.

—Suena horrible.

Grant se rio.

—Es solo una idea. Ahora mismo no estamos haciendo nada en la colina.

—Porque es muy duro subir y bajar. Mi padre cultivaba tomates allí, ¿recuerdas? Ahora sus cenizas están ahí, vigilando toda la granja. Creo que le hubiera gustado esto.

Grant dio un largo sorbo.

—He estado pensando.

—¿Y?

—Quizá no vaya a la universidad el año que viene. Quizá me quede aquí a ayudar.

—Creí que decías que la universidad era tu manera de salir de este maldito agujero.

—Sí, iré, pero quiero pasar un poco más de tiempo aquí.

Bostecé, di unas cuantas vueltas, me dejé caer al suelo y apoyé la cabeza sobre la pierna de Papá Chase. Él me acarició la cabeza.

—¿Hasta que Wenling se gradúe, quizá?

Grant no dijo nada.

Papá Chase se puso en pie, se sacudió el pantalón y una nube de polvo se elevó en el aire. Aparté el hocico de esa sucia nube.

—Bueno, ya sabes que valoro tu ayuda, hijo. Pero tiene que ser decisión tuya.

Ese mismo día, Wenling vino a casa. Estaba triste. Ella y Grant fueron a sentarse bajo los manzanos para hablar.

—¿Es muy grave, Wenling? —preguntó Grant, ansioso. Parecía tener miedo.

Lo miré, preocupado.

Ella negó con la cabeza y se tocó los ojos con un trozo de papel.

—No, no lo es. El médico dice que muchas personas tienen un soplo en el corazón. Es inofensivo. Pero… significa que no me dejarán presentarme a la Escuela de las Fuerzas Aéreas.

—No. No. Oh, Wenling, lo siento mucho. Sé lo importante que eso es para ti.

Se abrazaron y yo apoyé la cabeza en el regazo de Wenling. Estuvimos así mucho mucho rato.

—Bueno —dijo ella al fin, sonriendo—. Supongo que lo intentaré en Míchigan. Me matricularé en el estado.

—Entonces yo también lo haré —repuso Grant al instante.

191

Wenling sonrió con los ojos húmedos.

—Pero todavía puedo sacarme el carnet de piloto. Es solo que no tengo los requisitos para que la gente me dispare misiles. Estaba deseando que eso sucediera.

Una mañana, cuando las hojas ya habían empezado a caer al suelo, fuimos al edificio de Grant. Pero Burke se olvidó de su silla. Su paso era inestable y se cayó en algún momento, y yo hice Firme mientras todo el mundo se ponía a nuestro alrededor para ver lo buen perro que yo era.

—No, no os preocupéis. Cooper se encarga —les dijo Burke mientras se cogía a mi arnés.

¡Al cabo de poco tiempo, Burke empezó a conducir el coche! Fuimos a muchos sitios con comida de la granja para encontrarnos con buenos amigos, pero no lo hicimos con Wenling ni con Grant. Yo casi nunca veía a Wenling, pero siempre detectaba su olor en Grant. Y cada vez que sus ropas desprendían el olor de Wenling, yo las olisqueaba detenidamente buscando el olor de Lacey. Pero nunca encontré ni una señal de mi perra.

192

—Cuesta creer que Grant se va a graduar en verano —dijo Papá Chase un día mientras él y Burke sacaban el extraño equipamiento del salón y volvían a traer el sofá.

Yo daba vueltas, sintiéndome culpable de que alguien pudiera notar hasta qué punto yo había marcado ese sofá mientras se encontraba en el granero.

Burke y yo nos íbamos muchas veces de paseo y cada vez nos alejábamos más de casa. ¡Incluso caminamos en la nieve! A veces, él tropezaba y se caía, pero cuando los días empezaron a hacerse cálidos, Burke pareció estar más fuerte y tener más confianza. Yo cada vez hacía menos Ayuda y Firme, pero todavía tenía trabajo que hacer.

—¡Coge la pelota! —me decía muchas veces—. ¡Coge el guante! ¡Coge el cono! ¡Cógelo!

Yo tenía un objetivo.

—Tenemos un inicio de verano húmedo —comentó un día Papá Chase. Miró a Burke y añadió—: Estoy ansioso por disponer pronto de tu ayuda, hijo.

Burke empezó a ir a jugar con las plantas con Papá Chase y Grant. Los tres parecían acostumbrados a no hablar entre ellos, aunque Grant y Burke hablaban conmigo muchas veces. Y la siguiente vez que Burke se fue al edifico de Grant, Grant se olvidó de ir. Llegó la nieve y se fue. Así era la vida en la granja y yo era un buen perro.

Ya regresaban los días cálidos cuando mi chico y yo avanzábamos siguiendo un pequeño arroyo que bajaba hasta el estanque que había detrás de un alto montón de palos. Esa zona apestaba por el olor de muchos animales, aunque yo no fui capaz de detectarlos. ¡Otro animal misterioso!

—Es una presa de castor, ¿ves? Hay unos cuantos en este arroyo. Vamos a verlos.

Seguimos el curso del arroyo por el bosque. Luego salimos a un campo abierto por el cual el arroyo avanzaba en línea recta, haciéndolo más fácil de seguir.

—Los granjeros robot quitaron todas las presas de castor y pusieron este cemento, Cooper —dijo Burke.

Lo miré, expectante. ¿Lo pillaba?

—¿Qué pasará cuando llueva un poco más de lo normal? ¿Es que esa gente no comprende nada?

Ese verano fuimos en coche hasta un parque de perros para jugar con otros perros y a un lago para jugar con los perros en la orilla, y a un sendero del bosque para jugar con los perros en el camino. Me encantaba la granja, pero resultaba maravilloso poder olisquear y levantar la pata para hacer tantas marcas. Papá Chase, ZZ y Burke estaban casi siempre juntos a un lado de la granja mientras Wenling y Grant estaban en el otro, así que yo siempre podía correr de un lado a otro. A pesar de ello, yo prefería echarme a dormir un rato. Pero siempre tenía un ojo en Burke: todavía me resultaba extraño verlo caminar y quería estar a punto si en algún momento él decidía regresar a la silla.

Uno de esos días, abrí los ojos de mi siesta y vi a Papá Chase y a Burke de pie bebiendo agua. No veía ni a Grant ni a Wenling por ahí cerca, aunque ZZ se aproximaba cruzando el campo.

—¿Sabes qué haría? —le dijo Papá Chase a Burke—. En Navidad, cuando te gradúes. Me tomaría unos días libres. No hace falta que corras a la universidad.

Burke miró a Papá Chase con cara de desagrado.

193

—¿Quizá pueda trabajar en la granja como ha hecho Grant? ¿Ahora que él y Wenling se irán en otoño?

—El mismo arreglo —asintió Papá Chase, alegre.

Burke se quedó en silencio. Le lamí la mano al notar una mezcla de sentimientos tristes en él.

Ese día me comporté como un buen perro, corriendo por el campo con ZZ, Papá Chase y Burke. Me llegaba el olor de unas golosinas de hígado desde uno de los bolsillos de Burke. Y mientras nos acercábamos a la casa, detecté el olor de Wenling y de Grant procedente del granero.

Papá Chase levantó una herramienta.

—¿Quieres acabar con esto, ZZ?

—Sí.

ZZ cogió esa cosa y se fue hacia el granero.

Burke y Papá Chase se sentaron en el porche. Abuela apareció en la puerta de la casa.

—¿Os apetece un poco de limonada?

Burke se secó el sudor de la frente con el brazo.

—¡A mí me apetece!

Abuela se fue a la cocina. Por un momento, pensé si debía seguirla o quedarme donde estaban los premios de hígado del bolsillo de mi chico.

—¿Adónde han ido Grant y Wenling? —preguntó Papá Chase.

—No lo sé y no me importa —respondió Burke con brusquedad.

—¡Eh! —hizo Papá Chase con tono cortante. Burke y yo dimos un respingo—. ¿Cuándo vas a terminar con esta historia? Estoy harto de que no le hables a tu hermano y de que finjas no poder, siquiera, ver a Wenling. Grant es tu familia, y ella es una amiga y una empleada. Estoy cansado de que te comportes como un niño mimado.

Me di cuenta de que Burke se enojaba.

—Hay cosas que son imposibles de olvidar.

—No cuando se trata de la familia.

—¿Ah, sí? Pues no te he visto intercambiar ni una tarjeta de felicitación con mi madre por Navidad.

Burke se levantó y salió de la casa. Ahora que no necesitaba la silla, podía caminar con ese paso furioso igual al de

Papá Chase. Pasó al lado de Abuela, que entraba con unas bebidas que desprendían un olor ácido.

—¿Burke? —dijo Abuela.

Papá Chase cogió uno de los vasos.

—Deja que se vaya. Necesita crecer y no quiere.

De repente, oímos un fuerte grito de enojo procedente del granero. Papá Chase se puso en pie, alarmado.

—Ha sido ZZ.

En ese momento, Wenling salió corriendo del granero. Estaba llorando. Corrió hasta el coche de ZZ y subió, y al cabo de un momento ZZ fue hasta el coche con paso furioso y los dos se alejaron en el coche dejando una nube de polvo a su paso.

—¿Qué ha sido eso? —preguntó Abuela.

Papá Chase la miró.

—Tengo la mala sensación de que ZZ ha entrado en el granero y ha encontrado a mi hijo y a Wenling haciendo una cosa que no le ha gustado.

—Oh. —Abuela bajó la mano y me acarició en la cabeza—. Eso…

195

—Sí, puede ser bastante terrible. —Papá Chase soltó un fuerte suspiro—. Justo lo que necesitábamos ahora mismo.

Grant salió del granero y yo troté hasta él para saludarlo. Pero era uno de esos momentos en que los humanos no quieren a un perro a pesar de que es evidente que necesitan que se les levante el ánimo. Grant no llevaba puesta la camiseta y tenía el cuerpo sudoroso. Entró en casa sin decir nada a nadie.

ZZ regresó más tarde con la madre de Wenling, quien había venido a cenar unas cuantas veces y yo ya sabía que se llamaba Li Min. Tenía el pelo, la piel y los ojos del mismo color que Wenling, pero sus manos desprendían una deliciosa fragancia de carne. Burke y Grant salieron de su habitación al verla llegar, pero Papá Chase dijo:

—Nos gustaría tener un minuto a solas, chicos.

Y los dos cerraron la puerta de su habitación. Pero oí que Grant bajaba las escaleras hasta el último escalón y se quedaba ahí escondido, como si ninguno de nosotros pudiera oler su presencia.

Se sentaron a la mesa y se pusieron a dar sorbos de unas tazas. ZZ habló y luego habló Li Min.

—Zhuyong siente mucho el deshonor que nuestra hija ha traído a este... a este lugar de trabajo.

Papá Chase negó con la cabeza.

—No, no pasa nada, ZZ. Siento que... bueno, soy padre. Lo comprendo.

ZZ y Li Min hablaron entre ellos y me di cuenta de que los dos se enojaban. Finalmente, ella suspiró.

—ZZ quiere que se casen.

—¡Oh! —exclamó Abuela.

Papá Chase recostó la espalda en la silla.

—Bueno, no quiero ser poco respetuoso, ZZ, pero me parece una reacción exagerada ante la situación.

ZZ miró atentamente a Li Min y ella volvió a soltar un suspiro.

—Wenling me ha dicho que ya están prometidos.

—¿Qué? —exclamó Papá Chase, enfadado.

—O que han prometido ser prometidos, supongo —se corrigió Li Min.

ZZ dijo algo a la madre de Wenling. Finalmente ella levantó una mano.

—Vale, cariño, deja que lo explique. Bueno: ZZ se siente deshonrado por Wenling. —ZZ meneaba la cabeza con el ceño fruncido—. No, eso es exactamente lo que sientes —le dijo Li Min con dureza—. Dice que, si ya están prometidos y si ella se comporta como una mujer casada, debe haber una boda. Le estoy diciendo lo que él dice; no es necesariamente mi opinión.

—¿Cuál es su opinión? —le preguntó Abuela con amabilidad.

—Oh, y no tiene nada que ver con Grant, creo que gran parte de esto tiene que ver con que para ZZ es una manera de impedir que Wenling vaya a la universidad en otoño. No quiere que viva tan lejos de su familia.

ZZ miraba a Li Min. Dijo algo en tono muy duro y ella levantó una mano. Era la señal de hacer Siéntate, así que me senté.

—No —le cortó ella—, no me digas que no tiene nada

que ver con eso, ZZ. Y, de todas formas, no funcionará: simplemente se irán a su casa de casados.

Papá Chase y Abuela se miraron con incomodidad.

Oí que Grant pasaba sigilosamente por delante del salón y salía por la puerta de entrada. Al cabo de un momento, se marchó con el coche.

Decidí que esas golosinas de hígado que Burke tenía en el bolsillo requerían mi atención, así que me puse a rascar su puerta. En cuanto la abrió, salté sobre su cama y me senté con expresión de perro bueno que se merece un premio. Y, finalmente, me lo dio. ¡Sí! Así que hice Túmbate para ver si me daba otro, pero no hizo nada.

Oí que ZZ y Li Min se marchaban y, al cabo de mucho rato, oí que Grant regresaba. Dormí con el hocico orientado hacia el pantalón que Burke había colgado en el armario, porque todavía tenía las golosinas en el bolsillo.

Por la mañana Burke me puso la comida en el cuenco. Grant no estaba en casa. Comí y luego salí para reforzar mis marcas en los puntos en que el olor se había disipado. Luego eché una cabezada y después decidí que me iba a la cama. Oí regresar a Grant, pero estaba demasiado cómodo para ir a verle y solo me levanté cuando oí que Burke bramaba:

—¿Qué? ¡Eso es una locura!

Burke estaba de pie en el salón, igual que Grant. Papá Chase y Abuela estaban sentados en el sofá. Burke señalaba a Grant.

—Ya sabes que solo tiene diecisiete años, ¿no?

Grant cruzó los brazos.

—Cumplirá dieciocho en septiembre.

Burke se giró hacia su padre.

—Papá, no puedes permitir que lo hagan.

—No es decisión de papá. Es decisión nuestra. De Wenling y mía —dijo Grant con frialdad.

—Necesitamos calmarnos todos —replicó Papá Chase.

Mi chico puso los ojos en blanco. Me acerqué a él, ansioso por las emociones que percibía en esa habitación. Burke señaló a su padre y dijo:

—¿No has dicho siempre que el motivo por el que mamá

197

y tú os divorciasteis era que os habíais casado demasiado jóvenes?

Papá Chase se puso tenso.

—No me gusta que la llames «mamá». Ella te dio a luz, pero he sido yo quien os ha criado.

Burke emitió un sonido raro.

—¿Qué? ¿Eso es lo importante ahora mismo?

En ese momento, un perro entró a toda velocidad por la puerta para perros. Abuela soltó una exclamación y todos lo miraron. ¡Era Lacey! Me levanté de un salto y fui hasta ella meneando la cola. Me pregunté si había vuelto para tener más cachorros debajo del granero. Nos pusimos a jugar de inmediato, entusiasmados por el hecho de estar juntos.

—¡Eh! —gritó Papá Chase.

—¡Cooper! —gritó Burke.

Lacey y yo los miramos, asombrados. Parecían enfadados, pero ¿cómo podían estar enfadados cuando estaba sucediendo algo tan maravilloso?

—¿Quién es ese perro? —preguntó Grant.

Burke se arrodilló y cogió a Lacey por el collar. Ella meneó la cola.

—¿No la reconoces? Es la perra que parió en el refugio, a la que Wenling llamó Lulu. —Se irguió y miró a Grant—. Tu prometida la llamó Lulu.

—Esto es lo más absurdo que he visto nunca. Este perro ha entrado como si fuera el dueño de este lugar —comentó Papá Chase, asombrado.

Burke hizo una especie de Ayuda hacia atrás arrastrando a Lacey hasta la puerta.

—Voy a llamar a los propietarios y a llevarla a casa. Vamos, Cooper.

Salimos fuera, y Lacey y yo seguimos a Burke hasta el coche. Subimos alegremente al asiento trasero. ¡Paseo en coche! El espacio era pequeño, así que lo ocupamos todo para jugar.

—Hola. Soy Burke Trevino y vuelvo a llamar por si mi primer mensaje no ha llegado. He encontrado a Lulu y está en mi coche, y ahora nos pondremos en marcha. La llevaría a casa, pero no tengo su dirección, así que, por favor, llámenme cuando reciban este mensaje. Gracias —dijo.

Se quedó quieto un momento y luego puso el coche en marcha.

—Vale, pues. Supongo que, hasta que llame la familia de Lulu, no podemos hacer nada más.

Lacey y yo sacamos la cabeza por la ventanilla para inspirar los maravillosos olores de la granja de cabras y del aire de la tarde. Giramos por un camino. Burke salió y llamó a una puerta. Sentí el olor de ZZ, de Li Min y de Wenling. ¡Ya habíamos estado antes allí!

Wenling abrió la puerta, pero no nos dejó entrar a pesar de que se notaba que habían estado cocinando ternera.

—¡Oh, Dios mío! ¿Ha vuelto a pasar? —preguntó.

—Lulu entró en el salón en medio de una… bueno… de una conversación. He llamado al número que pone en su collar y he dejado un mensaje.

—Es de locos.

—Wenling, creo que tú y yo deberíamos hablar.

$\mathcal{M}$i olfato me decía que ZZ y Li Min estaban en la casa, pero no les vi ni siquiera cuando fuimos por un pasillo hasta una habitación en la que había un fuego ardiendo dentro de un agujero de la pared. Lacey y yo nos pusimos a rodar por el suelo, jugando y mordisqueándonos, pero cada vez que Burke nos decía: «¡Eh! ¡Tranquilos!», ambos obedecíamos. Notábamos el enojo en su tono de voz, así que hacíamos Siéntate como buenos perros hasta que alguno de los dos le lanzaba un mordisco al otro en la cara.

—En esto no tienes voto, Burke. Por favor, compréndelo.

—Lo comprendo. Lo hago. Lo pillo. Pero ¡solo tienes diecisiete años!

—La hermana de mi padre tenía diecisiete cuando se casó.

—Vale, esto es importante y tengo que preguntártelo. —Burke se llevó una mano a la barriga y continuó—: ¿Estás...?

Wenling frunció el ceño.

—¿Muy gorda?

—Venga.

Lacey se tumbó panza arriba enseñando los dientes y yo le cogí el cuello entre mis mandíbulas.

—No, no lo estoy. ¿No se te ocurre pensar que quizá yo quiero hacerlo?

—¿En serio? ¿Y no irás a la universidad?

Lacey se revolvió y se levantó de un salto. Yo bajé la cabeza, preparado para continuar.

—Por supuesto que iré. Nadie ha dicho nada de no ir a la universidad. Pero hablando del tema, me dolió que no me dijeras nada cuando te mandé un mensaje contándote que no podría entrar en la Academia de las Fuerzas del Aire. ¿Por qué no me respondiste?

Observé a Burke, porque me pareció que miraba al suelo.

—Tienes razón. Debería haberlo hecho. Lo siento. No estaba en un buen momento.

—Vale —respondió Wenling en voz baja.

—Pero vas a ir a la Universidad de Míchigan, ¿no? A no ser que te cases, quiero decir.

—Iré a la Universidad de Míchigan y Grant también. Estamos enamorados. Las personas enamoradas se casan.

Lacey y yo levantamos el hocico al mismo tiempo. Se aproximaba una fuerte lluvia.

—Las personas enamoradas no se casan si una de ellas acaba de terminar el instituto. Quiero decir, sí que lo hacen, pero no te imagino a ti haciéndolo. ¿Es por tus padres? ¿Por tu padre?

Wenling se encogió de hombros y suspiró.

—Quizá un poco.

—Pues ¡es un error! Él tiene una forma de pensar propia de hace cien años, ¿y tú vas a ceder a sus ideas?

201

Wenling estaba triste. Se secaba las lágrimas del rostro. Lacey estaba a su lado, meneando la cola e intentando lamerle las mejillas para hacerla sentir mejor.

—Mi padre dice que he deshonrado a la familia.

—Dios, esto es… —Burke levantó las manos y las dejó caer en el regazo.

—Él creció con valores tradicionales. El honor es muy importante para él. Creo que ha sido peor que haya sido en el granero del lugar en el que trabaja.

—¿Por qué no fuisteis a mi habitación? Tiene una ventana en el primer piso.

Wenling se rio a pesar de las lágrimas.

—Lo digo en serio. —Burke se quedó en silencio un momento con el ceño fruncido—. Tu padre es muy tradicional. Además quiere la granja, ¿verdad? Si te casas con Grant, la granja se quedará en la familia. Es como si tú fueras una prostituta.

Wenling se quedó boquiabierta. Lacey le dio un golpe de hocico en la mano.

—Esto es lo más ofensivo que me has dicho nunca, Burke Trevino.

—Lo siento, pero me dijiste que él te estaba presionando para que encontraras a un chico chino cuando eras mi novia, ¿y ahora solo existe Grant? Quizá es porque yo estaba en una silla de ruedas y él no me imaginaba como granjero.

—Dios, ¿vas a mirarlo todo con esas gafas durante toda tu vida? ¡Ya no estás en la silla de ruedas! ¡A nadie le importa cómo pasaras la infancia!

Los gritos de Wenling nos incomodaron a Lacey y a mí. Me senté al lado de Burke y lo miré, buscando alguna pista sobre lo que estaba pasando. Él inspiró profundamente.

—Vale, lo retiro todo. Lo siento. Tienes razón. Ha sido insultante. Lo entiendo. Es solo que estoy enfadado con tu padre. ¡Se comporta como si tú no fueras dueña de ti misma!

Ahora una cortina lenta y continua de lluvia golpeaba la casa. Wenling alargó la mano y acarició a Lacey, que también se estaba portando como una perra buena y hacía Siéntate.

—Lo sé. Yo no podía hacer nada que estuviera mal cuando era pequeña, pero cuando empecé a llevar maquillaje percibí en sus ojos la distancia que sentía papá. Es como si creyera que voy a convertirme en una prostituta. Quizá casarme con el hijo de un propietario de tierras le parezca que es una manera de salvarme de ser una mujer perdida.

—¿Qué piensa tu madre al respecto?

—Oh, bueno. A veces está totalmente en contra y a veces se pone a hablar de trajes de novia. Pero ella me apoyará en cualquier cosa que yo quiera hacer. Fue ella quien pagó mi licencia de piloto cuando me recortaron las horas.

—Wenling. Te quiero.

Wenling ahogó una exclamación.

Burke levantó una mano.

—No en plan quiero-casarme-contigo. Te quiero porque hemos estado juntos durante todos estos años de escuela. Tú lo dijiste, soy tu mejor amigo y tú mi mejor amiga. Y eso significa que esto me importa de verdad. Si quieres casarte con Grant, seré vuestra dama de honor. Es solo que… ¿para qué precipitarse? Si tiene que ser, podéis salir durante los años de universidad y casaros cuando os graduéis.

Ella sonrió.

—Se puso de rodillas. Fue muy romántico.

—Así es Grant. El señor Romántico.

—Basta. No, es solo que mi padre se puso en plan «doy por supuesto que te vas a casar, puesto que ya te estás comportando como una mujer casada», y yo intenté explicarle lo que significa estar prometida, pero él se fue a hablar con vuestro padre. Como si fueran a resolverlo entre ellos dos. Y luego Grant vino y por un momento pensé: «Estoy prometida». —Wenling se puso en pie y se giró—. Y entonces apareciste tú y lo estropeaste.

—Lo siento.

—Lo digo en broma. Yo sabía que no era más que una fantasía. Tienes razón. He estado todo el día evitando enfrentarme con la realidad. —Negó con la cabeza—. Esto va a herir los sentimientos de Grant. Él fue tan... no sé... su expresión era de tanta esperanza, ¿sabes? Como si por primera vez, desde que le conozco, él estuviera haciendo justo lo que quería hacer.

Yo seguía mirando a Burke, pero ahora ya no había enojo en el ambiente.

—Me doy cuenta de cómo te mira, Wenling. Sé que es de verdad.

—¿Quieres ver el anillo?

—¿Ya te dio el anillo?

—Esta mañana. Me lo quité en cuanto te oí detener el coche en el camino.

Wenling se puso en pie y se fue a la mesa, donde abrió una pequeña caja. Le dio una cosa a Burke. Lacey y yo supimos que no se trataba de nada comestible.

Burke se lo devolvió.

—Es bonito. Bueno, póntelo.

Wenling, con una sonrisa triste, miraba esa cosa que sostenía en la mano.

—No, creo que no debo ponérmelo hasta que no me sienta preparada para lo que significa.

El clamor de la lluvia iba haciéndose más fuerte poco a poco. Burke miró hacia el techo.

—Está cayendo una buena.

203

—Dijeron que caerían diez centímetros.

—Bueno, ¿quieres que hable con mi hermano?

—No. Quiero decir, sí, sería más fácil, ¿no? Pero no. Debo ser yo quien se lo diga.

Miré a mi chico, que acababa de dar un respingo.

Wenling frunció el ceño.

—¿Qué ocurre?

Burke se puso en pie.

—La presa de los castores. ¡Me olvidé totalmente!

—¿De qué estás hablando?

—Tengo que irme. Encontré una familia de castores. Esta lluvia los va a inundar. Quizá pueda hacer algo para salvarlos. Vamos, Cooper.

—¡Voy contigo!

Burke cogió unas herramientas del garaje y las lanzó a la camioneta, y Wenling y Lacey subieron conmigo.

¡Paseo en coche bajo la lluvia!

Burke conducía.

—Los robots son más efectivos cuando los cultivos están en línea recta y supongo que eso afectó a los arroyos también. Eliminaron todos los meandros y ahora el arroyo se ve forzado a correr en línea recta por el cemento hasta el límite de su propiedad. Así que no hay nada que absorba el agua. El agua llegará allí como si la hubieran disparado con un cañón.

—¿Qué podemos hacer?

Burke la miró, sombrío.

—Exactamente, no lo sé.

Cuando el coche se detuvo todavía llovía. Las gotas de agua brillaban bajo la luz de los faros, que Burke dejó encendidos e iluminaban un pequeño estanque que reconocí. Lacey saltó al agua de inmediato, pero yo me quedé con Burke. Por su estado de ánimo, sabía que me iba a necesitar. Burke señaló algo:

—¡Mira! Los castores están amontonando más ramas en la presa. El agua ya debe de estar subiendo.

—¡Hay una cría! —exclamó Wenling.

Unos animales parecidos a ardillas que estaban en el agua me llamaron la atención. Arrastraban unos palitos, igual que hacen los perros. Uno de ellos era mucho más pequeño que los otros dos. Burke abrió el capó del maletero y le dio una cosa a Wenling.

—Toma, un hacha pequeña. Yo cogeré la grande. ¡Vamos!

Lacey y yo los observábamos, asombrados. Burke y Wenling se pusieron a cortar unos pequeños árboles y a lanzarlos al borde del estanque formando un montón. Las ardillas de agua desaparecieron de inmediato. Lacey cogió uno de los palitos y se puso a correr con él, creyendo haber comprendido lo que sucedía. Pero yo seguía concentrado en Burke. Eso era como hacer Cógelo. Era hacer Coge el palo. Y luego Coge otro.

Me metí entre los árboles, encontré una rama y la arrastré hasta donde se encontraba Burke.

—¡Buen perro, Cooper!

Burke cogió la rama y la lanzó al montón. Lacey apareció a mi lado con el palo y yo la perseguí un momento, pero rápidamente fui a buscar uno para mí. Y se lo llevé a Burke.

—¡Buen perro!

Una de las ardillas de agua apareció y pareció que nos observaba un momento; luego nadó hasta el otro extremo del estanque y regresó con un palo en la boca. Escaló el montón de palos, depositó el suyo encima de todos y se fue otra vez para regresar seguida de las otras dos ardillas de agua también con sus palos. ¡Todos estábamos haciendo Cógelo!

Lacey estaba deseando dar caza a las ardillas de agua. Me di cuenta por la manera en que las miraba. Fui a su lado e hice Firme, bloqueándole el paso. Ella me olisqueó. ¿No sabía lo que era hacer Cógelo?

—La cría casi no puede arrastrar las ramitas —dijo Wenling—, pero lo está haciendo.

Me di cuenta de que la ardilla de agua más pequeña casi no conseguía sacar la nariz del agua mientras cruzaba el estanque con las ramas.

—Saben que, si no lo consiguen, morirán —repuso Burke.

Al final, Lacey se tumbó con la barriga contra el suelo y se puso a mordisquear su palo mientras yo regresaba a ayudar a Burke y a Wenling. La lluvia cesó, y Wenling soltó una exclamación de alegría.

205

Burke rompió una rama de árbol.

—Tenemos que continuar; el agua seguirá subiendo durante un rato todavía.

Hay otras maneras mucho más divertidas de jugar con los palos, pero estuvimos jugando a Cógelo durante mucho rato. Al fin, Burke echó un vistazo a la presa y sonrió.

—¡El agua ha dejado de subir! ¡Esto va a resistir!

Wenling le abrazó y los dos subieron al coche. Lacey y yo estábamos empapados. Nos tumbamos juntos en la parte trasera, con frío y demasiado cansados para hacer nada más que mordisquearnos mutuamente los labios.

Wenling se frotó las manos, temblando.

—Estoy helada.

—He puesto la calefacción. Estará caliente en un momento. —Sacó el teléfono—. Bueno, los dueños de Lulu han llamado y han dejado un mensaje mientras trabajábamos. ¿Quieres venir conmigo a llevarla?

—Claro. Burke… esto ha sido divertido y me he sentido… importante. Gracias por contar conmigo.

—Si no hubiéramos venido, no lo habrían conseguido.

—Y durante todo el rato iba pensando que esta mamá castor y este papá castor con su cría saben lo que hacen porque son castores. Y están el uno al lado del otro construyendo su vida. Eso es lo que se supone que es el matrimonio.

—Ya sabes que los castores son roedores, ¿verdad?

—Basta, solo intento decir que no sé qué quiero hacer con mi vida. Tenía el plan de unirme a las Fuerzas del Aire y ser un piloto. Luego decidí que estudiaría ciencias de la agricultura, horticultura. Pero quizá cuando vaya a la universidad cambie de opinión otra vez. Los castores saben con certeza lo que quieren, y hasta que yo también lo sepa no me puedo prometer.

—Exacto, creo que ya dijiste esto en tu casa.

—¿Puedes dejar de ser tan irritante? Me refiero a que esto ha sido una experiencia profunda.

Por algún motivo, dejamos a Lacey en la misma casa en la que la había encontrado la otra vez. Lacey corrió hacia la puerta de entrada, que se abrió para dejarla entrar. Burke me dejó en el coche con Wenling y siguió a Lacey, pero no la cogió ni la volvió a traer al coche tal como yo había esperado. Estuvo hablando un momento con una mujer en la entrada de la casa. Luego nos fuimos a casa de Wenling, ella lo abrazó y nos marchamos. Y regresamos a la granja sin ella.

Nada de todo ese día tenía sentido para mí.

Al día siguiente vi a Wenling. Vino en coche. Burke, Abuela y Papá Chase estaban fuera, en alguna parte. ¡Me alegré mucho de verla! Ella y Grant fueron a sentarse bajo un árbol y estuvieron hablando y, en un momento dado, él le gritó. Vi que ella le daba una cosa y él se fue a casa con paso furioso. Luego, ella se fue con el coche.

Yo estaba a punto de dar caza a una ardilla cuando oí el coche de Abuela por el camino. Corrí a casa. Al entrar por la puerta para perros, me di cuenta de que todos traían unas bolsas que despedían un fuerte olor a comida. Entonces Grant bajó las escaleras con el paso más enfadado que yo había visto nunca. Se acercó a Burke y Burke dejó su bolsa y lo miró. Grant levantó las dos manos y le dio un fuerte empujón, y Burke tropezó y se cayó, y yo fui a su lado para hacer Firme, pero él se puso en pie sin mi ayuda.

207

Papá Chase y Abuela salieron rápidamente de la cocina.

—¡Eh! ¡Tranquilos! —ordenó Papá Chase en voz alta.

Grant se giró.

—Wenling ha roto el compromiso.

Papá Chase y Abuela se miraron.

—Grant... —empezó a decir Abuela.

—Porque dice que su padre solo quiere que se case conmigo para que la granja sea suya algún día.

—Eso es una tontería —afirmó Papá Chase al cabo de un momento—. ZZ nunca...

—¡Es lo que Burke le ha dicho a Wenling! —Grant se giró hacia Burke y le volvió a dar un empujón, pero esta vez Burke permaneció de pie.

—Puedes pegarme si quieres, Grant. No voy a responder —dijo Burke en voz baja.

—No va a haber ninguna pelea. ¿De verdad le dijiste eso, Burke? —preguntó Papá Chase.

—Sugerí que era una posibilidad, eso es todo.

Papá Chase meneó la cabeza.

—Bueno, pues es una tontería. Le debes una disculpa a tu hermano. La granja será para vosotros dos, en partes iguales. Para que la compartáis y trabajéis juntos.

Burke levantó las manos y las dejó caer.

—Papá… yo quiero ser ingeniero. Quiero diseñar y construir presas, cosas así. Grant es el granjero.

Grant soltó un bufido de desdén.

—¿Yo? No pienso pasarme la vida en una bancarrota perpetua.

Papá Chase se estaba enojando y dio un puñetazo en la mesa.

—Esta granja ha pertenecido a la familia durante generaciones, y yo me dejo la piel cada maldito día para que continúe funcionando. ¿Y la vais a abandonar? —gritó—. ¿Este lugar no significa nada para vosotros? ¿Mi vida entera no significa nada?

—¿Y qué hay de mi vida? —chilló Grant—. ¡Me haces trabajar como a un perro, como a un maldito esclavo! Y cuando quiero hacer algo para mí mismo, te opones. ¡Lo mejor que me ha ocurrido nunca y Burke lo destroza!

—Wenling solo tiene diecisiete años —replicó Burke—. ¿Por qué no puedes esperar unos años? ¿Cuál es la diferencia? ¿Por qué no piensas en qué es lo mejor para Wenling? No eres distinto a su padre.

Grant apretaba los puños.

—Solo estás celoso de que me haya elegido a mí.

De repente, Abuela cayó sobre una silla y se inclinó hacia un lado. Me acerqué a ella, consciente de un extraño olor en su piel.

—No eres un esclavo, Grant —dijo Papá Chase furioso—. Eso es ridículo. Esta granja pertenece a la familia. Trabajamos juntos. ¡Es la fuente de nuestros ingresos, de todo!

Ladré. Todos se giraron para mirarme. Volví a ladrar.

—¿Mamá? —Papá Chase corrió hacia la silla—. ¡Oh, Dios, mamá! Grant, llama al 911. —Puso a Abuela en el suelo, bocarriba, y empezó a apretarle el pecho—. ¡Mamá!

24

Se llevaron a Abuela en una cama con ruedas y había tanta angustia en el ambiente que me puse a lloriquear. Papá Chase, Burke y Grant subieron a un coche y se fueron por el camino. Yo los seguí, llorando, hasta la carretera hasta que se detuvieron y Burke me abrió la puerta. Al cabo de un corto trayecto llegamos a un gran edificio, pero no volví a ver a Abuela.

Poco después, la casa se llenó de personas tristes y silenciosas. Muchas de ellas abrazaban a Papá Chase. Había bandejas y bandejas de comida, lo cual debería haber hecho feliz a todo el mundo —a mí, por supuesto, me hacía feliz—, pero algunas personas estaban tan apesadumbradas que lloraban. Yo no sabía cómo ayudarlas y sentí que era un mal perro por no conseguirlo.

Wenling fue a sentarse con Grant, pero él se levantó y se alejó. Así que fue a sentarse con Burke. Estuvieron hablando en voz baja. ZZ y Li Min también estaban y también hablaban en susurros. Yo no comprendía por qué nadie lanzaba una pelota.

Abuela no estaba. Me di cuenta de que ese era el motivo de que todo el mundo hablara en voz tan baja. La vida se acaba tanto para los seres humanos como para las cabras, y cuando eso sucede las personas están tristes. Los perros deben estar ahí para recibir abrazos y para estar en silencio.

Poco a poco, todos se fueron marchando y solamente quedaron Papá Chase, Burke y Grant. Se llevaron las bandejas a la cocina y empezaron a empaquetar las cosas.

—Hay comida para un ejército —comentó Papá Chase con voz tensa.

—¿Cuándo quieres que enterremos las cenizas? —preguntó Burke.

Papá Chase se pasó un trozo de tela por los ojos.

—Oh, mañana, supongo. Ahora no tengo ánimo para ello. Parece que fue ayer que estábamos allí arriba de la colina con las cenizas de papá. No me puedo creer que los dos se hayan marchado.

Papá Chase apoyó la cabeza entre las manos. Se hizo un largo, largo silencio. Finalmente, Grant se aclaró la garganta.

—Me quedaré para eso, pues.

Burke y Papá Chase lo miraron.

Él asintió con la cabeza y continuó:

—Y después me iré.

Papá Chase se puso en pie y levantó los brazos.

—Ven aquí, hijo. Todos estamos tristes.

Grant dio un paso hacia atrás mientras negaba con la cabeza.

—Mi amigo Scott dice que me puedo quedar en su casa hasta que me aclare un poco. En Kalamazoo. A lo mejor trabajaré en la construcción o me iré hacia el oeste. Es evidente que no iré a la universidad de Míchigan con Wenling. Pero no puedo quedarme. Necesito salir de aquí.

—Por favor, Grant —suplicó Papá Chase.

Grant se dirigió hacia las escaleras y empezó a subirlas.

—Tendréis que pensar en cómo llevar todo esto sin mí, porque no voy a regresar. Esto es una prisión para mí.

Papá Chase se sentó.

—Nunca en la vida me había sentido tan viejo —susurró.

Me acerqué a él y apoyé la cabeza en su regazo.

Al día siguiente subimos a la colina grande desde la que se veía la granja, y todos hablaban en voz baja, y luego Papá Chase hizo un agujero y puso una cosa pesada en él. Olisqueé la tierra, pero no comprendí nada.

Grant y Burke, al final, bajaron a la casa pero Papá Chase se sentó en una roca. Estaba muy triste y supe que, si quería ser un buen perro, debía quedarme con él. Volví a apoyar la cabeza en su regazo y él me estuvo acariciando las orejas y llorando con sollozos profundos y llenos de tristeza. Dejé que las lágrimas me cayeran sobre el pelaje sin sacudírmelas.

Estuvimos allí mucho rato y luego volvimos a casa. Grant se había marchado.

Y, al igual que Abuela, no regresó.

Durante mucho tiempo después de eso yo estuve yendo a la habitación de Grant para oler los olores de su armario, y a la habitación de Abuela para oler su ropa.

Un día, estaba haciendo justamente eso cuando noté la presencia de mi chico a mis espaldas, en la puerta. A pesar de que había pasado mucho tiempo, todavía era una sorpresa verlo de pie sin mi ayuda.

—Eh, Cooper, ¿echas de menos a la abuela? Vamos a la ciudad.

Di por sentado que íbamos a buscar a Wenling y deseé que Lacey estuviera con ella. Pero, en lugar de eso, nos fuimos al parque para perros.

Me encantaba el parque para perros. Me encantaba dejar mi marca por todas partes. Me puse a correr y correr con los perros y, de repente, un macho enorme y fornido corrió agresivamente hacia mí. Me giré para encararme con él, con la cola tensa, dispuesto a cualquier cosa. Pero él se detuvo y me olisqueó educadamente entre las patas traseras. Le devolví la atención e, inmediatamente, lo reconocí: ¡era Heavy Boy Buddha, mi hermano!

Ignorando a los otros perros, nos pusimos a perseguirnos mutuamente por todo el parque. Pronto me sentí agotado. Era mucho más difícil vencer a Heavy Boy Buddha que a Lacey y él podía tumbarme al suelo. Heavy Boy Buddha también estaba jadeando, así que nos pusimos a beber de un cuenco de agua después de echar a un par de perros marrones que estaban bebiendo de él. Luego fuimos a tumbarnos a la sombra.

Oímos que un hombre daba una palmada con las manos y gritaba:

—¡Buddha!

Yo no me levanté, pero Heavy Boy Buddha se puso en pie. Observé a mi hermano mientras se acercaba a ese hombre y lo seguía hasta la puerta del parque. Heavy Boy Buddha se detuvo al otro lado de la reja y me buscó con la mirada. Yo meneé la cola y él también lo hizo.

211

Éramos hermanos.

Eso era lo que les pasaba a los perros: nos íbamos a vivir con las personas. Éramos cachorros con hermanos, hermanas y una madre, y luego los humanos intervenían y eso era mejor, porque cuando madre nos criaba en la guarida, siempre tenía miedo, y nosotros no siempre estábamos alimentados y no teníamos un objetivo. Tener una persona con la que vivir era un regalo que les era concedido a los perros buenos.

El resto del verano transcurrió más o menos igual que el verano anterior, solo que Grant no estaba. Cuando se acercaba el tiempo en que Papá Chase empezaba a ir con la camioneta llena de cubos de manzanas, Wenling vino a verme y su coche iba tan cargado de cosas que no pude subir para ir de paseo en coche. Lo olisqueé todo con desconfianza: había ropa y plástico, principalmente.

Burke abrió la otra puerta:

—Guau, debes de llevar casi una décima parte de tu armario aquí dentro.

—Basta. Es todo lo que tengo. Bueno, ¿ya lo hablasteis tú y tu padre?

Burke negó con la cabeza.

—En realidad, no. Él me dijo que debía llamar a Grant y disculparme. No importa que mi hermano dejara su teléfono móvil aquí deliberadamente y que nadie sepa dónde está. De alguna manera, es culpa mía que mi hermano se haya marchado.

Wenling se dio la vuelta y miró hacia el campo.

—¿No tuviste siempre la sensación de que Grant se marcharía? —dijo en voz baja—. Si había algo que no deseaba, era quedarse aquí a trabajar en la granja.

—Eso es cierto. Solo estaba esperando tener una excusa.

—Y yo soy la excusa —dijo Wenling.

—Exacto, tú serás la causa de todo lo malo que pase siempre.

Wenling se rio un poco y yo meneé la cola al oírla.

—Así que tú tampoco sabes nada de él, ¿no? —preguntó mi chico.

—No. Le rompí el corazón, Burke. Le había dicho que siempre estaríamos juntos, pero no quise casarme con él en ese momento. Pero él dijo que era o entonces o nunca. Vi cómo se hundía. Como si estuviera intentando demostrar alguna cosa sobre mí, sobre tu familia, sobre todo.

Burke cerró la puerta de su lado.

—Grant siempre ha estado enfadado por cosas que no puede expresar. No estoy seguro de que sepa, en lo más profundo de su ser, qué es lo que lo hace sentir tan furioso. —Burke dio la vuelta al coche para estar con Wenling y conmigo—. Bueno, ahora que yo estaré en el Estado de Míchigan durante el semestre y tú en la Universidad de Míchigan, supongo que seremos rivales y ya no podremos hablar el uno con el otro.

—Eso me resulta familiar.

—Uf. Sí. Acerca de esto, Wenling. Yo también siento mucho cómo me comporté. Intenté castigaros a ti y a Grant y acabé... bueno, no conseguí nada, ¿no es cierto? Recuerdo cómo eran las cosas cuando estábamos juntos los tres, cuando nos íbamos por ahí, y me doy cuenta de que, a pesar de que yo estaba en la silla, nunca he sido más feliz. Luego lo arruiné todo.

—Oh, Burke.

—No, lo digo en serio. Pienso en cada una de las veces en que tú me sonreíste en la escuela y yo aparté la mirada. En las veces que os vi a ti y a Grant juntos y cambié de rumbo. Desearía poder volver a esos momentos. Lo haría todo de forma distinta.

—No pasa nada, Burke. Nada de eso importa.

Se miraron, sonriendo.

—Cuídate —dijo él.

—Tú también.

—Buena suerte, Wenling.

Se dieron un largo abrazo. Yo no comprendía qué estaba pasando, pero supe que, fuera lo que fuera, los hacía sentir tristes. Sobre todo cuando Wenling se alejó con el coche y Burke se quedó allí, de pie, mirando cómo se alejaba hasta que el sonido del coche se desvaneció.

Más tarde, me encontraba en el porche digiriendo un excelente plato de comida para perros cuando detecté el olor más delicioso del mundo: ¡Lacey estaba cerca! Corrí por el

213

camino y vi que ella venía hacia mí. Me sentí exultante al verla. Miré hacia la casa, deseando poder compartir ese momento de júbilo con las personas, pero no había nadie fuera y no podía perder el tiempo en ir a buscarlas. ¡Lacey estaba aquí! Corrimos y corrimos juntos por el campo, subimos por la colina y pasamos por la roca en la que Papá Chase se había sentido tan triste. Esta era la granja en la que yo había pasado toda mi vida y ahora que Lacey estaba aquí supe que todo sería perfecto.

Sentía el estómago muy pesado por la comida y, mientras jugábamos, cada vez lo iba notando más pesado, como si todavía estuviera comiendo. De repente, me dio un fuerte retortijón y sentí la necesidad de vomitar, pero no pude hacerlo. Dejé de jugar. Lacey se acercó a mí, preocupada y con las orejas gachas.

Jadeando, regresé a casa. Necesitaba a mi chico. Burke haría que las cosas se arreglaran. Pero a cada paso sentía que mi estómago se expandía contra mis costillas ejerciendo una dolorosa presión. Gimiendo, me detuve y miré a Lacey, impotente. No podía tumbarme, pero casi no me podía tener en pie. Imaginé las manos de Burke sobre mi pelaje, consolándome, encontrando el dolor y haciéndolo desaparecer.

Lacey ladró con el tono frenético de los perros cuando necesitan una persona. Se giró hacia la casa y ladró y ladró, pero la casa estaba muy lejos y no vino nadie.

Me tocó la nariz con la suya y luego salió corriendo hacia la casa. Yo me tumbé en el suelo, respirando con dificultad y lloriqueando de agonía por el dolor del contacto del estómago contra el suelo. Oí que Lacey ladraba a lo lejos y la imaginé en el porche.

De repente, los ladridos cesaron.

—¡Cooper! —llamaba Burke. La brisa me traía su voz débil.

Me puse en pie, babeando y trastabillando, y di unos cuantos pasos, pero me detuve.

Oí que Lacey volvía a ladrar. Se estaba acercando. Levanté la cabeza y vi que Lacey corría por delante de Burke, que la seguía. Al verme, se cubrió la boca con las manos.

—¡Cooper!

Pero yo no era capaz de portarme como un buen perro y hacer Ven aquí.

Lacey llegó a mi lado y se puso a lamerme la cara, llorando. Oí los pasos de Burke.

—¡Cooper! ¿Qué sucede?

Se arrodilló a mi lado y me puso las manos en la cara. Luego me cogió en brazos. Aunque sufría un dolor agudo, nunca había sentido nada más consolador que estar abrazado contra su pecho mientras me llevaba al coche. Lacey saltó al asiento trasero conmigo y se enroscó con cuidado a mi lado, vigilándome.

Después del viaje, y en cuanto llegamos al aparcamiento, por el olor supe que habíamos llegado al veterinario. Burke intentó sacarme del coche, pero yo lloré y él me dejó ahí con Lacey. Lacey acercó su hocico al mío. Yo hice todo lo posible por menear la cola.

En ese momento me di cuenta de una cosa: no se trataba solo del dolor en el estómago. Estaba sucediendo algo mucho más importante. Y supe de qué se trataba con la misma lucidez con que se reconoce un recuerdo. Supe que ya nunca más nadaría en el lago, ni dormiría con mi chico, ni sería un buen perro que hace Ayuda y Firme. Si Burke se sentaba en la silla y me necesitaba para hacer Tira, yo no podría estar allí para ayudarle.

Burke me había dado un objetivo en la vida y ahora me entristecía pensar que mi objetivo se había terminado.

Burke regresó con el veterinario. Noté que unos dedos me tocaban el costado con suavidad.

—Hinchazón y torsión de intestino —dijo el veterinario—. Tiene el estómago girado.

—¿Se puede salvar?

—Ayúdeme a llevarlo al quirófano.

Me izaron en brazos y, aunque yo sabía que intentaban hacerlo con cuidado, tuve que aullar a causa del agudo dolor. Los dos hombres se apartaron.

—Oh, Dios —dijo Burke.

—Voy a buscar ketamina.

El veterinario se alejó a toda prisa.

215

—Cooper. Eres un buen perro, el mejor. Cooper, no te vayas, amigo. Te quiero, sabes que te quiero. Eres un buen perro —susurraba Burke.

Me dio un beso en la cara y yo meneé la cola. Yo percibía el pánico de mi chico, así que levanté la cabeza y le di un lametón en la mejilla. Parte de su miedo se transformó en tristeza.

Me quedé allí tumbado, con Burke y con Lacey. Burke era mi chico y Lacey era mi perra. Estaba rodeado de mis seres queridos.

El veterinario regresó. Noté un agudo pinchazo y un calor que inundaba todo mi cuerpo. La sensación en el estómago se hizo tolerable.

—Lo estamos perdiendo, Burke.

Burke apretó la cara contra mi pelaje. Me llegaba el olor de sus lágrimas.

—Oh, Cooper, Cooper. Eres un perro muy bueno. Por favor, si puedes, no te marches, hazlo por mí.

Noté que Lacey apretaba su hocico contra el mío, pero yo ya casi no tenía sensibilidad ahí. Me concentré en ellos dos, en Burke y en Lacey, dirigiendo toda mi atención en su olor todo lo que pude.

—Lo siento, Burke, se ha ido.

La voz de Burke me llegó desde muy lejos.

—No pasa nada, Cooper. No pasa nada. Te quiero. Eres un buen perro, un perro muy bueno. Te voy a echar mucho de menos. Nunca te olvidaré, Cooper.

Allí, con mi chico y mi compañera, me sentía completamente en paz. El dolor disminuyó un poco, y mi visión se hizo oscura y oí que Burke pronunciaba mi nombre una y otra vez, pero ya no podía verlo. Aunque sí notaba su amor: lo sentía con la misma fuerza con que había notado sus brazos cuando me había abrazado contra su pecho.

Me alegraba que Lacey estuviera con él para consolarlo. Ahora Burke necesitaría tener un buen perro.

Entonces me pareció estar flotando en unas aguas cálidas. Mi visión volvió a hacerse clara, pero no se veía nada excepto una luz dorada. Tuve la sensación de que me encontraba en otro lugar y no en el aparcamiento con Burke y con Lacey. Supe que ya había estado ahí antes, aunque no supiera exactamente dónde estaba.

—Bailey, eres un buen perro —oí que decía un hombre.

Su voz me pareció familiar, como si la hubiera oído mucho tiempo atrás y no pudiera recordar de quién se trataba.

—Sé que ahora no lo vas a comprender, amigo, pero todavía no has terminado el trabajo. Necesito que regreses, ¿vale, Bailey? Eres un buen perro, pero todavía hay una cosa importante que tienes que lograr.

Me pregunté quién sería ese hombre, y qué intentaba decirme.

$\mathcal{V}$olvía a ser un cachorro.

Acepté eso como un hecho puesto que no había otra opción. Tenía una madre, pero era una perra diferente a mi primera madre, y su pelaje y el de mis hermanos y hermanas tenían manchas blancas, negras y marrones, y todos tenían los ojos claros y las orejas puntiagudas. Mi cuerpo era pequeño y ligero, me costaba coordinar las extremidades y mis sentidos estaban como adormecidos.

Pensé que las paredes y el suelo de la guarida serían de metal, pero cuando pude explorar mi entorno un poco me di cuenta de que, aunque estábamos en un sitio parecido a mi primer hogar, con el techo recto y bajo, por lo demás era un sitio totalmente diferente. Tenía el suelo y las paredes de tierra, y la luz del sol entraba indirectamente por unos agujeros cuadrados que había en los cuatro costados de ese extraño lugar.

Lacey había vuelto conmigo siendo otro perro y era evidente que yo haría lo mismo. ¿Era eso lo que experimentaban todos los perros?

Me dediqué a mamar y a jugar con mis hermanos y hermanas, y cuando pude arrastrarme fuera de ese agujero cuadrado y salir a la luz, vi que vivíamos en un espacio que se encontraba debajo de una casa. Había nieve en el suelo y mis hermanos rodaron por ella e intentaban mordisquearla, como si nunca en la vida hubieran visto nieve.

No notaba el olor de Burke ni de ningún ser humano. De la casa no llegaba ningún sonido ni ningún olor. La casa se encontraba al lado de un pequeño lago que ahora estaba helado. No detecté ni rastro de la granja de cabras ni de nada que me resultara familiar.

Entonces se me ocurrió una idea: ¡quizá uno de los cachorros fuera Lacey! Me dediqué a olisquear concienzudamente cada uno de ellos, por lo cual tuve que soportar sus interminables ataques y juegos, pero al final llegué a la conclusión de que no se hallaba ahí. Sabía que reconocería a Lacey si me encontraba con ella.

Era un día soleado, tan luminoso que casi dolía a la vista, y nos encontrábamos en la nieve disfrutando de un tiempo un poco más cálido. Madre estaba tumbada tranquilamente. De repente, levantó la cabeza, alarmada. Había detectado un peligro, aunque yo no notaba nada. Rápidamente, madre cogió a una de mis hermanas por el pescuezo y la llevó a la guarida.

Nosotros no habíamos percibido ningún peligro, pero sabíamos que era importante seguir a nuestra madre. Corrimos tras ella, hacia la entrada del agujero cuadrado. Pero entonces oí voces humanas, así que me detuve y miré hacia atrás.

Varios hombres avanzaban hacia nosotros con pasos rápidos y ágiles. Llevaban unos palos en la mano y unos tablones en los pies. Me di cuenta de que me habían visto.

—¡Es un cachorro! —exclamó uno de ellos.

Meneé la cola. Ahora yo me iría con ellos y ellos me llevarían con Burke. Empecé a saltar por la nieve, esforzándome por avanzar, pero de repente noté los dientes de mi madre en el pescuezo. Y se me llevó.

—¡Guau! ¿Habéis visto eso? —oí que decía uno de los hombres—. No sabía que hacían eso en la vida real.

Madre me dejó en el interior de la guarida. Al cabo de un momento, unas sombras taparon los rayos de luz de una de las ventanas cuadradas. Madre soltó un gruñido furioso y yo me apreté contra los demás cachorros. Un hombre se rio.

—Yo no metería la cabeza ahí dentro.

—Eh. Llevo un poco de pavo en la mochila. Un momento.

Madre Perra volvió a lanzar un largo y profundo gruñido de advertencia. Entonces, una cosa apareció volando y aterrizó a nuestro lado. Madre se encogió un poco, pero permaneció con nosotros.

Al final, me di cuenta de que los hombres se habían marchado. Madre Perra se acercó con precaución al objeto que nos habían lanzado y se lo comió.

219

Mis hermanos se sintieron tan aliviados que volvieron a ponerse a jugar, pero yo me sentí muy decepcionado por la ausencia de esos hombres.

Al cabo de unos días, volvíamos a estar jugando bajo un cielo gris cuando oí un extraño chillido que salía de encima de nuestras cabezas. Levanté la mirada y vi unos pájaros muy grandes que batían unas gruesas alas mientras daban vueltas sobre el estanque. Vi que madre los observaba atentamente. Los pájaros aterrizaron encima del hielo deslizándose elegantemente sobre sus barrigas. Parecían patos, pero eran mucho más grandes. Y si los patos emiten un graznido irritante, estos emitían un graznido más irritante todavía.

Madre bajó la cabeza, avanzó despacio por la orilla y pisó el hielo. ¡Iba a cazar uno de esos patos grandes! Yo nunca había conseguido atrapar a un pato, así que la observé atentamente con la esperanza de averiguar cómo se hacía.

Esos gordos patos miraban a Madre con desconfianza mientras ella se acercaba cada vez más. De repente, Madre se lanzó a la carrera clavando las uñas en el hielo. Los patos grandes se pusieron a batir las alas ruidosamente y se elevaron en el aire antes de que ella les diera alcance. Frustrada, mi madre se puso a ladrar.

Y entonces el hielo se rompió y ella cayó.

Se había dado la vuelta para regresar con nosotros cuando la superficie por detrás de ella cedió y sus patas traseras se hundieron. Pronto estuvo sumergida casi totalmente. Solo se veía su cabeza. Su miedo se nos contagió a todos y yo me puse a lloriquear. Ella sacó las dos patas delanteras fuera del hielo, pero eso fue lo único que pudo hacer. Se quedó allí, jadeando.

Nos pusimos a ir de un lado a otro sin saber qué hacer. Me di cuenta de que debíamos ir con ella, así que corrí cuesta abajo hacia el lago. Mis hermanos y hermanas me siguieron. En cuanto pisamos el hielo, los pies nos resbalaron bajo el cuerpo y caímos despatarrados.

Madre soltó unos cuantos ladridos de advertencia. Yo me quedé quieto y mis hermanos hicieron lo mismo: nunca habíamos oído a Madre emitir un sonido como ese, pero todos reconocimos al momento su significado. Nos estaba diciendo que no nos acercáramos. Confundidos e inseguros, avanzamos un poco, pero ella ladró de nuevo y nos volvimos a detener.

Nos apretamos los unos contra los otros, atemorizados y con el corazón palpitante. Era nuestra madre, nuestra fuente de vida, y se encontraba en tal peligro que no nos dejaba seguir nuestro más básico instinto de buscar la seguridad a su lado.

Entonces oímos otro sonido, un sonido que me era muy familiar: el de un vehículo que se aproximaba. Me giré y vi una camioneta grande que se detenía cerca de la casa. Una mujer bajó de ella y se sacudió el pelo largo y rubio. Luego avanzó por la nieve hasta llegar a la casa, levantó una pequeña alfombra y cogió una caja de madera. Regresó a la puerta, la abrió y entró en la casa. Al cabo de poco rato, salió de la casa. Miraba a su alrededor con la cabeza baja. Entonces se puso a seguir nuestras huellas, y en cuanto nos vio, levantó la cabeza, sobresaltada.

—¡Oh, no! ¡No, volved aquí! ¡Cachorros!

Me separé de mis hermanos y corrí alegremente hacia la mujer, que se apresuró hacia mí. En cuanto puso los pies en el hielo, este se rompió y un agua negra le subió por encima de la bota.

221

—¡Oh! —exclamó, retrocediendo hacia la orilla.

Se arrodilló en el suelo y abrió los brazos. En cuanto llegué, me lancé a sus brazos porque conocía a esa mujer, había reconocido su aspecto, su olor y su voz. ¡Era Ava!

Se había convertido en una niña muy mayor.

Quizá los demás miembros de mi familia perruna no la conocían, o quizá sí, pero todos me siguieron y muy pronto todos estuvieron saltando y apretándose contra sus pies.

—Vale, vale. Estáis a salvo. Guau. Tengo que salvar a vuestra madre. —Sacó su teléfono y se lo llevó a la mejilla—. ¡Sí! Me llamo Ava Marks, de Hope's Animal Rescue. Estoy en Silver Lake Cottages y hay un perro que ha caído en el hielo. Es en la cuarta cabaña desde la carretera. No puede salir por sus propios medios. Un momento. ¿Qué? ¿Qué? ¿Un par de horas? No, por favor, yo no… ¿No pueden enviar a alguien? Ya estará muerta para entonces. Por favor. Vale, sí, sí, por favor, vuélvanme a llamar.

Se guardó el teléfono en el bolsillo. Algunos de mis hermanos y hermanas estaban mirando a mi madre y otros miraban a Ava. Era evidente que los cachorros que se apartaban de Ava eran más temerosos que los que se apretujaban contra ella. Cuando un perro entrega su destino a un ser humano, se siente mucho más seguro que cuando cree que debe resolver sus problemas solo.

En el hielo, Madre Perra no se había movido. Nos miraba con las orejas gachas y la lengua fuera.

—Vale, cachorros. Voy a llevaros a la furgoneta, ¿vale?

Se agachó y cogió a una de mis hermanas para llevarla con cuidado hasta la furgoneta. Era la misma furgoneta en la que yo había viajado mucho tiempo atrás. O, por lo menos, era parecida. Yo sabía que en el interior había jaulas, mantas y juguetes. Ava regresó y cogió a otro de mis hermanos.

Yo sabía lo que estaba haciendo, porque eso mismo había sucedido antes. Ava nos iba a llevar a un lugar para que Madre Perra nos viniera a buscar. Pero ¿funcionaría? Madre Perra todavía estaba en el hielo y no me parecía que pudiera salir. ¿Ava no se daba cuenta de que teníamos que ayudar a nuestra madre?

Al final del camino cubierto de nieve vi que se acercaba un hombre. Se deslizaba sobre unos tablones largos y se impulsaba rítmicamente con unos palos atados a las manos. Ava se agachó para coger a otra de mis hermanas y se incorporó al ver al hombre.

—¡Eh! ¡Ayuda!

Fue hasta la furgoneta, dejó allí a mi hermana y luego se llevó las manos a la boca.

—¡Deprisa!

El hombre jadeaba sonoramente. Miré hacia mi madre, que no se había movido, y luego miré al último de los cachorros, un macho más pequeño que yo. Era evidente que tenía miedo, así que decidí que un perro bueno iría a su lado. Me apreté contra él haciendo Firme.

El hombre se detuvo, todavía a cierta distancia de nosotros, y se apoyó en los palos. Levantó una mano. Todavía jadeaba.

Ava dio unos pasos hacia él hundiendo las botas en la nieve.

—¡Hay un perro ahí, se ha hundido en el hielo!

El hombre asintió con la cabeza mirando hacia Madre Perra y, luego, hacia Ava.

—Vale —dijo—. Déjame ver si hay alguna cuerda en la cabaña.

—La he abierto.

—Lo sé, has disparado la alarma. Guau, creí que estaba en mejor forma.

—Soy del centro de acogida. Recibimos una llamada diciendo que había unos cachorros en esta cabaña. Creí que se refería al interior de la cabaña.

—Voy a ver si encuentro una cuerda.

El hombre se alejó empujándose con los palos. Mientras lo hacía, me llegó un olor que me sorprendió tanto que estuve a punto de soltar un ladrido. No era un hombre cualquiera: ¡era Burke!

¡Por supuesto que Ava tenía que encontrarme y por supuesto que ella me entregaría a Burke!

Burke se alejaba con los tablones bajo los pies. Tenía el mismo aspecto y el mismo olor, y yo sabía que se alegraría de verme. Quise correr tras él, pero Ava me cogió y luego cogió también a mi hermano, que lloraba de miedo.

—Todo va a ir bien, pequeños. Salvaremos a vuestra mamá —nos susurró Ava, acariciándonos con la nariz.

Puesto que me encontraba tan cerca de su cara, se la lamí, y ella se rio.

—¡He encontrado un trozo de cuerda! —exclamó Burke saliendo de la cabaña.

Me giré y me revolví para saltar de los brazos de Ava a los brazos de Burke, pero ella me sujetaba con fuerza.

—¿Eres el propietario de este lugar?

—Oh, no. Un amigo mío es el cuidador, y yo solo lo estoy ayudando mientras él está visitando a sus padres. Bueno, voy a hacer lo siguiente: voy a arrastrarme por el hielo con los brazos y las piernas abiertas, y llevaré un esquí en cada mano para avanzar mejor. Tú sujeta un extremo de la cuerda. Cuando llegue, la ataré alrededor del perro y tú tirarás de ella.

—Por favor, ten cuidado.

—Oh, ya sabes que sí.

223

Burke llevó los tablones al borde del lago y Ava lo siguió todavía con mi hermano y conmigo contra su pecho. Burke se tumbó en el suelo con los tablones y, con agilidad, se arrastró hacia delante llevando un extremo de la cuerda con él. Yo me revolvía sin cesar porque era evidente que necesitaba que hiciera Ayuda.

Ava sujetaba la cuerda.

—He llamado al 911, pero hoy se han declarado dos incendios en dos casas y nadie puede venir.

—No pasa nada. Esto va a funcionar. El hielo no se está agrietando. Creo que estoy inventando un deporte nuevo.

—¿Arrastrarse por el hielo?

—Espera a ver mi triple salto.

Lo observé mientras él se acercaba a madre. El aire estaba tan quieto que oí que le decía: «Buena perra». Madre jadeaba, pero no se resistió cuando él le pasó la cuerda por el cuello.

—Vale, ahora tira.

¿Tira? ¿Cómo iba a hacer Tira?

Ava nos dejó a los dos en el suelo y se puso a tirar de la cuerda. Vi que Burke hacía algo con Mamá Perra, esforzándose por sacarla del agua.

—¡Ya está!

En cuanto Madre Perra tuvo las cuatro patas encima del hielo, quiso correr. Pero las patas de atrás le resbalaban. Ava tiraba de la cuerda.

—¡Está funcionando!

—¡Voy a regresar!

Ava chilló.

La cabeza de Burke había desaparecido, y aunque yo no era más que un cachorro, corrí para hacer Firme con la intención de ayudarle a salir de ese agujero. Burke me necesitaba y a mí me había entrenado para eso.

—¡No, cachorro! —gritó Ava a mis espaldas.

Pero yo no le hice caso y corrí directamente hacia las aguas negras en que Burke se había hundido.

26

*L*os únicos sonidos eran los de mis pequeños pies y el jadeo de mi madre mientras Ava tiraba de ella. Madre Perra me miró cuando pasé corriendo a su lado y me dirigía al punto en que Burke había desaparecido.

En ese momento, su cabeza salió por el agujero. Se puso en pie: el nivel del agua le llegaba a las caderas.

—¡Oh, Dios mío, qué fría está el agua!

Di los últimos pasos con toda la rapidez de que fui capaz y me lancé a sus brazos. Riendo, Burke me abrazó. Yo era su perro Cooper.

—Debo confesar —me susurró a la oreja— que creí que había llegado mi fin ahí, cachorrito.

Lanzó los tablones hacia la orilla y empezó a avanzar conmigo en brazos, rompiendo el hielo a su paso.

Ava sujetaba a mi hermanito.

—No tenía ni idea de que el agua era tan poco profunda. ¿Estás bien?

—Supongo que, comparado con cómo estaría si el lago tuviera veinte metros de profundidad, estoy muy bien. Pero tengo el agua helada bajo los calzoncillos. ¿Cómo está la madre?

Ava miró a Madre Perro, que se encontraba olisqueando ansiosamente la camioneta.

—Parece que no se acuerda de haber estado en el lago. Se diría que no ha pasado nada.

Burke llegó a la orilla.

—Bueno, es más resistente que yo, pues. Espero que el calentador de la cabaña funcione.

Burke me llevó hasta la cabaña. Yo meneaba la cola del

placer que me producía estar en brazos de mi chico. Él intentó dejarme en el suelo, pero yo me resistía y no paraba de saltar a sus brazos para lamerle la cara.

—¡Eh! —exclamó él, escupiendo—. ¡Tengo que sacarme estas cosas!

Se reía. Era evidente que se sentía muy feliz de volver a estar conmigo.

Me puse a olisquear la ropa empapada de Burke, que estaba amontonada en el suelo. Ava entró en la cabaña. La puerta del baño estaba abierta y Burke se encontraba ahí, bajo un chorro de agua caliente. Meneé la cola y corrí hasta ella, que se arrodilló en el suelo y dejó que le lamiera la cara una y otra vez. Al final, se puso a reír y me levantó del suelo. ¡Ava! ¡Burke! ¡Eso era maravilloso!

—¡Oh, eres muy cariñoso! ¡Eres un amor! Eh —dijo, dirigiéndose a Burke—, ¿todo bien?

—Es la mejor ducha del mundo. ¿Podrías poner mi ropa en la secadora, por favor?

—Eh, claro. Primero la centrifugaré, si no tardaría años en secar.

—No pasa nada, pienso estarme años aquí debajo.

Ava me dejó en el suelo y cogió la ropa de Burke para llevársela, chorreando, a un pequeño cuarto. Luego oí unos golpes y vi que la ponía en el interior de una máquina que tenía un olor familiar y que hacía mucho ruido. Luego regresó a la puerta del baño.

—No puedo creerme que hayas venido tú. Es como si Dios te hubiera enviado o algo así.

—Bueno, o más bien la empresa de alarmas.

Me puse a olisquear las paredes y detecté el olor de otras personas.

—Estoy intentando darte las gracias por haber venido y haber salvado la vida de esta perra.

—Soy yo quien debería darte las gracias. Estaba muerto de aburrimiento. No hay nada más que hacer que esquiar dando vueltas alrededor el lago para ver si ha habido una invasión de osos o si ha emergido un volcán nuevo.

Ava se rio.

—Bueno, estoy seguro de una cosa. Si alguna vez comprara este lugar, pondría un calentador de agua mucho más grande —anunció Burke—. Ya está perdiendo temperatura.

Ava miró hacia las máquinas.

—Vale, espera —dijo.

Sacó unas cuantas toallas y el agua se detuvo. Luego regresó al baño.

—He puesto las toallas en la secadora para calentártelas… ¡Oh! —exclamó, sacando la cabeza del baño rápidamente.

La miré con curiosidad.

—Eh, lo siento —dijo Burke—. Supongo que debía haber mencionado que tengo la extraña costumbre de ducharme desnudo. ¿Me puedes pasar las toallas?

Ava lanzó las toallas al interior del baño. Luego me cogió en brazos. Yo le lamí la cara. Me pregunté si íbamos todos a vivir en esa casa. Era más pequeña que la granja.

Estuvimos ahí de pie un momento. Ava miraba hacia la puerta abierta.

—He puesto tu ropa en la secadora.

—Gracias.

—Dejaré mi tarjeta encima de la mesa, por si alguna otra vez tienes que rescatar otra camada de cachorros.

—¿Y qué pasa si hay un oso?

Ava se rio.

—Estoy segura de que le encontraríamos un buen hogar. —Estaba tan cariñosa que le di un pequeño mordisco en la mandíbula. Ella apartó rápidamente la cara—. He puesto la calefacción en la camioneta.

—¿Cómo sabes que la madre no se irá con el coche?

Burke salió al salón dejando huellas en el suelo de madera con los pies mojados. Meneé la cola, deseoso de ir con él. Estaba ansioso por sentir sus manos en mi pelaje. Burke llevaba una toalla alrededor de la cintura y otra encima de los hombros.

—Ha sido un detalle que me calentaras las toallas.

Se acercó a las máquinas, abrió una puerta y metió la cabeza dentro.

—Por cierto, me llamo Burke —dijo.

—Encantada de conocerte. Soy Ava.

Burke sacó la cabeza de la máquina.

227

—Probablemente tardará una hora. Perdona, sé que has dicho algo pero no te he oído.

—He dicho que me llamo Ava.

Burke sonrió y cruzó la habitación. Ava me cogió con el otro brazo.

—Encantada de conocerte.

Se cogieron de la mano, pero luego cambiaron de opinión y se soltaron. Se sonrieron un momento. Ava volvió a sujetarme con el otro brazo.

—¿Así que no eres el encargado permanente?

—No. Estudio en el estado de Míchigan. Ingeniería. ¿Y tú te dedicas a la acogida?

—En realidad el centro de acogida es de mi padre. Su madre se llamaba Hope. Yo voy al noroeste. Estudios previos de abogacía. Ahora tenemos vacaciones de Navidad. Pero sí, el centro de acogida es mi pasión. Estaba visitando a mi padre y a su novia cuando recibimos una llamada de unos esquiadores que habían visto a la madre y a los cachorros aquí.

Burke se encogió de hombros.

—Mi familia no tiene vacaciones, realmente. Yo acepté este trabajo temporal, en parte, como excusa para no tener que ir a casa de mi padre. Hace unos dos años que no sabemos nada de mi hermano, es una larga historia, y cuando se marchó, rompió lo que quedaba de la familia. Mis padres están divorciados.

Ava asintió con la cabeza.

—Los míos también.

Burke abrió la nevera.

—Si nos quedamos aislados, tenemos un montón de cerveza.

—La verdad es que debo irme.

—Oh, no quería decir que deberías quedarte conmigo en esta cabaña y pasarte la tarde bebiendo cerveza. Aunque, si lo hicieras, sería la segunda cosa más emocionante que me habría pasado hoy.

—Cuando te caíste en el agujero creí que ibas a morir.

—¿Tú lo creíste? A mí me estaba pasando mi vida entera por la mente hasta que llegué al fondo. Fue tan rápido que solo llegué a la secundaria.

Burke y Ava se dieron la mano otra vez.

—Adiós —dijo Ava.

Me llevó en brazos a la camioneta. Abrió la puerta corredera y mis hermanos, que estaban amontonados en una de las jaulas, se pusieron inmediatamente en pie, excitados. Ava me dio un beso en el hocico.

—Eres muy especial. Te llamaré Bailey —me dijo.

Abrió la puerta de la jaula y me dejó entre mis hermanos y hermanas. Luego cerró la puerta y todos se abalanzaron sobre mí, olisqueándome y mordisqueándome como si hiciera un siglo que me hubiera ido.

Un momento. ¿Dónde estaba Burke? Me zafé de mis hermanos y apoyé las patas en un lado de la jaula para sacar la cabeza por la pequeña ventanilla en un intento desesperado de ver a mi chico.

Madre Perra estaba tumbada, casi dormida, en otra jaula. Ava subió a la camioneta y se sentó. Echó un vistazo hacia atrás.

—Burt —dijo en voz baja.

Yo no comprendía el motivo de que nos marcháramos y dejáramos a Burke. Me puse a llorar. ¿Por qué? Yo debía estar con mi chico.

Al final, dejé de llorar y reflexioné sobre todo lo que estaba sucediendo. Me aparté un poco del barullo de mis hermanos para tener un poco de espacio para mí. ¿Cómo era que, igual que ya había sucedido antes cuando Madre Perra había terminado de amamantarme, Ava venía a llevarme al mundo de las personas? La última vez, mi mundo había girado alrededor de Burke y yo había llevado a cabo un importante trabajo, pero ahora mi chico ya no iba en silla de ruedas. ¿Era por eso que lo dejábamos después de que se hubiera ido a nadar? Si yo no debía cuidar de Burke, ¿cuál sería mi propósito ahora? ¿Y qué significaba Bailey? Me parecía haber oído ese nombre en otro lugar.

Resultó que mi nombre era Bailey. Ava nos puso nombre a todos, pero yo no estaba seguro de que mis hermanos la comprendieran cuando ella cogía a uno de ellos y decía:

—Tú eres Carly. Carly, Carly, Carly.

A mí me llamó «Bailey, Bailey, Bailey» y yo lo entendí. Y

229

también la entendía cuando les daba alguna golosina y decía: «Sophie. Nina. Willy». Pero yo esperaba pacientemente a que dijera «Bailey» en lugar de lanzarme atropelladamente por encima de mis hermanos como hacían ellos.

Nos encontrábamos en el mismo tipo de edifico que recordaba de mi primera vida como cachorro. El aire estaba cargado del olor de ese animal misterioso que vivía en los graneros. También había personas amables que nos daban de comer y que nos acariciaban. Una de ellas era Papá Sam.

—¡Hola, Bailey! —me decía.

Pero luego, todo cambió. Un día, después de dar un largo paseo en la camioneta, me mandaron a vivir con un hombre que me llamaba Riley. Él se llamaba Ward y tenía la edad de Papá Chase. Se pasaba mucho rato sentado en su silla y yo creí que me pediría que hiciera Tira o Ayuda, pero él podía caminar cuando quería. Cuando llegaron los días cálidos, empezó a pasar mucho rato tumbado en el patio trasero bebiendo un líquido de olor dulce de una lata y soltando eructos. Y cada vez que lanzaba la lata a la hierba, yo iba a olisquearla. Pero no decía Cógela, así que supuse que la lata debía quedarse en el suelo.

Yo no tenía a ninguna otra persona a quien cuidar, ni ningún trabajo que hacer. A veces venían otros hombres y se sentaban delante del televisor a dar gritos o se sentaban a beber y a eructar en el patio de atrás con Ward.

Mi territorio era ese patio. Pasaba el tiempo olisqueando la valla con la esperanza de encontrar algo nuevo, pero los únicos olores que había eran los de las plantas y los de las marcas que yo dejaba. Algunas veces el aire me traía un ligero olor de la inconfundible granja de cabras. Cuando eso sucedía, levantaba el hocico al aire y pensaba que, si me llegaba ese olor, quizá me llegaría también el de Lacey. Pero su olor no aparecía nunca. Allí el olor predominante era el de Ward.

Un día, hicimos una visita al veterinario tras la cual me sentí muy adormilado. Todo me picaba.

—Tuve que llevar a Riley a que lo apañaran —dijo Ward a sus amigos.

—¿A que lo apañaran? —replicó uno de ellos—. ¡Ya estaba apañado desde que se quedó contigo!

Los hombres se rieron con tantas ganas que algunos de ellos echaron unos pedos. Yo me fui al extremo más alejado del patio.

Quería irme a casa.

Mientras sus amigos seguían bebiendo de esas latas y llenando el aire de un humo acre que les salía de la boca, tuve una idea. Ese día se estaban riendo más de lo habitual y empezaron a dejar sus marcas encima de las mías. Se desplazaban con paso inseguro y se tenían que ir apoyando todo el rato. Me dirigí hacia la puerta trasera y me senté, esperando con paciencia. Al final, uno de los amigos abrió la puerta y salió, dejándola medio abierta al pasar. Yo lo seguí.

El hombre se dirigió hacia el patio delantero y vomitó. Eso olía peor que los eructos de Ward.

Lo miré un momento. Estaba en el suelo, a gatas, y me parecía que le iría muy bien que yo hiciera Ayuda, pero en ese momento se puso en pie y pasó con dificultad por la puerta cerrándola a su paso.

Yo tenía una idea general de la dirección en que se encontraba la granja de cabras, así que me puse en camino con la esperanza de encontrar mi granja.

Al poco rato de caminar por la carretera me llegó el olor de una criatura totalmente desconocida. La luna brillaba con fuerza y vi algo que tenía el tamaño de un perro pequeño que avanzaba por la carretera, por delante de mí, con la espalda encorvada. Inmediatamente, me dirigí tras él, feliz.

El animal se giró. Bajé la cabeza con actitud juguetona, pero él enseñó los dientes y empezó a correr hacia mí. Me detuve en seco, pero él continuaba acercándose, así que me giré y eché a correr. Fuera lo que fuera, ¡no quería jugar! Y aunque era mucho más pequeño que yo, no me gustó el aspecto de sus colmillos. Parecía que había algunos animales que no querían divertirse en la vida, que preferían mostrarse hostiles y desagradables.

Corriendo, me acerqué a la granja. Me metí por el camino con la esperanza de detectar el olor de Lacey, pero no había ni rastro de ella. La casa estaba en silencio y a oscuras. Entré por la puerta para perros y me detuve un momento, meneando la cola, y preguntándome qué hacer. Ni Burke ni Grant estaban en casa, y ninguno de los dos había estado allí últimamente. El olor de ZZ era mucho más fuerte y el de Abuela se notaba un poco en el aire, solo como un recordatorio.

Fue maravilloso subir a la cama de mi chico y enroscarme en ella para pasar la noche. La cama todavía estaba impregnada de su olor, así que pude imaginar que se encontraba a mi lado aunque no lo estuviera. Y, como no estaba allí, aproveché para espatarrarme por completo y ocupar todo el espacio.

Por la mañana, la luz del sol entró en la habitación. Oí que Papá Chase estaba en la cocina. Salté de la cama y fui a buscarle, meneando la cola, con la convicción de que era un buen día para recibir un trozo de panceta. Él estaba de espaldas a mí, pero en cuanto me acerqué, él se dio la vuelta.

—¡Ahhhh!

Sorprendido, me detuve un momento. Pero no conseguí contenerme. Corrí hacia él y le puse las patas delanteras en las piernas, intentando trepar hasta su cara.

—¡Eh! ¡Baja! ¡Siéntate!

Obediente, hice Siéntate. Papá Chase se llevó una mano al pecho.

—¿Quién eres tú? ¿Cómo has entrado?

Yo no comprendí qué me decía, pero meneé la cola.

—¿Eres un buen perro? ¿Un perro tranquilo?

Alargó una mano y se la lamí. Tenía sabor de huevo.

—Creo que sí. ¿Qué estás haciendo aquí? ¿Es una broma? ZZ, ¿estás ahí? —dijo, ladeando la cabeza para escuchar—. ¿Burke? —Esperó un momento—. ¿Grant?

Yo esperaba que apareciera alguien y parecía que Papá Chase también lo esperaba. Suspiró, alargó la mano hasta mi collar y le dio la vuelta.

—Riley. Así que te llamas Riley.

Me llamaba Riley, pero aquí, en la granja, era Cooper.

Al cabo de un rato, Ward vino a buscarme. Me sentí decepcionado, pero ahora ya conocía el camino. No pasó mucho tiempo hasta que encontré la oportunidad: mientras él estaba descargando la compra, me escapé por la puerta del garaje y, de allí, fui hasta la carretera.

ZZ y Papá Chase estaban en el campo. Me sentí tan emocionado al verlos que me puse a dar vueltas alrededor de ellos

232

con un palo en la boca, pero estaban ocupados con esas plantas incomestibles y no me prestaron atención. Al final del día oí el sonido de la camioneta de Ward y volví a sentirme muy decepcionado. ¿Por qué venía a buscarme? Mi lugar estaba aquí.

Las mejores oportunidades siempre se presentaban cuando venían los amigos de Ward a eructar y a echarse pedos. Entonces, yo me dedicaba a esperar con atención hasta que abrían la puerta y conseguía escaparme por ella. Ward se enojaba conmigo, pero yo cada vez regresaba a la granja. Lo que yo no comprendía era cómo era posible que supiera que yo estaba allí.

Una tarde, un árbol del patio de Ward se rompió por el efecto de la tormenta. Unos hombres vinieron a cortarlo con unas herramientas que hacían mucho ruido. Me mantuve cerca de ellos, disimulando, hasta que uno de los trabajadores abrió la puerta trasera y salí a la libertad.

Papá Chase se encontraba sentado en el porche delantero cuando llegué hasta él dando saltos de felicidad. En el regazo tenía una caja con unas cuerdas metálicas que hacía vibrar con los dedos produciendo un sonido familiar. En cuanto me vio, se detuvo y meneó la cabeza.

—Riley, ¿por qué siempre vienes aquí? ¿Qué quieres?

Registré los alrededores con atención. No había ni rastro de Burke. Los chicos se habían marchado hacía mucho, mucho tiempo.

Papá Chase me acarició y me dio agua, y se quedó allí sentado conmigo hasta que vino un coche por el camino. El conductor bajó del coche y se quedó allí de pie, mirando la casa.

Pero no era Ward.

Era Grant.

233

27

*P*apá Chase corrió hacia Grant de la misma manera en que yo corrí hacia él la mañana en que él derramó el café en el suelo. Y le dio un fuerte abrazo.

—Dios mío, Grant, Dios mío —murmuraba.

Tenía las mejillas mojadas. No conseguí meter la cabeza entre ambos, así que apoyé las patas delanteras en la espalda de Grant.

Finalmente, Papá Chase soltó a Grant y le sujetó los brazos un momento mientras lo miraba:

—Bienvenido a casa, hijo.

—Pensé que podía echar una mano con la cosecha. —Por fin, Grant se agachó para que pudiera besarle—. ¿Tienes otro perro?

—Es Riley. No es mío. Vive con Ward Pembrake, ¿sabes el tío del camión de bocadillos que vendía comida a los peones? Solo que ya no hay peones, así que está retirado. Este perro loco viene siempre a visitarme. Y cuando llamo a Ward, viene apestando a alcohol. Riley se va con él, y hasta la próxima vez.

Grant me acariciaba las orejas.

—Eh, Riley. Parece que eres un perro muy bueno. Está claro que tienes algo de pastor australiano.

Papá Chase asintió con la cabeza.

—Y seguro que también tiene algo de terranova.

El hecho de que Grant me llamara Riley y me dijera que era un perro bueno me hizo comprender que, aunque estuviera otra vez en la granja, ahora mi nombre era Riley. No se daban cuenta de que yo era, en realidad, Cooper; no podían hacer como yo, que siempre supe reconocer a Lacey aunque viniera bajo la forma de otro perro.

234

Empezaba a darme cuenta de que los perros podían comprender cosas que los seres humanos no.

—¿De verdad quieres ayudar con la cosecha, Grant?

Grant dejó de acariciarme y se puso en pie.

—Pensé que había llegado la hora de volver a conectar, eso es todo.

—De acuerdo. Hemos tenido un inicio de verano muy seco, pero últimamente ha llovido un poco.

Cuando ZZ llegó, nos encontrábamos sentados en el porche.

—¡Mira quién está aquí! —dijo Papá Chase en voz alta.

ZZ subió por la rampa haciendo crujir los tablones de madera bajo sus botas.

—Hola, Grant. Me alegro de verte —lo saludó ZZ.

Le ofreció la mano y Grant se la cogió, se la giró un poco y luego se la soltó.

—Tu inglés ha mejorado mucho, ZZ —comentó Grant.

Los hombres se sentaron, así que me tumbé a sus pies.

—Pero todavía no habla mucho, ¿no es cierto, ZZ? —dijo Papá Chase soltando una carcajada. Noté su felicidad, tan fuerte como un eructo de Ward—. Pero se confunde un poco con los tiempos verbales y los pronombres.

—¿Cuánto tiempo te vas a quedar? —le preguntó ZZ a Grant.

Grant se encogió de hombros.

—Todo el verano. No lo sé. Estaba trabajando para una empresa de pavimentos y perdí el interés.

—¿Eras uno de esos que se ponen en las carreteras a parar el tráfico? —se rio Papá Chase.

—Más o menos. Yo estaba en ventas. Pero me cansé.

—Tu hermano ha conseguido empleo en una empresa que, en lugar de construir cosas, las destroza.

—Se dedican a desmantelar presas, papá.

—Un momento, ¿te hablas con tu hermano?

Grant asintió con la cabeza.

—Sí, bueno, solo he hablado con él una vez. Lo llamé el otro día y le dije que venía. Pensé que antes de cortar con todo valía la pena comprobar que no habías vendido las tierras a los granjeros robot.

—¿Fue la primera vez que hablabas con él desde que te fuiste?

—Sí.

Papá Chase se inclinó hacia delante.

—¿Y cómo fue la conversación?

—Oh, más o menos de la forma esperada. Quizá peor. Los dos estábamos deseando que la conversación terminara.

—Si te digo la verdad, yo tampoco hablo mucho con él. Por mi cumpleaños. En el día del padre. Y siempre estamos incómodos. —Papá Chase emitió un suspiro—. Echo de menos a la abuela. Ella hubiera sabido cómo lograr lo imposible.

Se oyó un ruido en la casa, como un timbre. Papá Chase se puso en pie.

—Un momento, yo lo cojo.

Se marchó y, al cabo de un momento, el ruido cesó.

Grant le puso una mano a ZZ en el brazo.

—Se te ve bien, ZZ.

—Tú también bien.

—¿Qué tal está Li Min? ¿Y Wenling?

—Las dos estaban bien, gracias.

—Y, esto… ¿Wenling se ha casado? Quiero decir, ¿qué hace?

—Va a escuela de ingeniería agrícola.

—Guau. Eso es genial.

—No se casó. Vive con su novio. Su familia permanecerá en la provincia de Qinghai durante mucho tiempo.

—Ah, creo que entiendo.

Papá Chase abrió la puerta de la casa y salió. Yo meneé la cola.

—No te lo vas a creer. Ward no piensa venir a buscar a su perro esta vez. Dice que, si a Riley le gusta tanto venir aquí, que se quede. No me ha preguntado qué pienso yo al respecto. Parecía totalmente borracho, y todavía no es mediodía. —Se sentó y me miró frunciendo el ceño—. ¿Y ahora qué?

Grant me rascó el pecho con un dedo.

—¿Sabes qué? Me lo quedo. Parece muy listo. ¿Qué te parece, Riley? ¿Quieres quedarte aquí a vivir conmigo un tiempo?

—Oh, está claro que le gusta la granja —dijo Papá Chase.

Bostecé, preguntándome cuándo vendría mi chico.

Esa noche dormí en la cama de Grant.

Burke vino, pero no fue hasta que el olor de las manzanas llenaba el aire. En cuanto le vi, crucé el campo lloriqueando. Lo había detectado en cuanto bajó de su coche.

—¡Así que tú eres Riley! —me saludó soltando una carcajada y arrodillándose para que yo pudiera subirle encima, hacerle caer al suelo y expresarle mi amor con ladridos frenéticos—. Vale, bien, ya basta. ¡Guau! ¡Vale! —Se puso en pie y se sacudió el pantalón—. ¿Dónde están todos?

Nos alejamos juntos del campo. Yo iba corriendo en círculos a su alrededor. No podía contener la alegría. En cuanto Burke vio a Grant, se puso a correr, y Grant hizo lo mismo. Chocaron el uno contra el otro, riéndose y dándose palmadas en la espalda. Yo saltaba alrededor de ellos, exultante de verlos por fin juntos. Papá Chase vino corriendo desde el campo. Sonreía y abrazó a sus dos hijos.

Li min había preparado un plato de ternera delicioso y yo estuve atento a cada uno de sus movimientos. Estaba listo para responder a cualquiera de sus gestos. Se sentaron a la mesa a comer y a Grant se le cayó un pequeño trozo de carne de la mano. ¡Siempre se podía contar con Grant!

—Bueno, cuéntanos más de esa tal Stephanie —dijo Burke.

Li Min hizo un sonido y yo la miré con la esperanza de que quisiera darle de comer a un perro.

La pierna de Papá Chase, que siempre se estaba moviendo un poco, se quedó quieta.

—No hay mucho que decir. Es una compañera.

Burke se rio.

—¿Así es como las llamáis la gente de tu edad?

—Es una persona difícil de conocer —comentó Li Min.

—Es una fan de Not Very Good Old White Guys' Band —dijo Grant tímidamente.

—No es una fan —lo corrigió Papá Chase—. Si vienes por Acción de Gracias, la conocerás.

Se hizo un silencio que, finalmente, Grant rompió.

—¿Qué? ¿De verdad conseguiremos llegar a conocer a una de tus novias?

237

Me giré hacia Grant y esperé pacientemente a que cayera un poco más de ternera.

Más tarde, en el salón, mientras mi chico y Li Min vertían agua sobre los platos en el fregadero, Grant, ZZ y Papá Chase se sentaron a comer cacahuetes, así que decidí quedarme con ellos en lugar de ir a la cocina.

Papá Chase lanzaba los cacahuetes al aire y los atrapaba con la boca.

—Ojalá no te fueras, Grant.

—Ya me he quedado más tiempo de lo que pensaba, papá.

—A ZZ y a mí nos iría muy bien la ayuda. Y mira, Grant, tú has nacido para hacer este trabajo.

—Papá.

—Lo digo en serio.

ZZ se puso en pie.

—Yo intentaré ayudarlo.

Se fue a la cocina. Yo estaba a punto de seguirle, pero justo cuando me había puesto en pie y me estaba desperezando, Grant se inclinó hacia delante y me dio unos cuantos cacahuetes. Así que hice Siéntate y me porté superbién.

Grant soltó un suspiro.

—Gracias, pero necesito ganar dinero de verdad.

—Aquí ganamos dinero.

—A duras penas.

—Pero con tu ayuda…

Grant levantó una mano y el olor a cacahuete que desprendió ese gesto fue tan fuerte que di un lametón en el aire involuntariamente.

—¿Podemos dejar de hablar de esto, papá?

Se quedaron callados un rato. Papá Chase se encogió de hombros.

—¿Qué pasará con Riley, pues?

Levanté la cabeza al oír mi nombre. ¿Cacahuete?

Grant se inclinó hacia delante y me miró.

—¿Podría quedarse aquí contigo? No estoy seguro de dónde iré a vivir.

—Claro. Ya nos estamos acostumbrando a él.

Al cabo de un rato, me entristeció ver que Grant metía

la mano en la caja de juguetes y sacaba el hueso de nailon para mí.

—Eh, Riley, ¿quieres un hueso? ¿Eh?

Hice Suelta con el hueso de nailon y saqué un muñeco de trapo y me puse a sacudirlo. ¡Eso sí era divertido!

La vida era diferente ahora que yo me llamaba Riley. Grant y Burke no iban a Escuela. Los dos se iban de la granja durante mucho rato, pero luego regresaban y dormían en sus antiguas habitaciones conmigo. Pero nunca estaban en la granja al mismo tiempo.

A veces nos venía a visitar una mujer que se llamaba Stephanie. A mí me gustaba porque siempre me lanzaba el muñeco chillón. La primera vez que se fue a la cocina para ayudar a Li Min, pensé que era muy torpe porque oí mucho ruido de los cazos y las bandejas sobre la encimera. Pero luego, un día en que Papá Chase se puso a cocinar con la ayuda de Stephanie, no oí nada de ruido, así que me di cuenta de que era Li Min quien hacía todo ese ruido. Eso sucedía cada vez que Stephanie nos venía a ver a Li Min, a ZZ y a mí y se quedaba a comer con nosotros. Parecía la versión de Li Min del paso furioso de Papá Chase.

A Stephanie y a Papá Chase les gustaba sentarse a la mesa a jugar a «cartas». Yo asocié esa palabra con ausencia de comida para mí.

—Ya sabes que no le caigo muy bien a Li Min —se quejó Stephanie.

Oí una palmada sobre la mesa: una de las «cartas».

—Eso es ridículo, Stephanie.

—Nunca me ha sonreído. Casi no me habla.

—Es una persona callada.

Me giré y me rasqué con fuerza en la pata con los dientes.

—Es hostilidad evidente, Chase.

—Bueno. Quizá crea que has venido a robarle a ZZ.

Oí otra palmada, pero esta vez Stephanie se había quedado muy quieta.

—¿Por qué tienes que hacer un chiste como ese? —preguntó en voz baja.

—¿Qué? No tenía ninguna mala intención, Steph.

—Ha sido del todo inadecuado.

239

—Lo siento. Te pido disculpas.

—Más bien sería que vengo a robarte a ZZ a ti. Vosotros dos estáis muy unidos. Resulta difícil creer que, tal como dijiste, al principio no os llevabais muy bien.

—No era él, era yo. En cuanto me enteré de que trabajaba para TMH, me monté toda una historia sobre él totalmente falsa. Le he pedido perdón por eso un montón de veces. Tal como dices, nos llevamos muy bien. No podría hacer funcionar este lugar sin su ayuda. Es él quien se encarga de casi todas las tareas pesadas.

Oí otra palmada sobre una carta. ¿Cómo era posible que no tuvieran hambre?

—Y sé que ZZ se hará cargo de esto cuando te retires.

—¿Cuando me retire? —Papá Chase se rio—. Los granjeros no nos retiramos. Solo acabamos bajo tierra en lugar de continuar trabajando encima de ella.

—Bueno, dijiste que te gustaría viajar, visitar lugares.

—Sí, y también me gustaría que no me dolieran las rodillas por la mañana. Eso no va a pasar.

—No lo comprendo.

Me tumbé de costado y cerré los ojos.

—Aunque tuviera el dinero suficiente para irme a Tahití, no podría hacerlo, Steph. La granja no me lo permitiría. Siempre hay algo que arreglar, incluso en invierno.

—Bueno, pues podrías vender la granja.

—Es para los chicos, ya lo sabes.

—¿Los chicos? ¿Y ellos dónde están? Si quieren heredarla, ¿por qué no están aquí?

—Esto es algo entre ellos y yo, Steph. Los padres y los hijos siempre tienen cosas que solucionar.

—Pero tú no estás solucionando nada. Dijiste que todavía no se hablan y que tampoco te llaman nunca.

Papá Chase no respondió.

—Cuando te conocí eras un guitarrista despreocupado.

—Descuidado, querrás decir —se rio Papá Chase—. El único motivo por el que toco bien es porque el resto del grupo toca peor.

A pesar de que estaba medio dormido, meneé la cola al oírles reír.

Stephanie sorbió por la nariz.

—Quiero decir que eras divertido. Se te veía relajado. Aquí, en la granja, eres una persona totalmente distinta. Siempre estás serio.

—Llevar una granja es un negocio serio.

Se hizo un largo silencio, roto solamente por las palmadas de las cartas y un largo suspiro mío.

—¿Qué estamos haciendo, Chase?

—¿Perdona?

—Hace más de un año que salimos juntos. Tengo zapatos en tu armario y un cajón de tu cómoda. Y parece que eso es todo, por lo que a ti respecta.

—Cariño…

—No quiero perder el tiempo, Chase. Soy demasiado mayor para eso.

—¿Crees que estamos perdiendo el tiempo?

—¿Crees que volverás a casarte alguna vez, Chase? No, no me refiero a conmigo, hablo en general. En la vida. No, ¿verdad? Pase lo que pase.

—No entiendo cómo hemos empezado a hablar de esto.

Stephanie se puso en pie y yo hice lo mismo. La miré, esperanzado.

—Necesito un poco de tiempo para pensar en todo esto, Chase.

—¿Pensar en qué?

Después de ese día, Stephanie dejó de venir. Supongo que, después de todo, no le gustaban las cartas.

Yo no supe que Papá Chase conocía la existencia del parque para perros hasta el día en que me llevó a la ciudad en coche y luego fuimos al mismo lugar al que Burke acostumbraba a llevarme. Me emocionó mucho poder dejar mi marca por todas partes y olisquear a tantos perros bajo el rabo y correr por ahí. Esperaba encontrar a Heavy Boy Buddha, pero no había ni rastro de él. A pesar de todo, me llevé una sorpresa cuando un perro juguetón se acercó a mí bajando la cabeza para jugar. Yo conocía a ese perro: ¡era el cachorro de Lacey! ¡Era mi cachorro y había crecido!

Ella no me reconoció: eso fue evidente por la gran atención con que examinó mis marcas para conocerme.

Nunca se me había ocurrido pensar que un cachorro que yo había conocido siendo Cooper no me reconocería siendo Riley. Yo había reconocido a Lacey. Pero este perro, que se llamaba Echo, no me reconocía.

Yo no lo comprendía. ¿Éramos Lacey y yo únicos entre todos los perros?

Estuvimos jugando y jugando, Echo y yo, con la libertad que sienten los perros cuando se caen bien mutuamente. De alguna forma, no importaba que no supiera quién era yo.

Ese invierno, cuando la nieve ya estaba alta, Grant apareció por el camino seguido por otro coche conducido por un caballo que, luego lo supe, se llamaba Lucky.

Lucky el caballo me pareció uno de los animales más absurdos que yo había visto en toda mi vida. Nunca venía a la casa: era evidente que no conocía la existencia de la entrada para perros, a pesar de que yo había entrado y salido por ella varias veces para enseñársela. Nunca fue a buscar una pelota ni un palo. Y nunca comía comida, sino que masticaba unas hierbas incomestibles. Y no las vomitaba.

Papá Chase le acarició el morro.

—No sabía que se podía alquilar un caballo —le dijo a Grant. Dio un paso hacia atrás y miró el coche de Lucky—. Buen remolque, además.

—¿Quieres montarlo un rato?

Lucky el caballo hizo Firme, pero todo salió mal y Papá Chase acabó sentado en su grupa mientras él daba vueltas por ahí.

—Hacía tiempo que no montaba —dijo Papá Chase levantando la voz y sonriendo.

Esa noche, mientras Lucky se encontraba en el granero, fui a verlo. Él se limitó a mirarme y ni siquiera bajó el morro cuando yo dejé unas gotas de orín sobre la paja en señal amistosa. Así que desistí de intentar ser amable con un caballo. En el interior de la casa, Papá Chase y Grant jugaban a las cartas, así que me tumbé a sus pies con un suspiro. Si alguien podía darme una golosina durante las cartas, sería Grant. Pero, al final, se demostró que estaba tan distraído como los demás.

Plaf. Ese era el sonido de las cartas y decidí que no me gustaba.

—¿A qué hora te vas por la mañana? —preguntó Papá Chase.

Plaf.

—No muy pronto. ¿Quieres venir?

—No. Nunca fui muy campista. Especialmente en invierno.

—No se trata de acampada, realmente. La ruta me lleva hasta unas cabañas y un hotel.

—Creo que si me entran ganas de naturaleza, iré a ver los manzanos.

Plaf.

—Quiero decir que sería agradable pasar un rato juntos haciendo algo que no sea trabajar —sugirió Grant con suavidad.

Detecté cierta tristeza en él y me senté para lamerle la pernera del pantalón.

—Te divertirás más si no tienes que arrastrarme por ahí —repuso Papá Chase.

A la mañana siguiente, Grant me llevó a dar un largo paseo en coche. Lucky nos seguía en el suyo: su olor me llegaba todo el rato. Yo no comprendía cómo era posible que Lucky fuera en coche solo.

Nos detuvimos y Lucky detuvo su coche al mismo tiempo. Yo no tenía ni idea de qué era lo que estábamos haciendo.

Me sorprendió ver que Lucky hacía Firme para que Grant le subiera encima. Luego nos fuimos a pasear por un caminito que se abría en la nieve. Por allí habían pasado muchos caballos antes que nosotros, lo cual era evidente por sus deposiciones que, congeladas, eran menos interesantes que el hielo. Nos detuvimos en unos edificios de tres paredes en los que no había nada de interés, solamente unos montones de hierba que Lucky se dedicó a masticar por pura ignorancia. Dormimos en una pequeña casa de madera al lado de un arroyo que estaba congelado y que corría entre otras casitas similares. Grant estuvo hablando con varias personas. El ambiente estaba cargado del olor a humo. Lucky pasó la no-

243

che con otros caballos, pero no jugaron: se limitaron a quedarse ahí de pie, pensando, a ver si se les ocurría qué hacer.

Al día siguiente nos internamos más en el bosque. Esa noche, cuando nos detuvimos, Grant cepilló a Lucky y lo dejó en un lugar con otros caballos mientras yo jugaba a luchar con un perro grande y negro y otro más pequeño y marrón. Unos cuantos caballos nos observaban, celosos.

—Ahora nos iremos al hotel, Riley —me dijo Grant cuando salió de la casa de los caballos.

Lo seguí hasta un edificio grande en el cual hacía calor y que estaba lleno de olores, de pasillos y de puertas. En una pared de piedra había un fuego que despedía un olor acre y que calentaba la gran sala principal, que tenía un techo muy alto. Grant estuvo charlando con algunas personas ante una mesa alta.

De repente, noté un olor familiar que me llegaba débilmente entre los olores del humo, de las personas y de la comida caliente.

Ava.

28

*L*evanté el hocico y, ahora que había detectado la presencia de Ava, empecé a sentir su olor por todas partes. Fui de un lado a otro, buscando. Ella había estado en esta gran casa de suelos de madera y llena de sofás y de personas que reían y tomaban café. Había estado ahí no hacía mucho tiempo, porque su olor era fresco, reciente. Por instinto, supe que podía ir en su busca, como si Busca fuera una orden, como Firme o Ayuda.

Pero debería aventurarme fuera. Grant continuaba de pie delante de la mesa y estaba hablando con dos mujeres. No me miró mientras yo seguía el rastro de Ava hasta la puerta de entrada. Yo sabía que ella estaba al otro lado, en alguna parte.

Apliqué la estrategia que me había funcionado con los amigos de Wart y la puerta trasera: me senté al lado de la puerta y esperé con impaciencia a que alguien entrara o saliera. Por fin sentí el frío aire del exterior y salí.

—¡Oh! —exclamó un hombre bajo las piernas del cual pasé corriendo.

—¡Riley! —me llamó Grant con tono serio.

Pero yo distinguía claramente el olor de Ava del de otras personas que también habían pisado la nieve y me encontraba siguiendo un camino por el que habían pasado muchas personas, caballos y perros.

Oí que Grant volvía a gritar mi nombre, muy lejos por detrás de mí. Me di cuenta de que había salido de la casa, pero yo sentía el impulso de continuar hacia delante, como si mi objetivo fuera encontrar a Ava igual que el de ella había sido siempre encontrarme a mí.

El rastro se ramificó varias veces, pero su olor era cada

vez más fuerte y yo elegí la dirección correcta en cada ocasión. La luz del día empezaba a disminuir. El bosque era cada vez más oscuro y la nieve brillaba bajo mis pies. Yo jadeaba, pero no estaba cansado: me sentía lleno de energía y totalmente decidido a continuar el camino que había iniciado.

Tomé un desvío por el que habían transitado muy pocas personas. Allí, la nieve era menos compacta y, por tanto, se me hacía más difícil avanzar. Tuve que ir más despacio pero, por primera vez, detecté el olor de Ava en el aire. Ahora estaba mucho más cerca. Corrí todo lo que pude, hundiendo las patas a cada paso.

El camino me llevó al extremo de unas altas rocas. Me di cuenta de que solamente unas cuantas personas habían pasado por allí y que Ava era una de ellas. Ahora mismo se encontraba un poco más adelante. En esa dirección de Tira a la derecha había un pronunciado barranco.

Llegué a un lugar en el que una cuerda me cerraba el paso. Allí también desaparecían otras marcas, excepto una. Me arrastré bajo la cuerda. Ahora la nieve solo estaba puntuada por una serie de pasos que zigzagueaban entre los árboles. Ava había venido sola a este lugar y había abierto su propio camino.

Y, de repente, el rastro de olor se acababa y también las huellas desaparecían. Me detuve, confuso. Todavía me llegaba su olor. Era como si ella estuviera justo allí, muy cerca, pero ¿dónde? Me esforcé por ver en la penumbra.

Entonces oí un débil sonido: era un grito apagado, desesperado. Avancé despacio, consciente del precipicio. Cuando saqué la cabeza por el borde, vi a una mujer tumbada sobre la nieve, boca abajo, con el pelo largo y claro esparcido alrededor de su cabeza.

Era Ava.

No sabía qué hacer. Ella no me miraba. Respiraba con dificultad y era evidente que sentía dolor y tenía miedo.

Angustiado, solté un gemido. Ella se quedó en silencio un momento.

—¿Hola?

Esperé a que me dijera qué hacer. Ella se sentó en la nieve y yo ladré.

—¡Oh, Dios mío! ¿Un perro? —Se tumbó de espaldas con un grito de dolor, pero ahora me miraba—. ¡Perro! ¡Ven! ¡Por favor, ven a ayudarme!

Meneé la cola, confundido. Ella estaba demasiado lejos para hacer Ven aquí. Y no podía saltar hasta allí. Era ella quien tendría que trepar hasta donde estaba yo.

—¡Por favor! ¡Ven! ¡Ven aquí! ¡Ven! ¡Ven!

Me desesperé. Volví a recorrer el camino que había hecho, pero no encontré ningún sendero que bajara. Regresé al punto en que ella me podía ver.

—Vale. ¿Dónde está tu dueño? ¡Hola! —gritó—. ¡Aquí! ¡Estoy herida! ¡Ayúdenme!

Entonces aguantó la respiración y giró la cabeza. Yo me quedé inmóvil, creyendo que había oído alguna cosa.

—Vale, tendrás que hacerlo tú. ¿Puedes venir? ¡Aquí, perro! ¡Ven!

Solté un gemido de frustración. Tenía que hacer algo. Me di la vuelta y corrí por la nieve volviendo sobre mis pasos, a lo largo del precipicio. A medida que aparecían más huellas en el camino era más fácil avanzar. Y eso, aunque me estuviera alejando de Ava, me parecía un progreso.

Pronto me encontré con un desvío en el camino. En una dirección encontraría la casa grande y a Grant, pero si seguía recto el camino descendía marcadamente y eso me hacía más fácil el avance. Sin pensarlo, seguí esa dirección. El camino empezó a bajar más pronunciadamente y yo corría por él dando grandes saltos. Pasé entre dos grandes rocas y unos árboles caídos, y luego me encontré al pie del precipicio. El camino volvía a bifurcarse, pero ahora ya no tuve ninguna duda: fui hacia donde se encontraba Ava. Justo al pie de las rocas la nieve era más fina y por allí podía avanzar con mayor rapidez. Su olor era muy fuerte ahora, y podía oírla, oír su llanto. Y pronto la vi tumbada en la nieve con los brazos sobre los ojos. En cuanto me acerqué, ella giró la cabeza.

—¡Sí! ¡Buen perro! ¡Eres un perro muy bueno!

Me encantaba ser un buen perro para Ava. Salté a la parte de nieve más alta y me olvidé de todo: me puse a lamerle la cara mojada y salada. Intenté subirme encima de ella, pero ella chilló.

247

—¡Baja! ¡Para! ¡La pierna! —gritó.

Yo sabía qué quería decir Baja, por supuesto. Así que me agaché pegando la barriga en el suelo y avancé para darle unos cuantos lametones más. Ella me cogió la cabeza con las dos manos.

—Oh, eres un perro muy bueno. Vale, vale, déjame pensar. Necesito que busques mi mochila, ¿vale? Allí tengo comida y cosas para hacer un fuego, y quizá mi teléfono esté en el bolsillo exterior. ¿Crees que podrás hacerlo? —Me giró el collar—. ¿Riley? ¿Crees que puedes cogerlo? ¡Está justo allí!

Me puse en tensión porque comprendía que me decía que hiciera algo.

—¡Coge la mochila! ¡Riley, coge la mochila! ¡Cógela!

¡Cógela! Fui hasta el pie de las rocas y salté sobre un palo. Ella no dijo Suelta, así que, orgulloso, se lo llevé.

—Vale, buen perro, pero no quiero una rama. Quiero mi mochila, ¿vale, Riley? Si no consigo la mochila, no sobreviviré hasta que alguien me encuentre. ¿Vale? ¡Coge la mochila!

¡Lo tenía! Había visto otro palo, este empapado de su olor, y lo cogí. Ella soltó un gemido, pero lo aceptó.

—No quiero el palo de esquí. Gracias, buen perro. Pero necesito la mochila, ¿vale? ¿Puedes coger la mochila?

Yo había oído la palabra «coger», pero no me pareció una orden. Me puse alerta.

—¡Coge la mochila, Riley, la mochila!

Salté alegremente por la nieve. Me encantaba demostrarle a Ava que era capaz de hacer Cógelo. Olisqueé varias cosas que podía llevarle: ese juego podía durar mucho tiempo.

Desenterré una cosa hecha de plástico y de metal y regresé a su lado con paso orgulloso.

—Es una bota de nieve. Oh, Dios. —Se llevó las manos a la cara. Yo percibía su miedo y su desesperación, y avancé hacia ella sin comprender nada. Solté un gemido y ella me acarició con una mano mojada por las lágrimas—. No quiero morir. Tengo miedo de morir —susurró.

Estuvimos jugando a Cógela con otros palos y con una cosa que reconocí como un guante, pero nada de todo eso

248

la puso contenta. Yo me sentía como un perro malo que la decepcionaba porque había algo que ella deseaba desesperadamente de mí y yo no conseguía dárselo.

Enterrado en la nieve encontré otro objeto que desprendía su olor. Lo levanté: era una bolsa muy muy pesada. Estaba a punto de abandonarla cuando Ava se emocionó:

—¡Sí! ¡Buen perro! ¡Tráela! ¡Sí, es esto, Riley!

Era más fácil arrastrarla que levantarla, pero conseguí hacer Cógelo con la bolsa y Ava me dio un abrazo.

—¡Oh, Riley, eres muy listo!

Intentó sentarse y soltó un chillido. Luego abrió la mochila. Sacó una botella y bebió. Y luego sacó una bolsa con pan y carne y dio un mordisco.

—¿Quieres un trozo de bocadillo?

Me ofreció un trocito y yo lo acepté. Estuve a punto de desmayarme al sentir ese maravilloso olor. Cuando terminé, comí un poco de nieve.

—No encuentro el teléfono. Lo tenía en la manopla, ¿no? Quería hacer una foto y por eso me acerqué tanto al borde que me caí. Así que, por supuesto, no está en la mochila. —Miró a su alrededor y negó con la cabeza. Luego me miró—: Esto no va a funcionar, Riley. No puedo hacer un fuego en la nieve. Y aunque pudiera, se supone que esta noche va a nevar bastante. Tengo que llegar a una zona protegida al pie del precipicio. Oh, Riley. Tienes que hacer otra cosa. ¿Podrás ayudarme? Necesito llegar allí de alguna manera.

Yo me di cuenta de que quería seguir jugando a Cógelo, así que me puse en tensión, listo para empezar. Pero ella lanzó la mochila, con un gruñido, contra la pared de roca. La mochila cayó en la nieve con un golpe sordo. ¿Se suponía que debía cogerla? Pero entonces ella me cogió del collar con las dos manos.

—Vale, esto va a ser lo más difícil que yo haya hecho nunca, pero debo hacerlo. ¿Listo? —Se empujó en la nieve con una pierna y gritando de dolor.

—¡Ayúdame, Riley!

Aunque no lo dijo, me parecía que se trataba de hacer Firme, así que me quedé quieto. Con otro gemido, ella volvió a empujar haciéndome girar la cabeza igual que hacía Burke cuando hacíamos Ayuda. ¿Era eso lo que estábamos haciendo? Di un paso hacia delante. Ava chilló y me detuve, alarmado.

—No, no pasa nada. Tenemos que hacerlo. Lo siento. Es que es peor de lo que imaginaba. Continúa. Por favor. ¿Riley? ¡Continúa!

Me cogió la cabeza haciéndomela girar. ¡Sí, se trataba de hacer Ayuda! Avanzamos juntos, despacio y con cuidado, hacia el lugar en que se encontraba su mochila al pie de las grandes rocas. Ella lloraba y aguantaba la respiración a cada paso, pero no quiso detenerse. Cuando llegó al lado de la mochila, se dejó caer al suelo jadeando y se quedó quieta tanto rato que al final le di un golpe con el hocico, preocupado.

—Vale.

Frunció el ceño y se sentó.

Después de eso, estuvimos jugando a coger palos. No tardé mucho en comprender que eso era lo único que le interesaba, lo cual estaba bien para mí. Si yo fuera una persona, no querría otra cosa que palos y, quizá, pelotas y algún muñeco chillón. Me recordaba el día que pasé bajo la lluvia con Wenling, Burke y las ardillas de agua.

Ava estaba contenta.

—¡Eres increíble, Riley! ¿Cómo es posible que sepas hacer esto? —Me cogió la cabeza y me miró igual que hizo cuando yo era un cachorro—. ¿Eres mi ángel de la guarda? ¿Te ha mandado el cielo?

Cuando se cansó de ese juego, hizo un fuego.

—Vale, ahora no me voy a congelar. —Miró a su alrededor—. Nadie sabe que estoy aquí, Riley. ¿Tengo una hemorragia interna en la pierna? ¿Qué pasará cuando nieve?

Ava se estremeció y yo hice Siéntate, muy atento y dispuesto a hacer lo que me pidiera.

Al cabo de mucho rato, el aire frío me trajo el sabor salado de sus lágrimas.

—No estoy preparada —susurró. Tenía la cabeza gacha y el pelo le colgaba por delante—. Nunca he sentido a un hombre enamorado de mí, nunca he viajado a Europa, nunca…

Le lamí la cara y ella se limpió la nariz y me sonrió con tristeza.

—Riley. Vale, Riley, tienes razón. —Me miró ladeando la cabeza—. Eres un cruce de terranova y ovejero australiano. Una vez rescaté a unos cachorros iguales que tú, hace unos cuantos años. Qué carita tan dulce —dijo, suspirando—. Quizá alguien venga a buscarte, Riley, alguien que te quiere y que te puso este collar tan bonito.

Yo estaba cansado, así que me tumbé en la nieve. No me resistí cuando ella me cogió la cabeza y me la puso con suavidad sobre su regazo.

—¿Notas cómo se acerca la tormenta? Será fuerte. No sé si sobreviviré a la noche, Riley. —Ahora estaba llorando otra vez—. ¿Te quedarás conmigo? Si muero, quiero tener un perro a mi lado. Luego podrás regresar a casa. —Me acarició el pelaje y yo cerré los ojos—. Oh, Riley —dijo, casi sin aliento—. He sido tan tonta. —Se limpió la cara con la manga de la camiseta—. Esto será muy duro para mi padre.

¿Nos íbamos a quedar ahí sentados? Yo me daba cuenta de que Ava estaba asustada y que sentía dolor y frío, pero no comprendía por qué, si ese era el caso, no regresábamos a esa casa que tenía tantas habitaciones.

Una fina nieve empezó a caer. Ava, muy triste, me acariciaba con suavidad. Yo empecé a adormecerme, consciente de su respiración, del calor del fuego y del constante movimiento de sus dedos que me acariciaban la cabeza con amor.

$\mathcal{A}$va y yo dormíamos, pero de repente levanté la cabeza porque oí la voz de Grant en medio de la noche y el viento.

—¡Riley!

Me estaba llamando, pero antes de que pudiera moverme, Ava me sujetó por el collar.

—¡Quédate conmigo, Riley!

Me puse en tensión: quería ladrar, pero su manera de sujetarme me hizo pensar que no debía hacerlo. Ava inspiró con fuerza y gritó:

—¡Aquí! ¡Socorro! ¡Aquí!

Escuchó un momento.

—¿Hola? —gritó Grant.

—¡Aquí! ¡Me he lesionado la pierna! ¡Ayuda!

Se hizo un largo y profundo silencio. Me llegó el olor de Lucky y, al cabo de un momento, el de Grant. Y, a pesar de la penumbra, empecé a vislumbrarlo al pie de la pared de roca. Tiraba de la correa de Lucky. No comprendí por qué Lucky tenía que estar ahí.

—¡Aquí! —gritó Ava.

Grant hizo un gesto con la mano.

—¡Ya te veo!

Se detuvo y enrolló la correa del caballo alrededor del tronco de un árbol. Luego empezó a avanzar hacia nosotros.

Ava me soltó el collar.

—Gracias a Dios —suspiró.

Corrí hacia Grant para saludarle, a él y no a Lucky. Grant me dejó que le llevara al lado de Ava. En cuanto llegamos, él se detuvo y acercó las manos al fuego.

—Hola. ¿Qué te ha pasado?

—Oh, fui muy tonta. Estaba haciendo una excursión con raquetas de nieve y quise ver el precipicio. Era muy bonito y me puse a sacar fotos. Estaba tan concentrada que no me di cuenta y caí. Tengo la pierna rota. ¿Riley es tu perro?

—Sí. Soy Grant Trevino —dijo

Se estrecharon la mano un momento.

—Ava Marks. Estoy tan contenta de que hayas seguido a tu perro…

—Oh, no, se escapó del hotel antes del anochecer. Creí que regresaría, pero al ver que no lo hacía, cuando terminé de cenar ensillé a Lucky para ir a buscarlo.

Lo miré, atento. ¿Cenar?

—¿Cómo nos has encontrado?

—Lleva un GPS en el collar —dijo Grant, sonriendo—. A Riley le gusta escaparse, aunque es la primera vez que lo hace conmigo. Me alegro de que haya dado contigo.

—Se puso a ladrarme desde arriba del barranco.

—¿Quieres que le eche un vistazo a la pierna?

—No es… Noto el punto en el que se ha roto. Justo bajo la piel.

Grant arqueó las cejas.

—¡Guau! Lo siento. Bueno, fin de la idea de llevarte en caballo. Voy a llamar para que manden un equipo de rescate.

—Gracias. Tenía el teléfono en la mano al caer y no tengo ni idea de dónde fue a parar.

Grant se giró hacia Lucky y habló por teléfono. Yo le di un golpe con el hocico a Ava. Ahora que Grant estaba aquí, Ava estaba más contenta. Y yo también.

—Vale, ya vienen. —Grant se arrodilló delante del fuego otra vez—. Tienes suerte de que solamente sea la pierna. Ha sido una caída de unos nueve metros.

—La suerte ha sido que Riley apareciera.

Meneé la cola al oír mi nombre, pero no comprendía por qué habían mencionado a Lucky, que se limitaba a estar de pie.

—La verdad es que creí… —Ava contuvo el aliento, y continuó con voz ahogada—: De verdad que pensé que moriría de hipotermia. Y entonces apareció este ángel de la guarda, y le pedí que fuera a buscar la mochila y lo hizo. Y

253

luego le pedí que cogiera palos para hacer un fuego y que me arrastrara hasta aquí para refugiarme del viento. Y lo hizo todo como si lo hubiera estado haciendo toda la vida. Estaría muerta de no ser por él.

Grant me frotó el pecho. Fue una sensación maravillosa.

—Pues yo no lo he entrenado para hacer nada así, pero la verdad es que es un perro muy listo. Se da cuenta de todo al momento. La primera vez que le dije que se tumbara, lo comprendió. ¿Te hospedas en el hotel?

—Bueno, estaba ahí. Supongo que esta noche la pasaré en urgencias.

Grant hizo una mueca.

—Claro. Lo siento. ¿Quieres que llame a algún amigo? ¿A tu novio?

Ava negó con la cabeza.

—En realidad, estaba aquí sola por culpa de mi novio. Mi exnovio. Me dejó después de que yo pagara el viaje, así que pensé que por qué dejar que se echara a perder.

—Bueno, pues seguro que es un idiota.

Ava sonrió.

—Gracias. Pero, ¿me dejas el teléfono para que llame a papá?

Al cabo de un rato, llegaron unas personas con unas máquinas que hacían mucho ruido. Ataron a Ava a una camilla y se la llevaron. Todo se parecía tanto al último día en que yo había visto a Abuela que me estremecí y me apreté contra Grant.

Pasamos unos cuantos días dando vueltas por ahí, sin sentido, con Lucky y sin Ava. Cuando regresamos a la granja (Lucky nos siguió de cerca durante todo el camino con su coche, así que él también regresó), el sol ya se había puesto.

Entré por la puerta para perros mientras Grant se quedaba con Lucky.

En cuanto entré en el salón, supe que algo iba mal. Papá Chase estaba tumbado en el sofá con una tela mojada sobre los ojos y no me dijo nada en absoluto. Li Min y ZZ también estaban ahí, sentados de forma muy rara en unas sillas pegadas al sofá, como si fueran a comer en él. Ellos tampoco reaccionaron. Era como si no comprendieran el significado de mi regreso: ¡ahora había un perro en la casa! ¡Todo el mundo debería alegrarse!

Papá Chase tenía la mano colgando hacia el suelo. Le di un golpe con el hocico en la mano y él se movió y soltó un gruñido.

—Hola, Riley —susurró. Se llevó las rodillas al pecho.

Me llegaba el olor a enfermedad y a sudor. En cuanto me tocó, me di cuenta de que algo le dolía. Me senté, ansioso, y lo miré. No comprendía nada.

Grant tardó mucho, pero al final abrió la puerta. Entró y golpeó fuertemente el suelo con las botas. Con él, la casa se llenó del olor de Lucky. Al vernos, se quedó quieto.

—¿Qué sucede?

Li Min se puso en pie.

—Tu padre está enfermo y no quiere ir al hospital.

Grant la miró, y luego se acercó a ellos y miró a su padre.

—¿Qué te pasa?

—Dolor de barriga.

Grant miró a Li Min y a ZZ y luego meneó la cabeza.

—No, debe de ser algo más que eso.

—No podía levantarse —dijo ZZ.

—¡Le duele terriblemente! —exclamó Li Min.

—Sí que puedo ponerme en pie, por Dios —replicó Papá Chase—. Es solo que no quiero hacerlo.

Li Min hizo un gesto con las manos.

—Empezó durante el desayuno. No se comió los huevos, y ya sabes lo raro que es eso. Luego vomitó. Salió a hacer unas tareas, pero regresó y se tumbó en el sofá. Y lleva aquí tumbado todo el día.

—Estoy aquí, Li Min —gruñó Papá Chase—. No hace falta que hables como si yo estuviera en la habitación de al lado.

Por lo que parecía, íbamos a quedarnos todos en el salón, de momento, así que me senté. La preocupación que sentían todos era evidente.

—¿No hiciste tus tareas? —Grant meneó la cabeza—. Tiene que ser grave, papá. ¿Recuerdas que una vez te pregunté si podía saltarme el trabajo si me atacaba un oso y tú me dijiste que eso dependía de lo grande que fuera el oso?

255

Papá Chase soltó una carcajada que se convirtió, de inmediato, en un grito de dolor.

—En una escala del uno al diez, y el uno es una piedra en el zapato y el diez es una mordedura de tiburón, ¿cómo puntuarías el dolor que tienes? —preguntó Grant.

Papá Chase tardó un poco en responder.

—Ocho —murmuró al final.

Grant se quedó boquiabierto.

—¿Ocho? Dios mío, papá, tenemos que llevarte al hospital.

Papá Chase negó con la cabeza.

—No hace falta.

—¡Por favor! —dijo Li Min, frenética—. ¡Por favor, Chase, ve al hospital!

—Papá, si no nos dejas que te llevemos, llamo a una ambulancia.

Papá Chase fulminó a Grant con la mirada. Li Min puso una mano en el hombro de Papá Chase y le dio un apretón.

—Debes ir.

ZZ y Grant llevaron a Papá Chase fuera de casa y se fueron con el coche. Yo me quedé al lado de Li Min porque me preparó la cena y porque necesitaba tener un perro cerca. Estuvo dando vueltas por la casa sin dejar de mirar el teléfono. Luego se puso delante de la ventana y miró hacia la noche. Lloró tres veces. Yo la seguí todo el rato e hice Firme cada vez que necesitaba un abrazo. Me alegraba tener un objetivo en unos momentos tan confusos.

En cuanto Grant llegó con el coche por el camino, salí por la puerta para perros para darle la bienvenida. Todavía no había acabado de bajar del coche cuando Li Min ya había llegado corriendo hasta él.

—¡Grant! ¿Cómo está tu padre?

Grant le dio un abrazo.

Se va a recuperar. El apéndice no ha reventado. Ya ha salido de cirugía y está descansando.

Li Min se llevó una mano a la boca y asintió con la cabeza. Estaba llorando.

—ZZ pasará la noche con él. Y el médico dice que no podrá trabajar hasta dentro de dos semanas, por lo menos. Eso es lo que lo podría matar. —Grant ladeó la cabeza y la miró, extrañado—. ¿Estás bien?

Ella asintió con la cabeza y se secó los ojos.

—Es solo que estaba muy preocupada. Cuando me mandaste el mensaje, leí apendicitis y supe que podía ser muy serio. Uno puede morir por eso. Y luego no supe nada más.

—¿ZZ no te llamó? Creí que te había llamado.

Ella negó con la cabeza enérgicamente.

—Ha sido angustiante esperar sin tener ni una noticia en toda la noche.

—Lo siento mucho, Li Min. Estaba seguro de que él te mantenía al corriente.

Ella inspiró. Temblaba tanto que parecía un perro sacudiéndose el agua del pelaje.

—¿Quieres tomar algo? ¿Café?

—La verdad es que no he cenado.

Lo miré, esperanzado. ¡Cenar era una gran idea!

—¡Oh! Deja que prepare alguna cosa.

Li Min se fue a la cocina rápidamente a hacer ruido con las sartenes. Pero no lo hizo con paso furioso.

—¿De qué crees que va todo esto, Riley? —me susurró Grant.

Al oír que pronunciaba mi nombre estuve seguro de que repetir la cena era una posibilidad real.

No lo fue. Pero Grant me dio un poco de comida por debajo de la mesa.

Papá Chase regresó a casa al cabo de un día, más o menos. Pero estaba cansado y se fue a descansar a la habitación de Burke. Grant lo observaba.

—¿Te traigo algo?

—Solo necesito descansar.

Me pregunté si debía saltar a la cama, donde había pasado tantas noches en mi vida. Era la cama de mi chico, pero Papá Chase nunca me había dejado dormir con él. ¿Ahora sería diferente?

—Tendré que irme muy pronto, papá.

—No pasa nada. Tengo a ZZ.

—Y a Li Min —añadió Grant.

—Exacto.

—¿Ahora viene cada día?

Yo seguía sin saber dónde tumbarme. Bostecé.

—Exacto. Igual que ZZ.

—Eso está bien. Me refiero a tenerla aquí.

—¿Qué quieres decir, hijo?

—Nada. Bueno, yo tengo que regresar. Tengo que devolver el caballo.

—¿Puedes hacerme un favor?

—Claro.

—Llévate a Riley contigo. Es tan tuyo como mío. Se supone que no debo hacer nada más que dormir y comer. Será como volver a la adolescencia. Creo que no puedo ejercer de papá perro dadas las circunstancias.

¡Fui a dar un paseo en coche con Grant! Fue un paseo largo, echado a perder solo por el hecho de que Lucky nos siguió todo el rato hasta que llegamos a un lugar que olía a caballo y donde había muchos, muchos caballos masticando hierbas y buscando algo que comer. Luego nos fuimos en coche y Lucky estaba tan concentrado mirando a los otros caballos que se olvidó de seguirnos en su coche.

Terminamos el viaje en un lugar de suelo liso en el cual Grant tenía una habitación al final de un pasillo con muchas puertas. Llegué a la conclusión de que a Grant le gustaban los edificios llenos de gente. Me gustaba ese hogar porque la cama estaba en la misma habitación que la cocina, pero no comprendía por qué nos habíamos marchado de la granja. Estábamos muy lejos: no me llegaba ni rastro del olor de la granja con el viento.

¡Y Grant había traído el muñeco chillón a casa! Me encantaba ese muñeco. Cada vez que le saltaba encima, sonaba como Lacey. También sacó un hueso de nailon nuevo. Eso no me gustó tanto.

Al cabo de unos cuantos días, nos fuimos a dar otro paseo en coche. Esta vez fuimos a una casa que estaba saturada de un olor que reconocí al instante. ¡Ava! Grant llamó a la puerta con los nudillos mientras yo meneaba la cola lleno de emoción.

—¿Eres tú, Grant? —oí que preguntaba ella desde dentro.

—¡Soy yo!

—Entra, está abierta.

En cuanto Grant empujó la puerta, yo entré atropelladamente y encontré a Ava en el salón. Estaba sentada en una silla de ruedas igual que la de Burke. Pero ella tenía la pierna tiesa. Ava me acarició, pero no me dio ninguna golosina. La pierna tiesa estaba envuelta en un tejano.

En el suelo había una bonita y mullida alfombra. Me hundí en ella mientras Ava y Grant charlaban, dejando que el sol me calentara. Al final, los rayos del sol se movieron hasta el suelo de madera, así que reflexioné sobre qué debía hacer: ¿ir en busca del calor del sol o quedarme en la alfombra mullida? Elegí la alfombrilla.

—¿Qué tal te va con la silla de ruedas? —preguntó Grant.

—Bien. Aburrido. Y en otoño me torcí la muñeca izquierda, y no me di cuenta hasta que fui al hospital. Así que me resulta difícil moverme en la silla de ruedas.

—Mi hermano iba en silla de ruedas cuando era más joven.

—Oh, no sabía que tenías un hermano. Nunca lo mencionaste.

Grant se encogió de hombros.

—No nos relacionamos mucho. Es una larga historia. Bueno, él tenía un perro que tiraba de él por todas partes, que lo ayudaba a subir y bajar de la silla y cosas así. Deberíamos mirar a ver si podemos entrenar a Riley.

Lo miré perezosamente.

—No será fácil —comentó Ava.

Grant se puso en pie.

—¿Tienes una cuerda?

—En el armario hay una caja llena de correas de perro.

Grant abrió una puerta.

—Tienes muchas correas.

—Me dedico a rescatar perros, ¿recuerdas?

Grant me enganchó una correa al collar y yo meneé la cola, emocionado ante la perspectiva de irnos a dar un paseo. Pero él le dio el otro extremo de la correa a Ava.

—Vale, cuando le digas que tire, yo lo llamaré para venga hasta mí.

Yo conocía esa palabra. Tira. Eso tenía sentido, pues ella estaba en una silla de ruedas. Así que hice Siéntate, listo para trabajar.

259

—Me tirará de la silla.

—Sujeta con fuerza.

—No tengo ni idea de hacer esquí acuático.

—Así es como mi hermano y papá entrenaron a Cooper.

Me alegró mucho oír el nombre de Cooper. Grant cruzó la habitación, pero lo ignoré. Yo sabía lo que estaba haciendo.

—¡Dile que tire!

Aunque tenía que haber sido Ava quien diera la orden, era evidente qué era lo que querían que hiciese. Hice lo que me habían enseñado a hacer: avancé despacio tirando de la correa mientras notaba que la silla de ruedas avanzaba detrás de mí.

—¡Oh, Dios mío! —exclamó Ava.

Grant sonreía. Hice Tira hasta el otro extremo de la habitación. Nadie dijo Para, pero ya no podía ir a ninguna parte.

—Riley, eres increíble —me dijo Grant.

—Un momento, él solo no ha podido saber cómo hacer esto. ¿Lo has entrenado?

—No. Quizá tenga que ver con que estás en la silla. Él debe de notar la resistencia y es como hacer «al lado», que significa que avance despacio a nuestro lado.

—Así que estás diciendo que estoy gorda.

Noté que Grant empezaba a sudar.

—No. Oh, no, no.

Ava se rio.

—Estoy bromeando, Grant. Deberías haberte visto la cara. Bueno, está claro que tiene sangre de terranova. Y se sabe que los ovejeros a veces tiran de una carretilla. Supongo que debe de ser algo instintivo. ¿Es un perro de asistencia? Tiene color de ovejero australiano, eso seguro.

—Creo que lo es. ¿Recuerdas que en el precipicio te dije que le gustaba escaparse? Pertenecía a un tipo que se llama Ward, pero Riley se escapaba siempre y muchas veces venía a la granja de mi padre.

—¿De Ward Pembrake?

—Exacto. ¿Le conoces?

—¡No, pero conozco a su perro! Lo rescaté antes de que lo destetaran. Su madre es ovejero australiano casi por entero y, de toda la camada, este era mi preferido. —Ava me cogió la cabeza con las manos y me miró a los ojos—. ¡Es Bailey! ¿Te acuerdas de mí, Bailey? —Me acarició la cabeza—. El hermano del señor Pembrake es amigo de mi padre, así que le dejamos que se llevara a Bailey, y supongo que le cambió el nombre por Riley. ¡Qué asombrosa coincidencia!

No me importaba en absoluto que Ava me llamara Bailey. Me recordaba cuando era un cachorro.

—Bailey es un buen nombre —comentó Grant—. Dicen que en la familia hemos tenido un Bailey o dos.

Hicimos Tira unas cuantas veces más. Yo estaba listo para hacer Ayuda y Firme, pero parecía que Ava no estaba interesada en eso.

—Bueno, Ava —dijo Grant—. ¿Quieres quedarte con Riley unos cuantos días?

Ella levantó la cabeza, sorprendida.

—¿Qué quieres decir?

Grant se encogió de hombros.

—Acabo de empezar un trabajo nuevo, así que se quedaría solo en mi apartamento en Lansing todo el día. Te podría ayudar a moverte por ahí. Te traeré su cuenco, la comida y sus juguetes.

—¿No se sentirá confundido de que lo dejes aquí?

—Se adapta con facilidad. Y él te siguió en el bosque, ¿recuerdas? Creo que se acuerda de ti. Y yo vendré de visita.

Grant hablaba con tono inseguro. Lo miré, curioso.

—Oh. Sí, eso me gustaría, Grant —dijo ella.

Grant le sonrió.

—Quizá no sea una coincidencia que yo acabara con Riley y que él te haya encontrado en el bosque. Quizá todo esto tenía que suceder.

Al cabo de un rato, un hombre llamó a la puerta y les dio una cosa de comida que iba dentro de una caja plana. Me senté al lado de Grant por su habitual generosidad a la hora de comer, pero él se mostró más interesado en hablar que en darle algo de comer a un perro que se lo merecía.

—Mi madre se mudó a Kansas City después de que ella y mi padre se divorciaran —dijo Ava—. Es la directora ejecutiva de Trident Mechanical Harvesting.

261

—¿En serio?

—¿Por qué lo dices en ese tono?

—Es que mi padre cree que esa empresa está echando a perder el país. Que obliga a los granjeros a abandonar sus tierras. Es muy beligerante con este tema. Le diré que no lo mencione cuando estés.

—No obligan a nadie. Es un trato bastante bueno. Ellos compran la granja en efectivo, pero el propietario la puede alquilar por un dólar al año si quiere continuar trabajando y vender la cosecha. Normalmente, después de unos años los propietarios deciden aceptar el dinero y se van a vivir a Florida o a algún otro sitio así, pero si quieren pueden quedarse hasta que se mueran.

—No tenía ni idea. ¿Un dólar al año y pueden mantener la granja?

—Ese es el acuerdo. Mi madre es muy sensible a lo que comentas, a que la gente cree que su empresa está destruyendo las granjas familiares.

Grant dio unos golpecitos con los dedos en la mesa.

—Guau. No lo sabía. Bueno —dijo, despacio—, ¿crees que tu madre podría conseguir eso para mi padre?

30

Ahora yo vivía con Ava. Pero ella solo me pedía que hiciera Tira, y yo me sentía frustrado. La observaba esforzarse con su pesada pierna al trasladarse de la silla a la cama y al sofá, y yo estaba justo allí, listo para hacer Ayuda. Ella sabía que yo podía hacerlo desde esa noche que pasamos en la nieve, pero nunca me pidió ayuda.

Muchas veces, Papá Sam y una mujer que se llamaba Marla venían a visitarme y, posiblemente, a ver también a Ava. Marla olía principalmente a flores y a los productos químicos que llevaba en el pelo, oscuro. Papá Sam la abrazaba mucho.

—¿Quieres que me quede contigo, Ava? Puedo pedir tiempo libre en el banco —se ofreció Marla.

—No, estoy bien —respondió Ava—. Tengo a Riley.

A veces, yo me tumbaba con la nariz apuntando a la rendija de debajo de la puerta para oler los aromas de los árboles, los animales, los perros y las personas. Pero no podía detectar el olor de Lacey. Me convencí a mí mismo de que podía detectar el olor de la granja y el de la granja de cabras, pero era un aroma tan tenue que quizá estuviera notando algo inexistente. Pensé que quizá esa era una de las cosas más extrañas de ser un perro: los humanos decidían que nosotros vivíamos donde y con quienes ellos quisieran. Yo sentía en el corazón que mi lugar era la granja y me preguntaba si alguna vez regresaría. ¿Estaría Lacey allí?

Tenía que aceptar mi destino, por supuesto, aceptarlo de la misma manera que acepté que el veterinario me aliviara el dolor con un pinchazo y luego encontrarme en otra camada y con una madre nueva.

También me daba cuenta de que mis sentimientos habían cambiado. Todavía quería a Burke, pero ahora me sentía muy unido a Ava y a Grant. Esta era otra de las cosas propias de un perro: la capacidad de amar a varias personas.

Grant venía muchas veces a verme, y por mucho que yo lo hubiera enterrado en la caja de juguetes, siempre conseguía encontrar el hueso de nailon.

Una vez vino con unas flores en la mano que llenaron la casa con su fragancia al instante. Eso me recordó a Marla. Grant le dio las flores a Ava con un gesto que fue casi violento.

—Te he traído flores.

—Ya lo veo —dijo ella riendo—. Son preciosas, muchas gracias. Pero si estás intentando hacer que pierda pie, no podré hasta que me quiten el yeso.

Grant asintió con la cabeza.

—Es una broma, Grant. ¿Puedes llevarlas a la cocina? Te enseñaré dónde hay un jarrón.

—Ya sabía que era una broma. Intentaba pensar en una respuesta ingeniosa. Mi hermano es el gracioso de la familia. Yo solo soy el bueno y fiable de Grant.

Le dio un beso y llevó las flores al fregadero. Abrió el grifo del agua y puso las flores en un vaso muy alto.

—Yo solo sé que la primera vez que te vi fue saliendo de la bruma, montado en tu caballo, para salvarme la vida. Como un caballero de brillante armadura —le dijo Ava, cariñosamente—. Si eso te hace ser fiable, me quedo con ello.

Grant preparó la cena y me dio unos trocitos de una carne muy especiada. ¡Yo me sentía tan contento de que estuviera en casa!

—Me da un poco de miedo ponerme por mi cuenta, pero no estoy hecha para el derecho empresarial —dijo Ava más tarde mientras estaban a la mesa.

—Entonces, ¿qué harás?

—Ya tengo mi primer cliente: Hope's Rescue, la organización sin ánimo de lucro de mi padre. Pensé que podría concentrarme en eso, en trabajar con casas de acogida, quizá con veterinarios. Pero, como te digo, me da miedo.

Un trozo de carne cayó al suelo y yo le salté encima de inmediato.

—Lo conseguirás. Eres lista.

—Me traes flores y me dices que soy lista. Tu madre te educó bien. —Se hizo un silencio—. ¿Un momento, qué pasa? ¿Qué he dicho?

—Fue papá quien nos educó. Mi madre se divorció de él, se fue al otro lado del océano y creó otra familia con otro hombre. No me acuerdo mucho de ella. Hace mucho tiempo que no sabemos nada.

—Lo siento mucho. No tenía ni idea.

Grant suspiró.

—Antes me preguntaba qué parte de culpa tenía yo, por qué ella nunca había intentado venir a visitarnos ni nada por el estilo, pero mi abuela dijo que su nuevo esposo es supercontrolador y no se lo permite. Esa es la historia.

Grant se quedó callado.

Le di un golpe de hocico a Grant en la pierna porque la mesa todavía olía fuertemente a carne.

—Veo que eso te entristece —murmuró Ava.

—Oh. Me estaba acordando de cuando se fue. Mi hermano Burke nació con parálisis de cintura hacia abajo y ella no pudo aceptarlo, así que se marchó.

Ava se quedó boquiabierta.

—¿Ella dijo eso? ¿Fue porque él estaba discapacitado?

—No tuvo que hacerlo. Todos lo sabíamos. Nos sentamos todos en el salón y mis padres nos preguntaron si queríamos quedarnos con papá o irnos con ella. Yo quería elegirla a ella, pero no quería que Burke viniera. La quería para mí solo, y además ella se marchaba por culpa de Burke. Así que dije que me quedaba con papá, porque sabía que mi hermano me seguiría y que yo luego podría cambiar de opinión. Pero entonces Burke dijo: «Me quedaré con Grant». No con papá. Con Grant. ¿Qué podía decir yo? Estaba atrapado.

—Guau, Grant.

—Sí. ¿Por qué dijo eso?

Le puse una pata a Grant sobre el muslo y él me sonrió un poco.

Ava asintió con la cabeza.

—Parece que te quería mucho.

Grant apartó la mirada.

—No fue así como yo lo interpreté. Pensé que era una especie de complot. Atraparme en la granja.

—Comprendo que te fastidiara —asintió Ava.

—Estuve resentido con él durante casi toda mi vida —repuso Grant.

—Yo no tengo ni hermanos ni hermanas —comentó Ava en voz baja—. Supongo que siempre creí que, si hubiera tenido alguno, sería mi mejor amigo.

—Claro. No es que Burke y yo no lo hayamos intentado. Como adultos, claro está. Hemos hablado de vez en cuando. Pero es como si no estuviéramos siendo nosotros mismos en la conversación. Hay demasiada historia entre nosotros.

—Tenemos una cosa en común. Mi madre dejó la crianza a mi padre mientras ella subía en la escala empresarial. Todo iba bien mientras yo era pequeña, me refiero a esa manera de hacer, pero ella nunca pensó que el trabajo de mi padre fuera importante. Ya sabes, una organización sin ánimo de lucro. Cuando se divorciaron, me quedé con mi padre. Ella cambia de novio cada diez años y papá ha estado con Marla siempre.

—Yo siempre pensé que mi padre me veía como mano de obra barata —repuso Grant—. Con mi hermano en la silla de ruedas, yo tenía que hacerlo todo. Yo estaba muy resentido, pero ahora siento cierto agradecimiento por cómo fui educado. En todos los trabajos dicen que soy el que trabaja más duro. Las empresas me llaman para preguntarme si estoy dispuesto a regresar.

Me acerqué a la ventana para ver si había ardillas, perros o algún otro intruso. Allí fuera no había nada.

—¿Qué tal va? Me refiero al trabajo nuevo.

—Supongo que bien. Mi empresa ayuda a deshacerse de equipos de energía renovable obsoletos. Las empresas pueden obtener grandes beneficios si se actualizan. Mi territorio es América del Norte, así que viajaré mucho. Pero la central está en Alemania, así que tendré que ir a Europa de vez en cuando. Pero puedo instalarme en cualquier parte. Aquí, si quiero. Es decir, si tú quieres.

—¿En Grand Rapids?

—Quiero decir que así nos podríamos ver más a menudo...

—Me gustaría, Grant, me gustaría mucho.

Más tarde se fueron a la habitación de Ava a tumbarse en la cama. Ella no necesitó que yo hiciera Firme porque Grant la ayudó. Se pusieron a jugar a luchar, pero cuando salté a la cama para jugar con ellos, los dos gritaron: «¡Fuera!». Así que me enrosqué encima de un almohadón del suelo. Finalmente, se calmaron.

—El bueno y fiable de Grant —dijo Ava, y los dos se rieron.

A la mañana siguiente, Grant preparó el desayuno y me dio un poco de jamón.

—¿Cuándo necesita tu padre que le devuelva a Riley? —le preguntó Ava—. Sentiré mucho que se marche.

—Justo hablé con él ayer. Ya se levanta y puede caminar, pero todavía no puede trabajar. Y le hablé de ti, y le conté que quizá Riley sea el fantasma de Cooper.

Levanté la cabeza al oír que pronunciaba mis dos nombres tan juntos.

—Me dijo que Riley es tanto su perro como el de cualquiera. Así que se puede quedar contigo todo el tiempo que desees.

—Buen perro, Riley —dijo Ava.

Además, me dio un trozo de jamón. ¡Ava empezaba a comprender cómo tenían que ser las cosas!

—Puedes volver a ponerle Bailey, si quieres —dijo Grant.

Lo miré. Ahora ese nombre. ¿Qué estábamos haciendo?

—Oh, no —repuso Ava—. Riley le sienta muy bien.

Grant llenó un armario y una cómoda con ropa suya, pero cuando estaba en casa siempre dormía en la habitación de Ava. Yo normalmente dormía con Ava cuando él no estaba, pero cuando estaba yo prefería mi almohada. En su cama había demasiada actividad.

Al igual que Burke, Ava al final dejó la silla de ruedas y volvió a caminar. Y, al igual que Burke, también le costó un poco al principio. Yo sabía por experiencia que ella me necesitaba para que hiciera Ayuda, pero ella no quería que lo hiciera. Cuando las personas guardan la silla de ruedas en el armario, es como si también guardaran el juego de hacer Tira.

Ahora que ya caminaba, Ava iba casi todos los días a un lugar en el que yo ya había estado anteriormente. Era una casa en la que había perros dentro de unas jaulas, y también estaban Papá Sam y otras personas muy amables.

Y gatos.

No podía creerme que esa fuera la criatura misteriosa que yo había deseado conocer durante toda la vida. ¡Ese animal que siempre se escapaba y cuyo olor impregnaba a tantas personas! Todo el mundo los llamaba «gatos» y eran mucho menos interesantes de lo que hubiera imaginado. Los perros estaban encerrados en unos recintos grandes y les gustaba ladrar. Los gatos estaban en unos recintos más pequeños y se limitaban a mirar sin comunicar nada que no fuera un desprecio indisimulado.

Tenían casi el tamaño de una ardilla de agua, los gatos, pero no huían cuando yo me acercaba a su recinto para inspeccionarlos. En realidad, la única vez que apoyé el hocico contra el alambre, el felino que estaba al otro lado me arañó con unas uñas diminutas y afiladas.

Después de haber pasado tanto tiempo intentando conocer a una de esas ariscas criaturas, la que vivía en el granero y que escapaba en cuanto me veía, ahora descubría que tenían tanta envidia de los perros que no eran capaces de ser mínimamente amistosos.

Casi cada día venían personas a visitar a los perros y a jugar con ellos, y a veces los perros se marchaban con las personas, y los perros siempre estaban contentos. Y las personas también venían y hablaban con los gatos y se los llevaban, y los gatos no parecían contentos.

Yo me acordaba de cuando era cachorro y estaba en ese lugar, y siempre salía entusiasmado al patio para jugar con otros perros, y con la esperanza que Lacey estuviera con ellos. Pero no estaba. Lo había olisqueado todo, buscándola, pero nunca detecté su olor. Me pregunté si Lacey estaría viviendo con Wenling ahora.

Por las noches soñaba que estaba en la granja y que corría con Lacey. Algunas veces era mi primera Lacey, con el pecho de color blanco y el pelaje corto, y otras veces era la Lacey de color claro y pelo hirsuto de ahora. Y a veces soñaba que oía que un hombre me hablaba y me decía: «Buen perro, Bailey». Yo no reconocía su voz, aunque me resultaba muy familiar, como si lo conociera.

Me sentía feliz de vivir con Ava y, de vez en cuando, con Ava y con Grant. Pero yo sabía que me hubiera sentido más feliz si estuviéramos todos en la granja con Burke y con Papá Chase.

—Mañana nos vamos al norte, a tu zona —le dijo Ava a Grant un día durante la cena—. ¿Recuerdas esa operación contra la lucha de perros de la que te hablé? ¿Death Dealin' Dawgs? La policía lo va a cerrar y nosotros somos uno de los centros de acogida que va a cuidar de los animales.

—Uau, eso suena un poco... ¿no tienes miedo de que sean violentos?

—Es posible que algunos lo sean, pero con una reeducación, con amor y amabilidad, casi todos los perros pueden volver a ser sociales.

Los miré a los dos, alertado por la palabra «perro».

—Iré contigo, si quieres —dijo Grant.

—¿De verdad? Nos vendría bien un poco de ayuda.

—Por supuesto.

—El bueno y fiable de Grant.

—Oh, claro.

—No, es bonito. Amo eso de ti. —Se hizo un largo silencio—. He dicho que amo eso «de ti», Grant. No he dicho que te amo. No pongas cara de asustado.

Grant se aclaró la garganta.

—¿Nos llevaremos a Riley?

Lo miré al oír la pregunta. ¿Qué me preguntaba?

—¡Por supuesto!

Por la mañana, todavía era oscuro cuando Ava y Grant me subieron a la camioneta llena de jaulas para perros y nos fuimos a dar un paseo en coche. Grant iba sentado al lado de Ava. Las jaulas vacías entrechocaban ruidosamente a cada bache. Yo iba en mi lecho, y pasé casi todo el paseo enros-

269

cado y durmiendo. Pero me desperté de golpe al notar unos olores familiares que se filtraban al interior de la camioneta. Eran los olores del agua, de los árboles y de la inconfundible granja de cabras. Me puse en pie, emocionado. ¡Íbamos a la granja!

No, no íbamos a la granja. Al principio fuimos a un aparcamiento, y allí había muchos coches en hilera.

Había unos hombres y unas mujeres vestidos con ropas gruesas y unos pesados objetos colgando de la cintura que hacían ruido cuando caminaban. Parecían ansiosos, así que yo marqué con nerviosismo varias ruedas de coches. No sabía por qué todo el mundo estaba tan tenso.

—Muy bien —dijo una mujer—. En marcha.

Me llegaba el polvo del camino mientras la camioneta se bamboleaba con fuerza.

—Empiezo a tener miedo —confesó Ava.

—Todo irá bien —repuso Grant—. ¿No han dicho que no entraremos hasta que el lugar esté limpio?

—Tienes razón.

Grant soltó un resoplido. El sonido me era muy familiar: él era la única persona que yo conocía que hiciera eso.

—Nunca me ha mordido un perro.

—No pienses en eso.

Me di cuenta de que empezaban a estar inquietos. Fuera lo que fuera lo que estaba sucediendo, les daba miedo.

Giramos por un camino muy estrecho. Me llegó el olor de varios perros y, en cuanto nos detuvimos, los oí ladrar. Ava pasó entre los dos asientos delanteros y me dejó salir de la jaula y sacar la cabeza por la ventana abierta, pero todos permanecimos dentro.

Vi que nuestros amigos corrían de una manera extraña, como si hicieran un rápido paso furiosoo. Unas personas corrieron hasta la puerta de entrada y, en cuanto esta se abrió, sacaron fuera de la casa a un hombre que iba descalzo, forcejearon con él y lo tumbaron al suelo. Otro hombre salió corriendo de uno de los lados de la casa y lo derribaron al suelo y forcejearon un rato. Yo me preguntaba por qué no me dejaban salir, ya que siempre es divertido jugar cuando un perro se encuentra presente.

Al final, un hombre que llevaba un sombrero que parecía duro se acercó a nosotros y acercó una mano a la ventanilla para que yo se la lamiera.

—Ya está, podéis venir. Hay más de los que nos dijeron.

Bajamos de la camioneta. Ahora el olor a perro era muy fuerte y los ladridos eran ensordecedores. Cruzamos una puerta y, en ese momento, dudé un poco. Los perros, metidos en cajas que estaban amontonadas las unas encima de las otras, ladraban con estridencia. Yo percibía su miedo, su soledad e, incluso, un poco de rabia. Todo eso era perceptible en sus voces. El suelo de tierra estaba lleno de heces y de orín, y el olor era tan fuerte que me hizo babear.

Ava lloraba. Una mujer que llevaba un sombrero de plástico se le acercó y le habló con seriedad.

—Vale, de uno en uno. Recuerda. Afirmación. Estabilización. Control. Desalojo.

Ava se giró hacia Grant.

—¿Puedes sujetar la correa de Riley?

Grant asintió con la cabeza.

—¡Siéntate!

271

Hice Siéntate, un tanto decepcionado. Esos olores eran casi una golosina para mí y sentía la necesidad de dejar mi marca sobre tantos otros que impregnaban el suelo.

Ava se puso unos gruesos guantes. Miró a los perros un momento y luego se detuvo delante de una jaula que estaba en el suelo. El perro de dentro meneaba la cola y había encajado la cabeza entre los barrotes. Ava abrió la puerta.

—Este está bien —le dijo a la mujer del sombrero de plástico.

La mujer sacó al perro con una extraña correa rígida. El perro me miró con las orejas gachas, pero no intentó acercarse para que nos presentáramos.

Ese era un lugar malo. Yo no comprendía qué estábamos haciendo allí.

Ava se arrodilló delante de otro perro. Este la miró con ojos fríos y Ava empezó a hablarle con tono amable. Me di cuenta de que el miedo se iba disipando y que sus músculos se relajaban.

Una hembra que se encontraba en una jaula cercana me llamó la atención. No ladraba. Me miraba meneando una cola muy recta. No pude resistirme, así que me lancé hacia ella dando un tirón de la correa y sin hacer caso a los otros perros que me ladraban.

—¡No, Riley! ¡Siéntate! ¡Quieto! —ordenó Grant muy serio.

Pero yo no quería hacer Quieto. A pesar de que la correa tiraba de mi collar con fuerza, conseguí colocarme nariz con nariz con la hembra, a través de los barrotes. Los dos meneábamos la cola furiosamente. Era una fornida perra marrón y blanca que tenía una cabeza cuadrada y unas orejas que le colgaban un poco. Tanto en su cara como en su cuerpo había unas pequeñas cicatrices. Su aspecto y su olor no se parecían en nada a ningún otro perro que hubiera conocido, pero eso no me importaba.

Había encontrado a Lacey.

31

Se iban llevando a los perros con esas correas rígidas y los colocaban en varias camionetas. Al ver que Ava iba a sacar a Lacey me puse muy contento, pero ella me dijo, muy seria:

—¡Baja, Riley!

Lacey se giró intentando venir hacia mí, pero Ava se colocó entre ambos y me ordenó que hiciera Siéntate y Quieto, cosa que hice hasta que vi que subían a Lacey en la camioneta de Ava. En ese momento, tiré de la correa y arrastré a Grant hasta la camioneta. Conseguí saltar al interior y meterme en la jaula de Lacey antes de que Ava cerrara la puerta. Nos pusimos a jugar de inmediato.

Ava fulminó a Grant con la mirada.

—¿Qué haces?

Grant se reía.

—¡Riley desea de verdad estar con ese perro!

—Ese no es el tema, Grant. Es posible que este perro no sea seguro. Quizá ha sufrido malos tratos: ya ves las cicatrices que tiene.

—Tienes razón, Ava. Lo siento.

Ava abrió la jaula de Lacey y me llamó. Los dos, obedientes, saltamos de la jaula. Ava me cogió del collar y le dijo a Lacey que subiera, quien lo hizo mientras yo tiraba de la correa. Ava cerró la puerta.

—¿Te has echado una novia, Riley?

Ava se fue y yo me quedé en la camioneta. Al poco rato, regresó con un macho al que le faltaba un ojo. El perro no me saludó, sino que se enroscó en el extremo más alejado de su jaula, jadeando. Tenía miedo.

Cuando todas las jaulas tuvieron un perro dentro, Ava

me llamó para que bajara de la camioneta. La obedecí a regañadientes. Entonces ella cerró la puerta y subió al asiento delantero.

—¡Nos vemos ahora mismo, Grant! —dijo.

Vi con asombro que la camioneta se alejaba. ¿Cómo era posible que ahora que había encontrado a Lacey ella se marchara? Sin pensarlo dos veces, me lancé tras ella a la carrera.

—¡Ri-ley! —me gritó Grant.

No. ¡Lacey iba allí dentro! ¡No podía dejar que se marchara!

—¡Riley! ¡Ven aquí!

Mi determinación flaqueó un poco, así que reduje la velocidad, jadeando.

—¡Riley!

Me di la vuelta, afligido, y regresé al lado de Grant con la cabeza gacha.

Pasamos un rato allí con Ava. Más vehículos se llevaron a más perros hasta que solamente quedé yo. ¿También se me llevarían a algún lugar?

274

Al final vi que la camioneta de Ava regresaba y solté un ladrido de alegría, pero cuando abrió la puerta me di cuenta de que Lacey ya no estaba allí. Aunque meneé la cola mientras Ava me abrazaba y me daba un beso en el hocico, me sentí muy solo y perdido.

Fuimos a dar un paseo con la camioneta. Grant conducía y Ava se acercó el teléfono a la cara y estuvo hablando. Luego dejó el teléfono y se dirigió a Grant con tono de urgencia.

—¡Tenemos que dar media vuelta y regresar!

—¿Por qué? ¿Qué ha pasado?

—En la oficina del veterinario a la que llevamos los perros la han cagado y, de alguna forma, se han escapado un par de perros. Los medios de comunicación están diciendo que hay una manada de perros asesinos sueltos y la gente se ha juntado con rifles. ¡Van a pegarles un tiro a esos pobres perros!

Me senté y bostecé de ansiedad. Ava estaba preocupada. ¿Qué sucedía?

—Los encontraremos. Nadie te supera rastreando perros, Ava. Todo irá bien.

Estuvimos un rato en la camioneta mientras el sol bajaba por el cielo. Cuando por fin nos detuvimos, me llevé una sorpresa: ¡estábamos en Escuela! ¡En esos escalones yo había hecho Ayuda con Burke muchas veces!

Un hombre que desprendía olor a manteca de cacahuete se acercó a la ventanilla de Ava y ella bajó el cristal. Me pregunté por qué no estaba sentado en los escalones, con sus amigos.

—Se acaban de ir. Es de locos, Ava. Han llegado con armas en las camionetas, así que el *sheriff* los ha hecho aparcar fuera del recinto escolar. Y querían discutir con él por eso. Al final se reunieron en el gimnasio y dijeron que los perros iban a matar a sus pollos y a sus hijos. El *sheriff* dijo que, si veían a un pitbull suelto, que llamaran y dejaran que la policía se encargara. Pero ellos se rieron de él. Tienen sed de sangre.

—Es horrible.

Dimos un paseo en furgoneta muy despacio, pasando por muchas calles. Los olores iban cambiando gradualmente a medida que avanzábamos.

—¡Mira eso, llevan los rifles como si estuvieran en el ejército! —dijo Ava, en el momento en que una furgoneta pasaba volando a su lado vitoreada por las risas de los hombres.

—Esto no es legal en absoluto. Llama al *sheriff* —contestó Grant.

—Esos perros merecen tener una vida mejor —dijo Ava, enfadada, con el teléfono en la mano.

El miedo y la rabia y la tensión eran tan fuertes que yo no podía hacer otra cosa que jadear.

Ava habló con el teléfono y luego se lo guardó en el bolsillo.

—Buenas noticias. Los tienen casi a todos.

Nos detuvimos en un aparcamiento de luces brillantes. Grant abrió su puerta y me dejó salir sujetando mi correa con una mano. Salté fuera meneando la cola.

—¿Quieres algo? —preguntó Ava.

—Un café sería genial, Ava, gracias. —Se giró para observar un enorme camión que se encontraba en el aparcamiento—. Conozco a esos tíos. Del instituto.

—Van armados hasta los dientes.

Grant empezó a caminar hacia el camión.

—Grant —lo llamó Ava.

Grant saludó con la mano a los hombres que estaban dentro del camión.

—Eh, Lewis, Jed.

—¿Trevino? —dijo uno de los hombres. Salió del camión. Llevaba un palo pesado y grueso del que emanaba un olor que me resultó familiar—. Creía que estabas en Florida o algo así. —Se pasó el palo a la otra mano para poder estrecharle la mano a Grant.

—Estuve allí un tiempo. ¿En qué andáis, chicos?

Me giré hacia Ava, que se acercaba a nosotros.

—¿No te has enterado? —El hombre me miró—. Un puñado de perros de lucha ha escapado. Les estamos dando caza.

—¿Estáis cazando a esos perros? —preguntó Grant con tono de incredulidad—. Eso no es legal.

—Sí, si son agresivos —afirmó el hombre.

Ava se adelantó un poco.

—No, no lo es. Capítulo nueve, Míchigan, 750.50.b. Te pueden caer hasta siete años de prisión. Soy abogada de Hope's Rescue. Técnicamente, esos animales son nuestros: el departamento del *sheriff* del condado nos ha pedido que nos encarguemos de ellos. Si les hacéis algún daño, recibiréis una denuncia y yo presentaré una acusación criminal contra cada uno de vosotros.

El hombre que había estado hablando con Grant se puso tenso. Grant ladeó la cabeza y le preguntó:

—No tienes esposa e hijo, ahora, ¿Lewis?

El hombre parpadeó un momento y volvió a clavar los ojos en Grant.

—Sí. Una niña.

—Bueno, si tanto te preocupan las manadas de perros salvajes, ¿por qué no estás en tu casa protegiendo a tu hija en lugar de ir por ahí bebiendo cerveza con los colegas como si fuera el primer día de la época de caza?

Grant se inclinó hacia delante y miró a los dos hombres que estaban en el camión.

—¿Tenéis idea de lo mosqueado que estará el *sheriff* si acabáis matando a un perro?

Nuestros nuevos amigos se marcharon. Le di un golpe de hocico a Grant en la mano. Estábamos cerca de la granja: más que olerla, la sentía. Gemí.

—¿Qué sucede, Riley? —preguntó Ava con tono cariñoso.

—Quizá todo lo que está pasando lo esté estresando. ¿Sabes qué? Tendríamos que ir y dejarlo con mi padre, ya que estamos tan cerca —sugirió Grant.

—Es una buena idea. Riley, ¿te apaetece ser un perro de granja un rato?

Yo meneé la cola.

¡En cuanto pasamos por delante de la granja de cabras, supe hacia dónde nos dirigíamos!

Papá Chase y ZZ estaban sentados a la mesa. En cuanto Grant abrió la puerta, se pusieron en pie y todos se abrazaron. Yo esperé con paciencia mis abrazos, que creí que llegarían pronto. Papá Chase sonreía:

—Así que esta es Ava.

—Hola —dijo ZZ.

Por supuesto, me abrazaron. Yo les correspondí dándoles besitos.

—Hola, Riley —dijo Papá Chase, girando la cara para que yo pudiera lamerle la oreja.

—Solo nos hemos detenido aquí un momento para ver si podíais vigilar a Riley un rato —les informó Grant—. Tenemos que ir a buscar a un par de perros que se han perdido.

—¿Qué quieres decir? —preguntó Papá Chase.

Mientras hablaban, yo me escabullí por la puerta para perros y me detuve con la cabeza levantada. Me llegaba el olor de los patos y, de más lejos, el de algunos caballos. Me gustaba vivir en esa casa pequeña con Grant y con Ava, pero me encantaba estar ahí, en la granja.

Al cabo de un rato, todos salieron al porche para estar conmigo. Papá Chase me puso una mano sobre la cabeza.

—¿Qué tal estás, Riley? Te he echado de menos.

Yo le apoyé las patas delanteras encima para poder alcanzarle la cara con la lengua. Amaba a Papá Chase.

277

—Tenemos que ponernos en marcha, Grant —dijo Ava.

—¿Son peligrosos de verdad? —quiso saber Papá Chase.

—Probablemente no, pero puede que sí. Lo que está claro es que deben de estar desorientados y asustados.

De repente, noté un olor en el aire que me hizo levantar rápidamente la cabeza. ¿Era lo que creía que era?

Grant me enganchó la correa al collar.

—Bueno, vas a quedarte aquí un rato, Riley.

Yo ladré, y todos dieron un respingo. Ava se agachó y acercó la cabeza a la mía para mirar hacia la oscuridad.

—¿Qué es? ¿Qué has visto, Riley?

Lacey salió a la luz de la farola que estaba al lado del camino. Ava contuvo una exclamación.

—Es uno de los perros que hemos rescatado hoy.

¡Lacey! Me puse a menear la cola con furia intentando ir con ella. Lacey también meneaba la cola y empezó a acercarse a nosotros, pero de repente se detuvo y bajó la cabeza.

Grant dio un tirón de mi correa.

—No, Riley.

¿No? ¿Qué podía querer decir esa palabra en ese contexto?

—Esta es la perra que le gusta a Riley —dijo Ava.

Papá Chase ladeó la cabeza.

—¿Qué?

—Cuando estábamos en el patio, Riley ignoró a todos los perros excepto a esta. Grant, sé que te parecerá raro, pero suelta a Riley.

Con un clic dejé de sentirme sujeto y salí corriendo por el patio hacia mi Lacey. Nos saludamos mutuamente como si hiciera una eternidad que estábamos separados. Me puse a perseguirla, y ella me persiguió a mí, y rodamos y jugamos y jugamos. ¡Claro que Lacey estaba aquí!

No me di cuenta de que Ava y Grant habían vuelto a subir a la furgoneta hasta que me llamaron. Obedecí y troté hasta ellos. Lacey hizo lo mismo. Ava tenía en la mano un palo largo con un lazo de cuerda en uno de los extremos.

—¡Buenos perros! —dijo—. ¿Puedes sentarte, Riley?

Hice Siéntate y miré con orgullo a Lacey, que había hecho lo mismo. ¡Los dos éramos buenos perros! Ava dio un paso hacia delante y bajó el palo, y el lazo pasó por la cabeza de Lacey.

—Buena perra, cariño, eres una perra muy buena. —Soltó un suspiro de alivio—. Un par más y la pesadilla habrá terminado.

Grant me enganchó la correa al collar.

—Esperaré aquí mientras te llevas a la pitbull —dijo.

Pusieron a Lacey en la camioneta, pero a mí no. Me quedé atónito al ver que Grant sujetaba mi correa mientras Ava se llevaba a Lacey. ¡Otra vez no!

Retuve el olor de Lacey hasta que Grant me llevó al interior de la casa.

—Creo que Ava tiene razón y Riley está enamorado —le dijo Grant a Papá Chase—. Tuve que sujetarlo con fuerza para que no se fuera corriendo tras ellas.

ZZ se fue. Papá Chase y Grant estaban en el salón y yo me tumbé a sus pies con la correa todavía colgando del collar. Suspiré. No comprendía dónde se había llevado Ava a Lacey, pero tenía la esperanza de que regresaran pronto.

—¿Te leíste el documento que te mandé? —preguntó Grant.

Papá Chase se recostó en la silla.

—Le he echado un vistazo.

—Es un buen acuerdo, papá. Podrías trabajar en la granja todo el tiempo que quisieras. Y vender las cosechas a quien tú quisieras. La empresa no se la quedaría hasta tu fallecimiento.

—¿Y qué hay de vosotros, chicos?

Grant soltó un bufido.

—A Burke no le interesa, papá. Y ya sabes cuál es mi postura. Si me quedo a trabajar aquí, seré pobre.

—No pienso vender la granja a los granjeros robot, Grant. No comprendo cómo puedes pensar en eso siquiera. Quizá ahora no te des cuenta del valor que tiene, pero cambiarás de opinión. ¿No has hecho ya como treinta carreras? Parece que cambiar de opinión es tu especialidad.

—Papá...

279

—¿Quieres que hablemos de algo más? Porque este tema está cerrado.

En ese momento oí la camioneta de Ava en el camino y me puse en pie rápidamente. Grant fue a recibir a Ava a la puerta. Noté el olor de la nueva Lacey en su pantalón y en sus manos, pero Ava había venido sola.

—¿Qué ha pasado? —preguntó Grant.

Ava se pasó una mano por el pelo.

—Han matado a uno de los perros.

Grant reprimió una exclamación.

—Eso es horrible. ¿Cómo ha sido?

—Chicos con armas, Grant. Chicos con armas. Pero hemos conseguido coger al resto. Están a salvo. —Ava soltó un suspiro y dio un paso hacia delante para apoyar la cabeza en el hombro de Grant—. Estoy agotada.

—Pues quedémonos aquí esta noche. El fin de semana, incluso.

Grant y Ava durmieron en su habitación y en la cama no había suficiente espacio para mí, así que fui a la habitación de Burke. Di unas cuantas vueltas sobre su cama hasta que me enrosqué sobre su almohada. Su olor me consolaba y me pregunté cuándo regresaría a la granja.

Había muchas cosas que yo no comprendía.

Esa noche, Lacey y yo corrimos juntos en mis sueños. Ella era la primera Lacey, la que me había abandonado después de que encontráramos a la serpiente. Al despertar, me sorprendió darme cuenta de que no estaba conmigo en la cama de Burke.

Al día siguiente seguí a ZZ y a Papá Chase hasta el campo y les estuve observando mientras jugaban con las plantas de un lado a otro.

—Parece ser que Grant tiene algo mejor que hacer esta mañana —comentó Papá Chase con una sonrisa.

ZZ asintió con la cabeza.

Papá Chase se puso en pie y apoyó las manos en la parte baja de la espalda mientras observaba trabajar a ZZ un momento.

—ZZ.

ZZ levantó la cabeza.

—Grant quiere que venda la granja a Trident Mechanical Harvesting. He leído su oferta. Es mucho dinero, ZZ. No sé si es porque la madre de Ava dirige la empresa o si es porque soy más valioso si estoy en medio de su negocio. Cada vez que quieren ir de un lugar a otro, tienen que dar la vuelta a mi propiedad. Así que… podría alquilar este lugar por un dólar al año hasta mi muerte, y luego ellos se lo quedarían. Continuar viviendo aquí, trabajando aquí… No tendría que preocuparme nunca más por las facturas.

ZZ miraba a Papá Chase con mucha atención. Papá Chase giró la cabeza lentamente y, al final, giró todo el cuerpo dando una vuelta entera sobre sí mismo, como intentando oler todo lo que tenía a su alrededor.

ZZ se puso en pie. Fruncía el ceño con expresión preocupada.

—¿Yo continuaría trabajando aquí?

Papá Chase asintió con la cabeza.

ZZ se encogió de hombros.

—De acuerdo —dijo.

32

—Aquí está Grant —dijo ZZ.

Al oír el nombre de Grant, me giré y al momento capté su olor y vi que se acercaba a nosotros caminando.

Papá Chase asintió.

—Bien. Voy a decirle lo mismo que voy a decirte a ti ahora mismo. No voy a vender. ¿Me comprendes, ZZ? Si mis hijos no lo quieren, bien. —Papá Chase dio un paso hacia delante y puso una mano sobre el hombro de ZZ. Este pareció sorprendido. Papá Chase lo miraba fijamente—. Cuando muera, te dejaré la granja a ti y a Li Min, ZZ. Eres un auténtico granjero.

Los dos hombres se quedaron de pie, mirándose, y luego ZZ dio un paso hacia delante y abrazó a Papá Chase. ZZ lloraba, pero no parecía triste. No dijo nada. Se secó los ojos y asintió con la cabeza.

Grant llegó a su lado. Los miró, sorprendido.

—¿Acabo de ver que os habéis dado un abrazo?

Papá Chase se rio.

—Se ha descubierto nuestro secreto: esto es lo que hacemos en realidad durante todo el día.

Grant sonrió.

—No se lo diré a nadie. Bueno, Ava ha tenido que irse. Hay una gran empresa nacional que ha presentado una demanda. Quieren sacrificar a todos los perros de Death Dealin' Dawgs. Afirman que los perros no pueden rehabilitarse. Dicen que los perros son «esclavos» y que «están mejor muertos». Los centros que han acogido a los perros se han unido y han contratado a Ava para que los represente.

—Las peleas de perros. —Papá Chase meneaba la cabeza—. Es difícil de creer que pueda suceder algo así aquí. En mi vida había oído ni una palabra de esto.

Grant miró a su alrededor.

—Pensé que podría pasar el fin de semana aquí y enseñaros cómo hay que recolectar los pepinos.

Los tres hombres pasaron todo el día sin jugar con este perro. A final de la tarde decidieron, por fin, regresar a casa. ZZ conducía el camión lento, y Grant y Papá Chase caminaban juntos mientras yo corría por delante de ellos. ¡Y menos mal que lo hice! Vi a un animal que ya había visto en otra ocasión. Tenía la espalda encorvada y un paso muy rápido. Se encontraba al pie de un gran árbol que hay al lado del granero, pero en cuanto me vio correr entre los campos subió rápidamente al árbol. Se escondió en un agujero que quedaba por encima de mi cabeza, pero no me dejé engañar: por el olor sabía que estaba ahí dentro.

Ladré para hacerle saber que se había quedado sin opciones. Grant y Papá Chase me llamaron, pero yo continué con mi misión: fuera lo que fuera ese ser, no permitiría que volviera a bajar.

283

—¿Qué pasa, Riley? —preguntó Grant mientras se acercaba—. ¿Qué hay ahí arriba?

Vi que la criatura sacaba la cabeza por el agujero. Tenía un morro afilado y de un color diferente al resto del pelaje. Y unos círculos negros alrededor de los ojos oscuros.

—¿Qué ha encontrado? —preguntó Papá Chase.

—Un mapache, ahí arriba. ¿Lo ves?

Papá Chase apoyó las manos en las caderas.

—Sí, lo veo. ¿Cómo es posible que ese agujero sea tan grande? Me sorprende que el árbol se tenga en pie.

—Mapache —repitió ZZ, despacio—. Mapache.

Grant me acarició.

—Será mejor que no te metas con un mapache, Riley. Pueden ser muy feroces si hace falta. Vamos.

Me sentí muy decepcionado al ver que Grant me hacía ir con los hombres al interior de la casa, y muy sorprendido al ver que bloqueaba la puerta para perros: yo tenía pensado pasar el resto de la tarde entrando y saliendo por ella para hacer pasar a ese animal el peor momento de su vida.

A la mañana siguiente, ese animal ya no estaba, aunque su olor todavía impregnaba el árbol. Ya que se me había impedido castigarlo por su intromisión, olisqueé el árbol atentamente para hacer lo único apropiado en ese momento: tapar su olor con el mío.

Grant y yo fuimos, finalmente, a ver a Ava. Resultó que ella había regresado a su casa. Grant llenó una cosa y se fue como hacía siempre, y yo regresé a ese lugar en el que se encontraban Papá Sam, los amigos de Ava, los perros y todos esos gatos altivos. Ava estaba allí casi todo el tiempo, pero a veces se marchaba y entonces Papá Sam me llevaba a su casa al terminar el día. Y cuando Ava llegaba, a veces necesitaba la presencia de un perro porque estaba muy tensa.

—Me encantaría tomarme una copa de vino —le dijo un día a Papá Sam mientras se dejaba caer sobre una silla.

Él le dio una cosa para beber que desprendía un fuerte olor. Yo me enrosqué a sus pies.

—¿Y? ¿Qué tal ha ido? —quiso saber Papá Sam.

—Hoy ha sido desgarrador. Hemos oído a un testigo hablar de sus condiciones de vida. Algunos estuvieron encadenados a unos ejes de coche enterrados en el suelo. También hemos visto un vídeo en el que uno de los perros atacaba a una persona. Afirman que es Lady Dog. Se ve a un tío que entra con un palo para separar a esos dos perros, porque el pitbull está matando al bóxer. El idiota debía de estar bebido porque se cayó y el pitbull se lanzó sobre él al instante. Es muy salvaje.

—¿Cuál de ellos es Lady Dog?

—Es la que tiene casi todo el hocico blanco. La que le gusta tanto a Riley. Es la perra más tranquila, papá.

—¿Estás segura de que es ella?

—Ese es el tema, la imagen es tan inestable que no se puede ver bien. Quizá de la misma camada. La clásica mezcla de pitbull: cuerpo fuerte y cara arrugada. Alguien filtró el vídeo y lo han visto millones de personas, así que todo el mundo pide que se sacrifique a Lady.

—Cualquier perro puede agredir a una persona en medio de una pelea.

—Claro, papá, tú ya lo sabes, yo lo sé, pero fue un ataque muy salvaje.

—Esto no tiene sentido. Ese tipo de gente no dejaría vivir a un animal que hubiera atacado a su cuidador.

—Estoy de acuerdo.

Los dos suspiraron. Papá Sam puso un poco más de ese líquido en los vasos. Yo me daba cuenta de que parte de la tristeza se estaba disipando y me alegró estar allí para ayudar a ello.

—Ahora estamos recibiendo amenazas de muerte contra Lady Dog —continuó Ava—. Un tipo afirmó que vendría con un rifle. Se lo comuniqué al *sheriff*.

—Me sentiría más tranquilo si Grant estuviera contigo, Ava.

—Tuvo que irse directamente a Tucson. Otra semana.

Se hizo un largo silencio. Yo me di la vuelta para atajar un picor que notaba en la base de la cola. Papá Sam dijo:

—Viaja mucho, eso está claro.

—Es un buen hombre, papá.

—No digo que no lo sea. Pero me doy cuenta de que no eres feliz.

—Él no es feliz, ese es el problema. Ha vuelto a cambiar de trabajo. Nada lo satisface. Pero supongo que somos felices. No me mires así, papá. Es la primera relación larga que tengo. Habitualmente, ya me habrían engañado a estas alturas.

—Oh, cariño.

Ava levantó el vaso.

—Debe de ser el vino. Pero hay algo de verdad en lo que te he dicho. Me da la sensación de que yo siempre soy fiel y que los hombres que elijo… —Se encogió de hombros.

Papá Sam apretó los dientes.

—Ninguno de ellos era bueno para ti.

Ella le sonrió un poco.

—Lo sé. Quizá solo estoy esperando a alguien igual de decente que mi padre.

En ese momento entró Marla. Olía a gatos y a flores, así que, aunque yo estaba muy cómodo, me puse en pie para saludarla. Ese es uno de los trabajos de un perro: hacer que las

285

personas se sientan bienvenidas cuando entran por la puerta. Marla señaló la botella.

—Por favor, decidme que queda un poco.

Papá Sam se levantó y le sirvió un poco de ese fuerte líquido.

—¿Un día difícil, cariño?

Marla se encogió de hombros y sonrió.

—Seguramente nada parecido a lo que tiene que soportar Ava. —Cogió el vaso—. Si llega un paquete equivocado a mi departamento, ningún animal sufre daño.

Ava me llevó a casa y me dio fideos para cenar, lo cual me parecía bien. Yo quería a Ava, a pesar de que ella no comiera mucha carne.

La siguiente vez que vi a Grant, Ava había pasado mucho rato tocando su teléfono. En cuanto entró, Grant dejó caer su bolsa al suelo.

—¿Y?

Ava le dio un abrazo, pero su tensión no se disipó.

—El juez está deliberando y se pronunciará mañana. Estoy chateando con mi padre y con los otros miembros del centro, cuestionándome a mí misma.

—Estoy seguro de que lo hiciste muy bien.

—Lo único que sé es que si falla en contra de nosotros, esos perros morirán.

Olisqueé el pantalón de Grant, pero no llevaba ninguna golosina.

—¿No puedes presentar un recurso?

—Un recurso costaría mucho dinero y requeriría mucho tiempo. Mientras sigue el proceso, los perros tendrían que quedarse en sus jaulas, no podrían ser rehabilitados. No sé si alguno de nosotros tiene estómago para todo eso. —Frunció los labios—. Para mí habría sido muy importante que hubieras estado allí, Grant.

Se hizo un largo silencio.

—Tenía que trabajar, Ava. Venga.

Al día siguiente, Grant comió panceta y Ava no, pero estaban sentados a la misma mesa, así que me senté y los miré atentamente. De repente, se oyó un sonido que me resultó familiar y los dos se pusieron tensos.

—Ya está —susurró Ava—. O viven o mueren.

Cogió el teléfono, respiró profundamente y dijo:

—¿Hola?

Me acerqué a Grant porque me di cuenta de que estaba tan nervioso que se había puesto a mover las piernas debajo de la mesa.

—Sí. Sí, gracias. Adiós.

Grant se levantó de un salto.

—¡Hemos ganado! —gritó Ava.

Los dos se dieron un abrazo. Se sentían tan felices que me dieron un trozo de panceta. Luego se marcharon juntos, y cuando regresaron, ¡traían a Lacey con ellos!

Grant le quitó la correa.

—¡Es la asesina de Míchigan, Riley! ¡Ten cuidado!

Yo me sentí muy feliz de ver a mi Lacey. Se suponía que no debía correr por el interior de la casa, pero en esas circunstancias pensé que podía hacerlo. Salté al sofá y luego le salté a la espalda. Los dos caímos y golpeamos una lámpara.

—¡Lady! ¡Riley! ¡Sentaos! —ordenó Ava muy seria.

Apoyé el trasero en el suelo. Me sentía como un perro malo. Lacey hizo Siéntate a mi lado.

—Se comporta bien —comentó Grant.

—Lo cual es bueno, porque ahora es nuestra perra.

—¿Qué quieres decir?

—No voy a intentar dar en adopción a un perro que apareció en todos los medios sociales como el ser más salvaje del universo. Ni siquiera estoy segura de que Lady estuviera segura con otra persona. Hay muchos fanáticos antipitbull que quieren que muera, como si fuera la representante de Death Dealin' Dawgs.

—Nuestra perra —repitió Grant.

Lacey y yo todavía estábamos haciendo Siéntate. Nos miramos sin saber cuánto tiempo iba a durar eso.

—Mi perra, pues, Grant. Lady es mi perra y Riley es tu perro, ¿vale? ¿Contento?

Ava nos sacó al patio trasero y Lacey y yo estuvimos jugando hasta que se hizo de noche. Cuando regresamos a la casa, nos tumbamos sobre la alfombra del suelo. Yo me

287

sentía tan feliz y tan agotado que casi no podía levantar la cabeza.

Grant y Ava estaban comiendo, pero ni siquiera el tentador olor de hamburguesa me hizo levantar de esa alfombra. Grant puso una cosa dentro del vaso de Ava.

—Eh, Ava. Lo siento. Tienes razón. Debería haber estado ahí contigo, y no estuve.

—Me gustan los hombres que se disculpan.

—Así que estaba pensando que podríamos hacer un viaje juntos. Ir a Hawái.

—Guau. Debes de sentirte verdaderamente mal.

—Tengo puntos de avión y de hotel: iremos en primera clase durante todo el viaje.

—¿Y qué hay de los perros?

—Los llevaremos a la granja con mi padre y él los vigilará. La verdad es que creo que estará bien sacar a Lacey de aquí un tiempo, por si alguno de esos chiflados aparece para hacerle daño.

¡Al cabo de poco, regresamos a la granja! Ese día, Lacey salió corriendo de la furgoneta y corrió directamente hasta ZZ, quien —por algún motivo— se mostró sorprendido ante ese entusiasta saludo. Lacey tambien se emocionó mucho al ver a Li Min y corrió por toda la casa olisqueándolo todo. Yo sabía qué estaba buscando: a Wenling, por supuesto. No tenía forma de decirle que Wenling y Burke no estaban allí, pero los perros se dan cuenta de ese tipo de cosas muy pronto.

Ahora Lacey se llamaba Lady, igual que yo antes me llamaba Cooper y ahora me llamaba Riley. Estas son el tipo de cosas que un perro no podrá comprender nunca. Yo pensaba que ella no necesitaba otro nombre aunque pareciera una perra tan diferente. Ella todavía era mi Lacey.

Al día siguiente, Grant y Ava se marcharon. Lacey y yo casi no nos dimos cuenta: estábamos corriendo y luchando y jugando por toda la granja. Cuando bajamos corriendo hasta el lago, yo procuré mantenerme cerca de Lacey por si se iba a perseguir a otra serpiente, y me puse a hacer Firme para impedirle entrar en la zona pantanosa. Pero ella estaba más interesada en perseguir a los patos.

Al cabo de un rato, nos fuimos al campo a ver si ZZ y Papá Chase tenían ganas de darnos una golosina. No tuvieron ganas, pero nos quedamos con ellos de todas maneras. Los perros casi siempre nos sentimos mejor si tenemos algún humano cerca al que podamos oler y ver.

Cada día era igual para nosotros: jugar, jugar, jugar y luego irnos al campo a echar una cabezada cerca de Papá Chase y de ZZ.

—Bueno, creo que ya está bien por hoy, ZZ —decía Papá Chase.

Esa era la señal de que nos levantáramos y entonces nos íbamos a casa a cenar.

—¿ZZ?

Ese día, Papá Chase fruncía el ceño y yo me di cuenta de que Lacey se ponía tensa. Se fue directamente hacia ZZ, que estaba de pie pero con actitud extraña. Estaba un poco doblado hacia delante, y no se movía.

—¿Estás bien, ZZ?

ZZ cayó de rodillas al suelo y Lacey se puso a ladrar con angustia.

—¡ZZ! —gritó Papá Chase.

ZZ se desplomó en el suelo.

33

*P*apá Chase sacó el teléfono y se puso a hablar, muy enfadado, y luego tiró el aparato al suelo. Luego le dio la vuelta a ZZ para que quedara de espaldas al suelo y empezó a apretarle el pecho. Lacey, muy nerviosa, daba vueltas alrededor de los dos y gemía. Estaba tan alterada que me lanzó una dentellada en cuanto me acerqué para consolarla.

Yo sabía perfectamente lo que estaba sucediendo, y me sentí muy triste por Lacey, y triste por Papá Chase, cuyas lágrimas caían sobre la camisa de ZZ dejando unas marcas oscuras.

—¡Vamos, ZZ! ¡Puedes hacerlo! —gritaba con voz atenazada por el miedo—. ¡ZZ! ¡Por favor, por favor, no, ZZ!

Lacey y yo levantamos la cabeza al oír una débil sirena que se fue haciendo más fuerte hasta que desapareció del todo. Entonces apareció una camioneta grande por el camino y se acercó al campo. Vino directamente adonde estábamos nosotros y bajaron dos hombres y una mujer con unas cajas. Se arrodillaron al lado de ZZ y le pusieron una cosa sobre la cara. Uno de ellos empezó a apretarle el pecho. Papá Chase se sentó en el suelo y se cubrió el rostro con las manos.

Me acerqué a él. Respiraba entrecortadamente y temblaba sin dejar de llorar. Le di un golpe de hocico en la mano y él me tocó un momento, pero yo me di cuenta de que, en realidad, no se percataba de que yo estaba a su lado.

—¡ZZ!

Levanté la cabeza. Li Min corría hacia nosotros con la boca abierta y una mueca de terror en el rostro. Lacey intentó interceptarla, pero Li Min la esquivó. Papá Chase se puso en pie e intentó recomponerse para recibirla. Abrió los brazos y dijo con voz ronca:

—Li Min.

Cayeron el uno en brazos del otro, sollozando. Lacey y yo estábamos a su lado, inquietos por no poder hacer nada para ayudarlos. Las personas que acababan de llegar pusieron a ZZ en una camilla y lo llevaron a la parte posterior de la furgoneta, y Li Min y Papá Chase subieron con ellos y todos se marcharon. Lacey persiguió la furgoneta un trecho, pero se detuvo al llegar al final del camino y se quedó allí, apesadumbrada, mientras el agudo lamento de la furgoneta se alejaba.

Al final, Lacey regresó a mi lado con las orejas gachas, el rabo entre las patas, insegura y asustada. Le di un lametón en el hocico y la llevé a casa por la puerta para perros y a la cama de Burke. Sabía, gracias a Abuela, que esa era una cosa que sucedía a veces y que, cuando ocurría, se llevaban a la persona. Y entonces esa persona ya no regresaba nunca más, pero los demás sí lo hacían. Un perro bueno debe esperar, porque cuando las personas regresan necesitan encontrar a sus mejores amigos.

291

Y las personas regresaron. Primero apareció Papá Chase por la puerta. Se dejó caer en una silla y se quedó mirando al vacío hasta que, finalmente, apoyó la cabeza en las manos y empezó a emitir unos aullidos fuertes y aterradores. Yo me puse a lloriquear ante su dolor. Al fin, se puso en pie, se dirigió con paso inseguro a su habitación y cerró la puerta.

¡Y, al cabo de un día, vino Burke! Me sentí tan feliz de verlo que empecé a dar vueltas en círculo por el patio, loco de alegría. Lacey me siguió, asombrada. Y en cuanto se agachó, yo di un salto para lamerle la cara.

—Guau, eres el perro más cariñoso del mundo, Riley.

Mi chico parecía apagado. Me di cuenta de que no comprendía que yo era Cooper y era evidente que se había olvidado del día en que fuimos a nadar al lago helado.

Burke abrió la puerta de entrada y Burke levantó la mirada.

—Eh, papá.

En ese momento comprendí que sentía lo mismo que Papá Chase con respecto a ZZ. Los dos se abrazaron.

—Ha pasado demasiado tiempo, hijo.

—Lo sé, papá. Siento mucho lo de ZZ.

—Sí.

—Siento que haya hecho falta algo así para hacerme volver.

—Ahora estás aquí, hijo. Y eso es lo único que importa.

—¿Cómo está Li Min?

—Wenling está con ella ahora. Supongo que no está muy bien. Grant y su novia interrumpirán su viaje a Hawái para llegar al funeral.

—Es muy considerado por su parte.

—ZZ era de la familia. —Papá Chase se giró y miró hacia la granja meneando la cabeza—. Entremos.

Esa noche dormí un rato en la cama de mi chico, pero Lacey estaba inquieta y confundida, así que, al final, bajé de la cama y me tumbé a su lado en la alfombra. Los perros necesitan a un perro igual que las personas.

A la mañana siguiente, durante el desayuno, me tumbé a los pies de Burke creyendo que me daría alguna golosina para celebrar los viejos tiempos. Lacey se echó a los pies de Papá Chase porque no sabía que era extremadamente raro que él dejara caer comida bajo la mesa.

—¿Qué tal va el negocio? —preguntó Papá Chase en cuanto se sentó.

Oí que Burke vertía algún líquido en un recipiente y noté el fuerte olor del café.

—El mejor negocio del mundo.

—¿Alguien se ríe alguna vez?

—Solo yo —rio Burke—. A pesar de eso, es el mejor trabajo que puedas imaginar. Cada vez que desmantelamos una presa, la naturaleza se pone de inmediato a corregir nuestros pecados. Los pantanos regresan, los ecosistemas se reconstruyen y los peces aparecen como por generación espontánea.

—¿Has subido a la colina a ver la presa que TMH construyó allí? Se supone que debe ayudar en las inundaciones.

—Tienen inundaciones porque han convertido todos los arroyos en zanjas rectas de cemento y han pavimentado grandes extensiones para construir su planta de procesamiento de fruta —repuso Burke.

Papá Chase soltó un gruñido.

—Necesitaban poner la planta para echarme del negocio de la fruta. Al cabo de dos años, perderé dinero vendiendo mis manzanas y mis peras. ¿Recuerdas a Gary McCallister? Abandonó sus cerezos por completo.

El sonido de unos cubiertos sobre una bandeja me hizo levantar la cabeza y a Lacey también. Su reacción provocó que yo me sentara, y ella también se sentó. Los dos nos quedamos mirando, ansiosos, pero comportándonos como buenos perros.

—¿Has conocido a la nueva novia de Grant? —preguntó Papá Chase.

—No. Yo no... no veo mucho a Grant, papá. Estamos mejor si no nos vemos.

—¿Qué es lo que hice mal para que mis dos hijos no quieran tener nada que ver entre ellos ni conmigo? —se lamentó Papá Chase.

—Dios, no, tú no hiciste nada, papá. Es solo... yo solo... no lo sé. Todo es muy raro entre nosotros. Decimos que no hay ningún problema entre nosotros, pero está claro que no nos sentimos así. Y tú... yo siempre he sentido tu... no sé, tu desaprobación. Por no haber conseguido ser mejor hermano para Grant. Por haber decidido ser ingeniero en lugar de quedarme a trabajar contigo en la granja.

Papá Case lo miraba con incredulidad.

—¿Desaprobación? Dios mío, Burke, estoy tan orgulloso de ti que me estalla el corazón. Por favor, si es mi culpa que te sientas así, perdóname. Te quiero, hijo. Lo eres todo para mí.

Se abrazaron con violencia, dándose fuertes palmadas y apretándose con fuerza. Yo meneé la cola, inseguro. Al final, los dos volvieron a sentarse. Papá Chase se aclaró la garganta.

—Bueno, Burke, he estado pensando. Por lo que sé, tu trabajo te tiene viajando siempre. Podrías regresar a Míchigan. Diablos, podrías vivir aquí. Pellston tiene vuelos comerciales.

—Papá.

Papá Chase tamborileó en la mesa con los dedos. Finalmente, se recostó en la silla y suspiró.

293

—Es solo que echo de menos a todo el mundo.

Se hizo otro largo silencio. Lacey me miró, incrédula. ¿De verdad iban a ignorarnos por completo?

—Déjame que te lo pregunte, Burke: ¿cómo te vas a sentir cuando veas a Wenling?

—La verdad es que no tengo ni idea. La pregunta es cómo se va a sentir Grant.

—¿Estás en contacto con ella habitualmente?

—Yo no diría «habitualmente». Algunos mensajes. Fue a Kansas una vez a una conferencia, así que yo fui a Kansas City, donde ofrezco asesoramiento. A veces hablamos por teléfono.

—Pero ¿no...?

—¿Un romance? No creo que ninguno de los dos tuviera mucho interés en eso.

—Pero ¿existe la posibilidad?

—¿Así que ahora trabajas en un servicio de citas?

—Es solo que tengo la edad en la que a un hombre le gustaría tener algún nieto a quien malcriar.

—Bueno, pues si por esta casa tienen que resonar los pasos de algún pequeño granjero, tendrá que ser por parte de Grant. Yo no he conocido a nadie.

Cuando Wenling y su madre llegaron, Lacey fue a saludarlas de la misma manera en que yo había saludado a Burke: corrió por el patio, se puso a gimotear y a lloriquear, y le lamió las manos a Wenling. Me di cuenta de que Wenling no reconocía a Lacey, igual que Burke no me había reconocido a mí.

—¡Qué perra tan loca! —Wenling levantó la vista y vio que Papá Chase y Burke bajaban los escalones de la casa. Se apartó el pelo de los ojos—. Burke.

—Siento mucho lo de tu padre, Wenling.

Se abrazaron. Papá Chase fue directamente hasta Li Min y los dos se abrazaron y lloraron un poco.

—Esta es Lady —informó Burke a Wenling—. El perro de Ava. Ava es la novia de Grant.

Wenling asintió con la cabeza.

—Me lo dijo mamá. Creo que es la que yo conocí, la chica del centro de acogida. Se llamaba Ava, creo. ¿Es la misma?

—Oh. —Burke se encogió de hombros—. La verdad es que no sé nada de ella.

Lacey y yo seguimos a los demás hasta el interior de la casa. Lacey tenía ganas de luchar un rato, de sacar la energía de su alegría con un poco de juego frenético, pero hice Firme. Ella se quedó perpleja y dejó de dar saltos. Me dio un golpe de hocico, pero yo sabía que cuando las personas están tristes quieren sentarse y hablar tranquilamente, y no que los perros intenten animarlos. A veces suceden cosas que ni siquiera un perro puede comprender, y el hecho de que ZZ se hubiera marchado en la parte posterior de esa furgoneta para no regresar nunca más era una de ellas.

Fue por eso que, cuando Ava y Grant llegaron, yo no me puse a saltar como hizo Lacey. Me quedé sentado, meneando la cola, mientras ellos bajaban del coche.

—Hola, Riley. Buen perro —me saludó Grant—. Baja, Lady Dog. ¡Baja!

—Mirad lo tranquilo que está. Es como si Riley se diera cuenta de que es una situación triste. —Ava me cogió la cara con las manos—. Eres un buen perro, Riley. Eres un ángel.

—Bueno, acabemos con esto. Entrad y te presentaré a mi hermano —dijo Grant con un suspiro.

Ava le dio unas palmadas en el brazo.

—Todo irá bien.

Lacey entró corriendo por la puerta para perros antes que nadie, pero yo me esperé y seguí a Ava por la puerta para personas. Todos los demás se encontraban en la mesa tomando café, pero se pusieron en pie y sonrieron.

—Eh, hola, Burke —dijo Grant.

—Ha pasado mucho tiempo, Grant.

Wenling dio un paso hacia delante.

—Grant.

Se abrazaron.

—Siento mucho lo de tu padre, Wenling. Te presento a Ava. Ava, te presento a Wenling, y su madre, Li Min. Ya conoces a mi padre, Chase. Y el que tiene pinta de atontado es mi hermano Burke. Os presento a Ava.

—¡Oh, Dios mío! —exclamó Ava.

—¡Eres tú!

Burke sonreía, encantado.

Todos se miraron, asombrados. Lacey me miró del mismo modo.

—¿Os conocéis? —preguntó Grant.

Burke y Ava se encogieron de hombros, un tanto azorados, así que Lacey metió la cabeza entre ambos para ofrecerles unas muestras de cariño.

—No lo había relacionado —dijo Burke.

—Yo tampoco. Quiero decir, creí que dijiste que te llamabas Burt. Pero la verdad es que hace tanto tiempo que me había olvidado.

Papá Chase se aclaró la garganta.

—No sé vosotros, pero a mí me gustaría que me contaran de qué va todo esto.

En ese momento oí que un coche se acercaba por el camino y salí por la puerta para perros para ir a recibirlo. Lacey me siguió. Eran dos mujeres que traían unos platos calientes de una comida que me hizo salivar. Pero no fueron las únicas personas que vinieron a traer comida. Cuando una casa se llena de tristeza, las personas traen comida y los únicos que se alegran de ello son los perros.

Esa noche la pasé en la cama de mi chico esquivando sus pies inquietos. Antes, cuando yo hacía Firme y Ayuda para él, él nunca daba patadas mientras dormía, pero ahora yo me tenía que apartar cada vez que se movía. A pesar de ello, me sentía satisfecho. Tenía lo que siempre había querido: estábamos todos juntos en la granja. Lacey estuvo un rato dando vueltas, inquieta, en el salón, esperando a que regresara Wenling antes de subir para dormir con Grant y con Ava. Yo deseaba que Wenling y Li Min regresaran pronto para que Lacey dejara de preocuparse.

Y lo hicieron, pero fue después de un largo día que empezó cuando todo el mundo se puso unos zapatos que hacían mucho ruido, y luego dejaron a los perros solos todo el día. Lacey se mostraba impaciente ante mis intentos de jugar con ella. El hecho de haberse reunido con Wenling y de, luego, haber visto que se marchaba le provocaba una frustración que yo comprendía muy bien.

Ese día de los zapatos ruidosos, todo el mundo se mostró

muy triste. Todos estuvieron de pie, hablando quedamente y comiendo, hasta que el sol se puso. Pero ni Lacey ni yo intentamos pedir golosinas: no nos pareció que fuera el momento adecuado para ello.

A pesar de todo, algunas personas sí nos dieron alguna golosina. Es difícil resistirse a un perro.

Cuando la casa se quedó vacía, Lacey se tumbó a los pies de Wenling. Hubo unos largos silencios, luego alguien decía algo en voz baja y se hacía otro largo silencio. Li Min preparó esa cosa tan desagradable que supe que se llamaba «té». Wenling se limpiaba la cara y se sonaba la nariz con un trozo de papel.

De repente, Papá Chase se dio una palmada en la rodilla y todo el mundo dio un respingo.

—He tomado una decisión. —Miró a su alrededor—. Voy a vender la granja.

Lacey y yo levantamos la vista porque nos dimos cuenta de que todos se habían puesto tensos. Se hizo un silencio largo y tenso.

—¿Por qué has dicho eso, papá? —preguntó Burke.

—Porque sin ZZ no sé cómo lo haré. Diablos, llevamos cuatro años seguidos perdiendo dinero. Grant tenía razón, Grant siempre ha tenido razón. Esto es nadar contra corriente.

Todos se quedaron callados un momento.

—¿Así que vas a vender a Trident Mechanical Harvesting? —preguntó Grant—. ¿Y trabajarás por un alquiler de un dólar al año?

—No, diablos, la venderé y acabaré con esto —le dijo Papá Chase con amargura.

Al notar que la inquietud iba en aumento, Lacey se sentó y bostezó.

—Yo te ayudaré —dijo Li Min en voz baja. Todos la miraron. Ella se encogió de hombros—. ZZ era… él no quería que yo trabajara en el campo. Según él, una esposa americana no puede estar en el campo porque es una mala imagen para el esposo. Pero me han reducido las horas en la tienda casi por completo, así que podría ir al campo y trabajar contigo, Chase. Cada día si fuera necesario. No soy ZZ, pero puedo aprender.

—Yo me trasladaré a casa, también —anunció Wenling. Ahora todos la miraron a ella. Lacey puso la cabeza en su regazo—. En honor a mi padre. Para ayudar a mi madre. Trabajo en un laboratorio porque eso es lo que se hace cuando uno tiene un título de horticultura, pero creo que prefiero estar al aire libre, ver si lo que he aprendido se puede aplicar a una granja familiar y no solamente en… —miró a Burke y sonrió— en una granja robot.

Más tarde, mientras Grant se encontraba en su habitación, Burke llamó con los nudillos a la puerta. Todavía me resultaba extraño ver a Burke en el primer piso de la casa sin que yo hubiera hecho Ayuda para ayudarle a subir. Me pregunté si alguna vez Burke decidiría volver a usar su silla.

—¿Puedo hablar un minuto contigo, hermano? —preguntó Burke.

—Sí, claro.

Tuve que apresurarme a entrar en la habitación antes de que Burke cerrara la puerta para no quedarme fuera. Burke se apoyó en ella y dijo:

—Estaba pensando en que quizá podrías quedarte por aquí un tiempo.

Grant ladeó la cabeza.

—Quedarme por aquí —repitió.

—Me refiero a trasladarte a la granja durante un tiempo.

Grant soltó un bufido de burla.

—¿Papá te ha dicho que subieras a decirme esto?

—No, papá no tiene nada que ver.

—Seguro que no.

—Grant. Sí, le vendría bien tu ayuda. Pero no es por eso. Creo que es por ti que deberías trasladarte aquí.

Grant soltó una fuerte carcajada.

—Claro.

—Por ti y quizá por alguien más.

$\mathcal{M}$ientras me encontraba sentado mirando a los dos hermanos, oí que Lacey estaba al otro lado de la puerta. Esperé que alguien la abriera, pero Grant miraba a Burke y era como si hiciera su paso furioso con los ojos. Lo señaló con el dedo y dijo:

—Creo que sería mejor que no destaparas lo que has venido a decir.

Burke negó con la cabeza.

—Guau, hablas como papá. Pero ¿no te das cuenta de que te has pasado toda tu vida adulta huyendo de los dos únicos compromisos que te importan de verdad?

—Compromisos.

—La granja. Y Wenling.

Grant soltó un gruñido de disgusto.

—No quiero ser un granjero. He pasado la vida alejándome de la granja.

—No quieres ser otra cosa que un granjero y quizá has estado alejándote del único lugar al que perteneces.

Grant se sentó pesadamente en la cama y Burke se instaló en una silla. Grant se cruzó de brazos.

—Wenling y yo cortamos.

—Sí, hace un millón de años. Y no es verdad que «cortasteis», tú la dejaste. Ella no quería casarse tan joven, pero eso no significaba que la relación hubiera terminado. Venga, Grant. He estado en la misma habitación que tú todo el día. Me he dado cuenta de a quién miras cuando crees que nadie te ve. Y está clarísimo que no es a Ava.

—¿Ah, sí? —repuso Grant, desafiante—. Yo te he visto a ti mirando a Ava.

—Eso es cierto; es realmente guapa —admitió Burke—. Odio decirte esto, hermano, pero Ava es tu tope.

Los dos se rieron quedamente. Al otro lado de la puerta, Lacey soltó un bufido por la nariz. Sabía que estábamos ahí dentro y que ella estaba fuera.

—¿Te ha… Wenling te ha dicho algo? —preguntó Grant. Burke sonrió.

—Mira mira, así que sí que hay cierto interés, ¿eh?

—Solo responde la pregunta.

—No, Grant. No necesita hacerlo.

Grant lo miró. Burke se puso en pie y abrió la puerta, y Lacey entró atropelladamente y yo me tumbé en el suelo para que ella se pusiera encima de mí y me mordiera la cara.

Después de desayunar, a la mañana siguiente, Ava y Grant bajaron hasta el embarcadero del lago, así que Lacey y yo los seguimos. Me sorprendió que Lacey no saltara al agua tras los patos, pero de todos modos les ladró. Los dos lo hicimos y nos pusimos histéricos hasta que Grant gritó:

—¡Basta!

Yo no comprendí esa palabra, pero lo que quería decirnos estaba claro.

—Esos dos se quieren de verdad —comentó Grant.

—¿De qué querías hablar conmigo? —preguntó Ava.

—¿Cómo sabes que quiero hablar contigo?

—¿En serio? Has estado muy raro toda la mañana. Sé que está pasando algo.

—Bueno… —Grant soltó un suspiro—. Ahora que ZZ no está, me preocupa mucho mi padre. Me refiero a cómo lo va a hacer para la próxima cosecha de otoño. Así que he pensado que pasaré unos cuantos meses aquí, ayudándole.

—¿Ah, sí? ¿Y qué hay de tu trabajo?

—Les he mandado un mensaje diciéndoles que necesitaba tomarme unos meses a causa de un asunto familiar.

—¿Ya les has mandado un mensaje? ¿Sin hablar conmigo?

—No, Ava. Quería saber si me concederían ese tiempo.

—¿Y lo han hecho?

—Sí. Bueno —Grant se aclaró la garganta—, lo que han dicho es que puedo volver a solicitar la plaza cuando regrese.

—Ya veo.

Ava le pasó el pie por la grupa a Lacey. Lacey soltó un gemido y se tumbó de costado para que Ava tuviera fácil acceso a su barriga.

—Papá dice que yo casi soy mejor que él en la granja —añadió Grant.

—Y necesita tu ayuda.

—Sí, es un trabajo duro.

—¿Y qué hay de Wenling?

—Claro, ella lo hace bien. Me refiero a que puede ayudar, pero no sé si podrá reemplazar a ZZ. Ni cuánto tiempo querrá quedarse. Ella es científica, no granjera.

—No, te estoy preguntando que qué hay de Wenling. ¿Tiene ella algo que ver con esta decisión?

—Acaba de perder a su padre.

—Así que el hombre disperso ahora quiere vivir en la granja. Con Wenling. Su antigua novia.

Ava parecía un poco enfadada, y tanto Lacey como yo levantamos la cabeza y la miramos.

—Venga, Ava, no es eso lo que estoy diciendo.

Al día siguiente, Grant y Ava nos llevaron a dar un largo paseo en coche hasta casa de Ava. Nosotros queríamos sacar la cabeza por la ventanilla, pero, puesto que estaban cerradas, optamos por ponernos a luchar en el asiento trasero hasta que Grant se giró y gritó: «¡Basta!». Esa palabra me era desconocida, pero de nuevo no tuvimos ningún problema para interpretar el tono de voz.

—Creo que deberías contratar un servicio de seguridad. ¿Ava? Hablo en serio. Sé que esas amenazas de muerte suenan a chifladura, pero nunca se sabe cuándo uno de esos antipitbull puede cumplir sus amenazas. Lady es el emblema de su causa, un pitbull luchador que vive como una mascota.

—Eso no te ha preocupado hasta ahora.

—Sí, bueno, si yo estoy ahí…

—Solo que no has estado ahí —lo interrumpió ella—. Te pasas el tiempo viajando, Grant. Si alguien quiere pegarle un tiro a Lady, lo intentará tanto si estás en Denver como en Toronto o aquí en la granja con Wenling.

Grant emitió un raro sonido de insatisfacción. En general, a partir de ese momento fue un paseo en coche silencioso.

301

Lacey y yo entramos en casa de Ava los primeros y nos pusimos a olisquearlo todo, muy emocionados. Luego nos enroscamos en la alfombra y nos quedamos dormidos. Pero cuando Grant empezó a preparar la comida, fuimos a la cocina porque lo que estaba haciendo desprendía un delicioso olor a queso y a carne. Grant sirvió platos para Ava y para él, pero ninguno para los perros.

—Grant.

—¿Mmmm?

—Quiero que duermas en el sofá esta noche.

—¿Qué? Ava...

—Basta. Creo que eres un buen hombre, Grant. De verdad. Y creo que estás haciendo todo lo posible por decirme la verdad, pero ayer algo cambió para ti y quizá todavía no lo hayas reconocido ni tú mismo, pero decir que Wenling y tú no estáis pillados el uno por el otro es tan absurdo como decir que Li Min no está enamorada de tu padre.

—¿Qué? ¿Li Min? Eso es ridículo, Ava.

—¿Y qué es lo que te parece ridículo de lo que te acabo de decir? ¿Lo de Li Min? —lo desafió ella con tono suave.

Después de la cena y sin que nos hubieran dado ninguna golosina, Ava nos llevó al patio trasero para que corriéramos un poco y olisqueáramos por ahí. Nos encontrábamos al lado de la valla más alejada cuando percibí el olor de un hombre, y Lacey también lo percibió y emitió un gruñido grave.

—¡Lady! ¿Quieres una golosina? ¿Lady? —susurró él.

Oímos la palabra «golosina» y notamos un olor de ternera mezclado con el olor de ese hombre, y Lacey dejó de gruñir. Metimos el hocico entre las barras de la verja. El hombre se encontraba encorvado hacia nosotros y llevaba ropa oscura. A mí me desagradó al momento y no meneé la cola. Estaba a punto de ponerme a gruñir. El hombre levantó un brazo e hizo el gesto de lanzar algo.

—¡Ahí tienes, Lady!

Un pequeño trozo de carne roja aterrizó en el suelo casi a mis pies. Pero había algo que no estaba bien en esa carne: desprendía un olor diferente al de todas las golosinas que yo conocía. Bajé el hocico, desconfiado, y una repentina sensación de peligro hizo que se me erizara el pelaje del cuello.

Lacey se lanzó a por la carne, así que yo la cogí primero y me alejé corriendo. Ella me persiguió. Ese olor se convirtió, al instante, en un sabor amargo en la boca. Algo me decía que no debía comerme esa carne que nos había llegado de forma tan extraña, y era algo parecido a un recuerdo, aunque no estaba basado en nada que me hubiera ocurrido con anterioridad. Era malo. Debíamos dejar que fueran Grant y Ava quienes decidieran qué hacer con esa carne. Necesitábamos que los humanos nos ayudaran porque eso se encontraba fuera de las capacidades de un perro.

Pero Lacey no estaba dispuesta a abandonar. En cuanto dejé caer la carne para examinarla mejor, ella se lanzó a por ella y me vi obligado a cogerla otra vez. Finalmente, exasperado, le gruñí enseñando los dientes. Ella me enseñó los dientes a mí. ¿Por qué no lo comprendía? Se apretaba contra mí y me sorprendió descubrir lo fiera que se mostraba. Ella no percibía el peligro de la misma manera que lo percibía yo y estaba dispuesta a pelear por esa carne aunque eso pudiera hacerle daño.

Así que me la comí. Me aparté de ella y me la tragué mientras corría. No podía permitir que Lacey se la comiera. Debía protegerla de esa amenaza porque eso venía de un hombre que era siniestro y que se había agazapado al otro lado de la valla con intenciones malignas.

Después de tragarla, se me quedó un sabor amargo en la boca. Lacey olisqueó la zona de hierba en que había estado la carne y luego olisqueó mis mandíbulas. Yo meneé la cola, pero ella no bajó la cabeza con gesto juguetón, sino que regresó a la valla, probablemente esperando encontrar a ese hombre, pero su olor ya había desaparecido.

Esa noche, Grant se acostó en el sofá del salón y Lacey se subió a la cama de Ava. Yo me sentía confuso. Intenté subir con Grant, pero no había suficiente espacio. Y dormir con Ava y con Lacey me pareció, por algún motivo, que no era correcto. Me preocupaba que Grant no estuviera cómodo si no tenía un perro enroscado a sus piernas.

—Túmbate en el suelo, Riley —me dijo Grant.

Hice lo que me decía y cerré los ojos, pero los abrí inmediatamente. De repente, el suelo me pareció raro. Tenía la sensación de que se inclinaba. Recordé a mi primera madre y la gua-

303

rida de paredes metálicas, esas extrañas fuerzas que hicieron que mis hermanos y yo fuéramos de un lado a otro como en un paseo en coche. Yo ya me había acostumbrado a ese tipo de cosas, pero no mientras me encontraba tumbado en el suelo.

Levanté la cabeza, jadeando, y miré a Grant. Recordé la ocasión en que, mientras jugaba con Lacey, caí al suelo sintiendo como si me mordieran en la barriga desde dentro. Ahora me sucedía algo parecido y estaba bastante seguro de cómo acabaría todo.

Fui con torpeza hasta mi caja de juguetes y metí el hocico hasta el fondo en busca del hueso de nailon. Babeando, lo llevé hasta el sofá, al lado de Grant, que dormía. Al despertar, lo vería y sabría que yo lo amaba. Luego regresé a mi lecho y me dejé caer pesadamente en él.

Ese día en el campo, tanto tiempo atrás, mi último día como Cooper, Lacey había estado allí, mostrándome cariño, preocupación y cuidados. Ahora, como si notara que yo estaba pensando en ella, bajó de la cama de Ava, abrió la puerta de un empujón con el hocico y vino a verme. Yo me pasé la lengua por los labios. Notaba el amargo sabor de la carne prohibida en la lengua y Lacey la olisqueó.

En ese momento me di cuenta de que Lacey era una perra vieja en el cuerpo de una perra joven. Había tenido una vida difícil y eso la había hecho envejecer. Pensar eso me puso triste.

De repente me sentí mal de la barriga y me puse en pie precipitadamente. Fui hasta la puerta y empecé a arañarla, pero cuando Grant llegó para dejarme salir yo ya estaba vomitando la cena.

—¡Oh, Riley! ¿Qué te sucede? ¡No, Lady! ¡Vuelve!

Grant encendió la luz y empezó a limpiar el suelo. Yo me sentí como un perro malo. Lacey sabía que yo me encontraba mal y me daba golpes con el hocico, impotente.

Ava bajó atándose la bata a la cintura.

—¿Qué ha pasado?

—Riley ha vomitado. Lo estoy limpiando.

—¿Riley?

La miré, pero me costaba verla.

—Está muy enfermo, Grant. Míralo.

LA RAZÓN DE ESTAR CONTIGO. LA PROMESA

De repente, las piernas me fallaron y me caí al suelo. Estaba jadeando y no podía respirar.

—¡Riley! —gritó Grant.

El hocico de Lacey estaba justo ahí. Aunque lo veía todo borroso, percibía su amor y su preocupación por mí.

Ava sollozaba.

—Creo que se ha envenenado, Grant.

Los dos se arrodillaron a mi lado. Lacey pegó la barriga al suelo y se arrastró hacia mí hasta que nuestros hocicos se tocaron. Yo sentía unas manos que me acariciaban el pelaje y la inquietud de todos en esa habitación, y la sensación del agua a chorro.

El dolor de barriga cedió un poco. Yo estaba con Lacey, con Grant y con Ava. Los quería a todos, igual que quería a Burke. Yo era un buen perro, pero ahora me estaba sucediendo una cosa que ya me había sucedido antes.

—Vamos a llevarlo al veterinario —dijo Grant.

—¡Deprisa!

Lacey me lamía con ternura mientras Grant me rodeaba con los brazos. Ahora ella se quedaría con Ava y con Grant, y eso me alegraba. Las personas necesitan un buen perro, especialmente cuando el otro perro muere. Grant me llevó en brazos hacia la oscuridad y yo sentí que continuaba elevándome en el aire, arriba y más arriba, hasta que me encontré muy muy lejos, flotando en aguas oscuras.

—Bailey —oí que me decía una voz familiar con tono tranquilizador—. Eres un perro muy bueno, Bailey.

Ahora veía una luz dorada. Yo ya había estado ahí antes. Me gustaba que esa voz me dijera que yo era un buen perro. Notaba su amor hacia mí en cada palabra aunque no pudiera comprender qué me estaba diciendo.

—Tu trabajo ya está casi hecho, Bailey. Solo quedan unas cuantas cosas que hay que arreglar. Una vez más, Bailey, necesito que regreses una sola vez más.

Pensé en Ava y en Grant, en Wenling y en Burke, en Papá Chase y en Li Min. Los imaginé a todos en la granja, corriendo con Lacey.

Ese pensamiento me hizo sentir muy feliz.

35

*L*a conciencia regresaba lentamente y todo me resultaba muy familiar: la leche caliente y rica de mi madre, los gemidos, la presencia inquieta de mis hermanos. Cuando mi olfato empezó a interpretar lo que me rodeaba, supe dónde me encontraba: era un edificio en el que los perros estaban dentro de jaulas y los gatos miraban con hostilidad.

Y la primera persona a la que reconocí por el olor fue, por supuesto, a Ava. Cuando crecí un poco más y pude verla, empecé a correr hacia ella cada vez que se acercaba a nuestra guarida. Y me disgustaba que mis hermanos marrones, blancos y negros hicieran lo mismo, como si todos ellos estuvieran destinados a estar con ella. Ella era mi Ava. Algunos de mis hermanos le mordisqueaban los dedos de la mano, pero cuando me cogía a mí, yo siempre intentaba lamerle la nariz.

Papá Sam también jugaba con nosotros y nos llevaba al patio, el patio en el que conocí a Lacey por primera vez. Pero Lacey no estaba allí. Ahora la hierba había desaparecido y había nieve amontonada en algunos puntos. A pesar de eso, noté que los días se hacían más cálidos progresivamente.

A Ava le encantaba cogerme en brazos y mirarme a los ojos.

—Este es mi favorito —le dijo un día a Papá Sam.

—Pues deja que lo adivine: le vas a poner Bailey.

Lo miré. ¿Qué significaba que hubiera pronunciado ese nombre?

Ava se rio.

—No, creo que ya he acabado con todos los Baileys. A todos los perros que les puse Bailey sus nuevos propietarios los rebautizaron. No, este se llamará Oscar. No es más que un cachorro, pero ¿ves cómo te mira? Tiene ojos de perro viejo y sabio.

—Un alma vieja —sugirió Marla.

Se apartó los negros mechones de cabello de la frente y, cuando me acarició, me llegó el olor de los aceites y los perfumes de su cabello.

Ava asintió con la cabeza.

—Exacto.

—¿Qué raza de perro eres, Oscar? —preguntó Marla.

Reconocí la pregunta en su tono de voz, pero no entendí las palabras.

Papá Chase se rio.

—La mujer jubilada que trajo a los cachorros dijo que su carísimo pointer alemán de pelo corto y de pura raza se quedó preñada de alguna manera. Así que no lo sabemos, exactamente.

—Yo diría que quizá es un cocker— dijo Ava.

Marla me dio un beso en el hocico. Marla me caía bien.

Un día en que estábamos en el patio, Ava abrió la puerta y una perra mayor entró al trote con el hocico blanco pegado al suelo. Tenía el pelaje moteado con manchas marrones por todas partes. No hizo falta que la olisqueara: la reconocí a simple vista.

Lacey.

Su llegada provocó una estampida: mis hermanos y hermanas empezaron a chocar entre sí y a subirse los unos encima de los otros para llegar hasta ella. Yo quería ir a saludarla sin que ellos interfirieran, pero ellos la aislaron, saltándole encima, dándole mordiscos y chillando todo el rato. Lacey se mostró amable y tolerante con todos y meneaba la cola mientras los olisqueaba sin impedir que le mordisquearan los labios.

—Buena perra, Lady Dog —murmuró Ava.

Finalmente, subí encima de una de mis hermanas y me encontré hocico contra hocico con mi Lacey. Ella inmediatamente bajó la cabeza en actitud de juego y empezó a dar saltos, tan emocionada de verme como yo de verla a ella. ¡Por supuesto que me reconocía!

—¡Lady está encantada de haber conocido a estos cachorros! —le dijo Ava a Papá Sam.

307

—Me encanta ver que un perro mayor se anima con unos cachorros —asintió Papá Sam.

Yo quería perseguir a Lacey por todo el patio, ponerme a luchar y a rodar por el suelo con ella, y me daba cuenta de que ella deseaba lo mismo, pero mi pequeño tamaño nos lo impedía.

Cuando fuera mayor, iríamos a perseguir a los patos de la granja.

Entonces se abrió la puerta y vi a Burke allí de pie. Me alegré mucho, aunque no me sorprendió. Corrí hasta él y, por supuesto, los idiotas de mis hermanos y hermanas hicieron lo mismo. Él sonrió.

—¡Hola!

—¿Burke? ¡Guau! —Ava, con una gran sonrisa, corrió hacia él con cuidado de no pisar a los cachorros que se arremolinaban a sus pies. Él le dio un beso en la mejilla—. ¿Cuánto tiempo ha pasado? ¿Tres años?

—Sí, pero te prometo que he pensado en ti durante una hora cada día.

Ava se rio.

—¿Qué te trae por aquí? —le preguntó.

—He estado pensando en adoptar un perro —respondió Burke—. Y pasaba con el coche por aquí y vi tu señal en la carretera, la del vídeo del cachorro. Y pensé que debía venir.

—Papá, este es Burke, el hermano de Grant.

—Encantado de conocerte —dijo Papá Sam, alargando la mano para que Burke pudiera darle un rápido tirón—. Voy a limpiar las jaulas de los gatos.

—El glamur no se acaba nunca —se rio Ava.

Apoyé las patas delanteras en las piernas de mi chico, intentando llegar hasta él. Burke se inclinó hacia delante y me levantó en el aire hasta que nos miramos a los ojos.

—Este es Oscar —dijo Ava—. Es el más cariñoso de la camada. Le encantan las personas. Y parece que tú le gustas especialmente.

—Hola, Lady Dog, cuánto tiempo sin vernos —saludó Burke en cuanto Lacey se acercó en busca de caricias. Levantó la mirada hacia Ava—: Creí que no se podían mezclar adultos con cachorros hasta que les hubieran puesto las vacunas.

LA RAZÓN DE ESTAR CONTIGO. LA PROMESA

—Hay dos escuelas de pensamiento sobre este tema. Personalmente, creo que es mucho mejor asumir el riesgo y permitir que los cachorros se socialicen con otros perros cuanto antes mejor. Mueren más perros por no haber sido socializados que por culpa de un virus. Los perros inoculados tienen inmuniad, igual que los seres humanos. Un momento, ¿vas a quedarte con un perro? Creí que los Trevino no queríais tener los pies en el mismo sitio mucho tiempo.

Miré a mi chico con adoración. Él me frotó el hocico con su nariz y yo le lamí la mejilla.

—Lo curioso es que acabo de aceptar un trabajo en el que voy a realizar la inspección de todos los pantanos del estado. Voy a quedarme en Míchigan en un futuro inmediato. Y me imagino ir por ahí con un perro al lado que me haga compañía mientras observo tuberías oxidadas y cemento roto. ¿Puedo quedarme con Oscar?

—¿En serio?

—Míralo. ¿Quién podría resistirse a estos ojos marrones?

—Bueno, aún no es lo bastante mayor para ser adoptado. Y ya sabes que tendrás que esterilizarlo, ¿no? Lo pagaremos nosotros, pero es obligatorio.

Burke me dejó en el suelo. Yo ignoré a los demás cachorros e intenté trepar por su cuerpo.

—Imagino que si tú redactaste el contrato, es intocable.

—No tienes ni idea.

Al cabo de un rato, Burke se marchó y yo me sentí muy decepcionado. De nuevo, las personas se comportaban de una manera que un perro no podía comprender.

Poco después de la visita de Burke, mis hermanos empezaron a marcharse uno tras otro. Ava metía los brazos en la jaula y cogía con cuidado a uno de ellos y se lo llevaba. Yo sabía que se iban a un nuevo hogar, con otras familias, y eso me hacía sentir feliz.

Un día, mientras me encontraba durmiendo encima de Lacey y mi cabecita se elevaba y descendía al ritmo de su respiración, la puerta de la jaula se abrió y... ¡apareció Burke! Decidí que ese era un truco nuevo.

Ava estaba a su lado.

—¡Hola! —dijo, mirándose el reloj.

Burke se encogió de hombros con actitud arrepentida.

—Siento llegar tarde. Encontré una mujer que creía que era propietaria de un pantano solo porque este da a sus tierras. Y cuando le dije que mi trabajo consistía en certificar la seguridad de los pantanos y que creía que ese no cumplía los requisitos, se puso a discutir de forma muy vehemente. ¿Qué sucede?

—¿Disculpa? Nada.

—Me estás mirando de una manera rara.

—Oh. Solo pensaba que se te ve… bien —dijo Ava, bajando los ojos.

—Gracias. Me he lavado el pelo, aunque creo que ya lo hice el mes pasado.

Ava se rio.

Me llevaron a una habitación pequeña y Burke se sentó a una mesa y se puso a rascar unos papeles. Ava se sentó delante de él. Lacey se tumbó con dificultad en un lecho para perros y yo subí con ella. Me disponía a echar otra cabezada cuando se me ocurrió una cosa que me impulsó a sentarme de golpe y a mirar a las dos personas que en ese momento hablaban.

¡Burke no solo me había encontrado a mí, sino que siempre encontraba a Ava! Y ellos dos eran las dos únicas personas del mundo para las cuales yo había hecho Tira. ¡Incluso había hecho Ayuda para Ava en la nieve! Así que, aunque nunca antes se me había ocurrido pensarlo, Ava y Burke estaban conectados.

Burke estaba encorvado sobre sus papeles.

—Me alegro de ver a Lady. Después de lo de Riley, continué creyendo que no dejarían de intentar hacerle daño.

—Tuvieron que retirarse después de la mala prensa. El tipo al que la policía detuvo era un voluntario de… vamos a llamarla la «organización que no hay que nombrar». Intentaron renegar de él, pero él aparecía en el registro de patrocinadores.

—¿Cuánto tiempo le cayó?

—¿Tiempo? Le pusieron una multa y servicio comunitario. Y él presentó una solicitud para que el trabajo de voluntariado que realizaba en la misma organización le sirviera para descontar horas de servicio, como si ir a una reunión para discutir si hay que matar a unos pitbull fuera un servicio comunitario. —Ava cogió un montón de papeles y los ordenó—. Bueno, ¿has hablado con tu hermano últimamente?

Burke negó con la cabeza.

—No, hace tanto tiempo que no hablamos que se nos hace difícil recuperar la costumbre. Pero a veces hablo con Wenling.

—Ah, Wenling, la mágica mujer morena. ¿Así que tú también estás bajo su embrujo?

Yo me acurruqué contra Lacey, mi compañera; me encantaba estar con ella, con Ava y con mi chico en la misma habitación.

—¿No lo sabías? Había sido mi novia antes de estar con Grant.

Ava se quedó boquiabierta.

—No, no lo sabía. ¿Eso cuándo fue?

—Hace mucho mucho tiempo. Es curioso lo importante que parecía todo entonces. Ahora solo es cosa de niños. Ella me dejó por Grant.

—¿De verdad? Él nunca dijo nada al respecto. ¿Tu propio hermano?

—Bueno, un momento, no sé por qué lo he dicho así. Yo la dejé a ella, para serte sincero. Es una larga historia, pero yo tenía una imagen de mí mismo en la que sería muy popular entre las chicas, y quería estar libre. Y cuando eso no funcionó, me sentí muy celoso, lo cual era una estupidez porque ella tenía que salir con alguien, ¿no? Pero yo estaba pasando un mal momento y le dije cosas muy duras a mi hermano. Grant tiene muchas cosas de mi padre: le cuesta perdonar.

—Así que cuando hablas con ella…

—Exacto, solo somos amigos.

—No, te iba a preguntar por Wenling y Grant.

—Ah. —Él la miró fijamente—. Son pareja, sí.

Ava se rio.

—A veces necesito que alguien me explique por qué todos los hombres con los que he salido me han dejado por otra persona.

311

—Seguramente elegiste a los chicos equivocados.

—Eso es lo que dice mi padre. Sea lo que sea lo que tiene Wenling, necesito un poco de eso.

—Por lo que yo veo, tienes más que suficiente.

Ava se rio, encantada.

—Eso no lo había oído nunca.

Burke se quedó mirándola con una ligera sonrisa en los labios. Al final, Ava apartó la mirarda.

—¿Quieres cenar conmigo esta noche? —le preguntó.

—Oh —hizo Ava.

Lacey y yo la miramos al percibir un aumento de la tensión en la habitación.

—¿«Oh» es sí o es no?

—Es solo que si lo hubiera sabido antes…

—Intento ser espontáneo. Todo el mundo cree que los ingenieros somos templados y predecibles. Anoche desgarré mis ropas y me puse a aullarle a la luna.

Ava se rio.

—¿Tienes pensado hacerlo otra vez?

—Deja que te invite a cenar y veremos.

Ese verano, Burke y yo nos íbamos a dar largos paseos en coche para visitar unos lugares maravillosos. Nadé en lagos y en arroyos, seguí el rastro de muchos animales por el bosque, dormí con él en una pequeña habitación de tela que él doblaba y guardaba en la camioneta cada mañana. Los dos olíamos de fábula, porque nuestros olores se mezclaban. Y de vez en cuando íbamos a ver a Ava y a Lacey.

Lacey siempre se encontraba en la puerta para saludarnos cuando Ava la abría. Pero, un día, no estuvo.

—Eh, hola —dijo Ava.

Burke le dio un beso mientras yo, ansioso, pasaba entre ambos e íba en busca de Lacey. La encontré tumbada en su lecho. Ella levantó la cabeza y meneó la cola al verme, pero no se levantó cuando le di un golpe con el hocico.

—He venido a visitar tu ducha —declaró Burke.

—Nuestra relación empezó con una ducha.

—Es cierto. Pero entonces yo no había estado durmiendo en una tienda con un perro durante cuatro noches seguidas. Hola, Lady, ¿cómo te encuentras, viejita?

Lacey meneó la cola, pero yo percibí que estaba muy enferma y sin energía. Me di cuenta de que estaba llegando al final de su vida, una buena vida durante gran parte de la cual habíamos estado juntos y en la que ella había recibido el amor de personas como Ava.

—¿Te hablé de eso la primera vez? ¿En la primera ducha? —preguntó Ava.

Burke se sacó la camiseta por la cabeza.

—Lo que recuerdo es que, después de sumergirme en el lago helado, esa agua caliente fue lo mejor que me había pasado en la vida. Altamente recomendable. Deberíamos abrir un balneario. Meter a la gente en un agujero de hielo y luego hacer que se duche mientras su ropa se seca en la secadora.

—Yo te veía por el espejo. No muy bien, porque el espejo estaba cubierto de vaho, pero te miré.

—¿Por qué no te uniste a mí?

Ava se rio.

Burke abrió el grifo del agua.

—¿Por qué no te unes a mí ahora?

313

Me fui con Lacey. Nos olisqueamos mutuamente con atención por si percibíamos algún cambio. Yo ya no era un cachorro, era un perro cuyo trabajo consistía en ir en coche con su chico y visitar lugares curiosos y perseguir ardillas. Y Lacey tenía dolor dentro. Pronto, ese dolor interior emergería a la superficie para que las personas se dieran cuenta.

—La semana que viene tengo que ir al norte —comentó Burke durante la cena—. Pensé que quizá podíais venir conmigo. Tú y Lady Dog.

Ava lo miró, sorprendida.

—¿Qué quieres decir?

—Nos pararíamos en la granja para visitar a mi padre. Wenling me dijo que Grant no estará.

—¿Tu hermano sabe lo nuestro? —preguntó Ava al cabo de un momento.

—No se lo he mencionado a Wenling, así que no. Pensé que igual podríamos empezar con ella y con papá y que ellos se lo digan a Grant.

—Es decir que no podrías disfrutar de su reacción al saber que soy tu... —Ava cortó la frase de repente.

—Todavía le debo una por haberme tirado por ese barranco cuando todavía iba en silla de ruedas.

—No exageres con esa historia, Burke.

—Fue una caída de treinta metros por una cuesta de lava. No, creo que hace mucho que ya no quiero atormentar a mi hermano, aunque él no se lo creería. —Se quedó callado un momento—. Sé qué es lo que has estado a punto de decir.

—¿Perdón?

—Ibas a decir «novia».

Ava apartó la mirada.

—Lo siento.

—¿Lo eres? ¿Mi novia?

Ava lo miró. Burke se encogió de hombros.

—Yo le diré a todo el mundo que lo eres. Que somos exclusivos. Supongo que eso debería dejarlo claro.

Ella se quedó callada un momento.

—Está claro —dijo finalmente.

Después de eso, se estuvieron besando tanto rato que me aburrí y caí dormido. Pero me desperté porque Lacey empezó a gemir y a moverse. Yo le lamí los labios y ella meneó la cola débilmente. Pensé en todos los maravillosos momentos que habíamos compartido jugando, corriendo y luchando. Lacey y yo estábamos destinados a estar juntos: eso era lo único que yo comprendía.

La mañana siguiente fue la última de Lacey. Empezó, como era habitual, cuando Ava nos puso los cuencos de comida. Pero Lacey no se movió de su lecho.

—¿Lady? ¿Qué sucede, cariño? —preguntó Ava, acariciándole la cara. Lacey levantó un poco la cabeza—. Oh, no, Lady —susurró Ava.

Papá Sam y Marla vinieron al cabo de un rato. Lacey había empezado a jadear, pero todavía no se había movido del lecho. Yo estaba a su lado, ofreciéndole todo el consuelo de que era capaz. Papá Sam la tocó, la miró a los ojos y negó con la cabeza.

—Está sufriendo mucho. ¿Es posible que haya comido algo?

—Está tumbada aquí desde que llegó a casa ayer por la noche —dijo Burke.

Papá Sam se puso en pie.

—Es decisión tuya, cariño, pero si fuera yo, acabaría con su dolor ahora mismo. No sé lo que le sucede, pero le está doliendo de verdad. ¿Quién sabe el daño interno que padeció en Death Dealin' Dawgs? Seguramente, la cirugía no sería una opción aunque pudiéramos tener un diagnóstico, pero ha tenido una larga vida.

Ava se arrodilló en el suelo y abrazó a Lacey.

—Oh, Lacey, eres una perra muy buena. Siento mucho no haberme dado cuenta de que tenías tanto dolor.

—Ella te lo ha ocultado —le dijo Papá Sam—. No quería que te preocuparas.

Marla le acariciaba la cabeza a Lacey.

—Le habéis ofrecido un final de vida maravilloso, después del mal inicio que sufrió, Ava. Le habéis dado amor y un buen hogar.

Yo me mantenía a una distancia respetuosa para permitir que los humanos expresaran el amor hacia su perro. La mirada de Lacey y la mía se encontraron y me di cuenta del consuelo que recibía gracias a todas esas atenciones, de que sentía un gran alivio del dolor que tenía dentro.

Luego todo el mundo se puso en pie y Ava estuvo abrazando a Lacey durante mucho mucho rato. Le caían las lágrimas sobre el pelaje de Lacey. Lacey levantó la cabeza y le dio un lametón, y luego dejó caer la cabeza otra vez.

Ese fue el último beso de Lacey. Papá Sam estaba preparando algo y yo fui al lado de Lacey. Me alegraba poder estar a su lado, me alegraba ser un perro que la quería y que la podía ayudar a dar el siguiente paso para lo que vendría a continuación.

Los dos sabíamos lo que estaba sucediendo y los dos nos sentíamos agradecidos. De todas las cosas maravillosas que los seres humanos hacen por los perros, esta era una de las mejores: ayudarnos cuando tenemos ese tipo de dolor que solo la muerte alivia.

Lacey abandonaba esta vida, pero yo sabía que volvería a verla.

315

36

*E*l olor de Lacey todavía estaba presente en casa de Ava la mañana en que todos montamos en la camioneta de Burke. No me fue difícil ayudarles a subir los ánimos, porque no solo me sentía emocionado por ir a dar un paseo en coche, sino que estaba excitado al imaginar hasta qué punto Ava se divertiría en la pequeña habitación de tela con Burke y conmigo.

—¡Oscar! ¡Tranquilízate! —me ordenó Burke, riendo.

Hacer que una persona se ría poco después de que haya ocurrido algo triste es uno de los trabajos más importantes de un perro.

Y cuando detecté los olores que indicaban que nos dirigíamos a la granja, me sentí exultante. ¡La granja! ¡Mucho mejor!

Papá Chase estaba sentado en el porche, pero se puso en pie al vernos llegar. Corrí hacia él meneando la cola.

—Hola, Oscar, me alegro de conocerte por fin —me saludó. Le lamí las manos. Pero él miraba a Burke y a Ava con una extraña expresión en el rostro—. Eh, Burke.

—Hola, papá.

—Y… Ava.

—Hola, señor Trevino.

—No, por favor, llámame Chase. —Le dio un abrazo—. Tengo que admitir que no sé muy bien qué está pasando.

Burke sonrió.

—Es exactamente lo que parece.

—Lo que parece es que tú y tu hermano interpretáis confusamente las normas convencionales.

Ava se encogió de hombros.

—Yo sabía que iba a ser o uno o el otro.

Todos se rieron, pero yo me di cuenta de que había cierta incomodidad en el ambiente.

—Li Min está en el granero trabajando en el tractor. —Papá Chase se llevó una mano a la cara y gritó—: ¡Eh, Li Min! ¡Ven a ver quién está aquí!

Burke pareció pasmado.

—¿Trabajando en el tractor?

—Sí. Le dije que podíamos permitirnos uno nuevo, pero creo que le gusta el reto de hacer que el viejo continúe funcionando —respondió Papá Chase.

—No, quiero decir, supongo que me sorprende que sea capaz de hacer eso —explicó Burke.

—Oh —dijo Papá Chase asintiendo con la cabeza—. Li Min puede hacer cualquier cosa.

En cuanto Li Min salió del granero, fui hasta ella saltando para saludarla y oler sus dedos aceitosos. Ella abrazó a Burke mientras mantenía las manos a la espalda con un gesto raro, sin tocarlo.

—Me alegro de verte, Ava —dijo—. Te ofrecería la mano, pero está un poco aceitosa.

—Parece que hayas pasado la mañana dejando tus huellas digitales en el FBI —comentó Burke.

—Voy a lavarme —dijo Li Min, y subió las escaleras hacia la casa.

Papá Chase se giró hacia Burke.

—Grant y Wenling están en la ciudad, pero imagino que no van a tardar en regresar.

Ava y Burke se miraron, alarmados.

—¿Así que Grant está aquí? —preguntó Burke finalmente.

Papá Chase asintió con la cabeza.

—Ha retrasado su viaje. —Y, abriendo mucho los ojos, añadió—: Oh.

—Ajá —dijo Burke encogiéndose de hombros—. Vale, pues. Nos las arreglaremos.

Puesto que Lacey no estaba en la granja, fui al lago para ladrar a los patos, en su honor. Luego, para mayor seguridad, oriné en uno de los postes del muelle. Mientras corría hacia la casa, me desvié un momento del trayecto para seguir un olor que me resultaba nuevo y conocido a la vez. ¡Una cabra! ¡Un cachorro de cabra! Metí la cabeza entre las rejas y la cabra se acercó. Me saludó y bajó la cabeza para frotársela contra la mía. Luego se puso a correr, dando vueltas y saltando muy alto, mientras yo la observaba un tanto perplejo. ¿Qué estaba haciendo?

Mientras estaba allí observando las payasadas de la cabra, me acordé de ese día, tanto tiempo atrás, en que Abuela hablaba con una cabra. Era un día igual que este. Y aunque el tiempo, la nieve y el viento habían borrado sus olores, por un momento fue como si los tuviera bajo el olfato, frescos y presentes, y como si pudiera oír la amable voz de Abuela. Yo había conocido a muchas personas maravillosas a lo largo de mis maravillosas vidas, pero nunca olvidaría a Abuela.

En ese momento, un coche se aproximó por el camino, así que dejé a la cabra y fui tras él. Wenling y Grant bajaron del coche y yo les salté encima. Me sentía tan emocionado que me tumbé en el suelo, retorciéndome de alegría, mientras Wenling me acariciaba.

—¿Y tú quién eres? —preguntó.

—Es Oscar —dijo Burke desde el porche.

Burke bajó los escalones y le dio un abrazo a Wenling. Luego se dio la vuelta y miró a Grant. Al cabo de un momento, los hermanos se dieron un abrazo, pero estaban un poco tensos.

—¿A qué debemos este honor? —preguntó Grant.

—He venido a ver lo mal que manejas el negocio de papá. Eh, tengo que decirte una cosa. A los dos, en realidad.

Se quedaron quietos y lo miraron con cierta desconfianza. Yo hice Siéntate, como un buen perro.

—Ava está aquí.

Tanto Grant como Wenling lo miraron con sorpresa.

—¿Ava Marks? —preguntó Grant—. ¿Esa Ava?

—Esa Ava, exacto.

Grant miró a Wenling.

—No sé qué está haciendo aquí, Wenling, lo juro. —Y, mirando a Grant, añadió—: ¿Qué quiere?

—¿De ti? Nada. Ha venido conmigo. Ava y yo estamos juntos ahora.

Se hizo un largo silencio.

—Eso es fantástico —dijo Wenling al fin.

Pero Grant se había enfadado.

—¿Qué diablos estás haciendo, Burke?

Burke abrió los brazos.

—Me la encontré cuando fui a adoptar a Oscar. La llevé a cenar y…

Al oír mi nombre levanté la cabeza, aunque estaba preparado para que me llamaran Cooper —e incluso Riley— aquí en la granja.

—¿«Te la encontraste»? ¿Se supone que tenemos que creernos eso? —dijo Grant, furioso.

Wenling lo miró.

—¿Por qué es un problema tan grande para ti, Grant? ¿Qué tiene que ver eso contigo?

Él la miró, asombrado.

—¿No lo comprendes? Lo tiene todo que ver conmigo. ¿Por qué, si no, haría él algo así?

—Te estás comportando de forma ridícula —dijo Burke, cortante.

—¿Me estás diciendo que todavía estás interesado en Ava? —preguntó Wenling con tono exigente.

Al notar su malestar, me puse a menear la cola.

—¿Qué? —Grant negó con la cabeza—. No.

—Entonces, ¿cuál es el problema? —preguntó Wenling, enfadada.

—El problema es su motivación. El problema es que se trata de una especie de venganza.

—¿Sabes de qué estoy harto? —dijo Burke, enfadado—. Estoy harto de que conviertas cualquier herida o dolor en una especie de trauma por el que todos tenemos que pedir perdón. Cuando abuela murió desapareciste. ¡Durante años! ¿Y ahora me estás diciendo que tienes algún derecho eterno sobre Ava Marks porque estuvisteis saliendo durante un tiempo? ¿Cuándo vas a madurar?

Grant apretaba los puños con fuerza.

—Ahora estás siendo injusto, Burke —dijo Wenling con

tono suave—. Ninguno de nosotros puede deshacer lo que está hecho. Grant siempre me dice que de lo que más se arrepiente es de haberte dado la espalda.

Pareció que Burke se calmaba un poco y sus hombros se relajaron.

—¿Dices eso?

Grant apartó la mirada y asintió con la cabeza.

—Yo digo lo mismo, Grant —dijo Burke en voz baja—. Cómo me gustaría que mi hermano y yo encontráramos la manera de hablarnos.

Wenling miraba a uno y a otro, alternativamente.

—Creo que voy a entrar para charlar un poco con la ex de mi novio.

—Oh, también podrías entrar y charlar con la novia de tu exnovio —le dijo Burke.

Wenling rio un poco y se fue hacia la casa. Burke y Grant se dirigieron hacia el lago, lo cual era bueno porque yo estaba listo para darles otro repaso a esos patos.

—¿Así que tú y Ava…? ¿Es serio? —preguntó Grant.

Burke asintió con la cabeza.

—Parece que sí.

—Hubieras podido decir algo antes, en lugar de hacer que me lo encontrara así —comentó Grant.

Llegamos al muelle. Yo corrí hasta el extremo del mismo con la vista clavada en los patos. Ellos me devolvieron la mirada. A veces, los patos agitan la cola, pero ese gesto no tiene nada que ver con menearla.

Burke tiró un palito al agua y yo me puse en tensión, preguntándome si debería ir a por él y llevárselo de vuelta.

—Yo no quería decírtelo. Sabía que tendrías una reacción exagerada.

—¿En qué sentido he tenido una reacción exagerada? Te has presentado con mi exnovia sin avisar. Diablos, sí, deberías habérmelo dicho. O haberle mandado un mensaje a Wenling, tal como haces cada maldito día. Mi hermano y mi novia hablan cada día. Porque siempre tienes que tener la última palabra en todo.

—Bueno, esto es una queja múltiple donde las haya. No le mando mensajes a Wenling cada día, ni siquiera cada mes. Y no te llamo por teléfono porque tú y yo no hablamos. Y, de todas formas, ¿qué? Dejaste a Ava por Wenling, ¿recuerdas? ¿Esperabas que Ava se hiciera monja? ¿Y no es cierto que tú y yo tenemos una gran tradición de robarnos las novias mutuamente?

—Dios, ¿todo es un chiste para ti?

—¿Es que nada es un chiste para ti?

El palito todavía flotaba en el agua. Yo lo contemplaba, fascinado. Estaba dividido entre ir a por él y no ir a por él. ¿Por qué lanzaría uno un palo al agua si no quisiera que su perro fuera a buscarlo? Pero nadie me animaba a saltar al agua. Normalmente, las personas se emocionan mucho cuando lanzan un palo, pero Burke no, esta vez no.

Estuvieron callados tanto rato que al final me aburrí y me tumbé en el embarcadero y me dediqué a observar con tristeza cómo se alejaba el palito.

Burke se rio quedamente.

—¿Recuerdas cuando me ataste con cinta adhesiva en la silla y me dejaste en el granero? Hice que Cooper me arrastrara hasta donde estaban las herramientas y conseguí clavar un cuchillo de poda por debajo de la cinta. Tardé todo un día, pero me solté y regresé a casa como si no hubiera pasado nada cuando tú fuiste al granero a ver cómo me iba.

—Cooper era un buen perro.

Levanté la cabeza.

—Una especie de metáfora de nuestras vidas, ¿no es así? Siempre nos estábamos metiendo el uno con el otro. Pero esta vez no, Grant. Te lo juro. Igual que lo tuyo con Wenling no tiene nada que ver conmigo, lo mío con Ava no tiene nada que ver contigo.

Oí el ruido de una puerta y me incorporé. Ava y Wenling bajaban por las escaleras de la casa y hablaban animadamente.

Grant soltó un bufido.

—Bueno, esto sí que puede ser malo.

—Sí, quizá estén comparando sus notas. Si una le comenta a la otra que se merece algo mejor, estamos perdidos.

Wenling se llevó las manos a la cara.

—Vamos a dar un paseo. ¡Voy a enseñarle los árboles frutales a Ava! —gritó.

¡Paseo! Me sentí muy agradecido que fuera otro quien tomara la decisión sobre el palito por mí. Subí corriendo la cuesta y me uní a las dos mujeres en el momento en que enfilaban hacia el campo. Pronto llegamos a ese lugar en que los árboles crecían en grandes hileras.

Wenling levantó la mano y tiró de una rama muy larga. Una botella que colgaba de la rama tintineó.

—¿Lo ves? Las peras crecen dentro de la botella. Cuando están maduras, vendemos el producto a un destilador que fabrica coñac de pera. También lo hacemos con manzanas y con albaricoques. En lugar de sacar menos de un penique por medio kilo vendiéndolo a la empresa de papillas, conseguimos diez dólares. Ganancia. Chase dice que es la primera vez que los del banco se alegran cuando le ven entrar por la puerta.

Olisqueé un poco el tronco de ese árbol, pero no encontré nada significativo.

—Hacer crecer la fruta en botellas —se maravilló Ava—. No tenía ni idea de que algo así era posible.

—La mitad de las veces sale mal, pero con la práctica vamos mejorando. —Wenling soltó la rama—. ¿Cuándo empezasteis a salir Burke y tú?

—Pues, ¿recuerdas la historia de cómo Burke apareció cuando el perro se hundió en el hielo?

—Sí. Nos la contaste en el funeral de papá. Creo que la olvidé. Ya os conocíais de esa ocasión.

—Exacto. Aunque ese día casi no hablamos, nunca me olvidé de que ese desconocido no dudó en arriesgar la vida para salvar a un pobre perro. Y luego, un día, de imprevisto, Burke aparece en el centro de acogida de mi padre para adoptar a Oscar y acaba invitándome a cenar. Todo fue muy espontáneo. Y, al mismo tiempo, nada espontáneo. Más bien como cosa del destino. ¿Crees en el destino?

El hecho de que hubieran pronunciado mi nombre y la palabra «cena» me llamó la atención. Hice Túmbate, en una muestra de comportamiento ejemplar.

—¿El destino? Supongo que sí. O algo parecido —repuso Wenling, sin mencionarme.

LA RAZÓN DE ESTAR CONTIGO. LA PROMESA

—Aunque —añadió Ava—, ahora que lo conozco, me doy cuenta de que planeaba algo. La segunda vez que vino vestía un pantalón muy elegante. Burke nunca se pone un pantalón elegante.

Wenling se rio.

—Sé lo que quieres decir.

Ava y Wenling se miraron.

—Esto es muy extraño. Las dos hemos salido con los dos hermanos —dijo Ava—. Quiero decir, que me resulta extraño. A mí, por lo menos.

Wenling asintió con la cabeza.

—Burke y yo ya éramos novietes de niños. Pero Grant ha sido mi primer amor.

—¿Dice algo de marcharos? ¿De buscar un nuevo trabajo? ¿De regresar a Europa? ¿A África? —preguntó Ava.

—¿Grant? No, en absoluto.

—Cuando Grant y yo estábamos juntos, lo único que quería era estar en otra parte. Al cabo de un tiempo empezó a querer estar con otra persona. Cuando os vi juntos, me di cuenta de qué persona se trataba.

Habían empezado a hablar en voz baja y sin parar, tal como hacen las personas. En condiciones normales, yo hubiera ido por delante para detectar posibles presas, pero después de haber oído la palabra «cena» decidí que lo mejor era quedarme pegado a su lado.

—Ava —dijo Wenling al cabo de un momento—. Siento mucho cómo ha sucedido. Te lo juro que no lo planifiqué.

—No creo que Grant lo planificara, tampoco, Wenling. Dijo que se había quedado para ayudar a su padre, y creo que es verdad. Casi del todo. Parcialmente verdad.

Wenling sonrió.

—Además, si yo todavía hubiera estado con Grant, Burke nunca me habría pedido que saliéramos juntos. Sea lo que sea lo que piense Grant, Burke no lo odia.

—¿Así que tú y Burke sois felices?

—Dios, espero que él sea feliz. Él es lo mejor que me ha sucedido. Es amable. Me llama cuando está de viaje. Me pidió que tuviéramos una relación exclusiva, lo cual hizo que me diera cuenta de que siempre había sido yo quien lo pedía.

Hasta que lo conocí, estuve haciendo malas elecciones. No con Grant, por supuesto. Pero todos los demás hombres que he conocido terminaron por dejarme. Supongo que es por eso que estoy en el centro de acogida de animales. Un perro siempre está a tu lado, siempre te ofrece todo su amor y nunca te abandona por otra.

Oír la orden «Al lado» me dejó un tanto perplejo, porque yo no estaba haciendo otra cosa.

—Burke no es así —asintió Wenling—. Él es... ¿cómo se dice? Inalterable. Incluso cuando empecé a salir con su hermano, él continuaba teniendo en cuenta qué era lo mejor para mí.

—Pero nunca me ha dicho que me quiere —confesó Ava.

—Oh. Los hombres Trevino no son muy buenos expresándose en esos términos.

—Ya me he dado cuenta.

Las dos mujeres se detuvieron, sonriendo, y se abrazaron. Pensé que se habían olvidado por completo de la cena, así que decidí dar una vuelta por ahí por si encontraba algún conejo.

Al cabo de poco, Burke empezó a viajar de nuevo y a pasar noches en la habitación de tela conmigo. Me entristecía que Ava tuviera que quedarse en casa y no pudiera venir a dormir en el suelo con nosotros, ni a revolcarse sobre peces muertos. Aunque si yo hacía eso, por alguna razón Burke me daba un baño.

—Dios mío, todavía apestas —me dijo un día después de que lo hiciera, cuando me tumbé a su lado.

Yo no sabía qué me estaba diciendo, pero le lamí la cara para que supiera que me sentía feliz.

Poco tiempo después de que me diera ese baño, regresamos para ver a Ava. Se abrazaron cuando se encontraron en el pasillo, y continuaron abrazándose mientras recorrían el pasillo y entraban en la habitación, así que decidí tumbarme en el sofá y esperar la hora de la cena.

—Gané ese caso del que te hablé —dijo Ava al cabo de un rato mientras nos encontrábamos en la mesa—. El tribunal nos concedió la custodia de esos pobres perros maltratados que el traficante de drogas había encadenado en su patio. Uno de ellos tenía las vértebras aplastadas y no podía mover las patas traseras. Oh, Burke, es tan triste. La he visto hoy. Es una perra muy dulce y cariñosa, pero el veterinario dice que no se puede hacer nada por ella. Mañana llegará al centro.

—¿La vais a sacrificar?

—No quiero hacerlo. Está llena de vida. Pero verla arrastrar las patas traseras me rompe el corazón. No sé que clase de vida podría tener.

Burke estaba callado.

A la mañana siguiente, él y yo decidimos ir de visita al sitio de los perros y los gatos de Ava. En cuanto vi a Papá Sam, me puse a menear la cola, y él me acarició la cabeza.

—Hola, Oscar —dijo—. Hola, Burke.

Marla también estaba.

—¿Te dijo Ava que estoy haciendo de voluntaria a tiempo completo, ahora que me he jubilado? También en el que tenemos arriba, en el norte.

Burke se rio.

—Dijo que ella y su padre te vigilan de cerca.

Ava enlazó su brazo con el de Burke.

—Regresemos. Vas a conocer a Janji, esa perra con parálisis de la que te hablé. Tiene la mejor de las actitudes.

—¿Janji?

—Es un nombre malayo. La mujer del traficante era de Singapur, supongo.

Solamente había unas cuantas jaulas de perro. Burke y yo esperamos mientras Ava abría la jaula de una perra negra de orejas puntiagudas y brillantes ojos dorados. No caminaba como un perro normal, sino que arrastraba las patas traseras y la cola le colgaba sin fuerza. Me acerqué a ella y la olisqueé con curiosidad.

Ava alargó la mano y le acarició la cabeza.

—Janji, te presento a Oscar.

¡No pude evitar un gemido de sorpresa al ver que era Lacey! De inmediato, subí encima de ella y la tumbé de espaldas, y me acosté encima de ella, y luego me puse a correr por la habitación y a saltar sobre ella. Ella jadeaba y se arrastraba detrás de mí.

—¡Oscar! ¡Basta! —me riñó Ava.

—¡Oscar! —exclamó Burke, con severidad.

Por lo que parecía, habíamos hecho algo propio de perros malos, así que hice Tumbado e intenté contener el deseo de jugar con mi Lacey. Ella jadeaba, emocionada al verme, también, pero no corría por ahí igual que yo.

Burke se agachó y le acarició las orejas a Lacey.

—Es una perra muy dulce —dijo, levantando la mirada hacia Ava—. ¿Cuánto tiempo le queda?

—Oh, no lo sé, cariño, es difícil ver esa cara de felicidad y tomar la decisión. No es como si tuviera dolor.

Bruce se incorporó.

—¿Puedes darme una semana?

—¿Darte una semana? ¿Qué quieres decir?

37

Al cabo de unos días volvimos a visitar el edificio de los perros y los gatos de Ava. Burke me llevó hasta una jaula que estaba abierta por arriba y que se encontraba en una habitación grande y vacía. Y luego trajo a Lacey. La llevaba como si fuera un cachorro. Me puse a lloriquear y Lacey me miró con sus ojos brillantes: los dos deseábamos jugar juntos, pero Burke dejó a Lacey en una silla como la que él tenía cuando era un niño, con grandes ruedas a ambos lados. Ava lo ayudó a sujetar a Lacey mientras él ataba unos collares de perro alrededor de la cintura de Lacey.

Por lo que parecía, mi chico echaba tanto de menos su silla que había decidido darle una a Lacey, pero no a mí.

Ava cogió a Lacey por el collar y empezaron a caminar dando vueltas al perímetro de la habitación, como si una persona pudiera hacer Tira para un perro. Lacey me estuvo mirando, frenética, todo el rato. Yo permanecía sentado, totalmente perplejo y sintiéndome completamente ignorado. Inquieto, me metí en la casita de perro que había al fondo de la jaula. Pero no encontré nada interesante allí dentro, así que volví a salir.

—Buena perra, Janji, eso es —la alabó Ava.

—Parece que le funciona bien. ¿Por qué no la sueltas y yo la llamo, a ver? —sugirió Burke.

—Vale.

Ava soltó a Lacey.

—¡Ven, Janji! —la llamó Burke.

Lacey se sacudió. Al darse cuenta de que estaba libre, quiso venir hacia mí. La silla se desequilibró y cayó al suelo, arrastrándola, pero al momento Janji se puso a arrastrar ese trasto por el suelo.

—¡Janji!

Ava corrió hacia ella y la cogió por el collar.

Me pregunté si «Janji» quería decir «Quieto».

—Bueno, mierda, ha torcido el arnés. Deja que lo arregle —dijo Burke mientras hacía algo con la silla.

—Esto no va a funcionar —dijo Ava con expresión triste.

—Dale un poco de tiempo.

—Burke, no podemos permitir que se haga daño con esta cosa.

—Todo irá bien. Vale, Janji, no seas tan alocada, ¿de acuerdo? Con cuidado, chica. La silla no es suficientemente firme.

Miré a Burke. Ahora lo comprendía: Firme. ¡Por supuesto! Lacey se caía de la silla, así que necesitaba que un perro hiciera Firme.

Ava hizo que Lacey diera vueltas un rato más, pero cada vez que la soltaba, Lacey se ponía a correr y la silla caía de lado.

—¡Janji! —gritó Ava. Cogió a Lacey y miró a Burke con expresión sombría—. Todavía es demasiado joven e impulsiva.

Bueno, ya había sido suficiente. Lacey me había mostrado cómo escaparme de una jaula sin parte superior, así que trepé al techo de la caseta de perro y salté por encima de uno de los lados de la jaula. Y me fui directamente hacia Lacey y me puse a hacer Firme a su lado.

—¡Oscar! ¿Qué estás haciendo? —preguntó Burke.

Lacey se soltó de Ava e intentó subir encima de mí, así que le enseñé los dientes. Ella apartó la cabeza, pasmada. Luego intentó echar a correr para jugar a perseguirnos, pero yo me quedé allí, quieto, bloqueándole el paso.

—¿Estás viendo lo mismo que yo? —preguntó Ava, asombrada.

Entonces me puse a hacer Ayuda. Empujé a Lacey hasta la pared, la inmobilicé y luego la obligué a dar pasos hacia delante lentamente. Ella jadeaba y no comprendía nada, pero me permitió que la llevara a dar la vuelta a la habitación. Se puso impaciente unas cuantas veces, pero yo cada vez le bloqueé el paso e impedí que se pusiera a correr.

Así estuvimos jugando ese día, en esa sala grande. Lacey deseaba luchar conmigo, pero yo había comprendido que, mientras se encontrara en la silla, debía concentrarse en hacer su trabajo. Burke y Ava nos observaban, sentados. Cada vez que Lacey intentaba escaparse, yo la corregía. Al principio ella se sintió totalmente desconcertada, pero al cabo de un rato empezó a comprender que, si caminaba en línea recta, le resultaba más fácil avanzar. Y que si intentaba salir corriendo de lado, la silla se caía y yo me ponía a hacer Firme hasta que ella se tranquilizara.

Al cabo de un rato, me fui a dar un paseo en coche con Ava y con Burke. Sabía que había sido un buen perro.

—Es como si Oscar hubiera recibido entrenamiento para ser un perro de asistencia… para un perro —comentó Ava, maravillada.

—¿Crees que los perros pueden regresar? ¿Como en una reencarnación? —preguntó Burke.

—No lo sé. He conocido muchas personas que creen que sí, y me juran que su perro es la reencarnación de otro que tuvieron mucho tiempo atrás. ¿Por qué lo preguntas?

—Porque es como si Oscar estuviera canalizando a Cooper. ¿Oscar? ¿Eres Cooper?

Al oír «Cooper» solté un ladrido y ellos se pusierona a reír.

Con el tiempo, pareció que Lacey comprendía que su silla requería que ella se moviera con tranquilidad, que avanzara en línea recta por la habitación y que no se pusiera a moverse erráticamente.

—Empieza a hacerlo muy bien —observó Burke un día.

—Será difícil dar en adopción un perro que necesita una silla —repuso Ava.

Burke se dio una palmada en el pecho.

—¿Dar en adopción a Janji? ¿A nuestra chica? ¿A nuestra niña? ¿Cómo puedes pensar algo así? ¿Qué clase de madre eres?

Ava se rio y los dos se besaron. Yo meneé la cola: últimamente hacían eso muy a menudo.

Cuando llegó el tiempo en que la nieve empezaba a caer, vimos que Lacey tenía dificultad en avanzar cuando nos íbamos de paseo. Pero Burke sabía lo que había que hacer: ató una correa desde el arnés de Lacey hasta el mío.

—Vale, vamos a hacer una cosa. Yo caminaré delante de vosotros y tú tirarás, Oscar, ¿vale? Como si tiraras de un trineo —me dijo.

Yo lo comprendí todo al ver que ataba la correa al arnés de Lacey y al mío. Burke caminaba de espaldas por delante de mí y se daba palmadas en las piernas. Yo hice Tira, despacio y con cuidado, tal como me habían enseñado a hacer, y Lacey empezó a avanzar con mayor facilidad. Me sentía feliz de estar haciendo mi trabajo otra vez.

—Guau —exclamó Burke—. Esto es increíble. Yo… —Se quedó en silencio, mirándome, un largo rato mientras Lacey y yo esperábamos con paciencia. Finalmente, miró a su alrededor para comprobar que estábamos solos—: ¿Oscar? Tira a la derecha.

Inmediatamente hice Tira a la derecha. Burke contuvo una exclamación de sorpresa.

—¡Tira a la izquierda!

Cambié de dirección.

—¡Detente, Oscar!

Y me detuve en seco.

Burke tenía la respiración entrecortada. Fue a deshacer el nudo en el arnés de Lacey y vi que le temblaban los dedos. Luego la ató a la barandilla de unas escaleras. Esas escaleras subían a un edificio oscuro y frío. Yo lo miraba con curiosidad mientras él se tumbaba sobre la nieve. Entonces me cogió del arnés y me hizo girar la cabeza hacia el edificio.

—¿Oscar? ¡Ayuda!

¡Por fin! Con actitud triunfante, me puse a hacer Ayuda para que Burke pudiera subir esas escaleras. Tenía la esperanza de que hubiera algún niño allí sentado que nos pudiera ver.

Cuando llegamos arriba, Burke estaba llorando. Me cogió la cabeza con las dos manos. Al pie de las escaleras, Lacey se removía con inquietud.

—¿Cooper? —susurró con voz entrecortada—. ¿Eres Cooper?

330

Yo era Cooper, su perro. Meneé la cola, feliz. Tanto si mi nombre era Cooper, como Riley u Oscar, me encantaba que Burke me abrazara. Él se secó los ojos.

—Dios mío, Cooper, ¿de verdad eres tú? —Me apretó contra su pecho—. No sé qué pensar, pero si eres tú, Cooper, si de verdad eres tú, yo nunca he dejado de quererte. Nunca me olvidé de ti, ni un momento. Tú eres mi mejor amigo, ¿vale, Cooper?

Cerré los ojos. Amaba a mi chico.

Cuando la nieve se hizo espesa, regresamos en coche a la granja. Había luces en los árboles y en los arbustos de todas las casas y, tal como sucede cuando el aire es tan frío, un árbol había crecido en el interior de la granja. En cuanto lo vi, lo olisqueé con suspicacia. Siempre había sabido que, si orinaba en uno de esos árboles de dentro de la casa, estaría infringiendo una norma.

El cachorro de cabra había crecido y ya era mucho mayor. Dormía en la casa que antes había sido de Judy. Y se llamaba Ethel, la cabra.

Todos parecían relajados y contentos, y yo creía saber por qué: porque finalmente estábamos todos juntos en la granja. Bueno, excepto Lacey, que, por algún motivo, se había quedado con Papá Sam y Marla. Pero pensé que Lacey aparecería de un momento a otro.

—Bueno, papá tiene que deciros una cosa, y Wenling y yo también tenemos que deciros una cosa —anunció Grant.

Parecía satisfecho consigo mismo.

Papá Chase se removió con incomodidad.

—Bueno...

Burke asintió con la cabeza.

—¿Bueno?

Papá Chase dio un largo trago de su bebida. Esa noche la gente tenía mucha sed.

—Li Min ha vendido su casa.

Burke asintió con la cabeza.

—Exacto. Vale. —Ladeó la cabeza—. ¿Y?

A Ava se le iluminó la cara.

—¡Oh!

Wenling asintió.

—Exacto.

Burke frunció el ceño.

—¿Exacto? ¿Exacto el qué?

Papá Chase se aclaró la garganta.

—Li Min y Wenling viven aquí, ahora.

Burke miraba a todo el mundo. Ava le dio un codazo.

—Eso es maravilloso —dijo Ava.

Burke la miró con expresión de perplejidad.

—¿Maravilloso?

—Sí, Burke —dijo Ava, paciente—. Es maravilloso que Li Min se haya trasladado a vivir con tu padre.

—Oh —hizo Burke, y abrió mucho los ojos—. ¡Oh! —Y se quedó boquiabierto.

Papá Chase sonrió, azorado.

—Sí.

Burke miró a Li Min.

—Eso es fantástico, Li Min.

Li Min sonrió.

—Tardó bastante en pedírmelo. Y cuando lo hizo, solo dijo: «Quizá deberías poner tu casa a la venta».

Todos se rieron.

—Los hombres Trevino, siempre tan románticos —dijo Wenling, y todos rieron otra vez.

Meneé la cola al notar tanta alegría a mi alrededor y pensé que quizá quisieran que les llevara una pelota o un muñeco chillón, pero no un hueso de nailon.

—Bueno, ¿y qué quieres decirnos, Grant? —preguntó Ava.

Wenling y Li Min se miraron con una gran sonrisa. Grant se puso en pie.

—Me alegra comunicaros que este próximo junio, justo aquí, en esta rentable propiedad, Wenling va a casarse conmigo.

Ava se puso en pie y soltó un chillido.

—¡Oh, Dios mío!

Corrió hasta Wenling y las dos se abrazaron, y entonces todos se pusieron en pie, así que yo ladré.

—Un momento, Wenling, ¿no estás muy gorda? —preguntó Burke, y los dos se rieron.

Li Min sacó una caja llena de cuerdas metálicas. Le dio esa cosa a Papá Chase y él se la puso en el regazo como si fuera un cachorro.

—Papá, ¿va a tocar? —preguntó Burke sin podérselo creer.

Grant asintió con la cabeza.

—Oh, Li Min ha traído un montón de cambios a esta casa. Ella canta con el grupo, ahora.

Burke soltó una exclamación de sorpresa, así que lo miré.

—Nos hemos cambiado el nombre —dijo Papá Chase, asintiendo con la cabeza—. Ahora somos Cuatro Músicos Malos y Una Nena Que Canta.

Todos se rieron.

Se sentaron formando un círculo y Papá Chase rozó las cuerdas con los dedos. El aire se llenó con un zumbido.

—Esta es una que escribí yo. La he titulado «Un inicio de verano seco».

Todos se rieron otra vez. Me abrí paso hasta el centro con uno de los muñecos chillones. Sabía que eso era lo que en realidad querían.

333

Por algún motivo, Lacey no apareció esa vez, así que regresamos a casa para estar con ella. Burke y Ava estuvieron hablando todo el rato mientras yo dormía en el asiento trasero.

La siguiente vez que fuimos a la granja, los días ya eran largos y la hierba era nueva y tierna. Lacey volvió a quedarse en casa con Marla y con Papá Sam, lo cual no tenía ningún sentido para mí.

En cuanto llegamos, salté del coche y vi que Wenling y Grant estaban ahí para recibirme.

—Aquí tenemos a la novia —dijo Burke—. ¿Cómo va todo?

—Caótico, pero bien —respondió Wenling—. ¿Así que habéis decidido no traer a Lacey?

Al oír el nombre de Lacey y el tono de pregunta, levanté la cabeza. Me pregunté si estaría preguntando dónde estaba Lacey. Eso era lo mismo que me preguntaba yo.

—¿Lacey? —dijo Burke—. ¿Te refieres a Janji?

—¿He dicho Lacey? —se rio Wenling.

Ava estaba sacando una bolsa del maletero.

—La silla de Janji funciona muy bien sobre el pavimento, pero no creo que pudiera moverse por este terreno. Así que papá y Marla la vigilarán.

Grant cogió una bolsa.

—Hey, Burke, ¿me ayudarás a colgar algunas luces en los árboles después?

—Creo que prefiero quedarme a oír más especulaciones sobre el vestido de Wenling. No me canso del tema —repuso Burke.

Era una tarde muy muy cálida, y estuve bebiendo mucho del cuenco de agua. Burke y Grant treparon al árbol grande que había en las escaleras que daban a abajo del granero y subieron unas cuerdas brillantes a él. Pensé que iban a sacar las puertas otra vez. No quedaba ni rastro del olor de la criatura que una vez se había refugiado en ese gran agujero: era evidente que yo la había aterrorizado y no se había atrevido a volver.

—¿Recuerdas el día que trepé más arriba que tú y te tiré unos huevos a la cara? —dijo Burke, riendo.

—Fue un huevo. Y yo bajé y me llevé la escalera y te quedaste ahí atrapado hasta que, a la hora de cenar, la abuela preguntó dónde estabas y papá me hizo decirlo porque se me escapó la risa.

—Trepar a los árboles era fácil para mí, pero saltar al suelo no tanto. Eh, Grant.

—¿Qué?

—Estoy muy feliz por ti. Por ti y por Wenling.

—Gracias, Burke.

Se sonrieron, y fue en ese momento cuando el viendo nos golpeó como una bofetada. Me puse de cara a él para inhalarlo profundamente. Las cuerdas que Burke y Grant habían subido al árbol empezaron a mecerse.

—Guau —dijo Grant—. ¿De dónde sale eso? Parece que la temperatura ha bajado diez grados.

Al cabo de poco rato, oí un sonido grave y profundo, tan profundo y grave que lo noté vibrar en mi pecho como si fuera un gruñido. Levanté la vista hacia el árbol, donde Grant y mi chico todavía charlaban y jugaban con unas cuerdas.

Papá Chase salió de la casa y la puerta se cerró con fuerza tras él.

—Parece que vamos a tener tormenta. —Miró a sus hijos—. ¿Estáis terminando? No creo que sea buena idea estar en un árbol durante una tormenta eléctrica.

Grant le sonrió.

—Si las luces no están perfectas, arruinarán la boda.

—Pero el vestido la salvará. Ava ha visto fotos. A mí no se me permite verlas porque soy el padrino, pero puedo oír hablar al respecto durante siete horas seguidas —comentó Burke—. Probablemente sea el vestido más bonito del mundo, y queda perfecto con la piel de Wenling, pero Ava es demasiado blanca y si fuera su vestido lo hubiera elegido de un blanco ligeramente menos azulado. Más como un blanco crema o, quizá, un color crudo, pero nunca un blanco como ese porque se vería chabacano.

Papá Chase sonrió.

—Bueno, ahora bajad los dos.

—Se oyó un trueno y todos dieron un respingo y giraron la cabeza.

—Tío, mira el cielo —dijo Burke—. ¿Lo has visto nunca tan oscuro? Pero aquí encima todavía hay sol.

Grant desenrolló la escalera a su lado.

—Es una locura.

El viento nos traía el olor de la lluvia y yo levanté el hocico hacia él.

—Bueno, papá, Grant me ha dicho que le preguntaste a Li Min si quería hacer una ceremonia doble y que ella te dijo que, si le decías algo a Wenling de que os casabais, eso arruinaría la boda —comentó Burke como quien no quiere la cosa.

Papá Chase se llevó las manos a la cintura.

—¿Grant no te dijo que yo le pedí que no se lo contara a nadie?

—Solo es que creo que es una situación muy tensa —dijo Burke.

Papá Chase meneó la cabeza.

—Pues caí de cuatro patas. Creí que sería una cosa razonable, pero Li Min reaccionó como si hubiera sugerido que cometiéramos un asesinato.

—¿Así que os habéis comprometido a estar comprometidos? La última vez que oí algo parecido en la familia no salió muy bien —repuso Burke.

—Papá tiene suerte de no tener un hermano que mete la nariz donde no debe —replicó Grant.

Se oyó un trueno a lo lejos. Se oyó débilmente, pero de alguna manera me pareció muy potente. Miré a mis personas, pero seguían charlando y riendo. Si ellos no estaban preocupados, ¿acaso debía preocuparme yo?

—Eh, papá —dijo Burke—, ahora en serio, ¿cómo es posible que el tío que rechazó a todas las mujeres disponibles del condado haya acabado queriendo casarse de nuevo?

Papá Chase sonrió.

—Todas las mujeres del condado.

Alargó la mano y me acarició de esa manera en que lo hace la gente cuando no se da cuenta de lo que hace.

—En serio —insistió Burke.

Papá Chase inspiró profundamente y soltó un resoplido, al estilo de Grant.

—Creo que nunca antes me había sentido querido por una mujer. Por lo menos por una mujer que no quisiera que abandonara la granja, o que fuera una persona que no soy. Cuando estoy con Li Min me siento en paz. Ella estaba allí, delante de mí, desde el principio, y cuando por fin la vi, supe que era ella.

Grant asintió con la cabeza.

—Sé de lo que hablas.

Papá Chase se aclaró la garganta.

—Chicos, quiero que sepáis que entre Li Min y yo nunca hubo nada mientras ZZ vivía.

—Nunca se me había ocurrido, papá —repuso Burke.

Grant asintió con la cabeza.

—ZZ era mi mejor amigo —continuó Papá chase.

—Lo sabemos, papá —lo tranquilizó Grant.

De repente, los pelos del cuello se me erizaron. Miré a lo lejos y no vi ninguna amenaza. Aunque no comprendía por qué, percibía un peligro.

Entonces el viento se detuvo por completo, como si alguien hubiera cerrado una ventana. Los hombres fruncieron el ceño.

336

—La calma que precede a la tormenta —comentó Grant.

—Vamos a entrar antes de que nos mojemos —sugirió Papá Chase.

Yo me senté y los miré, ansioso, mientras ellos dejaban la escalera en el granero y cogían unos papeles. Finalmente empezaron a caminar hacia la casa. Ahora el rugido del trueno era más fuerte, y entonces, por encima de él, oí un aullido desolado y escalofriante. Los hombres también lo oyeron y todos giraron la cabeza al mismo tiempo para mirar hacia la ciudad.

—La sirena de los tornados —dijo Papá Chase.

Ava salió al porche.

—¿Es lo que creo que es? —gritó.

—Será mejor que nos metamos en el refugio del granero —dijo Papá Chase, tenso.

Ava se giró hacia la casa.

—¡Wenling! ¡Li Min! ¡Salid, tenemos que meternos en el refugio!

Burke se dio la vuelta.

—¡Voy a buscar a la cabra!

Ahora no era que se oyera el rugido, es que podía sentirlo.

Algo se acercaba.

38

Corrí detrás de Burke, que se fue al redil de la cabra y abrió la puerta violentamente. Ethel se quedó conmocionada al ver que mi chico corría hacia ella y la cogía en brazos. Burke trastabilló un momento, pero se dio la vuelta de inmediato y corrió hasta las escaleras de abajo del granero. Las puertas estaban abiertas y Grant y Papá Chase estaban arriba ayudando a Li Min a bajar detrás de Ava y de Wenling. Yo fui el último, después de Burke y de la cabra. Papá Chase cerró las grandes puertas metálicas con un fuerte golpe y una luz se encendió.

Me puse a olisquear atentamente por todas partes, pero no encontré ni rastro de Lacey ni de los cachorros. Pero todos los demás estaban allí, sentados en uno de los tres bancos que colgaban de la pared.

—Bueno —dijo Papá Chase, frotándose las manos—. La batería de la luz durará cinco días y tengo dos repuestos. Tenemos agua y comida suficiente para treinta días. El lavabo está ahí, bomba manual: el espacio es justo pero servirá. Es posible darse una ducha. Y tenemos estufa de leña por si hace frío.

—¿Por qué no nos quedamos a vivir aquí? Es como un apartamento turístico —comentó Burke.

Wenling se rio.

Yo me fui hasta las escaleras de piedra y miré hacia arriba. Las pesadas puertas aislaban casi todo el ruido del viento de fuera pero, a pesar de ello, podía oírlo y sabía que iba en aumento. Me puse a gruñir un poco.

Burke chasqueó los dedos.

—Ven aquí, Oscar, no pasa nada. Ven aquí.

Obedecí la orden meneando la cola. Ava miraba su teléfono.

—Le acabo de mandar un mensaje a papá para decirle que estamos bien.

—Por lo menos, durante treinta días —repuso Burke.

Examiné a Ethel, la cabra, y ella me dedicó un parpadeo de ojos. Yo sabía que hacer una versión de hacer Firme para ella sería fingir que yo sabía lo que estaba pasando. Esperé que eso la consolara.

Se oyó un aullido fuerte y agudo, y todos levantaron la cabeza.

—Vaya —dijo Grant, inquieto.

Luego oímos un fuerte repiqueteo en las puertas de metal.

—¡Es granizo! —gritó Papá Chase haciéndose oír a pesar del ruido.

Li Min se apretó contra él, en el banco, y Papá Chase la rodeó con un brazo.

Ava cambió de postura en el banco y me di cuenta de que cada vez estaba más ansiosa, así que crucé la pequeña habitación y me apoyé en ella haciendo Firme para ofrecerle seguridad. Ella me acarició.

El repiqueteo sobre las puertas metálicas se hizo más y más fuerte. Noté el olor del agua. Un hilillo de agua se colaba por la rendija que había entre las puertas y caía por las escaleras. Papá Chase meneó la cabeza.

—Hubiéramos tenido que aislar la puerta.

—Estoy muy asustada, Chase —dijo Li Min, todavía apoyada en su hombro.

Empezamos a oír un fuerte rugido que aumentaba de intensidad. Burke y Grant se miraron.

Ahora todos estaban asustados. Bostecé.

—¡Viene directamente hacia aquí! —gritó Grant.

Abrazó a Wenling con los dos brazos. Yo empecé a lloriquear, y mi chico me cogió y me puso entre él y Ava y nos abrazó a los dos con fuerza.

Ethel emitió un balido y se acercó a nosotros con paso inseguro y todo el cuerpo tenso por la alarma que sentía. Papá la cogió igual que Burke me había cogido a mí.

El rugido subió de intensidad de una forma que parecía

imposible. Y ahora estaba acompañado por unos estallidos que sonaban directamente encima de nuestras cabezas. Las paredes temblaron y un silbido agudo nos perforaba los oídos y tapaba el resto de ruidos.

—¡Estamos perdiendo el granero! —gritó Burke.

Durante un rato muy largo todos se quedaron totalmente quietos, como si estuvieran haciendo Firme. Luego, algo enorme golpeó las puertas metálicas produciendo un ruido tan fuerte que todos dimos un respingo. Yo me puse a ladrar.

—¡No pasa nada, Oscar! —me dijo Burke—. ¡Aguanta!

Yo casi no podía oírlo.

—¿Qué diablos ha sido eso? —preguntó Grant gritando con todas sus fuerzas.

Nadie respondió.

Cuando el ruido ya empezaba a alcanzar el nivel de un dolor físico, hubo un cambio súbito. El rugido ensordecedor se convirtió en un sordo retumbar y el silbido cesó. Noté que todos respiraban. Al cabo de un momento, lo único que se oía era el rítmico sonido de la lluvia sobre las puertas de metal. Me llegaba el olor de la lluvia, fría y mojada.

—Guau —dijo Grant en voz baja—. Eso ha sido impresionante.

Papá Chase asintió con la cabeza.

—Casi tengo miedo de subir. Parecía una bomba lo que ha sonado en las puertas.

Grant le puso una mano en el hombro.

—Creo que hemos recibido el golpe directo, papá.

Papá miró a Grant con expresión resignada y una leve sonrisa.

—Lo sé.

Wenling se rio un poco.

—Burke, ¿recuerdas que me contaste lo de ese gran tornado que arrasó la ciudad, y que nosotros estaríamos a salvo aquí? Creí que estabas chiflado. «Aquí no tenemos tornados.»

Li Min alargó una mano hasta Wenling y las dos se rieron.

—He pasado el rato más terrible de mi vida —murmuró Li Min.

Papá Chase se puso en pie. Yo salté al suelo meneando la cola, listo para hacer lo que tocara a partir de ese momento.

—Creo que voy a ver cómo está todo.

Grant también se puso en pie.

—¿Estás seguro? Está cayendo una buena ahí fuera.

Papá Chase se acercó a las escaleras de piedra.

—Solo quiero ver lo que me ha quedado. Si es que ha quedado algo. —Subió los escalones, llegó a las puertas metálicas y corrió el pesado cerrojo. Luego se quedó quieto—. Chicos, ¿me echáis una mano? Están encalladas.

Burke y Grant subieron con él. Yo los seguí, sin saber qué estaba pasando pero listo para participar. Ellos apoyaron las manos en las puertas, gruñendo.

Grant resopló.

—Guau.

Los hombres bajaron las escaleras y se sentaron en los bancos. Burke suspiró.

—Ahora sabemos qué fue ese fuerte golpe. El árbol con las luces. O bien ha salido volando, o bien ha caído donde estaba el agujero. Está justo encima de las puertas. —Miró a Wenling—. Me temo que esto arruinará la boda.

—Creo que estaremos atrapados aquí un tiempo. ¿Y ahora qué? —preguntó Grant.

—No tengo cobertura —anunció Ava.

Todos sacaron los teléfonos.

—Yo tampoco —dijo Li Min.

—Parece que el tornado ha tumbado todas las torres de señal. El mío tampoco funciona —dijo Burke—. ¿Alguien tiene cobertura?

Todos negaron con la cabeza. Yo volví a ponerme debajo del banco de mi chico, que tenía un cojín encima, y me pregunté si me permitirían volver a subir, ahora que el fuerte ruido había cesado.

—¿Y qué haremos? —preguntó Ava.

—Bueno —repuso Burke—, después de treinta días, pasaremos al canibalismo.

—No sabemos cómo está todo ahí fuera y tampoco sabemos qué ha hecho el tornado en la ciudad. Creo que van a tardar en venir a buscarnos —dijo Papá Chase.

341

—Yo seré la primera en la ducha —dijo Wenling.

Todos se rieron un poco.

—La verdad es que el refugio no estaba pensado para tanta gente, pero estamos bien. Tenemos tres literas. Somos tres parejas —anunció Papá Chase con tono tranquilizador—. La verdad es que podemos sobrevivir mucho tiempo aquí, si hace falta.

Se hizo un largo silencio.

—¿Tienes cartas aquí abajo? —preguntó Grant.

—Cartas —dijo Papá Chase—. Hubiera sido una buena idea.

Ethel se fue a un rincón y se tumbó con las patas dobladas. Yo me acerqué a ella y, al cabo de un momento, me enrosqué con ella como si fuera un perro. Tenía un olor maravilloso. Estuve durmiendo un rato, pero me desperté al notar la alarma de todo el mundo. Levanté la cabeza. Burke y Grant estaban en la estufa de leña. De la estufa salía agua de color negro. Burke se puso en pie y miró la tubería que recorría el techo mientras le pasaba las manos.

—Papá, ¿tienes un martillo aquí?

—¿Un martillo?

—Tenemos que romper esta tubería y sacarla. Ahora.

—¿No estamos exagerando? Solo es un poco de agua de lluvia —dijo Grant.

—Viene de la estufa de leña porque la chimenea se ha roto. Lo que queda del granero se está inundando —repuso Burke—. Y eso sucede a causa de Trident Mechanized Harvesting. Su sistema de distribución de agua no fue diseñado para tanta cantidad. El canal de cemento está desbordado de agua y el agua baja por la pendiente hasta los puntos más bajos de nuestra propiedad, como el lago. Y hacia los cimientos del granero que, puesto que está bajo la línea de congelación, es como una piscina. Y esto —dijo, golpeando la tubería— es el desagüe del fondo de la piscina.

El agua ya no era un goteo, sino una lluvia fina y constante. Yo los miraba, confundido, mientras todos se ponían en movimiento.

—¿Las colchonetas? ¿Como relleno? —preguntó Wenling.

—Perfecto —repuso Burke.

Ava y Wenling desgarraron una almohada y sacaron un montón de relleno de color blanco. Ethel saltó sobre una de ellas y cogió un montón con la boca.

—¡No, Ethel! —la reprendió Li Min, cogiendo a la cabra con los brazos.

Pero yo sabía que Ethel intentaba comerse esa cosa blanca porque era su manera de encontrarle algún sentido a lo que estaba pasando. Era como un perro que se pone a correr hacia un juguete cuando los seres humanos resultan incomprensibles. No era una cabra mala.

Papá Chase se acercó a la tubería con un martillo. Burke cogió la estufa. Yo meneé la cola, notando la tensión en el ambiente, pero sin comprender nada.

Grant cogió el relleno que tenían Ava y Wenling.

—Vale, estoy listo —dijo, agachándose al lado de su padre.

—¿Qué puedo hacer? —preguntó Li Min.

Papá Chase señaló una cosa.

—Mira en esa caja verde. Tiene que haber precinto adhesivo.

Burke se puso a empujar soltando un gruñido y la estufa se movió. Papá Chase dio un golpe con el martillo que resonó en toda la tubería.

—¡Se está abriendo por la junta! —gritó Grant.

Papá Chase volvió a golpear la tubería y el agua empezó a salir disparada por el punto en que había golpeado. Yo me aparté, sacando rápidamente las patas del charco de agua que se acababa de formar en el suelo.

—¡Golpéala! —gritó Burke.

Papá Chase apretó la mandíbula y golpeó con el martillo una y otra vez, y al final la tubería se rompió. El agua empezó a salir a chorro. Grant metió relleno por el lugar por el que salía el agua.

—¡Esto no funciona! —gritó.

Burke cogió una bolsa de plástico y la rompió. De su interior cayeron un montón de mantas al suelo. El charco se hacía más grande, a mis pies. Burke levantó el plástico y se acercó a Grant. Subió las manos hasta la tubería. El chorro de agua se hizo un poco más pequeño.

—¡Esto no va a aguantar! —anunció Burke, que tenía el brazo metido en la tubería hasta el codo y apartaba la cara de la tubería.

—¡No hay precinto! —dijo Li Min—. ¡Chase, el mango de la escoba!

—¡Tiene razón, papá! —exclamó Burke.

Papá Chase sacó una escoba, la apoyó en la pared y la pisó con fuerza para romper la madera. Luego se acercó a la tubería, se puso de rodillas y miró a Burke asintiendo con la cabeza.

—¡A la de tres!

—¡Uno... dos... tres!

Burke sacó el brazo y Papá Chase introdujo el palo de madera por la tubería. Con una mueca, estuvo haciendo fuerza para mantenerlo ahí dentro. Le temblaban los brazos.

—¡No funciona!

—¡Wenling! ¡La caja de herramientas! —dijo Li Min con tono de urgencia.

Wenling cogió una caja de plástico y la metió por debajo del palo. Cuando Papá Chase soltó el palo, este cayó sobre la tapa cerrada de la caja.

Por un momento, el único sonido que se oyó fue el jadeo de Papá Chase y el constante sonido del agua que se filtraba por la tubería.

—¿Esto aguantará? —preguntó Grant.

Burke tenía una expresión sombría.

—De momento. Depende de lo profundo que sea ahí arriba.

Nadie dijo nada durante un largo rato.

—Vale. Que todo el mundo salga del agua. Vamos a poner todo lo que haya que secar encima de las literas —ordenó Burke.

—¿Qué está pasando, cariño? ¿Por qué estás preocupado? —preguntó Ava.

Grant subió a uno de los bancos.

—¿De verdad crees que nos vamos a ahogar aquí dentro?

Burke me cogió y me subió al banco.

—No me preocupa que nos ahoguemos, me preocupa la hipotermia. Tenemos que secarnos y permanecer calientes hasta que alguien nos encuentre.

Papá Chase cogió a Ethel, la cabra, y la dejó sobre el banco, al lado de Li Min. La cabra y yo nos miramos, totalmente pasmados. Papá Chase abrió una caja de plástico y sacó unas toallas. Todos empezaron a secarse los pies y a lanzar los calcetines mojados a la piscina que iba creciendo a nuestros pies. Los hombres se sacaron las camisetas y se pusieron otras limpias.

Papá Chase miró el chorro que salía por la tubería.

—Sale más deprisa. ¿Qué haremos cuando llegue a la altura de las literas?

Burke inspiró con fuerza y todos lo miraron, esperando. Así que yo hice lo mismo.

—No lo sé.

Todos permanecieron sentados en los bancos. Yo miré los remolinos en el agua con interés, pensando en cuando me daba un baño en el lago.

La lluvia continuaba cayendo sobre las puertas. Todos se quedaron en silencio mirando hacia, por lo que me pareció, la nada. Notaba miedo y tristeza en todos ellos.

Se tumbaron en esas pequeñas camas, que estaban colocadas en hilera y tan juntas que yo podía saltar de una a otra. Me dediqué a ir de uno a otro, según quién estuviera más triste, para hacer Firme, porque sabía que necesitaban a un buen perro. Ethel se tumbó al lado de Li Min, quien, supuse, necesitaba una buena cabra a su lado.

Llegó la mañana. Oí el canto de los pájaros. Una luz gris se colaba por la rendija de las puertas, por la que continuaba filtrándose el agua de lluvia. Miré hacia abajo: el agua había llegado casi al nivel de las literas. Me pregunté cuánto tiempo más íbamos a quedarnos allí.

Yo estaba listo para irme.

39

Ava estaba sentada al lado de Burke y Wenling al lado de Grant. Papá Chase y Li Min dormían. El sonido del agua que se filtraba continuaba, mucho más fuerte que el ruido que hacía la lluvia sobre las puertas.

—Pronto vendrá alguien —murmuró Grant.

—¿No se filtrará el agua por el suelo? —susurró Wenling.

—No, habrá que bombearla —respondió Burke.

Grant bajó la mirada hacia el agua.

—Bombearla —dijo.

—Tengo miedo —dijo Ava.

Burke le pasó un brazo por los hombros.

Papá Chase se despertó y se sentó, frotándose el rostro. En cuanto vio el nivel del agua, abrió los ojos con asombro.

—Dios mío —exclamó.

—Eh, tengo una sorpresa para ti.

Grant rebuscó en uno de sus bolsillos, se giró y le dio una cosa a Wenling. Ella lo cogió con dos dedos.

—¡El anillo original! Dijiste que lo habías perdido en una partida de póquer.

Yo lo olisqueé, pero no detecté nada interesante en él.

Grant sonreía.

—Sí, bueno, te mentí.

Todos estaban callados.

—Te quiero, Ava —dijo Burke, de repente—. Siento no habértelo dicho antes.

—Oh, Dios mío, ahora estoy aterrorizada —repuso ella—. Crees que vamos a morir.

—No, no lo creo. Creo que vamos a salir de aquí, y que

Grant y Wenling se van a casar y que serán tan felices que nosotros también querremos casarnos. —Todos lo miraban y él continuó—: Está pasando algo. El nivel del agua sube y baja ahí fuera. Si no, a estas alturas ya nos habríamos ahogado. En la colina hay bombas motorizadas. Las están haciendo funcionar para contener la inundación. Cada vez que lo hacen, nuestra agua aumenta y aquí dentro entra más. Pero no lo hacen continuamente. Su desagüe es una tubería de sesenta centímetros que baja por el río, y ahora debe de estar obturada y tienen que limpiarla. Y por eso han vuelto a bombear otra vez. Tienen que hacerlo: su planta multimillonaria se inundaría si no lo hicieran. Pero se dan cuenta del daño que están produciendo en nuestra propiedad, nuestra colina, y, probablemente, nuestra carretera. Cada vez que ponen en marcha los motores, hacen más daño. Cuando dejan de bombear, el agua del granero empieza a bajar y la presión en la tubería desciende y los niveles aquí dentro dejan de subir tan deprisa. He estado intentando comprender por qué todavía seguimos vivos, y esa es la única explicación.

—¿Estás diciendo que has estado ahí sentado intentando comprender por qué estamos vivos? —preguntó Grant.

—No podía evitarlo. Soy ingeniero. Bueno, los cimientos del granero no son perfectos —continuó Burke—. Tienen grietas y el suelo es de tierra. Cuando ellos no bombean, el agua del granero se filtra lentamente. No vamos a morir.

—Yo también te quiero, Burke —susurró Ava.

Burke le apretó la mano y yo meneé la cola al percibir el afecto que había entre ambos.

—El agua ha subido mucho durante las últimas dos horas —comentó Papá Chase con pesar—. Y continúa lloviendo. Así que, a no ser que allí consigan limpiar la tubería de desagüe, continuarán bombeando y aquí tendremos más agua.

Burke asintió con la cabeza.

—Un inicio de verano húmedo.

Wenling miraba el agua.

—Se supone que la hipotermia es una manera fácil de marcharse. Ahogarse también.

Ava se estremeció.

—Oh, Dios, Wenling.

—Si eso sucede —continuó Wenling—, me alegro de que sea con vosotros. Con todos vosotros.

Papá Chase tenía una expresión de amargura en el rostro.

—Creo que no me había dado cuenta de que este refugio estaba un poco más abajo que los otros. —Levantó la colchoneta sobre la cual estaba sentado y la examinó. Había una mancha en la parte de abajo—. Li Min, cariño, tienes que despertarte. El agua continúa subiendo.

Li Min se sentó. Burke le lanzó unas mantas a su padre, que las dobló varias veces. Li Min y Papá Chase se subieron encima de las mantas dobladas. Los pies les quedaban cerca del agua.

—¿Qué me he perdido? —susurró Li Min.

—Burke dice que no vamos a morir —respondió Wenling finalmente.

Ethel notó que tocaba agua y se puso de pie con actitud tensa y miedosa. Grant la atrajo hacia sí.

—Y eso no es todo. ¿Burke no le acaba de pedir en matrimonio a Ava? —preguntó Grant.

Li Min se cubrió la boca con una mano. Todos miraron a Burke.

—Supongo que sí —comentó, con una sonrisa de timidez.

—Bueno, hijo, si no te molesta que lo diga, ha sido una de las propuestas de matrimonio más penosas que he visto nunca —se burló Papá Chase con expresión cariñosa.

—Yo me puse de rodillas —intervino Grant—. Para que lo sepas.

Burke miró el agua, que seguía subiendo.

—De rodillas —repitió, dudando.

Wenling introdujo la mano en uno de sus bolsillos.

—Toma —dijo, dándole el pequeño y anodino objeto a Burke—. Puedes tomar prestado este hasta que consigas uno.

Burke lo cogió. Se giró hacia Ava, se puso de rodillas encima del banco. La cabeza casi le tocaba el techo.

—Ava, eres el amor de mi vida. ¿Quieres casarte conmigo?

Ava se secó los ojos.

—Por supuesto, Burke.

Todos se pusieron a aplaudir, lo cual me produjo un susto. Miré a Ethel, pero ella tampoco parecía saber qué estaba pasando.

—Parece que ahora ya no sube tan deprisa —comentó Papá Chase, después de un largo silencio.

—Quizá —asintió Burke—. Mira las puertas. El sol ha salido. Ya no llueve.

—Vi a mamá —soltó Grant de repente—. Patty.

Todos lo miraron, estupefactos.

Grant suspiró.

—Hace años que no vive en París. La localicé en Neuilly-sur-Seine. Mucha gente rica.

—¿Por qué has hecho eso, por todos los cielos? —preguntó Papá Chase, enfadado.

Li Min le puso una mano en el hombro.

—Déjale hablar, cariño —le dijo con tono cariñoso.

Grant hizo una mueca con los labios.

—Nos encontramos en un café. Trajo dinero. Eso fue lo primero que hizo, pasarme un sobre por encima de la mesa, como si yo estuviera haciéndole chantaje. Yo se lo devolví. Luego me dijo que su marido se pondría furioso si descubría que se había encontrado conmigo. Uno de sus hijos.

Todos permanecían en silencio. Se habían inclinado hacia delante para oírlo a pesar del sonido del agua que entraba.

—Tiene dos hijas, pero no me quiso enseñar ninguna foto de ellas. Tampoco le gustan los perros.

Por algún motivo, todos me miraron. Yo meneé la cola, inseguro.

—Oh, y cuando le dije que ya no estabas en la silla de ruedas, Burke, no tuvo ninguna reacción. —Grant se encogió de hombros con actitud de resignación y soltó un bufido—. Ella no se fue por eso. Por... los desafíos de que tú estuvieras parapléjico. Yo estaba equivocado, Burke.

—Entonces los dos estábamos equivocados —murmuró Burke.

Papá Chase se removió, incómodo, pero Li Min lo frenó poniéndole una mano encima y él no dijo nada.

349

—Bueno —dijo Ava al cabo de un momento—. ¿Por qué se marchó? ¿Te lo dijo?

—Sí, después de que se lo preguntara un par de veces, fue como una olla a presión. Detestaba Míchigan y odiaba estar arruinada. La manera en que describió toda su vida aquí era de pura miseria. Estaba recibiendo clases de francés gratuitas en la biblioteca porque tenía planeado marcharse e irse a Europa. Y entonces apareció el hermano del profesor de francés y ella vio en él el billete de salida. —Grant se encogió de hombros—. Lo siento, papá.

—Nada que yo no sepa —gruñó Papá Chase—. Nada que yo no os haya dicho.

—Éramos niños, papá —protestó Burke—. No lo comprendíamos.

—Al cabo de un rato, me di cuenta de que todavía guarda rencor. No solo contra papá —continuó Grant—, sino contra todo esto. La granja, tú, yo, la abuela. Así que al escucharla en ella, lo vi en mí mismo. Yo también estaba resentido. Contigo, Burke. Y contigo, papá. Siento mucho cómo me he comportado.

Se hizo una larga pausa que solo rompía el rítmico compás del agua.

Wenling puso una mano encima de la de Grant.

—Ava me dijo que cree que siempre estás buscando algo que no encuentras. ¿Era tu madre? ¿Haberla encontrado te ha puesto en paz con el hecho de vivir aquí?

Grant negó con la cabeza, mirándola.

—No, tú me has puesto en paz con ello.

Yo tenía el pelaje cubierto de gotitas de agua y me sacudí. Todos se apartaron de mí en cuanto lo hice y Ethel parpadeó. Luego continuamos sentados un rato más.

Burke se aclaró la garganta.

—Me da un poco de miedo deciros esto, pero creo que Oscar es Cooper. Vaya, que estoy convencido de ello.

Yo meneé la cola.

—El abuelo Ethan siempre decía que su perro, Bailey, había regresado con él —repuso Papá Chase.

Yo meneé la cola.

—Pero hay algo más. Oscar sabe lo que es Ayuda.

—¿Ayuda? —preguntó Ava.

Yo no sabía por qué habían dicho «Ayuda», pero esperé que no quisieran que hiciera nada que me obligara a saltar al agua.

—Es la manera en que Cooper me ayudaba a avanzar por el suelo. Y a subir escaleras —explicó Burke.

—Lo cual no es tan fácil como parece —intervino Grant.

—¿Así que has podido entrenar a Oscar? —preguntó Li Min.

Burke negó con la cabeza.

—Eso es lo que estoy diciendo. Él ya lo sabía hacer. Y sabía hacer Tira y Tira a la izquierda y Tira a la derecha. Sin entrenamiento, Li Min. No lo he entrenado en esta vida.

—Riley supo hacer Tira la primera vez que se lo dijimos, ¿recuerdas, Ava? —preguntó Grant.

Ava sonrió.

—Y Riley me encontró cuando me caí y me rompí la pierna. Si no me hubiera encontrado, yo no estaría aquí hoy. Siempre dije que era mi ángel. —Ava se inclinó hacia delante y me miró—. ¿Oscar, eres Riley? ¿Eres mi ángel?

Yo meneé la cola y le lamí la mano. Ava lloraba.

—¿Puedo decir, aquí y ahora, que oír esto me ofrece un poco de consuelo? —dijo Wenling en voz baja—. Si Burke lo cree, yo también lo creo. Lo cual significa… —Wenling se interrumpió.

—Significa que, si nadie nos encuentra, hay algo después de esto —dijo Ava.

Todos se cogieron de las manos y yo meneé la cola. Li Min tenía los ojos cerrados y movía los labios como si estuviera hablando.

Yo levanté la vista. El agua que salía de la tubería era ahora más abundante.

—Vuelven a bombear —dijo Papá Chase.

Todos se removieron, inquietos, y yo me puse en pie creyendo que íbamos a abandonar ese extraño y húmedo lugar. Pero después de un rato de recolocar las colchonetas y las mantas, todos volvieron a sentarse.

—Intenta mantener los pies secos, Li Min —dijo Papá Cha-

351

se, y, dirigiéndose a sus hijos, continuó—: Si vamos a morir hoy, quiero que sepáis que siento mucho no haber sido capaz de encontrar la manera de que mis dos hijos se hablaran. Y que ahora me alegro mucho de que volváis a hacerlo.

Grant asintió con la cabeza.

—Si salimos de aquí, no permitiré que nos comportemos como extraños nunca más. Y si morimos... —se interrumpió.

Burke se aclaró la garganta.

—Si morimos, nunca descubriremos si la comida hubiera durado treinta días.

Ava meneó la cabeza. Todavía tenía lágrimas en los ojos.

—Si morimos, habré muerto el día más feliz de mi vida.

Burke y Ava se besaron. Todos se abrazaron y, cuando me acerqué a Burke, también me abrazó.

—Diablos. Está subiendo muy deprisa —dijo Papá Chase.

Todos pusieron los pies encima de los bancos. Yo me sacudí. Me sentía empapado a pesar de que solo tenía la parte inferior de las patas en el agua.

—Hace mucho frío —susurró Li Min.

Todos se cogieron de las manos y levantaron la cabeza hacia el techo. Los pies empezaron a quedar sumergidos en el agua. Li Min temblaba.

—Si estuviéramos de pie en el suelo, ya tendríamos la cabeza bajo el agua —comentó Papá Chase, abatido.

Levanté el hocico. Había oído algo. Un sonido de agua. Pero nadie más reaccionó, así que no hice ningún ruido hasta que detecté su olor: ¡Lacey! ¡Estaba justo ahí fuera! Ladré.

Burke me miró, asombrado.

—¿Qué sucede, Oscar?

Volví a ladrar y Lacey respondió.

—¡Hay un perro! —exclamó Wenling.

Todos miraron hacia las puertas de arriba de las escaleras.

—¿Hola? —oímos que decía alguien desde fuera.

—¡Papá! —gritó Ava.

—¡Aquí! —gritó Burke.

—¡En el refugio! —gritó Grant.

Se oyó un chasquido de agua y vimos una sombra por la rendija de las puertas.

—¿Ava?

Era Papá Sam. Volví a ladrar.

—¡Estamos todos aquí abajo, papá! —gritó Ava.

—Vale, aguantad, tenemos que pasar una cadena alrededor del árbol —dijo Papá Sam.

—¡Date prisa, papá! ¡El agua continúa subiendo!

Esperamos, muy tensos. Ahora todos estaban temblando. Se oyeron unos fuertes golpes y unos chasquidos más hasta que las puertas se abrieron y la luz del sol inundó el interior de debajo del granero. Lacey, Papá Sam, Marla y unos cuantos hombres que yo no conocía nos miraban.

¡Y nos pusimos a nadar! Grant llevó a Ethel con los brazos levantados y caminó con la cabeza bajo el agua, pero yo me tiré al agua y nadé hacia la luz del sol. Al llegar arriba, saludé a Lacey con una inmensa felicidad, pero con cuidado de no hacerla caer de la silla.

—Dios mío, os podríais haber ahogado —dijo Papá Sam.

La cabra salió corriendo y Lacey me miró, esperando una explicación, pero en ese momento percibimos el estupor de las personas que iban saliendo de debajo del granero.

—Oh… —murmuró Papá Chase.

Me acerqué a él.

¡Todo era diferente! Por todas partes había unos grandes charcos de agua y barro. Me entraron ganas de meterme en todos ellos y de hacer Cógelo con todos los palos que veía a mi alrededor, pero el sombrío estado de ánimo de los humanos refrenó un poco mi alegría. El granero no estaba, igual que la mayor parte de la casa. Se veía la cocina, pero el fregadero había desaparecido. Al verlo, me quedé totalmente abatido. ¿Papá Sam había hecho eso?

—Ha desaparecido todo —susurró Papá Chase.

Li Min lo abrazó.

Marla repartió unas mantas que todos aceptaron con agradecimiento. Yo me sentía feliz de notar el sol en el pelaje y de tener a mi Lacey al lado.

—Lo siento mucho, papá. Sé que la granja lo era todo para ti —dijo Burke.

Papá Chase se giró y lo miró con los ojos húmedos.

—¿Es eso lo que crees? No, Burke, vosotros lo sois todo

353

para mí. Tú y tu hermano, y Li Min y Wenling y Ava. La granja no era solo un edificio, era una forma de vida, una forma de vida con mi familia.

Papá Chase y Burke se abrazaron, y Grant se unió a ellos, y también Ava y Wenling, así que yo también fui y apoyé las patas delanteras en todos ellos para que también pudieran abrazar a un perro.

—Bueno —anunció Ava—, cuando llegue el momento de reconstruirla, prometo que la empresa de mi madre pagará los costes.

—¿Estás segura? ¿No será esto un designio divino o algo así? —dijo Papá Chase—. ¿De verdad crees que pagarán?

—Lo harán cuando su hija, la abogada, llame para explicarles unas cuantas cosas —prometió Ava.

—Íbamos a marcharnos —explicó Papá Sam, asombrado—. Cuando detuvimos el coche, vimos que no había nadie. Creímos que debíais de haber ido al refugio de la ciudad. Hay cientos de personas desaparecidas en el condado. Pero Janji no dejaba de ladrar, y en cuanto la dejamos salir, se puso a a correr por todas partes y a olisquearlo todo, así que pensamos que quizá había detectado el olor de algo. De alguien.

—Supongo que no había motivo para que dudáramos de que podía correr en silla de ruedas por la granja —comentó Burke.

—Buena perra, Janji —la alabó Ava.

Y yo meneé la cola, porque yo también era un buen perro.

Epílogo

𝒰nos días después de que nadáramos debajo del granero, nos reunimos todos en un edificio grande. Grant, Wenling y yo nos pusimos delante de un montón de personas y yo me rasqué la base de la cola con los dientes y todos se rieron. Y cuando las hojas empezaron a caer, todos volvimos a ir al mismo edificio, y esta vez fueron Li Min y Papá Chase quienes se pusieron delante de las personas, pero a mí no me picó nada.

Pasó un invierno y pasó un verano, y mi vida con Lacey —a quien los humanos insistían en llamar Janji— y con Ava y con Burke —que mantenían los mismos nombres— era muy feliz. Ava y Burke eran felices porque tenían dos perros.

Yo estaba encantado porque pasábamos mucho tiempo en la granja. Había una casa nueva y un granero nuevo, pero los patos eran los mismos. Yo hacía Ayuda para Lacey cada vez que ella quería salirse del camino e ir por el campo, y ella comprendía que yo estaba ahí para ayudarla.

Un día, Burke llevó a Lacey al lago, la levantó de la silla y la sostuvo en el agua. Ella se puso a mover las patas delanteras en el agua y, cuando Burke la soltó, ¡se puso a nadar! Con alegría, fui a nadar a su lado y los dos fuimos a darles una lección a los patos, que se alejaron batiendo las alas. Y luego estuvimos nadando en círculos. Entonces yo comprendí una cosa: por mucho que a Lacey le gustara su silla, la libertad de poder nadar la hacía sentir como la perra que era antes, una perra que podía ir a cualquier sitio que quisiera.

Por lo que parecía, a todos les gustaba mucho construir casas, porque cuando terminaron de construir una, construyeron otra al lado del lago. Ava y Burke se trasladaron a esta última casa, ¡y a partir de entonces Lacey y yo no nos marchamos nunca más de la granja! Para mí, esa era la casa nueva y la más grande era la casa vieja.

Un día hubo una gran reunión en la granja. Todos se sentaron en sillas y estuvieron mirándonos a Lacey y a mí, que estábamos quietos al lado de Burke y de Ava mientras hablaban. Luego disfrutaron de una maravillosa comida de pollo, y Lacey y yo recibimos unos generosos trozos mientras estábamos bajo la mesa.

—Ahora estamos casados, así que tú y Janji ya sois legítimos, Oscar —me dijo Burke.

Las manos le olían a pollo.

Pasaron unos cuantos inviernos. Un día, Burke pintó la habitación trasera y puso una caja de madera dentro. Él y Ava empezaron a pasar muchos ratos al lado de esa caja, hablando. Lacey y yo estábamos aburridos de todo eso.

—Ahora que sabemos que será un niño, quiero que le llamemos Chase. Chase Samuel Trevino —le dijo Ava un día, a la hora de la cena.

—Eso sería maravilloso. Los dos papás estarán encantados —repuso Burke.

Ese verano, Ava empezó a caminar de una manera extraña. No era su paso furioso, sino que andaba como un pato. Se pasaba mucho rato sujetándose la barriga, que se le había hinchado mucho y era como un gran globo.

Una tarde, nos encontrábamos arriba de la nueva casa vieja. Burke y Lacey estaban en el nuevo granero viejo, pero yo estaba con Ava. Yo tenía la sensación de que ella quería que me quedara allí. Era una sensación extraña, pero no la cuestioné. Saber cuándo uno es necesario forma parte de ser un buen perro.

Ava estaba jugando con la ropa de cama.

—Oh —dijo, de repente—. Oh, no. —Se arrodilló en el suelo—. Oh.

Percibí que un extraño dolor le invadía todo el cuerpo y me puse a lloriquear de ansiedad.

—¿Dónde he dejado el teléfono? —susurró—. Esto es demasiado repentino.

Ladré. Ava se había sentado en el suelo y de ella emanaba

un olor nuevo y extraño que se mezclaba con el ya conocido olor de miedo de los seres humanos. Volví a ladrar.

A lo lejos, desde el nuevo granero viejo, Lacey respondió. Me acerqué a la ventana. Lacey había salido del granero y se encontraba fuera, mirando hacia mí. Volví a ladrar y su respuesta me recordó la vez en que yo me puse enfermo en el campo y ella ladró para que Burke viniera a buscarme.

Mi chico salió del granero y miró a Lacey con curiosidad. Yo estaba ladrando y ella también estaba ladrando. Burke miró hacia mí y yo volví a ladrar.

Burke cruzó corriendo el patio en dirección a la casa.

Burke se fue en coche con Ava y no regresaba, y yo me sentía muy ansioso. Al principio, todos en la casa estaban inquietos, también, pero al final, y de repente, todos se relajaron. Las personas hacen eso, cambian de estado de ánimo muy deprisa, y no hay manera de averiguar por qué. Después de cenar, todos se sentaron en el salón y nos dieron unas golosinas de queso a Lacey y a mí. Eso les hacía sentir tan felices que estuvieron todo el tiempo riéndose y hablando, muy emocionados. Al final, Burke entró en casa y todos se pusieron en pie para abrazarlo.

—¡Bienvenido a casa, papá! —exlamó alegremente Papá Chase.

—¡Felicidades, papá! —dijo Grant.

«¿Papá?» Yo me sentí muy confuso al oír eso, pero Lacey no se inmutó.

Al cabo de unos días, Ava por fin regresó a casa. Llevaba con ella un diminuto niño humano que desprendía un olor ligeramente agrio. Yo no me sentí muy interesado por él, pero Lacey se colocó en medio de todos. Se estuvieron pasando el niño el uno al otro y yo salí fuera para hacerle una visita a la cabra.

A Burke le gustaba dejar al niño en una cesta de la compra y llevarlo con él a todas partes. Al cabo de un día, todos se aburrieron del niño excepto Ava, que lo llevaba encima constantemente. A veces, el niño chillaba y, a veces, dormía en silencio. Todo el mundo lo llamaba Chase, lo cual me parecía una equivocación. Teníamos un Papá Chase, ¿y ahora teníamos un Niño Chase? ¿Y Burke era Papá Burke?

357

Un día, Burke dejó la cesta de la compra con el niño encima de la mesa y decidí que había llegado el momento de inspeccionar esa cosa. El niño estaba despierto y me frunció el ceño en cuanto me aproximé, lo cual me hizo darme cuenta de que él no comprendía lo muy importante que era yo para la familia.

Ava se acercó y se arrodilló a mi lado para acariciarme.

—¿Ves al niño, Oscar?

Acerqué el hocico a la barriga del niño y aspiré su olor.

—Buen perro. Un perro muy tranquilo —dijo Burke en voz baja—. Buen perro, Oscar.

De repente, me vino un claro recuerdo de una voz que me decía «Buen perro. Buen perro, Bailey». Era la voz de un hombre que me llegaba mientras yo me acercaba a la luz dorada.

Olisqueé de nuevo al niño. No, no era la voz de un hombre. Era la voz de Ethan. Sobresaltado, recordé a Ethan. Y recordé más cosas. Empezaron a llegarme recuerdos de muchas vidas, de vidas que hacía mucho tiempo que había olvidado. Y no solo de correr y jugar con mi chico, Ethan, sino de ayudar a salvar personas. Y recordé a CJ, mi chica, y a otras personas a quienes yo amaba: Hannah y Maya, Trent, Jakob, Al... Me di cuenta de que yo era un buen perro que había renacido una y otra vez para llevar a cabo un propósito vital, para cumplir una promesa importante. No sabía por qué lo había olvidado, ni por qué lo recordaba en ese momento, pero lo recordaba. Lo recordaba todo. Yo había sido Toby, Molly, Ellie, Max, Buddy y Bailey.

Y supe quién era ese niño. Ese niño que se encontraba dentro de esa cesta delante de mí con los ojos cerrados. Igual que había reconocido a Lacy tanto si era Janji como si era Lady o como si era otro perro, pude reconocer quién era esa pequeña persona.

Era Ethan.

Agradecimientos

Recuerdo que, hace muchos años, en una clase de economía aprendí que una persona sola no puede fabricar un lápiz.

Esto tiene sentido, os lo prometo.

Mirad, alguien tiene que extraer el grafito del suelo, otra persona tiene que transportarlo y otra más tiene que hacer una mina para lápices. En ese proceso hay cientos de personas implicadas. Luego, otra persona tiene que diseñar el lápiz: ¿por qué no ponerle una goma? ¿De qué color debería ser? ¿Quizá los niños pequeños no querrán sacarle punta si tiene un pequeño unicornio en la parte superior? La goma viene de… oh, no lo sé, quizá de una mina de gomas, y la extraen siete hombres que cantan: «Ay ho, ay ho, a casa a descansar». En la parte superior del lápiz también hay una banda metálica que también requiere la colaboración de muchas personas. Luego hay que transportarlos. Y está la caja en la que van los lápices, la publicidad, etcétera, etcétera. Así que resulta que todo el mundo de este planeta tiene que participar para poder fabricar un lápiz.

Es por eso que aprendí a escribir con teclado tan pronto como me fue posible: yo no hubiera podido escribir con toda esa gente a mi alrededor.

Lo mismo sucede con la escritura de este libro. Cuando me siento delante de la página en blanco, lo hago con todas mis experiencias de vida, y con todas las personas que contribuyeron a que yo tuviera esas experiencias. Es por este motivo que debo, en primer lugar, dar las gracias a todos los seres humanos y animales que viven, o han vivido, en la época en que yo he estado en esta Tierra. Oh, vaya, también debería dar las gracias a toda la vida vegetal. Y... bueno, al oxígeno, la gravedad, el agua...

Dejando de lado todo esto, debo decir que hay una serie de personas a quienes debo darles las gracias de forma individual.

En primer lugar, quiero darle las gracias a mi equipo editorial: Kristin Sevick, Susan Chang, Linda Quinton y Kathleen Doherty. También hay otras personas de Tom Doherty Associates/Forge, entre las que se cuentan, por ejemplo, Tom Doherthy. A Sarah, Lucille, Eileen y a todos los de ventas y publicidad: gracias por ayudar a que mis libros sean tan populares. Y, por supuesto, un agradecimiento especial a Karen Lovell, que ha sido mi publicista desde el principio. Buena suerte en todos tus proyectos, Karen. Sin todos vosotros, yo hubiera tenido que imprimir mis libros y llevarlos a la librería más cercana para que pudieran venderse. Seguramente, si hubiera elegido ese método, todavía estaría trabajando para fabricar mi primer lápiz.

El tejido que conecta a un escritor con el mundo editorial es el agente editorial. En mi caso, Scott Miller ha sido esa persona. Sí, Scott, tú eres mis ligamentos. Sin ti, mis huesos se derrumbarían, y me resultaría muy difícil lanzar una pelota. (Lo estaba haciendo bastante bien con el lápiz, pero creo que con esta metáfora del tejido conectivo la cosa se me ha ido de las manos.)

También tengo a algunos agentes que me ayudan en el mundo del cine. Sylvie Rabineau y Paul Haas, de William Morris Endeavor: gracias por nutrir mi carrera en Hollywood. Diría que vosotros sois mi tejido conector, pero ya he utilizado esa metáfora.

Sheri Kelton trabajaba con boxeadores profesionales y ahora trabaja conmigo. Continúa prometiéndome que me conseguirá un combate: empiezo a temer que nunca tendré ninguna opción al título. A pesar de ello, y mientras tanto, ella me ha ayudado a conducir mi carrera lejos de mi trayectoria preferida relacionada con la pereza y la indiferencia. (Quiero remarcar que ningún campeón de boxeo ha ido a un combate con tanta pereza: ¡sería tan inesperado, que ganaría seguro! O, por lo menos, quedaría el segundo.)

Cada vez que alguien me propone un acuerdo, Steve Younger es el abogado a quien llamo para que me ayude con los asuntos legales. Steve, mi esposa dice que, si esta noche cocino, ella lavará los platos. ¿Qué piensas? ¿Qué tipo de penas podemos pedir si ella se niega a lavar los platos con el pretexto de que yo me he limitado a calentar la comida que ella preparó ayer? (¿Puedo tratarla como a un testigo hostil?)

También tengo un abogado penal. ¡Gracias, Hayes Michel, por mantenerme fuera de prisión un año más! No me pillarán con vida, ja, ja, ja. Supongo que ahora mismo él es más bien un «litigador», pero eso se parece un poco a «ligamento», y los lectores ya se han hartado de esa palabra.

Gavin Polone, a quien dedico esta novela, fue la primera persona que creyó que esta serie llegaría a la gran pantalla. Bueno, para ser totalmente exacto, él fue la segunda persona. En realidad fue mi mujer —a quién mencionaré más adelante— quien lo dijo primero. En cualquier caso, sin Gavin, no hubiera habido ninguna película de Cameron aparte de las de ese tipo que se llama James Cameron, si es que valen para algo. Así que gracias, Gavin, por todo lo que has hecho por mí y por los perros.

Los miembros de mi equipo han aprendido de mí la especial habilidad de culpar a los demás de mis problemas. Pero Emily Bowden, mi jefa de equipo, sigue la extraña política de aceptar la responsabilidad de todo lo que sucede con los perros de trabajo aquí, en la oficina. Emily, gracias por manejar esta caótica situación para que yo no haya tenido que hacerlo. Porque —los dos lo sabemos— yo no habría hecho nada. Andrew, ha sido muy amable por tu parte que te unieras a nosotros.

Mindy Hoffbauer y Jill Enders son dos de las muchas personas que han ayudado a que mis seguidores estén en contacto entre ellos y conmigo. Gracias, y a todos los del grupo secreto, por haber ayudado a difundir la noticia de que yo escribía esos libros sobre perros en los que los perros no se mueren al final. Yo revelaría más cosas sobre el grupo, pero es un secreto.

361

Gracias, Connection House Inc., la enorme multinacional que ha diseñado mis nuevas páginas de Internet y que me ha ayudado en diversos proyectos de marketing. Vuestro presidente es como un hijo para mí.

Gracias, Carolina y Annie, por permitirme ser el padrino.

Gracias, Andy y Jody Sherwood, por vuestras breves apariciones en mis novelas. Aprecio todo lo que habéis hecho por mi familia, en especial por mi madre. Lo mismo va por vosotros, Diane y Tom Runstrom: vosotros sois los rayos de sol que tanta falta hacían en la invernal vida de mi madre. Vale, eso ha sonado un tanto lúgubre, pero vosotros vivís en el norte de Míchigan y yo vivo en Los Ángeles. Y he estado ahí arriba y sí, era lúgubre.

Gracias a mi instructor de vuelo, T. J. Jordi, por presentarme a Shelby y por todo lo que ha hecho por los animales. Gracias, Megan Buhler por convencer a Shelby de que aspirara a alcanzar las estrellas. Vosotros dos habéis significado mucho en la vida de muchas personas. Gracias, Debbie Pearl, por tu visión, y a Teresa Miller, por compartir los fríos y malos bocadillos para ayudar a que Shelby se convirtiera en un actor merecedor del Oscar.

Gracias a la directora Gail Mancuso, por amar a los perros y por infundir ese amor en su película *Tu mejor amigo. Un nuevo viaje*. Gracias a Bonnie Judd y a su equipo, por animar y conseguir tan buenas actuaciones de nuestros actores caninos.

A lo largo del viaje por esta serie de tres libros, he trabado amistad y he recibido el apoyo de la buena gente de Amblin' Entertainment y Universal Pictures. Son demasiadas personas para nombrarlas aquí: solo en producción y marketing ya ocuparían una ciudad. Y gracias a vosotros, Wei Zhang, Jason Lin y Shujin Lan de Alibaba, por ayudarme a introducir mis obras en China: ¡el mensaje de que los perros son seres que piensan, sienten y aman se ha hecho global, ahora!

Las personas de la familia en la que crecí están, por supuesto, locas de atar. Ese es el requisito que hay que cumplir para convertirse en un escritor de éxito. Aparte de eso, sin embargo, debo darles las gracias por todo lo que hacen para apoyar mi carrera. Mis hermanas, Amy y Julie Cameron, obligan a la gente a comprar mis libros y arrastran a cientos de personas a ver mis películas. Y si no lloran, mis hermanas les chillan. Mi madre, Monsie, es una librera independiente, lo cual significa que es independiente de cualquier librería: ella sola vende mis libros a todas las personas que conoce. Si una persona no quiere comprarlos, ella se los regala. Para mí, es sumamente importante que mi familia me apoye tanto.

Mi familia ha crecido a partir de ese núcleo inicial, y ahora hay personas más jóvenes que yo que me están apoyando con firmeza. Un agradecimiento especial a Chelsea, a James, a Gordon y a Sadie; a Georgia, a Ewan, a Garrett y a Eloise; a Chase y a Alyssa. Nunca, en ningún momento, he recibido otra cosa que no fuera un sincero apoyo de todos vosotros, excepto cuando erais adolescentes.

Mi familia también ha crecido hasta incluir a Evie Michon, quien además de haber dado a luz a algunos individuos muy importantes, también ha estado ahí en calidad de una especie de departamento de investigación secreto y me ha facilitado cosas, como revistas, de la época en que mi novela *Emory's Gift* está ambientada. Gracias, Eve, y gracias también a Ted Michon y a Maria Hjelm, que no solo son familia, sino buenos amigos. Gracias a Ted y a Maria, tenemos a tres personas que son muy importantes para mí: Jakob, Maya y Ethan. Todos los que hayan leído *La razón de estar contigo* reconocerán estos nombres.

Ya que estoy con este tema, me gustaría recomendaros este libro a vosotros. *La razón de estar contigo* es la primera novela de esta serie, y en ella se explica quién es Ethan, y cómo Bailey llega a darse cuenta de que renace con un objetivo. *La razón de estar contigo: un nuevo viaje* es el segundo, y en él se continúa narrando la vida de Bailey y cómo regresa una y otra vez con CJ, una chica —y, luego, mujer— que necesita que un perro la ayude en su camino de vida. (¿No lo necesitamos todos?)

Finalmente, como en el gran final de todo gran castillo de fuegos artificiales, os presento a mi esposa, Cathryn Michon. Ella es mi guionista, mi compañera de vida y la persona a quien le doy todos los manuscritos para que pasen por su perspicaz ojo editorial. Se ha dedicado al diseño y a nuestro

363

marketing durante años. Y ella es la persona a quien puedo recurrir cuando me siento perdido, lleno de dudas sobre mí mismo y bloqueado, o incluso cuando estoy increíblemente feliz y con una gran energía creativa. También es directora de Hollywood, algo que para muchos ejecutivos es un gran inconveniente, pues consideran que la gente solo va a ver las películas dirigidas por hombres. (En cuanto a *Tu mejor amigo. Un nuevo viaje*, dirigida por Gail Mancuso, puesto que todavía no se ha estrenado, no sabemos si los espectadores irán a verla o dirán: «¿Dirigida por una mujer? ¡No pienso ver eso!».)

Gracias, Cathryn. Eres un regalo que me ha hecho Dios.

W. BRUCE CAMERON
Frisco, Colorado
Febrero de 2019

ESTE LIBRO UTILIZA EL TIPO ALDUS, QUE TOMA SU NOMBRE
DEL VANGUARDISTA IMPRESOR DEL RENACIMIENTO
ITALIANO, ALDUS MANUTIUS. HERMANN ZAPF
DISEÑÓ EL TIPO ALDUS PARA LA IMPRENTA
STEMPEL EN 1954, COMO UNA RÉPLICA
MÁS LIGERA Y ELEGANTE DEL
POPULAR TIPO
PALATINO

LA RAZÓN DE ESTAR CONTIGO.
LA PROMESA
SE ACABÓ DE IMPRIMIR
UN DÍA DE VERANO DE 2020,
EN LOS TALLERES GRÁFICOS DE LIBERDÚPLEX, S. L. U.
CRTA. BV-2249, KM 7,4. POL. IND. TORRENTFONDO
SANT LLORENÇ D'HORTONS (BARCELONA)